LE RÉSEAU

Auteur de renommée internationale né en 1955, John Grisham a été avocat pendant dix ans avant de connaître son premier succès littéraire avec *La Firme*, publié en 1991. Aujourd'hui écrivain à temps plein, il est un véritable phénomène éditorial aux États-Unis, où chacun de ses livres se vend à plusieurs millions d'exemplaires et fait l'objet d'adaptations cinématographiques très remarquées. Marié, père de deux enfants, John Grisham est l'un des auteurs les plus lus dans le monde.

Paru au Livre de Poche :

L'Allée du sycomore

Le Cas Fitzgerald

Le Cas Nelson Kerr

La Chance d'une vie

Le Droit au pardon

Les Imposteurs

L'Informateur

L'Insoumis

L'Ombre de Gray Mountain

Les Oubliés

La Sentence

Son nom sur la liste

JOHN GRISHAM

Le Réseau

(Après *La Firme*)

ROMAN TRADUIT DE L'ANGLAIS (ÉTATS-UNIS)
PAR DOMINIQUE DEFERT

JC LATTÈS

Titre original :

THE EXCHANGE
Publié par Doubleday,
une division de Penguin Random
House LLC, New York.

Ce récit est une œuvre de fiction. Les noms, personnages, lieux et événements sont le fruit de l'imagination de l'auteur ou sont employés de manière fictive. Toute ressemblance avec des personnes réelles, vivantes ou non, des événements ou des lieux, est entièrement fortuite.

ISBN : 978-2-253-24999-3 – 1re publication LGF

1

Au quarante-septième étage d'une tour de verre à la pointe sud de Manhattan, Mitch McDeere était seul dans son bureau. Il contemplait Battery Park et les eaux de la baie encombrées de bateaux. Il y en avait de toutes tailles et de toutes formes. De gros porte-conteneurs attendaient de pouvoir décharger, le ferry de Staten Island s'approchait lentement d'Ellis Island. Un bateau de croisière bondé de touristes se dirigeait vers la pleine mer. Un méga-yacht faisait une entrée remarquée en ville et un skipper téméraire sur son petit catamaran de cinq mètres sinuait entre tous ces navires. Trois cents mètres au-dessus, cinq hélicoptères bourdonnaient comme de gros frelons. Au loin, des camions sur le pont Verrazano étaient coincés dans les bouchons, pare-chocs contre pare-chocs. La statue de la Liberté regardait toute cette agitation de son magnifique perchoir. La vue était spectaculaire, et Mitch essayait d'en profiter au moins une fois par jour. Parfois, il y parvenait. Mais le plus souvent, le temps lui manquait. Il travaillait à l'heure, sa vie était réglée comme un métronome, à l'instar de celle de ses centaines de collègues dans ce gratte-ciel. Le cabinet Scully & Pershing employait plus de deux mille personnes aux quatre coins du globe et se vantait d'être le plus grand cabinet d'avocats du monde. Les associés à New York, comme Mitch, avaient droit à de grands bureaux au cœur du Financial District. La firme, aujourd'hui centenaire, incarnait le prestige, le pouvoir et l'argent.

Il consulta sa montre. Adieu la contemplation ! Deux avocats toquèrent à sa porte. C'était l'heure d'une autre réunion. Ils s'installèrent autour de la table basse et une secrétaire leur proposa du café. Ils déclinèrent l'offre et elle s'en alla. Leur client était un armateur finlandais qui avait des problèmes en Afrique du Sud. Les autorités locales avaient bloqué un cargo en provenance de Taïwan chargé de matériel électronique. Vide, le navire valait cent millions de dollars. Avec sa cargaison, sa valeur doublait, et les Sud-Africains voulaient réviser à la hausse les droits de port. Mitch était descendu deux fois au Cap cette année et n'avait aucune envie d'y retourner. Après une demi-heure d'échanges, il renvoya ses deux collaborateurs avec une liste d'instructions, puis accueillit un nouveau binôme.

À 17 heures précises, il quitta son bureau, fit un dernier point avec sa secrétaire qui s'apprêtait aussi à partir, et délaissa les ascenseurs au profit des escaliers. Dans la mesure du possible, il préférait éviter les cabines et les sempiternels bavardages des avocats. Il avait beaucoup d'amis chez S & P, très peu d'ennemis, et sans cesse de jeunes recrues et des associés nouvellement promus rejoignaient les rangs. Il était censé tous les connaître, or il avait rarement le loisir – ou l'envie – d'étudier l'organigramme de la firme pour mémoriser leurs noms.

Chaque fois qu'il prenait l'escalier, ses cuisses et son souffle lui rappelaient qu'il n'avait plus vingt ans et qu'il ne pouvait plus jouer au football ou au basket, du moins plus pendant des heures. Il avait quarante et un ans, était encore en forme, car il surveillait son alimentation et sautait au moins trois déjeuners par semaine pour aller à la salle de gym de l'entreprise – un autre privilège réservé aux associés chez Scully.

Il sortit des escaliers au quarante et unième étage et se rendit dans le bureau de Willie Backstrom, un autre associé qui lui n'avait plus à justifier ses heures de travail. Willie supervisait le service des aides juridiques gratuites, et bien qu'il consignât son temps consacré à chaque client, il n'envoyait jamais la facture. Parce que personne ne pouvait payer. Les avocats chez Scully gagnaient beaucoup d'argent, en particulier les associés, et le cabinet était connu pour ses engagements bénévoles. S & P gérait des dossiers difficiles partout sur la planète, et tous les avocats étaient tenus de consacrer dix pour cent de leur temps à diverses causes caritatives – toutes validées auparavant par Willie.

En interne, les avis étaient mitigés. La moitié des avocats aimaient cet altruisme qui les changeait du stress habituel chez Scully, gérer les intérêts de grosses entreprises n'étant pas de tout repos. Quelques heures par semaine, un collaborateur pouvait ainsi défendre une véritable personne, ou une petite ONG, sans avoir à se soucier si et quand il allait être payé. L'autre moitié du personnel, tout en louant officiellement cette générosité, jugeait que c'était un vrai gaspillage de temps et d'argent. Ces deux cent cinquante heures annuelles que chacun offrait auraient pu être mieux utilisées, soit pour engranger plus de profits, soit pour assurer ou améliorer sa propre position au sein de l'entreprise, en siégeant par exemple dans les multiples comités qui décidaient qui serait promu, qui serait nommé associé, et qui serait remercié.

Willie Backstrom tenait ses troupes, ce qui n'était pas bien difficile car aucun employé de S & P n'allait critiquer ouvertement la politique du cabinet. Scully versait même des bonus à ceux qui dépassaient leur quota d'heures au service des déshérités.

Mitch, en ce moment, donnait quatre heures par semaine à un foyer pour SDF dans le Bronx et défendait des gens qui risquaient de se retrouver à la rue. C'était un travail essentiellement de bureau, sans contraintes de déplacement, et cela lui allait très bien. Sept mois auparavant, son client était un condamné dans le couloir de la mort. Il avait dû écouter ses dernières paroles et assister à son exécution dans l'Alabama. Il avait ainsi consacré huit cents heures en six années à ce dossier, à tenter en vain de sauver la peau de ce malheureux. Le regarder mourir avait été déchirant, la preuve ultime de son échec.

Mitch ne savait pas pourquoi Willie voulait le voir, mais c'était forcément de mauvais augure.

Willie Backstrom était le seul avocat chez Scully à porter un catogan – une initiative capillaire des plus regrettables. Il était hirsute et gris, comme sa barbe ! Ses supérieurs auraient dû mettre le holà plusieurs années auparavant et lui dire d'aller chez le coiffeur. Mais S & P voulait se débarrasser de son image vieillotte de cabinet pour Blancs en costume-cravate. La première étape de cette cure de jouvence fut d'abandonner tout code vestimentaire au bureau. Une révolution. Willie s'était alors laissé pousser la barbe et les cheveux, et avait adopté le jean.

Mitch, toujours en costume sombre, mais sans cravate, s'assit en face de lui. Après avoir un peu discuté, Willie entra dans le vif du sujet.

— Mitch, j'ai un dossier dans le Sud et j'aimerais que tu y jettes un coup d'œil.

— Pas un condamné à mort, j'espère !

— Si. Exactement.

— Non, pas ça, Willie ! Je t'en prie. J'en ai eu deux dans le couloir de la mort en cinq ans et les deux ont eu droit à la seringue. Mes stats sont très mauvaises.

— Allons, tu as fait du très bon boulot. Personne ne pouvait les sauver.

— Je ne veux pas subir ça une troisième fois.

— Écoute-moi. D'accord ?

Mitch haussa les épaules. Le penchant de Willie pour les cas désespérés était légendaire et aucun avocat chez Scully n'osait lui dire non.

— Vas-y. Je suis tout ouïe.

— Il s'appelle Tad Kearny et il lui reste quatre-vingt-dix jours à vivre. Voilà un mois, il a pris l'étrange décision de renvoyer ses avocats. Tous. Et pourtant, c'étaient des bons.

— Il est dingue ?

— Oui, il l'est ! Même d'un point de vue juridique. Mais le Tennessee veut sa peau. Il y a dix ans, il a abattu trois agents des stups infiltrés au cours d'une descente de police qui a mal tourné. Un vrai massacre. Au total cinq morts. Tad a failli y rester, mais les toubibs l'ont sauvé pour que l'État puisse ensuite le condamner à mort.

Mitch lâcha un rire amer.

— Et je suis censé débarquer là-bas sur mon cheval blanc et tirer le gars de là ? Allez, Willie. Donne-moi quelque chose où je peux être utile.

— Tu seras utile. Il faut plaider la folie, sinon c'est plié. Le souci, c'est que Tad va sans doute refuser.

— Alors pourquoi perdre notre temps ?

— Nous devons tenter le coup, Mitch. Et je pense que tu es notre plus grande chance.

— Ah oui ? Et pourquoi ?

— Tad te ressemble. Beaucoup.

— Merci du compliment !

— Sérieux. Il est blanc, il a ton âge et vient du comté de Dane, dans le Kentucky, comme toi.

L'espace d'un instant, Mitch ne sut que répondre.

— Magnifique, parvint-il à articuler. On est peut-être même cousins !

— Non, je ne crois pas. Mais son père était mineur, comme le tien. Et comme lui, il est mort au fond.

— Laisse ma famille en dehors de ça.

— Pardon. Tu es né avec de mauvaises cartes, mais avec ta tête, tu t'en es sorti. Tad a été moins gâté, et rapidement, il est tombé dans la drogue – consommateur et dealer. Avec ses potes, aux environs de Memphis, ils faisaient une grosse livraison quand ils ont été pris en embuscade par les flics. Tout le monde est mort, sauf lui. Et, visiblement, sa bonne étoile l'a quitté.

— Donc il est coupable, sans le moindre doute ?

— En tout cas il l'est pour le jury. L'enjeu n'est pas sa culpabilité, plutôt son discernement au moment des faits. L'idée, c'est de le faire examiner par des experts, les nôtres, et de déposer un recours à la dernière minute. Pour cela, il faut d'abord que quelqu'un entre dans sa cellule et lui parle. Pour l'instant, il refuse toutes les visites.

— Et tu crois qu'entre lui et moi, le courant va passer ?

— Va savoir. Il faut essayer, non ?

Mitch prit une profonde inspiration ; il devait trouver une échappatoire.

— Qui s'occupe de l'affaire ? demanda-t-il pour gagner du temps.

— Techniquement, personne. Tad est devenu l'avocat de ses codétenus et il a rempli les papiers pour éjecter toute son équipe. Amos Patrick l'a représenté pendant longtemps. C'est l'un de nos meilleurs éléments là-bas. Tu le connais ?

— Je l'ai rencontré une fois à un colloque. Un sacré personnage.

— Comme la plupart des gars qui défendent des condamnés à mort.

— Willie, je n'ai aucune envie que l'étiquette « l'avocat du couloir de la mort » me colle à la peau. J'ai fait ça deux fois, et ça m'a suffi. Ces cas te rongent, te consument entièrement. Combien de clients tu as vus mourir, toi ?

Willie ferma les yeux.

— Excuse-moi, souffla Mitch.

— Bien trop. Disons simplement que j'ai connu ça aussi. (Il poussa un long soupir.) J'ai parlé à Amos.

Longuement. Et il aime l'idée. Il va t'emmener à la prison, et peut-être que Tad sera curieux et acceptera de parler un peu avec toi ?

— De toute évidence, c'est une cause perdue.

— Dans trois mois, oui, ce sera une cause perdue, mais au moins nous aurons essayé de le sauver.

Mitch se leva et se dirigea vers la fenêtre. Les baies vitrées de Willie donnaient au sud-ouest, sur l'Hudson.

— Le cabinet d'Amos est à Memphis, non ?

— Exact.

— Je n'ai aucune envie de retourner là-bas. Trop de souvenirs douloureux.

— C'est de l'histoire ancienne, Mitch. Ça date de quinze ans. Tu avais choisi le mauvais cheval et tu as dû partir.

— Partir ? Nom de Dieu, ils ont tenté de me tuer ! Des gens sont morts ! Et tous les employés de la firme sont en prison. Ainsi que leurs clients.

— Ce n'est que justice, non ?

— Peut-être, mais c'est moi le responsable de leur chute.

— Ils ne sont plus là, Mitch. Ils sont enfermés aux quatre coins du pays.

Mitch revint s'asseoir et lança un sourire à son ami.

— Juste par curiosité, Willie… les gens ici savent ce qui s'est passé à Memphis ? Ils en parlent ?

— Non. Jamais. Nous connaissons l'histoire, mais personne n'a le temps de cancaner. Tu as fait le bon choix, tu as mis les voiles et tu as tout recommencé à zéro. Maintenant, tu es l'un de nos avocats stars, c'est tout ce qui compte pour Scully.

— Je ne veux pas retourner à Memphis.

— Il te manque des heures de bénévolat. Tu es loin de ton quota cette année.

— Je vais me rattraper. Tu ne peux pas me confier une petite fondation sympa à défendre gratos ? Ou bien une ONG qui nourrit les gosses affamés, ou qui apporte de l'eau potable en Haïti ?

— Tu t'ennuierais à mourir. Tu préfères l'action, l'intensité du terrain, la course contre la montre.

— J'ai déjà donné.

— S'il te plaît. C'est un service que je te demande. Et je n'ai personne d'autre dispo. De toute façon, il y a de fortes chances que Tad refuse de te voir.

— Vraiment, je ne veux pas remettre les pieds là-bas, insista Mitch.

— Allez, haut les cœurs ! Il y a un vol direct demain à 13 h 30, en partance de LaGuardia. Amos compte sur toi. Tu vas voir, c'est un chic type.

Mitch esquissa un sourire, se sachant battu.

— Entendu, marmonna-t-il en se levant. Pour tout te dire, je crois bien connaître quelques Kearny dans le comté de Dane.

— Super ! Fais le forcing pour voir Tad. Vous êtes peut-être cousins !

— Ne parle pas de malheur !

2

Les associés, que ce soit chez Scully & Pershing ou les autres grands cabinets d'affaires, comme tous les faiseurs d'argent du Financial District, quittaient leur tour vers 18 heures, et sautaient dans leur VTC. Les stars des fonds d'investissement avaient de grandes berlines européennes et un chauffeur personnel. Quant aux véritables maîtres du monde, ils ne venaient jamais en ville et dirigeaient discrètement les affaires de la planète depuis leurs demeures luxueuses du Connecticut.

Même si Mitch pouvait largement se payer les services d'une voiture avec chauffeur, il préférait prendre le métro – l'une de ces nombreuses règles de sobriété qu'il s'imposait en souvenir de ses origines modestes. Il montait dans la rame de 18 h 10 à South Ferry, cherchait un siège sur les bancs bondés et se plongeait dans la lecture de son journal. Il évitait de regarder les autres passagers. La plupart étaient des gens aisés comme lui. Ils empruntaient le métro pour rejoindre le nord de la ville et aucun n'avait envie de parler. Il était logique d'utiliser les transports en commun. C'était rapide, facile, bon marché et sans danger – du moins la plupart du temps. Mais tous travaillaient dans le quartier de la finance, gagnaient beaucoup d'argent, ou étaient sur le point d'en gagner, et bientôt – leur rêve ultime – ils auraient leur berline avec chauffeur, alors adieu le métro !

Mitch jugeait tout cela futile. Il feuilletait son journal, de plus en plus serré à mesure que de nouveaux voyageurs montaient dans le wagon. Immanquablement, son esprit dériva vers Memphis. Il n'avait pas dit expressément qu'il ne retournerait jamais là-bas. Entre lui et Abby, c'était un serment tacite. Quitter cette ville avait été si terrifiant qu'ils n'imaginaient pas y revenir, pour quelque raison que ce soit. Toutefois, plus il pensait à Tad Kearny, plus sa curiosité était piquée au vif. Ce court voyage serait sans doute en pure perte. Mais il rendrait ainsi un grand service à Willie, et celui-ci saurait lui renvoyer l'ascenseur.

Après vingt-deux minutes de trajet, il sortit de terre à Columbus Circle et marcha, comme tous les jours, vers son appartement. C'était une douce soirée d'avril, avec un beau ciel bleu, une température clémente, un moment radieux digne d'une carte postale. Les gens flânaient dans les rues pour profiter du bon air, pourtant Mitch pressait le pas.

Leur immeuble se trouvait sur la 69e Rue, au cœur de l'Upper West Side. Mitch salua le portier, récupéra son courrier et prit l'ascenseur jusqu'au treizième étage. Clark ouvrit la porte et courut faire un câlin à Mitch. À huit ans, il était encore un petit garçon et n'hésitait pas à montrer son affection pour son père. Carter, son frère jumeau, était un peu plus mûr et évitait déjà les contacts. Mitch aurait bien pris Abby dans ses bras pour l'embrasser, mais elle avait des invités dans la cuisine. De délicieux arômes flottaient dans l'appartement. On s'activait aux fourneaux et le dîner promettait d'être délicieux.

Les frères Rosario, jumeaux eux aussi, étaient deux chefs originaires d'un petit village de Lombardie. Deux ans plus tôt, Marco et Marcello avaient ouvert une trattoria près du Lincoln Center. Dès le premier jour, ce fut un succès et rapidement le *Times* leur avait attribué deux étoiles. Il était difficile d'obtenir une réservation. Pour avoir une table, il fallait attendre quatre mois. Mitch et Abby avaient découvert le lieu et y mangeaient souvent. Les Rosario leur trouvaient toujours de la place puisque Abby allait publier leur premier livre de recettes. Elle leur prêtait aussi sa cuisine tout équipée pour tester de nouveaux plats, si bien qu'une fois par semaine, les deux chefs débarquaient chez les McDeere avec des sacs débordant d'ingrédients et s'activaient aux fourneaux avec force chamailleries. Abby se tenait entre les deux frères querelleurs, échangeant avec eux dans un italien parfait, tandis que Carter et Clark regardaient l'agitation, perchés sur des tabourets, à l'abri derrière le comptoir. Ravis d'avoir ce jeune public, Marco et Marcello leur expliquaient leurs préparations dans un anglais au fort accent et leur interdisaient de répéter les jurons et insultes imagées qu'ils se lançaient dans leur langue maternelle.

Mitch lâcha un petit rire en voyant la scène. Il posa son porte-documents, retira sa veste et se servit un verre de chianti. Il demanda aux enfants s'ils avaient fait leurs devoirs. Bien sûr, les garçons lui assurèrent que c'était le cas. Marco plaça une assiette de bruschettas devant eux et annonça à Mitch que les corvées de l'école pouvaient attendre car Carter et Clark avaient une mission de la plus haute importance : testeurs des plats ! Mitch fit semblant de céder. Il vérifierait leur travail plus tard.

Sans surprise, le restaurant s'appelait le Rosario et le nom était brodé en grosses lettres sur les tabliers rouges des deux chefs. Marcello proposa à Mitch d'en enfiler un. Comme toujours, il refusa, déclarant qu'il ne savait pas cuisiner. Quand les McDeere étaient seuls, Abby le laissait éplucher et couper les légumes, préparer les doses d'épices sous sa supervision, dresser la table et gérer la poubelle, rien que des besognes de commis à l'aune de ses talents culinaires. Un jour, elle l'avait placé en tant que sous-chef, mais l'avait définitivement rétrogradé quand il avait fait brûler le pain dans le four.

Abby leur proposa un verre de chianti mais Marco et Marcello déclinèrent. Les Italiens, bien que grands producteurs de vin, buvaient peu en réalité. Une seule carafe de leur rouge ou blanc local suffisait pour toute une tablée au dîner.

Fine connaisseuse des mets et vins du Piémont à la Calabre, Abby était directrice de collection chez Epicurean, une petite maison d'édition de Manhattan, spécialisée dans les livres de cuisine. Epicurean publiait une cinquantaine de titres par an, d'ordinaire des ouvrages richement illustrés regorgeant de recettes provenant des quatre coins du monde. Grâce à ses nombreuses relations avec des chefs et propriétaires de restaurants, ils dînaient souvent dehors et avaient rarement besoin de réserver. Leur appartement était devenu le laboratoire d'expérimentation favori de jeunes cuisiniers qui rêvaient de percer dans une ville connue pour ses bonnes tables et sa clientèle exigeante. La plupart des plats confectionnés ici étaient extraordinaires. Les chefs ayant toutefois une liberté de création totale, il y avait parfois des ratés. Carter et Clark étaient des cobayes idéals, parfaitement ouverts aux recettes les plus avant-gardistes. Si les garçons n'appréciaient pas, il en serait sans doute de même pour les clients du restaurant. Les petits testeurs n'hésitaient pas à critiquer tous les plats qui ne leur plaisaient pas. Ce qui amusait beaucoup Mitch et Abby. Ils avaient fait de leurs enfants d'affreux snobs en matière culinaire !

Ce soir-là, il n'y eut aucun reproche. Les bruschettas furent suivies par une petite pizza à la truffe. Puis Abby annonça la fin des antipasti et dirigea tout le monde vers la salle à manger. Marco apporta un cacciucco en entrée, une soupe de poissons et crustacés pimentée, et s'installa à table. Les six convives goûtèrent, en silence, préparant leurs commentaires. Les adultes mangeaient lentement, et souvent cela agaçait les garçons. Les pâtes étaient des cappellettis, de petits raviolis farcis dans un bouillon de bœuf. Carter apprécia particulièrement le plat et le déclara délicieux. Abby était moins enthousiaste. Marco servit ensuite un risotto au safran. Puisqu'il s'agissait d'un programme « Recherche & découverte », le menu comportait une troisième entrée : des spaghettis avec une sauce aux palourdes. Les portions étaient toutes petites, juste quelques bouchées, et il fallait faire durer le plaisir disaient les parents. Pendant ce temps-là, les Rosario se disputaient sur les ingrédients, les modifications de la recette, l'assaisonnement et autres sujets cruciaux. Mitch et Abby y allaient aussi de leurs critiques et c'était une belle cacophonie à table. Après le poisson, les enfants commencèrent à s'ennuyer. Ils furent autorisés à sortir de table pour aller regarder la télévision. Ils ratèrent le plat de viande, un ragoût de lapin et le dessert, du panforte, un gâteau au chocolat et aux amandes.

Autour d'un café, les McDeere et les Rosario décidèrent quelles recettes devaient figurer dans le livre et celles qui méritaient d'être améliorées. Il restait encore des mois de travail avant la parution. Il y aurait donc bien d'autres séances de dégustation.

Peu après 20 heures, les frères voulurent lever le camp. Il leur fallait retourner au restaurant s'occuper de leurs clients. Après un rapide nettoyage et les embrassades habituelles, ils s'en allèrent en promettant de revenir la semaine suivante.

Quand le calme revint dans l'appartement, Mitch et Abby se rendirent dans la cuisine – un véritable chaos, comme toujours. Ils remplirent le lave-vaisselle, empilèrent poêles et casseroles dans l'évier et éteignirent la lumière. La femme de ménage s'occuperait de tout ça le lendemain matin.

*

Une fois les enfants couchés, ils s'installèrent dans le salon pour savourer un dernier verre de barolo. Ils parlèrent du dîner, du travail.

Mitch lui annonça la nouvelle.

— Je pars en déplacement. Je ne serai pas à la maison demain soir.

Cela n'avait rien d'extraordinaire en soi. Il était absent une dizaine de jours par mois. Abby avait accepté depuis longtemps ces désagréments.

— Ce n'était pas prévu, répondit-elle avec un haussement d'épaules fataliste. (Les horloges et les calendriers régissaient leur vie. Tout était noté, et il n'y avait pas de place pour l'improvisation chez les McDeere.) Tu vas où ? Un endroit sympa ?

— Memphis.

Elle hocha la tête, s'efforçant de cacher sa surprise.

— D'accord. J'attends la suite, et tu as intérêt à être convaincant.

Il esquissa un sourire et lui raconta sa conversation avec Willie Backstrom.

— Oh non, Mitch, encore un condamné à mort ? Tu m'avais promis.

— Je sais, je sais. Mais je ne pouvais pas refuser. C'est un cas désespéré et sans doute une perte de temps. J'ai dit que j'allais tenter le coup.

— Je pensais qu'on ne retournerait jamais là-bas.

— Moi aussi. Mais c'est juste pour vingt-quatre heures.

Elle but une gorgée de vin et ferma les yeux.

— Ça fait longtemps que nous n'avons pas parlé de Memphis, déclara-t-elle.

— C'est vrai. Il n'y avait pas lieu. C'était il y a quinze ans et tout a changé.

— Ça ne me plaît pas.

— Tout ira bien, Abby. Personne ne va me reconnaître. Et tous les affreux sont partis.

— J'espère. Je te rappelle que nous avons quitté la ville en pleine nuit, qu'on était terrifiés et que de sales types nous pourchassaient.

— C'est vrai. Mais ils ne sont plus là. Certains sont morts. Et la firme s'est écroulée. Ils sont tous en prison.

— Là où est leur place.

— Exactement. Il ne reste plus personne du cabinet là-bas. Ce sera vite fait. Un simple aller-retour et personne ne le saura.

— Nous n'y avons pas de bons souvenirs.

— Abby, nous avons pris la décision de recommencer nos vies à zéro et de ne pas regarder en arrière. Tout ça, c'est de l'histoire ancienne.

— Mais si tu prends cette affaire, ton nom va apparaître.

— Il est peu probable qu'on en arrive là. Et quand bien même, je ne serai pas à Memphis. La prison est à Nashville.

— Pourquoi vas-tu à Memphis, alors ?

— Parce que son avocat – son ex-avocat – travaille là-bas. J'ai rendez-vous avec lui dans son cabinet, il va me faire un topo, et nous nous rendrons ensemble à Nashville.

— Scully emploie des millions de gars. Ils peuvent trouver quelqu'un d'autre.

— C'est urgent. Si le client refuse de me voir, je rentre aussitôt. Et je serai de retour à la maison avant que j'aie le temps de te manquer.

— Qui te dit que tu vas me manquer ? Tu es toujours par monts et par vaux.

— C'est vrai et je sais que tu es très malheureuse sans moi.

— Carrément au bord du suicide… (Elle secoua la tête en souriant. Discuter avec Mitch était une perte de temps. Elle ne le ferait pas changer d'avis.) Je t'en prie, sois prudent.

— Promis.

3

La première fois que Mitch avait franchi les portes du Peabody dans le centre-ville de Memphis, il n'avait pas tout à fait vingt-cinq ans. Il était en troisième année à Harvard, allait passer son diplôme au printemps et sortir quatrième de sa promo. Il avait déjà trois propositions d'embauche en poche, toutes splendides, toutes émanant de grands cabinets d'affaires – deux à New York et un à Chicago. Aucun de ses amis ne comprenait pourquoi il perdait du temps avec cette firme de Memphis qui ne jouait visiblement pas dans la cour des grands. Abby aussi était perplexe.

En réalité, Mitch avait été attiré par l'appât du gain. Même si Bendini, Lambert & Locke était petit en taille, ne comptait que quarante avocats, il proposait plus d'argent et d'avantages que les autres cabinets, ainsi qu'une voie express pour devenir associé. Bien sûr, Mitch avait caché sa cupidité, l'avait même occultée, et s'était convaincu qu'un enfant comme lui originaire d'une petite bourgade se sentirait plus à l'aise dans une ville à taille humaine. La firme formait une grande famille et personne n'était jamais parti – du moins personne vivant. Il aurait dû se méfier, se dire qu'il y avait un loup, qu'il y aurait forcément un prix à payer. Avec Abby, ils avaient tenu sept mois et eu beaucoup de chance de s'en sortir sains et saufs.

À l'époque, ils avaient traversé le hall du Peabody, main dans la main, impressionnés par les meubles luxueux, les tapis d'Orient, les tableaux aux murs, et cette fameuse fontaine où nageaient des canards.

Les palmipèdes étaient encore là, à tourner en cercle dans le bassin, sans doute issus d'une nouvelle génération. Il commanda un soda light au bar et s'installa dans un fauteuil à côté de l'eau. Les souvenirs remontaient par vagues : le vertige qu'on lui propose autant d'argent, le soulagement d'avoir presque terminé son droit, un avenir doré qui s'ouvrait à lui avec une nouvelle carrière, une nouvelle maison, une belle voiture, de gros chèques. Avec Abby, ils parlaient déjà de fonder une famille. Bien sûr, ils se méfiaient d'une offre aussi mirobolante, mais leurs doutes s'étaient dissipés dès qu'ils avaient franchi les portes du Peabody.

Comment avaient-ils pu être aussi naïfs ? Cela datait de quinze ans… ils étaient encore des gamins, finalement.

Mitch termina son verre et se dirigea vers la réception. Il avait pris une chambre pour une nuit au nom de Mitchell Y. McDeere. Pendant qu'il attendait que l'employée trouve sa réservation, il commença à s'inquiéter. Peut-être allait-on le reconnaître ? Mais nul ne sourcilla, ni la réceptionniste, ni personne. C'était trop ancien. Et les mafieux et conspirateurs qui l'avaient traqué n'étaient plus là. Il monta dans sa chambre, passa un jean et partit se promener en ville.

Trois cents mètres plus loin, sur Front Street, il contempla l'édifice de quatre étages appelé autrefois l'immeuble Bendini. En frissonnant, il se souvint de son passage dans ces murs, une épreuve courte mais intense. Il se rappelait les noms, les visages. Ils n'étaient plus là. Certains étaient morts, d'autres menaient des existences discrètes loin d'ici. Le bâtiment avait été rénové, rebaptisé, et abritait aujourd'hui des appartements, « avec vue sur le fleuve », vantait le panneau publicitaire. Il poursuivit son chemin. Lansky existait toujours. Certaines traditions avaient la peau dure à Memphis ! Il entra dans le snack, s'installa au comptoir et commanda un café. La rangée de box à sa droite était quasiment vide à cette heure de la journée. Il repéra la table où l'agent du FBI, surgissant de nulle part, était venu s'asseoir en face de lui et lui avait posé un tas de questions sur la firme. Cela avait sonné le début de la fin, le premier signal clair que sa situation n'était pas aussi paradisiaque qu'il le croyait. Mitch ferma les yeux et se remémora leur conversation, mot pour mot. L'agent du FBI s'appelait Wayne Tarrance, un nom qu'il n'oublierait jamais.

Quand il eut fini son café, il paya et se dirigea vers Main Street où il monta dans un tram pour un petit trajet. Certains immeubles avaient changé, d'autres étaient identiques à son souvenir. Tant d'endroits lui rappelaient des événements qu'il s'était efforcé d'effacer de sa mémoire. Il s'arrêta dans un parc, trouva un banc sous un arbre et appela sa secrétaire pour savoir ce qu'il avait manqué au bureau – c'était toujours la folie là-bas. Il téléphona aussi à Abby et demanda des nouvelles des garçons. Tout allait bien à la maison. Non, il n'avait pas été suivi. Non, personne ne l'avait reconnu.

Le soir, il retourna au Peabody et monta sur le toit. C'était un endroit prisé pour admirer le soleil couchant sur le fleuve et boire un verre entre amis, en particulier les vendredis soir, après une dure semaine de labeur. Lors de sa première visite, Abby et lui avaient été invités ici par les jeunes collaborateurs du cabinet, accompagnés de leur épouse. Ils étaient tous mariés. Et tous les avocats chez Bendini étaient des hommes – une règle tacite. Plus tard, quand ils furent enfin seuls, Mitch et Abby avaient pris la déplorable décision d'accepter l'offre de Bendini.

Mitch commanda une bière et s'appuya au garde-fou pour contempler le Mississippi qui traversait Memphis dans son voyage inexorable vers La Nouvelle-Orléans. De grandes barges chargées de soja passaient lentement sous le pont qui menait en Arkansas, alors que les derniers rayons flamboyaient sur les champs à perte de vue. Il ne ressentit aucune nostalgie. En quelques semaines, leur joie avait disparu et leur vie était devenue un cauchemar.

Pour le dîner, un lieu s'imposait. Il traversa Union Avenue, s'engagea dans une ruelle. À dix pas, la bonne odeur des cuisines lui mettait déjà l'eau à la bouche. Le Rendez-vous était le restaurant le plus célèbre en ville et, à l'époque, il y dînait à la moindre occasion. Parfois, Abby l'y retrouvait pour déguster leurs célèbres travers de porc fumés arrosés d'une bière bien fraîche. C'était mardi, et bien qu'il y eût du monde, on était loin de la folie des week-ends quand il fallait attendre une heure pour avoir une table – bien sûr, il était impossible de réserver ! Un serveur lui désigna une place libre dans l'une des nombreuses salles à manger. Mitch s'installa, face au bar. Il n'avait pas besoin de lire la carte.

— Vous voulez quoi ? demanda un autre serveur en passant.

— Le plat garni, un fromage, et un pichet.

Le serveur mémorisa la commande sans même ralentir le pas.

Il y avait eu beaucoup de changements en ville, mais pas ici. Le Rendez-vous semblait dans une bulle hors du temps. Aux murs, il y avait toujours les portraits des célébrités venues s'y restaurer, les programmes du Liberty Bowl, les enseignes néons pour les bières et sodas, les gravures du vieux Memphis et la collection de photos anciennes, datant pour la plupart des années 1950. Par tradition, les clients étaient priés de punaiser leur carte de visite avant de partir. Il devait y en avoir des millions aujourd'hui. Il avait cédé lui aussi au rite et se demandait si celles des autres avocats de Bendini étaient encore là. C'était probable, puisque personne n'avait jamais pris la peine de faire le tri.

Dix minutes plus tard, le serveur lui apporta un plat de travers de porc, du cheddar fondu et du coleslaw en accompagnement. La bière était frappée à point. Il prit un travers et en croqua une grosse bouchée. C'était délicieux. Enfin un bon souvenir de Memphis !

*

La Capital Defense Initiative avait été fondée par Amos Patrick en 1976, lorsque la Cour suprême avait à nouveau déclaré la peine de mort constitutionnelle. Dès le feu vert des juges, les « États de la mort » s'étaient empressés de briquer leurs chaises électriques et chambres à gaz, et la course funeste avait été lancée. C'était à celui qui exécuterait plus que son voisin. Le Texas était le grand tenant du titre, mais derrière lui, le combat était âpre pour la seconde place.

Amos venait des quartiers pauvres de la Géorgie rurale et avait connu la faim dans sa jeunesse. Ses meilleurs amis étaient tous noirs et, depuis son enfance, il était révolté par les injustices et les mauvais traitements dont ils étaient victimes. Adolescent, il avait mesuré les effets insidieux du racisme sur la communauté noire. Même s'il ne se définirait pas comme un membre de la gauche radicale, il était devenu un fervent progressiste. Un professeur de sciences naturelles au lycée avait repéré ses aptitudes et l'avait poussé à entrer à l'université. Sans ce coup de pouce du destin, Amos Patrick aurait passé sa vie à travailler dans les champs de cacahuètes avec ses camarades.

Amos était une légende dans le petit monde de la peine capitale. Depuis trente ans, il défendait des condamnés reconnus coupables de crimes à faire frémir les âmes les plus endurcies. Pour survivre, il avait appris à cloisonner. Leur culpabilité n'était pas son combat, mais il se dressait contre l'État qui, par son pouvoir, ses préjugés et ses positions biaisées, s'octroyait le droit de tuer.

Une guerre sans fin qui l'avait usé jusqu'à la corde. Il avait sauvé de nombreuses vies, en avait perdu bien trop en chemin, et au fil du temps avait édifié une ONG qui, grâce aux dons, volait de ses propres ailes et embauchait de nouveaux bras pour poursuivre l'œuvre de son créateur. Son ardeur de combattant s'était émoussée et sa femme comme son médecin lui mettaient la pression pour qu'il s'arrête.

Ses locaux étaient tout aussi légendaires. La CDI avait établi ses quartiers dans une construction d'inspiration Art déco des années 1930, qui avait connu bien des hauts et des bas au fil des décennies. L'endroit avait d'abord été une concession automobile parmi tant d'autres sur « l'Auto Row » de Summer Avenue, à dix kilomètres du centre-ville. Avec le temps, les vendeurs de voitures s'étaient déplacés, pour s'installer plus loin à l'est, en laissant leurs showrooms à l'abandon, dont la plupart avaient été rasés. Amos avait sauvé cette concession Pontiac de la démolition en l'acquérant à une vente aux enchères où il était le seul acheteur. Des avocats de Washington, sensibles à sa cause, s'étaient portés garants pour le prêt. Se fichant de l'apparat comme de l'opinion publique, Amos ne s'était pas lancé dans des travaux de rénovation. Il avait besoin d'un grand espace avec le minimum de confort. Il ne cherchait pas à attirer de nouveaux clients, puisqu'il en avait plus qu'il ne pouvait en défendre. La course à la peine de mort battait son plein et les procureurs se lâchaient.

Amos déboursa quelques dollars pour un coup de peinture, quelques cloisons de bureaux, des WC en état de fonctionnement et installa son équipe grandissante dans l'ancienne concession encore dans son jus. Avocats et assistants juridiques de la CDI défendaient bec et ongles leurs locaux austères et hors norme. Qui d'autre pouvait se consacrer au droit dans un lieu où autrefois on faisait des vidanges et changeait les pots d'échappement !

Il n'y avait pas de réception ; la CDI n'en avait pas l'utilité. Ses clients, ils étaient enfermés dans le couloir de la mort ou dans des QHS de la Virginie à l'Arizona. Pas de visiteurs, pas de hall d'accueil ! Mitch sonna à la porte et pénétra dans le grand espace ouvert qui avait abrité autrefois des voitures et attendit d'apercevoir un humain. La décoration le fit sourire : des affiches publicitaires pour des nouveaux modèles de Pontiac datant de plusieurs décennies, des calendriers des années 1950, et quelques articles de presse encadrés où l'on rapportait que la CDI avait sauvé un condamné à mort. Ni moquettes ni tapis. Le sol était unique en son genre : du ciment brut maculé de taches d'huile et de peinture.

— Bonjour, lui lança une jeune femme en passant, les bras chargés de dossiers.

— Bonjour, j'ai rendez-vous avec Amos Patrick à 9 heures.

Elle lui retourna un sourire contraint, comme si elle avait des affaires plus urgentes à régler.

— Ah oui… je vais le lui dire. Mais cela risque de prendre un petit moment. C'est chaud ce matin.

Et elle repartit. Sans lui proposer de s'asseoir, et encore moins un café.

Parce qu'il y avait des matins tranquilles alors que chaque client risquait la mort ? Malgré les grandes baies vitrées qui laissaient entrer beaucoup de lumière, on ressentait une énergie lugubre, comme si chaque journée commençait toujours mal et que les avocats dès l'aube se battaient contre les deadlines. Mitch repéra trois chaises de plastique dans un coin, à côté d'une table basse jonchée de vieux magazines. Une sorte de salle d'attente. Il s'assit, sortit son téléphone et consulta ses e-mails. À 9 h 30, il commença à avoir des fourmis dans les jambes. Il regarda la circulation sur Summer Avenue, appela le bureau en bon professionnel, s'efforçant d'oublier son agacement. Dans son monde, où tout son planning était réglé comme du papier à musique, il était rare d'avoir une demi-heure de retard à un rendez-vous ; il fallait vraiment un cas de force majeure. Mais Mitch se raisonna : c'était du bénévolat, il était censé *donner* son temps.

À 9 h 50, un gamin en jean apparut.

— Monsieur McDeere, par ici.

Mitch le suivit. Ils longèrent un grand comptoir où d'après l'écriteau on vendait autrefois des pièces détachées, puis passèrent une grande porte battante qui menait dans un couloir. Le garçon s'arrêta devant une porte close.

— Entrez, Amos vous attend.

— Merci.

Dès que Mitch franchit le seuil, Amos Patrick le serra dans ses bras. C'était un grand gaillard avec une tignasse grise et une barbe tout aussi hirsute. Après cet enlacement démonstratif, ils se serrèrent la main de façon plus conventionnelle puis échangèrent un peu : ils parlèrent de Willie Backstrom et d'autres connaissances qu'ils avaient en commun, de la pluie et du beau temps.

— Vous voulez un expresso ? proposa Amos.

— Avec plaisir.

— Simple ou double ?

— Vous prenez quoi, vous ?

— Un triple.

— Alors pareil.

Amos esquissa un sourire et se dirigea vers une desserte où trônait un gros percolateur italien, avec une collection d'arabicas en grains. Visiblement, le café était une affaire sérieuse pour Amos Patrick. Il choisit deux mugs – de vraies tasses, pas des gobelets –, appuya sur une série de boutons et attendit que le moulin commence à moudre.

Ils s'installèrent dans un coin de son bureau de fortune, sous une porte basculante qui n'avait pas été abaissée depuis des lustres. Amos avait les yeux rouges et bouffis. D'un ton grave, il déclara :

— Mitch, il faut que je vous dise… je crains de vous avoir fait perdre votre temps. Je suis désolé, mais vous ne pourrez rien faire.

— Pas de souci. Willie m'a prévenu.

— Oh non, ce n'est pas ça. C'est bien pire. Ce matin, très tôt, ils ont trouvé Tad Kearny pendu dans la douche. Avec un fil électrique. Autrement dit, il les a devancés, conclut-il d'une voix chevrotante.

Mitch ne savait que dire.

Amos s'éclaircit la gorge et reprit dans un murmure :

— Ils appellent ça un suicide.

— Je suis désolé.

Les deux hommes restèrent silencieux un long moment, un silence rompu par les bourdonnements de la machine à café. Amos s'essuya les yeux avec un mouchoir, puis se leva, alla chercher les tasses et les déposa sur une petite table. Sur son plan de travail encombré, il récupéra un papier et le tendit à Mitch.

— C'est arrivé il y a une heure.

Il s'agissait d'une photographie : un homme nu et maigre, un Blanc, suspendu telle une marionnette au bout de son fil. La boucle du câble s'enfonçait dans les chairs molles du cou, l'autre extrémité était attachée à un tuyau. Mitch y jeta un rapide coup d'œil et rendit le cliché.

— C'est triste.

— Oui.

— Ça arrive tout le temps en prison. Mais pas dans le couloir de la mort.

Il y eut une autre pause. Les deux hommes burent leur café sans un mot. Mitch ne savait que dire, mais le sous-texte était clair : Amos ne croyait pas au suicide.

— Je l'aimais bien, articula-t-il en regardant fixement le mur devant lui. Il était fou et nous nous disputions tout le temps, mais je l'aimais bien. Avec l'expérience on se blinde, mais avec Tad, je me suis laissé prendre. Le gamin n'a jamais eu de chance dans la vie, il était condamné dès la naissance. C'est souvent comme ça.

— Pourquoi vous a-t-il viré ?

— Oh, c'est arrivé des dizaines de fois ! C'en était comique. Tad était futé et il a appris le droit tout seul. Il en savait plus que ses avocats. Pourtant je me suis accroché. Vous avez connu ça. C'est difficile de ne pas s'attacher à ces hommes désespérés.

— J'en ai perdu deux.

— Moi, vingt. Vingt et un aujourd'hui. Mais Tad a toujours été spécial pour moi. Je l'ai défendu pendant huit ans et, durant tout ce temps, il n'a pas eu une seule visite. Pas d'amis, pas de famille, personne sauf moi. Il était seul comme une pierre, coincé dans sa cage sans aucun contact à l'extérieur, hormis son avocat. Son état mental s'est détérioré au fil des ans. À la fin, il refusait de parler. Puis il m'a écrit une lettre de cinq pages, un ramassis de pensées et de propos totalement incohérents. Rien que ça suffisait à prouver sa schizophrénie.

— Mais vous aviez déjà plaidé la folie.

— Oui. En pure perte. Le ministère public nous a attaqués tous azimuts et les tribunaux étaient contre nous. On a tout essayé, en vain. Et finalement Tad et moi, nous nous sommes disputés, voilà un mois ou deux, quand il a décidé de renvoyer toute l'équipe. C'était vraiment idiot de sa part.

— Et pour sa culpabilité ?

Amos but une nouvelle gorgée, secoua la tête.

— Disons que les faits ne sont pas en sa faveur. Un vendeur de drogue pris dans une fusillade avec les stups. Bilan : trois flics sur le carreau. Pas de quoi amadouer le jury. Les délibérations n'ont pas duré une heure.

— Il les a donc tués ?

— Oh oui, deux d'une balle dans le front à quinze mètres. Le troisième d'une dans le menton. Tad était bon tireur. Exceptionnel même. Il a grandi au milieu des armes. Il y en avait partout chez lui, dans les voitures, les pick-up, les placards et les tiroirs. Gamin déjà, il pouvait toucher sa cible quasiment les yeux fermés. Les stups ont choisi le mauvais gars pour une embuscade.

Mitch marqua un temps d'arrêt. Le mot résonna dans la pièce.

— Une embuscade ? Comment ça ?

— C'est une histoire compliquée. Je vais vous la faire courte. Dans les années 1990, plusieurs agents des stups ont décidé de faire le ménage eux-mêmes et d'abattre tous les trafiquants. À leurs yeux, c'était le meilleur moyen d'en finir avec la drogue. Grâce à leur réseau – taupes, informateurs, et autres sources – ils montaient des guets-apens. Quand les gars se pointaient au rendez-vous avec la marchandise, les flics les abattaient, purement et simplement. Pas de tracasseries administratives, pas de procès, pas de tergiversations. Ils plaidaient l'autodéfense et tout le monde gobait leur version, les autorités comme la presse. C'était une façon radicale de se débarrasser des dealers.

Mitch était sans voix. Il préféra boire son café et écouter la suite.

— À ce jour, ces gars n'ont jamais été inquiétés. Donc personne ne sait que les trafiquants étaient tirés comme des lapins. Et franchement, tout le monde s'en fiche. Apparemment, ces cow-boys ont perdu de leur enthousiasme depuis que Tad a descendu trois de leurs potes. Cela s'est passé à trente kilomètres au nord de Memphis, dans un coin perdu de la campagne. Il y a bien sûr eu des soupçons, des avocats ont tenté de reconstituer les pièces du puzzle, mais personne n'avait très envie de creuser. Il s'agit d'agents de la DEA, des types violents, dangereux, qui imposaient leur propre loi. Ceux qui ont découvert le pot aux roses ont préféré la fermer et aider ces pourris à se couvrir.

— Et vous ? Vous saviez ?

— Disons que j'avais de gros doutes, mais nous n'avons pas le personnel pour enquêter sur quelque chose d'aussi énorme. J'ai une charrette pleine de deadlines à gérer. En revanche, depuis le début, Tad savait que c'était un piège, il ne cessait d'accuser les flics, il le criait carrément sur tous les toits quand il nous a éjectés. Je pense maintenant qu'il avait une preuve ou une piste sérieuse. Mais encore une fois, le pauvre gamin était vraiment dérangé. Sur le moment, il était difficile de le croire.

— Ce n'était donc peut-être pas un suicide ?

Amos lâcha un grognement et s'essuya le nez sur le revers de sa manche.

— Je n'ai pas beaucoup d'argent, mais je parierais un gros billet que Tad ne s'est pas tué tout seul. Et il est évident que les autorités voulaient qu'il tienne sa langue en attendant de le faire taire à jamais en juillet. Nous ne saurons jamais la vérité sur sa mort. L'enquête, si on peut appeler ça comme ça, va innocenter tout le monde. Encore un condamné qui se suicide et tous passeront à autre chose.

Amos renifla et s'essuya à nouveau les yeux.

— Je suis désolé.

Il était surprenant qu'un avocat, qui avait déjà perdu vingt clients, soit aussi touché. Avec le temps, on s'endurcissait, non ? Mitch n'avait aucune envie d'en faire l'expérience. Ce serait son dernier condamné à mort. Il ferait du bénévolat dans des secteurs moins traumatisants.

— Moi aussi, je suis désolé, Mitch. Vous avez fait tout ce déplacement pour rien.

— Aucun souci. J'ai été heureux de faire votre connaissance et de découvrir vos locaux.

Amos désigna la porte roulante relevée au plafond.

— Impressionnant, non ? Qui d'autre pratique le droit dans une ancienne concession automobile ? Il n'existe aucun cabinet comme le nôtre, même à New York !

— C'est sûr.

— Ça vous tente ? Nous avons justement un poste qui se libère. Un gars nous a quittés la semaine dernière.

Mitch sourit, se retenant de rire. Le salaire que pourrait lui verser Amos ne suffirait même pas à payer ses impôts locaux !

— Merci. Mais j'ai déjà essayé Memphis.

— Oui, je sais. L'affaire Bendini. Cela a fait les gros titres ici. Toute la firme qui saute, tout le monde à la case prison. On ne risque pas d'oublier. Mais votre nom a à peine été cité.

— J'ai eu de la chance de partir au bon moment.

— Et vous ne voulez pas revenir dans notre bonne ville ?

— Non. Pas question.

4

Au volant de sa voiture de location, Mitch appela sa secrétaire pour lui demander de changer ses billets. Il avait raté le vol direct pour LaGuardia. Faire des sauts de puce avec les compagnies régionales lui prendrait une éternité. Un vol sans escale partait de Nashville à 17 h 20. Ce petit détour lui donnait l'occasion de concrétiser un projet qui lui trottait dans la tête depuis longtemps.

La circulation se fit plus fluide. Laisser cette ville derrière lui était un tel soulagement. Son séjour ne pouvait pas mieux se terminer ! Il avait évité une expérience douloureuse avec Tad et, du même coup, cette affaire de tueurs de la DEA qui aurait donné des ulcères à n'importe quel avocat. Il avait fait son quota de bénévolat pour le cabinet, rendu service à Willie, et quittait Memphis, cette fois sans avoir la mort aux trousses. Un sans-faute !

Mitch avait du temps devant lui. Il suivait tranquillement la quatre-voies, profitant du paysage. Il ignora les appels de New York, téléphona à Abby, en roulant à un petit quatre-vingts kilomètres à l'heure. La ville de Sumrall se trouvait à deux heures de route, à l'est de Memphis, et à une heure de Nashville. C'était la capitale du comté, avec une population de dix-huit mille habitants, un chiffre respectable pour une région rurale du Sud. Mitch quitta l'autoroute et se retrouva bientôt dans le centre-ville, sur Main Street qui longeait la grande place. Un palais de justice du XIXe trônait au milieu du parc, avec ses statues, ses kiosques à musique et ses bancs à l'ombre de chênes vénérables.

Mitch se gara devant une boutique de vêtements et fit le tour de la place à pied. Comme toujours, il y avait pléthore d'avocats dans leurs petits cabinets. Encore une fois, il se demanda pourquoi son ancien ami avait choisi de s'installer ici.

*

Lamar avait accueilli le jeune Mitch lors de son entretien d'embauche à Bendini, Lambert & Locke, alors qu'il était en troisième année à Harvard. Tous les ans, les grands cabinets venaient y recruter des étudiants, pas parce qu'ils étaient des bêtes de travail (tout le monde travaillait dur dans les facultés de droit), mais parce que pour intégrer la prestigieuse faculté, il fallait être particulièrement finaud et chanceux. Pour un gamin pauvre comme Mitch, être courtisé par ces grandes firmes était des plus excitant, cela fleurait bon l'argent et l'opulence pour la première fois de sa vie.

Lamar Quin avait été convié à l'entretien de Mitch parce qu'il n'avait que sept ans de plus que lui et qu'il fallait donner une image jeune et dynamique du cabinet Bendini. Avec Kay, son épouse, les Quin devinrent vite de grands amis des McDeere.

Mitch et Lamar n'avaient plus de contact depuis quinze ans. Avec internet, il était facile de suivre la carrière de quelqu'un, en particulier celle des avocats qui, par nature, aiment faire parler d'eux, qu'ils aient du succès ou non. La publicité était toujours bonne pour les affaires. Le site de Lamar était plutôt simple, mais à l'image des activités de son cabinet – successions, divorces, transactions foncières et, bien sûr, dommages corporels ! Tout avocat d'une petite bourgade rêvait de gérer un gros accident de la route.

Lamar ne mentionnait ni son inculpation, ni sa condamnation et encore moins son séjour en prison.

Son bureau se trouvait au-dessus d'un magasin d'articles de sport. Mitch grimpa le vieil escalier de bois, prit une grande inspiration et poussa la porte. Une femme corpulente releva le nez de son écran d'ordinateur et lui adressa un sourire.

— Bonjour.

— Bonjour. Lamar est ici ?

— Il est au tribunal, répondit-elle en désignant du menton la fenêtre donnant sur la place.

— Il y a un procès ?

— Non, juste une audience. Il aura bientôt fini. Je peux vous aider ?

Mitch lui donna sa carte de visite.

— Je m'appelle Mitch McDeere. Je vais aller le retrouver là-bas. Il est dans quelle salle ?

— Il n'y en a qu'une. Au premier étage.

— Parfait. Je vous remercie.

Le tribunal avait un charme désuet : des boiseries vernies, de hautes fenêtres, des portraits de magistrats illustres au mur, tous morts et tous blancs. Mitch s'installa au dernier rang. Il était le seul spectateur. Le juge était parti et Lamar Quin bavardait avec un autre avocat.

En apercevant Mitch, il eut un instant d'arrêt, mais continua à parler à son collègue. Une fois la conversation terminée, il s'approcha lentement dans l'allée centrale et s'arrêta au bout du banc. Il était près de midi et il n'y avait plus personne dans la salle d'audience.

— Qu'est-ce que tu fais ici ? demanda-t-il après un long silence.

— Je passais dans le coin.

Une réponse qui ne tenait pas debout. Personne ne venait par hasard à Sumrall.

— Je te repose la question : qu'est-ce que tu fais ici ?

— J'étais à Memphis hier pour une affaire qui s'est annulée. Mon avion part de Nashville cet après-midi, alors j'ai fait le crochet. Je suis passé te saluer.

Lamar avait perdu ses cheveux. Ceux qui lui restaient étaient gris. Il était méconnaissable. Et comme beaucoup d'hommes, il essayait de compenser en se laissant pousser la barbe. Mais elle était grise aussi, et bien sûr, cela le vieillissait. Il s'approcha de Mitch, s'arrêta à trois mètres et s'adossa au dossier du banc derrière lui. Il ne lui avait pas encore adressé un sourire.

— Tu veux discuter d'un sujet en particulier ?

— Non. Pas vraiment. Je pense à toi de temps en temps, je voulais simplement te dire bonjour.

— Très bien, bonjour. Tu sais, Mitch, moi aussi je pense à toi. Beaucoup. J'ai passé vingt-sept mois dans un pénitencier fédéral à cause de toi. Il m'est difficile de t'oublier.

— Pas à cause de moi, mais parce que tu faisais partie d'un groupe mafieux, un groupe qui a tenté de m'embrigader. J'ai réussi à m'enfuir, de justesse. Tu as de la rancœur, sache que moi aussi.

Au fond de la salle, une greffière vint ramasser des dossiers. Ils attendirent en silence qu'elle soit partie.

Lamar haussa finalement les épaules.

— D'accord. Un point pour toi. J'étais coupable, je l'ai payé. Et je préfère oublier ça.

— Je ne suis pas ici pour te causer des ennuis. J'espérais juste que nous pourrions discuter gentiment, enterrer la hache de guerre.

— Pour tout te dire, répondit Lamar en poussant un grand soupir, je n'en reviens pas que tu aies fait le déplacement. Je pensais ne jamais te revoir.

— Pareil. Tu étais mon seul vrai ami à l'époque. On s'est bien amusés, malgré la pression et tout le reste. Et Abby et Kay s'entendaient bien. On a de bons souvenirs de vous deux.

— Eh bien, pas nous. On a tout perdu, Mitch. Et c'était plus simple de rejeter la faute sur toi.

— La firme était condamnée, tu le sais. Le FBI était dans les starting-blocks. Ils m'ont choisi parce que j'étais le petit nouveau. Donc le maillon faible.

— Et ils avaient raison.

— Bien sûr ! Comme je n'avais encore rien fait de répréhensible, j'ai décidé de me protéger. J'ai coopéré et me suis fait la belle. Même le FBI n'a pas pu me retrouver.

— Tu es parti où ?

Mitch esquissa un sourire et se leva lentement.

— C'est une longue histoire. Je t'invite à déjeuner ?

— Non. Mais on peut manger ensemble.

*

Le premier café sur la place était « bourré d'avocats » au dire de Lamar. Ils s'installèrent à cent mètres de là, dans une sandwicherie au sous-sol d'une vieille quincaillerie. Chacun paya sa commande et ils allèrent s'installer dans un coin de la salle, à l'écart.

— Comment va Kay ?

Mitch supposait qu'ils étaient toujours mariés. Sur internet, il n'était fait aucune mention de divorce entre eux ces dix dernières années. De temps en temps, Mitch se souvenait d'un nom ou d'un visage et il passait quelques minutes sur Google à se renseigner sur ce qu'ils étaient devenus. Mais après quinze années, son intérêt s'était notablement émoussé. Il ne prenait pas de notes, ne compilait aucun dossier sur eux.

— Elle va bien. Elle vend du matériel médical. C'est un bon poste. Et Abby ?

— Elle va bien aussi. Elle travaille dans une maison d'édition de New York.

Lamar mordit dans son wrap à la dinde et hocha la tête. Directrice de collection chez Epicurean Press, passionnée de cuisine italienne. Lamar avait trouvé quelques-uns de ses livres dans une librairie de Nashville et les avait feuilletés. À l'inverse de Mitch, Lamar avait tout un dossier sur eux. *Mitchell Y. McDeere, avocat associé chez Scully & Pershing. Droit international.* Il rassemblait ces informations par simple curiosité. Il ne comptait rien en faire.

— Tu as des enfants ?

— Des jumeaux, Carter et Clark. Ils ont huit ans. Et les tiens, comment vont-ils ?

— Wilson est en première année à Sewanee. Et Suzanne au lycée. Tu t'en es bien sorti, Mitch !

Associé dans un grand cabinet. Alors que nous étions tous en prison.

— Je n'avais rien fait de mal. Et pour un peu, je n'en sortais pas vivant. Pense à ceux qui n'ont pas eu cette chance. Certains étaient tes amis. Autant que je me souvienne, il y a eu cinq morts mystérieuses en dix ans. C'est bien ça ?

Lamar acquiesça. Il avala sa bouchée qu'il fit passer avec une lampée de thé glacé.

— Tu as disparu des radars. Comment tu as fait ?

— Tu tiens vraiment à le savoir ?

— Absolument. Ça fait un bail que je me pose cette question.

— D'accord. J'ai un frère, Ray, qui était en prison à l'époque. J'ai convaincu les fédéraux de le relâcher en échange de ma collaboration. Il est allé à Grand Cayman, il avait un ami là-bas, et il a organisé notre départ en bateau. Une goélette de douze mètres, très jolie. En même temps, je n'y connais rien. Abby et moi nous nous sommes enfuis de Memphis avec juste nos vêtements sur le dos et avons filé en Floride, dans la région de Destin. Nous avons rejoint le voilier et avons navigué en pleine nuit. On a passé un mois à Grand Cayman puis nous avons rallié une autre île.

— Et tu avais plein de fric ?

— Oui. Je me suis dédommagé avec de l'argent sale de la firme, et les fédéraux ont laissé filer. Après quelque temps, on en a eu assez des Caraïbes et on a commencé à voyager, en surveillant toujours nos arrières. La vie en cavale, c'est vraiment éprouvant.

— Mais le FBI t'a aidé, non ?

— Certes. Je leur ai donné tous les documents qu'il leur fallait, mais j'ai refusé de témoigner. Il n'était pas question de revenir à Memphis. Et comme tu le sais, il n'y a pas eu de procès.

— Oui, on est tous tombés les uns après les autres, comme des dominos. Ils m'ont proposé trois ans si je coopérais, sinon c'était le procès et j'en risquais vingt, minimum. On s'est tous couchés. L'élément déclencheur a été Lambert. Ils lui ont mis la pression, carrément la tête dans le seau. Quand il a craché le morceau, on a tous été grillés.

— Et il est mort en prison, je sais.

— Dieu ait son âme à ce connard ! Royce McKnight s'est flingué dès sa sortie. Avery, comme tu le sais, a été éliminé par la mafia. La fin de la firme n'a pas été douce. Aucun n'est revenu à Memphis. Faut dire que personne n'était du coin. Et comme nous avions tous été radiés du barreau et condamnés, on s'est éparpillés dans tout le pays en s'efforçant de tirer un trait sur le passé. Le cabinet Bendini, Lambert & Locke est un sujet tabou.

Mitch piqua une olive au fond de sa salade.

— Tu n'as de contact avec personne ?

— Non. Aucun. Tu imagines le cauchemar : tu es un grand avocat, avec tous les privilèges, un max de blé et *bam !* le FBI débarque avec les badges et tout le tralala, saisit les ordis, pose les scellés. Ça a été la panique à bord ! On s'est tous mis à chercher de bons pénalistes. Et il n'y en a pas tant à Memphis. Pendant des mois, on a attendu que le marteau s'abatte ; et quand la sentence est tombée, ça a été la fin du monde pour nous. Ma première nuit en préventive a été une horreur. J'ai cru qu'on allait me faire la peau. J'ai passé trois nuits avant d'être libéré sous caution. Tous les jours, il y avait une mauvaise nouvelle. Cela n'arrêtait pas. Un autre s'était mis à table. J'ai plaidé coupable au tribunal fédéral de Memphis, tu connais la salle, alors que Kay et mes parents étaient au premier rang, en larmes. Il ne se passait pas une journée sans que je pense au suicide. Puis j'ai été expédié à la prison de Leavenworth, dans le Kansas. Un avocat en taule, c'est du pain bénit pour les matons et les détenus ! Un souffre-douleur tout désigné. Par chance, les agressions n'ont été que verbales.

Il croqua à nouveau dans son wrap et se mura dans le silence.

— Je ne voulais pas ramener ce sujet sur le tapis, Lamar. Pardon.

— C'est bon. J'ai survécu et cela m'a endurci. J'ai eu de la chance. Kay ne m'a pas lâché, alors que c'était pas simple pour elle. Nous avons perdu notre maison, et tout le reste… enfin, que des choses matérielles. Avec ce genre d'épreuves, tu apprends à mesurer ce qui est important. Elle et les gosses ont été très courageux. Ils ont tenu le coup. Les parents de Kay nous ont beaucoup aidés aussi. Mais il y a eu des dégâts ailleurs, tant de divorces, tant de vies anéanties. Au bout d'un an en cellule, j'ai touché le fond, puis j'ai décidé que la prison ne m'aurait pas. J'ai travaillé à la bibliothèque, j'ai aidé des détenus. Et j'ai préparé à nouveau l'examen du barreau. Je voulais retrouver ma vie.

— Combien de nos anciens collègues pratiquent encore le droit ?

Lamar Quin esquissa un sourire explicite.

— Aucun, à ma connaissance. C'est quasiment impossible quand tu as un casier. Mais j'avais un dossier irréprochable en prison, j'attendais mon heure et j'ai repassé l'examen, avec un tas de lettres de recommandation, et tout ce qui va avec. J'ai été recalé deux fois, mais la troisième tentative a été la bonne. Maintenant, je suis un petit avocat de province. Je ne ramène à la maison que soixante mille dollars par an. Dieu merci, Kay gagne plus que moi et nous pouvons payer les études des enfants. (Il prit une nouvelle bouchée.) Mais assez parlé de moi. Raconte-moi plutôt comment tu es passé de glandeur aux Caraïbes à associé chez Scully ?

Mitch sourit et but une gorgée de thé.

— Le farniente n'a duré qu'un temps. C'était bien un mois, après la vie a repris ses droits. On a quitté les îles et voyagé en Europe pendant quelque temps, en train, avec nos sacs à dos. Un jour, on s'est retrouvés en Toscane, un endroit pittoresque. À Cortone exactement, pas très loin de Pérouse.

— Je n'ai jamais mis les pieds en Italie.

— Une ville magnifique au milieu des montagnes. On est passés devant une petite maison, juste à côté de la place, et on a vu l'écriteau à la fenêtre. C'était à louer pour trois cents euros le mois. Alors on s'est dit : pourquoi pas ? On s'est tellement plu le premier mois qu'on a signé pour un autre. La propriétaire faisait également Bed & Breakfast ; elle avait plein d'Américains et d'Anglais comme clients, ils voulaient tous apprendre la cuisine italienne. Abby s'est inscrite et rapidement, elle a attrapé le virus. Moi, je me suis concentré sur les vins. On est restés trois mois, puis quatre, puis cinq. Finalement, on a loué le gîte à l'année. Abby travaillait comme sous-chef dans un vrai restaurant pendant que je me baladais dans la campagne, à profiter de la *dolce vita* comme un vrai Italien. On a pris des cours pour apprendre la langue et tout s'est enchaîné. Au bout d'un an, on ne parlait plus anglais à la maison.

— Et pendant ce temps-là, j'étais en prison !

— Tu vas me le reprocher combien de fois ?

Lamar plia l'emballage avec les restes de son sandwich et repoussa le tout.

— Non, Mitch. Je suis passé à autre chose.

— Parfait. Moi aussi.

— Tout ça ne m'explique pas comment Scully & Pershing est entré en scène.

— Au bout de trois ans, il était temps de bouger. Nous voulions reprendre le cours de nos vies, avoir des enfants. Un diplôme d'Harvard ouvre beaucoup de portes. Ils m'ont proposé un poste comme collaborateur et j'ai accepté. Après deux années à Londres, nous avons décidé de rentrer au pays. En plus, Abby était enceinte et nous voulions élever nos petits là-bas. Voilà. Tu sais tout.

— Ton histoire est plus joyeuse que la mienne.

— Tu sembles t'en être sorti quand même.

— Nous sommes heureux et en bonne santé. C'est l'essentiel.

Mitch remua ses glaçons dans son gobelet vide. Le wrap et la salade – leur déjeuner – étaient terminés.

— Il y a plusieurs années, annonça Lamar dans un sourire, je suis passé à New York pour une petite affaire avec un client. J'ai pris un taxi pour me rendre au 110 Broad Street, ton immeuble, et je suis resté dehors à regarder ta tour de quatre-vingts étages. Un machin impressionnant, même s'il y en a des centaines pareilles tout autour. Le siège central de Scully & Pershing, le plus gros cabinet du monde, mais finalement, juste une plaque parmi tant d'autres. Au bout d'un moment, je suis entré et j'ai admiré l'atrium. Des rangées d'ascenseurs. Des escalators en tous sens. De l'art contemporain partout qui devait valoir son pesant d'or. Je me suis assis sur la rangée de sièges sur le côté et j'ai regardé les gens aller et venir, ce ballet de jeunes ambitieux bien habillés, la moitié rivés à leurs téléphones, les autres en pleine conversation, les sourcils froncés, parlant évidemment d'un sujet de la plus haute importance. Tous pressant le pas, impatients de gagner encore plus d'argent. Je ne te cherchais pas, Mitch, mais bien sûr je pensais à toi. Je me suis dit : « Et s'il m'apercevait et qu'il venait vers moi ? Qu'est-ce que je lui raconterais ? Et qu'est-ce que *lui* me raconterait ? » Je n'en savais rien, mais au fond, j'étais fier de toi, toi un vieil ami, qui s'en était si bien sorti. Tu avais survécu à Bendini et maintenant tu jouais dans la cour des grands.

— Je regrette de ne pas t'avoir vu dans le hall.

— Personne ne m'a remarqué. Tout le monde était bien trop occupé. Pas un ne prenait le temps d'admirer le cadre, les œuvres d'art, l'architecture. Des fourmis sous amphétamines, voilà ce que je voyais !

— Je suis heureux là-bas, Lamar. Nous avons une bonne vie.

— Alors tant mieux pour toi.

— Si tu reviens à New York, passe à la maison. Abby et moi en serions ravis.

Lamar esquissa un sourire et secoua la tête.

— Même pas en rêve, Mitch.

5

Il était près de minuit quand Mitch sortit de l'ascenseur et entra dans son appartement. Le retour avait été une succession de contretemps. Il y avait eu des retards partout, à l'embarquement, au décollage, même la collation froide dans l'avion avait été servie à point d'heure. Il avait attendu une demi-heure pour monter dans un taxi à LaGuardia, et un accident sur le pont de Queensboro avait bloqué la circulation pendant quarante minutes. La journée de Mitch avait commencé par un petit-déjeuner tranquille au Peabody, puis plus rien ne s'était passé comme prévu.

Il était enfin rentré chez lui, et c'était le plus important. Les jumeaux étaient couchés depuis longtemps. D'ordinaire, Abby était aussi au lit, mais elle l'attendait sur le canapé, un livre à la main.

— Tu es encore debout ? demanda-t-il en l'embrassant.

— Je voulais savoir comment s'était passé ton voyage.

Par téléphone, il lui avait annoncé qu'il n'aurait pas de nouveau client dans le couloir de la mort et c'était un grand soulagement pour eux deux. En revanche, il avait gardé pour lui sa halte à Sumrall pour voir Lamar Quin. Elle lui servit un verre de vin et ils discutèrent pendant une petite heure. À plusieurs reprises, Mitch lui assura qu'il n'avait éprouvé aucune nostalgie pour cette époque. Ils avaient coupé les ponts avec Memphis, définitivement.

Voyant Mitch piquer du nez, elle l'emmena dans la chambre.

*

Cinq heures plus tard, à 6 heures précises, le réveil sonna comme d'habitude. Mitch sortit du lit, laissant sa femme dormir. Préparer le café était sa première tâche du matin. Pendant que l'eau passait dans la machine, il ouvrit son ordinateur portable et lut *The Commercial Appeal,* le quotidien de Memphis. En première page des infos locales, un gros titre : TAD KEARNY S'EST SUICIDÉ. L'article aurait pu être écrit par le directeur de la prison. La cause de la mort ne laissait aucun doute. Même si on ne savait pas comment « le tueur de flics » s'était procuré ce câble électrique. Les détenus dans le couloir de la mort avaient droit à une douche de dix minutes par semaine, un court laps de temps où ils n'étaient pas surveillés. L'administration pénitentiaire s'interrogeait, mais bon, les suicides étaient monnaie courante en prison. Tad allait de toute façon recevoir son injection létale et il avait renvoyé ses avocats. Tout le monde se fichait de son sort. L'épouse de l'un des agents de la DEA abattus par Tad avait déclaré : « Nous sommes très déçus. Nous voulions être là pour le voir rendre son dernier souffle. »

Son ancien avocat, Amos Patrick de Memphis, n'avait pas souhaité s'exprimer.

Le *Tennessean* de Nashville ne montrait pas plus d'empathie. Le condamné à mort avait abattu trois bons policiers – « de sang-froid », ajoutait le journaliste pour mettre sa touche personnelle. Le jury s'était prononcé. La justice avait été rendue. Que le tueur repose en paix.

Mitch se versa une tasse de café, le but noir, et marmonna une prière pour Tad, puis une autre pour remercier Dieu de lui avoir épargné un nouveau cas douloureux et sans espoir. S'il avait rencontré Tad, et que celui-ci avait accepté de l'engager – ce qui était loin d'être gagné –, Mitch aurait passé les trois mois suivants à tenter de prouver que son client était fou. Avec de la chance, il aurait trouvé le bon médecin, et il se serait lancé dans une course contre la mort pour convaincre un juge d'entendre sa requête. Toutes les cours d'appel avaient déjà dit non. Les autres pistes – et il y en avait si peu – étaient quasiment perdues d'avance. Mitch aurait dû faire la navette entre New York, Memphis et Nashville, dormir dans des hôtels miteux, parcourir des milliers de kilomètres avec Hertz ou Avis et manger sur le pouce, à mille lieues des plats délicieux d'Abby. Son épouse et ses enfants lui auraient manqué, il aurait négligé ses clients qui eux payaient, perdu le sommeil et, pour finir, il aurait partagé les dernières heures de la vie de Tad dans la prison, soit à s'époumoner en vain au téléphone, soit à mentir à son client en lui disant de ne pas perdre espoir.

— Coucou, lança Abby en lui tapotant l'épaule. (Elle se servit une tasse et s'assit à la table.) De bonnes nouvelles du monde ?

Il referma son ordinateur, lui fit un sourire.

— Comme d'hab. La récession menace. L'invasion de l'Irak s'annonce une grosse erreur. Le climat se réchauffe. La routine, quoi.

— Charmant.

— Il y a deux articles sur le suicide de Tad Kearny.

— C'est tellement triste.

— Certes, mais le dossier est clos. Et j'ai décidé de ne plus jamais défendre de condamné à mort.

— Tu as déjà dit ça.

— Cette fois, c'est sérieux.

— On verra. Tu travailles tard, ce soir ?

— Non. Je serai à la maison vers 18 heures.

— Parfait. Tu te souviens de ce restaurant laotien dans le Village. On a dîné là-bas, il y a deux mois.

— Oui, bien sûr. Comment oublier ? Le Bida quelque chose…

— Le Bida Vang.

— Le chef avait un nom à coucher dehors.

— Appelle-le « Chan », ça ira. Il a décidé de faire un livre de recettes. Il sera ici ce soir et il compte mettre la cuisine sens dessus dessous.

— Magnifique ! C'est quoi le menu ?

— Bien trop de choses ! Mais il veut tester des plats. Il a parlé de saucisses aux herbes, de riz à la noix de coco, et j'en passe. Tu ferais mieux de sauter le déjeuner.

Clark apparut dans le couloir et alla aussitôt faire un câlin à sa mère. Carter suivait d'ordinaire cinq minutes après. Mitch remplit deux petits verres de jus d'orange et leur demanda le programme du jour à l'école. Comme toujours, Clark émergeait lentement et ne disait pas grand-chose. Carter, en revanche, en vrai moulin à paroles, menait la conversation.

Quand les garçons se mirent d'accord pour des gaufres et des bananes, Mitch quitta la cuisine et alla prendre sa douche. À 7 h 45 précises, les trois gars de la famille dirent au revoir à Abby et partirent pour l'école. Quand Mitch n'était pas en déplacement, et quand le temps le permettait, ils faisaient le trajet à pied. La River Latin School se trouvait à cinq cents mètres et cette marche matinale était toujours joyeuse, en particulier quand leur père était avec eux. À l'approche de l'école, d'autres enfants apparurent sur les trottoirs. Et tous avaient la même destination. Ils portaient l'uniforme réglementaire : blazer bleu, chemise blanche et pantalon de toile. Le choix des chaussures était libre. On y trouvait des baskets de marque, des chaussures de randonnée L.L. Bean, des boots en suédine, et bien sûr les indétrônables mocassins.

Mitch et Abby s'inquiétaient quand même pour l'éducation de leurs enfants. Ils payaient une fortune pour qu'ils soient dans la meilleure école de la ville, et comme la plupart des parents, ils auraient aimé plus de diversité. La River Latin School comptait quatre-vingt-dix pour cent d'élèves blancs, et tous des garçons ! Toutefois, Mitch et Abby avaient connu les misères de l'enseignement public. Il leur était impensable de lâcher leur progéniture tout de suite dans l'arène. En même temps, leurs enfants ne pouvaient continuer à grandir dans leur bulle. Pour le moment, ils n'imaginaient pas les changer d'établissement. Mais ils allaient devoir sauter le pas un jour ou l'autre.

En évitant tout geste d'affection trop ostensible, Mitch souhaita bonne journée aux jumeaux et leur promit qu'il serait là ce soir. Puis il pressa le pas pour rejoindre la station de métro.

*

Mitch poussa les portes de la tour sur Broad Street mais, au moment de traverser le grand atrium, il s'arrêta, se souvenant des paroles de Lamar. Il repéra les sièges de cuir et chrome alignés sous les baies vitrées et s'y assit un moment. Il esquissa un sourire en observant la petite armée fébrile montant au front, tous ces jeunes ambitieux dans leurs beaux costumes, impatients de commencer la journée, s'agaçant de la lenteur des escalators. Ce devait être effectivement un choc pour un avocat d'une petite bourgade.

Mitch avait bien fait de rendre visite à son vieil ami, mais il n'y aurait pas de deuxième fois. Lamar ne lui avait même pas serré la main. Cela ravivait trop de mauvais souvenirs.

Mitch comprenait.

Il consulta sa montre. Exactement vingt-quatre heures plus tôt, il était assis dans une ancienne concession automobile, dans un coin perdu de Memphis, attendant d'être reçu pour parler d'une affaire qu'il voulait fuir comme la peste.

Quelqu'un l'appela – « Mitch ! » –, ce qui le ramena aussitôt à la réalité. Willie Backstrom marchait vers lui, avec sa grosse sacoche de cuir en bandoulière.

Mitch se leva.

— Bonjour, Willie.

— Ça fait trente ans que je bosse dans cette boîte et je n'ai jamais vu quelqu'un assis dans le hall. Tout va bien ?

— Je sais, on est tous bien trop pressés. Comment facturer un client si on n'est pas tout le temps à fond ?

— Perso, je ne me gêne pas !

Ils rejoignirent la foule agglutinée devant les ascenseurs. Une fois entrés dans une cabine, serrés comme des sardines, Willie lui dit à l'oreille :

— Si tu as une minute, passe me voir, on parlera d'Amos.

— D'accord. Tu es déjà allé dans leur garage Pontiac ?

— Non, mais j'en entends parler depuis des années.

— Pour un peu, j'ai cru qu'on allait me demander de faire une vidange !

*

Le grand manitou chez Scully & Pershing était Jack Ruch, quarante ans de maison, travailleur acharné même si la fin était proche pour lui – la fameuse barre des soixante-dix ans. Le cabinet exigeait que ses collaborateurs raccrochent les gants à cet âge fatidique, et ce sans exception. La règle était sage, quoique honnie. Experts dans leur domaine, les tarifs à l'heure des vieux associés étaient stratosphériques. Quand on leur indiquait la sortie, ils emportaient avec eux leur savoir, et aussi de solides liens de confiance tissés avec une foule de clients. D'un côté, cela paraissait du gâchis d'imposer une limite aussi arbitraire, mais cela répondait aux exigences des jeunes pousses. Les associés quadragénaires comme Mitch voulaient eux aussi un bureau au sommet. Les nouveaux arrivés étaient ambitieux et beaucoup auraient refusé de rallier un cabinet sans la promesse que les vieilles badernes là-haut dégageraient pour faire de la place.

Jack Ruch comptait donc les jours. L'intitulé de son poste était associé-directeur, et il dirigeait effectivement la maison comme le PDG d'une grande entreprise. Mais Scully & Pershing restait avant tout un cabinet d'avocats, un groupe de professionnels exigeants et perfectionnistes, pas une société anonyme composée de salariés. Les postes et responsabilités au sein de S & P étaient pris très au sérieux. A fortiori celui d'associé-directeur.

Quand Jack convoquait un avocat, celui-ci cessait dans l'instant ses activités, quelles qu'elles soient, car rien ne pouvait être plus urgent qu'une requête de l'associé-directeur. Jack, en chef avisé, veillait à ne pas être envahissant ni autoritaire : dans son e-mail, il demandait à Mitch de passer à son bureau à 10 heures, « si cela ne le dérangeait pas ».

Que cela le dérange ou non, Mitch se présenterait dès 9 h 55.

Et à 10 heures précises, la secrétaire le conduisit dans le magnifique bureau. Elle leur apporta du café sur un plateau d'argent, proposa à Mitch une viennoiserie. Se souvenant du festin qu'allaient leur servir le soir Chan et sa brigade de Laotiens, il déclina poliment.

Les deux hommes s'installèrent autour de la table basse dans un coin de la pièce. Du cinquante-neuvième étage, la vue sur le port était à couper le souffle, mais

Mitch, prudent, ne lui accorda pas un regard. Par tradition, ceux qui travaillaient dans les hauteurs des gratte-ciel feignaient d'être insensibles à la beauté du panorama en présence de leurs visiteurs qui, eux, s'extasiaient invariablement.

Jack Ruch était bronzé, sec et musclé, et portait comme de coutume un beau costume de lin. Il paraissait quinze ans plus jeune. Cela semblait si injuste de le pousser vers la sortie. Mais Ruch n'allait pas se plaindre d'une règle qu'il avait lui-même soutenue trente ans auparavant. Elle était désormais gravée dans le marbre.

— J'ai parlé à Luca hier, déclara-t-il d'un ton solennel.

À l'évidence, il y avait un problème.

Dans la vaste galaxie Scully, il n'existait qu'un seul Luca. Vingt ans plus tôt, quand les grandes firmes juridiques, voulant accroître leur empire, avaient phagocyté des cabinets partout sur la planète, S & P avait convaincu Luca Sandroni de rallier leurs rangs. Il avait édifié un cabinet d'affaires prospère à Rome, qui jouissait d'une belle réputation en Europe comme en Afrique du Nord.

— Comment va-t-il ? s'enquit Mitch.

— Pas bien. Il n'est pas entré dans les détails – il est même resté carrément vague –, mais son médecin lui a annoncé de mauvaises nouvelles. Il n'a pas dit ce que c'était et je n'ai pas insisté.

— C'est moche.

Mitch connaissait bien Luca. Luca était venu plusieurs fois à New York et cela avait toujours été agréable. Il avait dîné chez eux, et les McDeere avaient séjourné dans sa belle villa de Rome. Le jeune couple d'Américains avait vécu en Italie et aimait la culture du pays, sa cuisine, sa langue, ce qui était important pour Luca.

— Il veut que tu ailles le voir au plus vite.

C'était bizarre que Luca ne l'ait pas contacté directement. Mais leur associé romain respectait la hiérarchie. En passant par Jack, le sous-texte était clair : arrête tout et ramène-toi.

— Sans problème. Tu sais ce qu'il veut ?

— Cela concerne Lannak, la compagnie de BTP turque.

— J'ai géré quelques contrats pour cette boîte. Mais pas beaucoup.

— Luca s'occupe d'eux depuis toujours. C'est un gros client. Aujourd'hui, ça chauffe en Libye et la société se retrouve coincée au milieu.

Mitch hocha la tête et réprima un sourire. Encore une grande aventure ! Depuis quatre ans qu'il était associé, Scully le considérait comme le commandant d'un SWAT juridique, le gars que le cabinet envoyait pour sauver les clients en détresse. Un rôle qu'il endossait bien volontiers, et qu'il tenait à garder et promouvoir.

— Comme d'habitude, Luca est resté laconique. Il se méfie des téléphones comme des e-mails. Il préfère discuter de tout ça en tête à tête dans un bon restaurant à Rome, si possible en terrasse.

— Un vrai cauchemar ! Je pars dès dimanche.

6

Les locaux de Scully & Pershing étaient réputés, partout dans le monde, pour leur luxe et leur raffinement. Présent dans trente et une villes sur les cinq continents, et toujours en expansion, S & P installait ses QG dans les quartiers les plus prestigieux, souvent dans les tours les plus hautes et les plus récentes, conçues par les architectes en vogue. La firme y envoyait ses propres équipes de décorateurs qui aménageaient salles de réunion et bureaux avec des œuvres d'art, de riches tentures, du mobilier design et de savants luminaires – tous uniques, tous exceptionnels. Le visiteur, en passant les portes d'une filiale S & P, où que ce soit sur la planète, devait sentir l'opulence, le luxe et le pouvoir. C'est ce qu'attendaient les clients. Et vu les tarifs pratiqués par le cabinet, ils en voulaient pour leur argent.

Après onze années chez Scully, Mitch avait visité une dizaine de leurs antennes, principalement aux États-Unis et en Europe. Et l'éclat s'était estompé. Chaque décoration se voulait différente, mais au fond tout se ressemblait. Mitch ne prenait plus le temps d'admirer les richesses qui s'étalaient du sol au plafond, toute cette fortune consacrée au paraître. De toute façon, cet étalage était pour les autres. Il s'agissait d'impressionner les gros clients, les futurs collaborateurs, les rivaux. Et comme les autres associés de Scully, Mitch commençait à se dire que toutes ces dépenses fastueuses, c'était autant de moins dans ses poches.

À Rome, c'était bien différent. Là-bas, la décoration, comme tout le reste, était sous la houlette de Luca Sandroni, le fondateur. En trente ans, il avait édifié un cabinet d'affaires prospère qui occupait un petit bâtiment de trois étages, sans ascenseur et sans vue impressionnante. Il se trouvait niché dans la petite Via della Paglia à côté de la place Santa Maria, dans le vieux quartier du Trastevere. Aucune construction alentour ne dépassait quatre niveaux, de petits immeubles de stuc ocre, avec des tuiles canal, ayant la patine et l'élégance des siècles. Les Romains, toutes générations confondues, ne goûtaient guère les gratte-ciel.

Mitch était venu plusieurs fois et adorait l'endroit. Il avait l'impression de remonter dans le temps – une grande bouffée d'air frais comparée à la frénésie moderniste de Scully. Le cabinet Sandroni était une exception dans l'empire S & P, un lieu où l'on osait dire « prenez votre temps » aux nouveaux arrivants. Luca et son équipe travaillaient dur, appréciaient le prestige et l'argent, mais c'étaient des Italiens et ils refusaient de devenir des bêtes de somme à l'inverse des Américains.

Mitch s'arrêta dans la ruelle et admira les portes vénérables, flanquées d'une petite plaque de cuivre : STUDIO LEGALE SANDRONI. Luca, malgré la fusion avec S & P, était parvenu à garder son nom. Il en faisait une question de principe. Mitch songea aux cabinets qu'il avait fréquentés cette semaine, le sien dans sa tour de verre de Manhattan, celui dans l'ancienne concession Pontiac à Memphis et les locaux modestes de Lamar Quin sur la place de Sumrall.

Il entra dans le petit hall, fief de Mia. Avec un grand sourire, elle se leva et vint l'accueillir – en lui faisant une bise sur les deux joues, un rituel auquel il n'était toujours pas habitué. Ils parlèrent en italien, en commençant par les sujets d'usage : son voyage, Abby, le temps qu'il faisait. Il s'assit en face d'elle et savoura un expresso qui était toujours meilleur à Rome, et finalement lui parla de l'objet de sa visite. Elle fronça les sourcils, mais n'en dit pas plus. Son téléphone n'arrêtait pas de sonner.

Luca l'attendait dans son bureau, le même depuis plusieurs décennies. Comparé aux normes de Scully, il était minuscule, du moins pour un associé-directeur, mais Luca s'en contrefichait. Il accueillit à son tour Mitch avec la même démonstration d'affection. Personne n'aurait pu deviner qu'il était malade. Le maître des lieux désigna des fauteuils à côté d'une table basse, son endroit favori, et Mia leur proposa des rafraîchissements et des pâtisseries.

— Comment va la belle Abby ? demanda-t-il dans un anglais parfait, avec juste une pointe d'accent.

Il avait fait ses études à Stanford, parlait également français et espagnol. Quelques années plus tôt, il se débrouillait en arabe ; mais il avait perdu la main, faute de pratique.

Tout en lui donnant des nouvelles de sa famille, Mitch nota que la voix de Luca semblait un peu plus faible, juste un peu.

— Tu fumes toujours, à ce que je vois, lança-t-il en le voyant s'allumer une cigarette.

Luca haussa les épaules comme si c'était un détail. Les deux battants d'une fenêtre étaient ouverts et les volutes grises s'échappaient aussitôt de la pièce. La place Santa Maria était tout près, les bruits montaient de la rue passante juste en dessous. Mia apporta le café et les servit.

Évoquer la famille de Luca, c'était s'aventurer en terrain miné. Deux mariages, deux divorces. Personne ne savait si sa compagne du moment allait rester ou non dans le paysage. Et personne, encore moins Mitch, n'allait lui poser la question. Luca avait deux enfants, adultes aujourd'hui, avec sa première épouse (une femme que Mitch n'avait jamais rencontrée) et un troisième avec la seconde Mme Sandroni, une jeune et jolie assistante juridique qui avait brisé son premier mariage, puis mis en pièces le second quand elle était repartie en Espagne avec leur ado.

Seule source de joie dans tout ce gâchis : sa fille Giovanna, qui travaillait chez Scully, dans leurs bureaux de Londres. Cinq ans plus tôt, Luca avait usé de son influence pour qu'elle décroche le poste. À ce qu'on disait, elle était brillante et déterminée, comme son père.

À l'inverse de sa vie privée chaotique, la carrière professionnelle de Luca avait été une ascension sans faille. Le Studio Legale Sandroni était courtisé par tous les gros cabinets d'affaires avant qu'il ne signe avec S & P.

— On a un petit problème, Mitch, annonça-t-il d'une voix chargée de regrets. Depuis un mois, les toubibs m'ont fait des tas d'examens. Et leur conclusion est sans équivoque. J'ai un cancer. Un méchant. Le pancréas.

Mitch ferma les yeux, et ses épaules s'affaissèrent. Il n'y avait pas pire cancer.

— Je suis désolé, murmura-t-il.

— Le pronostic n'est pas bon. Et je suis parti pour en baver. Je vais devoir prendre un congé le temps que les médecins s'occupent de moi. Va savoir, j'aurai peut-être de la chance ?

— Vraiment, je suis triste pour toi, Luca.

— Oui, c'est pas drôle, mais mon moral est bon et il y a toujours des miracles. Du moins c'est ce que répète mon curé. J'ai passé pas mal de temps avec lui ces derniers jours.

Il lâcha un petit rire.

— Je ne sais que dire, Luca.

— Il n'y a rien à dire. C'est comme ça. En revanche, c'est top-secret, silence radio, pas un mot. Je ne veux pas que mes clients le sachent. Pas encore. Si la situation se détériore, je les informerai au fur et à mesure. J'en confie déjà certains à mes associés ici. C'est pour cela que je t'ai fait venir.

— Bien sûr. Tu peux compter sur moi.

— Mon plus gros dossier en ce moment, c'est Lannak. Un client de longue date, une société turque. Un client très important pour nous.

— J'ai traité quelques affaires pour eux, il y a deux ou trois ans.

— Oui, je suis au courant. Et tu as fait un travail remarquable. Lannak est l'une des plus grosses entreprises dans le secteur du BTP au Moyen-Orient et en Asie. Ils ont construit des aéroports, des autoroutes, des ponts, des canaux, des barrages, des centrales électriques, des tours, ils savent tout faire. Lannak appartient à la famille et elle est très bien gérée. Elle livre à temps et dans le budget. Elle parvient à faire des affaires dans des régions où tous demandent des pots-de-vin, du prince saoudien au chauffeur de taxi kényan.

Mitch acquiesça et remarqua que la voix de Luca faiblissait. Pendant le vol, il avait lu le dossier interne sur Lannak. Siège social à Istanbul, quatrième entreprise de BTP turque, chiffre d'affaires annuel : deux milliards et demi. De grands chantiers un peu partout dans le monde, mais plus particulièrement en Inde et en Afrique du Nord. Vingt-cinq mille employés. Propriété de la famille Celik, aussi discrète que des banquiers suisses. Fortune estimée : entre un et deux milliards. Aucun montant précis.

Luca alluma une autre cigarette et tourna la tête pour souffler la fumée.

— Tu as entendu parler de la Grande Rivière Artificielle en Libye ?

Peu importait ce que Mitch savait ou pas ; Luca allait tout lui raconter.

— Un peu. Juste les grandes lignes.

Luca hocha la tête.

— Le projet remonte à plusieurs dizaines d'années. En 1975, le colonel Kadhafi a décidé de pomper l'eau sous le Sahara et de construire une conduite souterraine pour alimenter ses villes côtières du Nord. Quand les compagnies pétrolières sont venues prospecter le sous-sol il y a quatre-vingts ans, elles sont tombées sur un énorme aquifère enfoui sous le désert. L'idée était de récupérer l'eau et de l'envoyer à Tripoli et Benghazi, malheureusement le coût des travaux était prohibitif. Mais lorsqu'on a trouvé du pétrole en Libye, Kadhafi a donné son feu vert, contre l'avis des experts qui jugeaient le projet irréalisable. Il a fallu trente ans et vingt milliards d'investissement – les Libyens n'ont pas lâché le morceau. Et ça a marché. Kadhafi, comme à son habitude, s'est présenté comme un génie et un visionnaire. Puisqu'il était capable de soumettre la nature à sa volonté, il allait créer un fleuve. Alors qu'il n'en existe aucun naturel dans tout le pays. Ils n'ont que des oueds, totalement à sec l'été. Le second projet pharaonique de Kadhafi était donc de combiner les plus grands oueds, détourner le flot d'eau de pompage et de créer un fleuve permanent à l'air libre, avec un magnifique pont pour l'enjamber.

— Un pont dans le désert ?

— Exactement. Un plan utopique pour relier la moitié du désert à l'autre et dans la foulée, édifier des villes. S'il y avait un pont, les gens l'emprunteraient et le développement suivrait. Il y a six ans, en 1999, Lannak a signé le contrat pour huit cents millions de dollars. Kadhafi voulait un pont à un milliard, alors il a demandé des changements juste avant le démarrage du chantier. Dans les journaux, il posait à côté de la maquette du Grand Pont Kadhafi et annonçait que l'ouvrage allait coûter un milliard, payé grâce au pétrole libyen. Pas un seul dollar ne serait emprunté. Comme Lannak travaillait pour la Libye depuis de nombreuses années, ils savaient que les affaires là-bas pouvaient être particulièrement chaotiques. Le colonel et ses vassaux ne sont pas des hommes d'affaires. Ils ne connaissent que les armes et le pétrole. Pour eux, les contrats sont des pertes de temps. Donc Lannak, avant de commencer les travaux, a exigé de recevoir un acompte de cinq cents millions de dollars, que le gouvernement libyen devait verser dans une banque allemande. Le chantier, censé durer quatre ans, en aura finalement pris six. Le pont est désormais achevé, ce qui est à la fois un petit miracle et une ode à la ténacité de Lannak. La compagnie a respecté sa part du contrat. Pas les Libyens. Le retard de paiement est énorme. La Libye doit encore à Lannak quatre cent dix millions de dollars et refuse de payer. Et c'est là que nous intervenons.

Luca posa sa cigarette, prit une télécommande et la dirigea vers un écran mural. Un tortillon de cordons électriques partait de l'écran et rejoignait d'autres fils par terre qui serpentaient dans toutes les pièces. La technologie moderne exigeait toutes sortes d'appareils, mais les murs étant en pierre, épais de cinquante centimètres, les techniciens n'avaient pas percé de trous pour passer les câbles.

Sur le moniteur s'afficha une photo en couleur de l'ouvrage, un pont suspendu qui enjambait un oued à sec, pourvu de six voies.

— Voilà le Grand Pont Kadhafi en Libye centrale, au-dessus d'un fleuve imaginaire qui n'a pas encore de nom. Le projet était délirant parce qu'il n'y a aucun habitant dans la région et personne ne veut s'y installer. Toutefois, il y a du pétrole en pagaille et l'ouvrage, un jour ou l'autre, pourrait avoir son utilité. Lannak s'en fiche de toute façon. La société n'était pas payée pour construire l'avenir du pays, mais juste un pont. Elle a tenu ses engagements. Et aujourd'hui, notre client veut être payé.

Mitch appréciait la conversation et se demandait où Luca voulait en venir. Il en avait une petite idée même s'il s'efforçait de cacher son excitation.

Le fondateur du Studio Legale Sandroni écrasa sa cigarette et plissa soudain les yeux, comme si une douleur lui traversait le corps. Il éteignit l'écran et reprit :

— J'ai déposé une requête en octobre auprès de la Chambre d'arbitrage internationale à Genève.

— Je connais. J'y suis allé plusieurs fois.

— Je sais, et c'est pour ça que je veux que tu te charges de ce dossier.

Mitch resta impassible, mais ne put réprimer un sourire.

— D'accord. Pourquoi moi ?

— Parce que tu sauras défendre notre client, parce que tu vas gagner et qu'il nous faut un Américain. La présidente de la Chambre est une ancienne d'Harvard. Sur les vingt juges, six sont américains. Et les trois qui viennent d'Asie suivent d'ordinaire leur avis. J'ai besoin de toi, je ne pourrais pas en voir la fin, précisa-t-il d'une voix qui faiblit à nouveau.

— C'est un grand honneur, Luca. Bien sûr que j'accepte.

— Parfait. J'ai parlé à Jack ce matin et tu as leur feu vert. New York marche avec nous. Omar Celik, le PDG de Lannak, sera à Londres la semaine prochaine. Je vais t'organiser un rendez-vous. Le dossier est déjà épais, plusieurs milliers de pages. Tu as du boulot de rattrapage.

— J'ai hâte de m'y mettre. Et les Libyens, c'est quoi leur ligne de défense ?

— Les conneries habituelles. Défaut de conception, matériaux pas aux normes, retards injustifiés, mauvaise gestion, malfaçons, dépassement de budget. L'État libyen est représenté par le cabinet Reedmore à

Londres. Et ce ne sont pas des tendres. Ils sont prêts à tout, n'ont aucune éthique et les coups bas vont pleuvoir.

— Je les connais. Et de notre côté, c'est solide ?

Luca esquissa un sourire.

— C'est moi qui ai préparé le recours, et nous avons toute confiance en la bonne foi de notre client. Un exemple : au départ, les Libyens voulaient une deux fois quatre-voies sur le pont. Huit voies ! tu crois ça ? Il n'y a pas assez de voitures dans tout le pays pour remplir une autoroute aussi large. Mais ils y tenaient ! Lannak était contre et finalement les a convaincus qu'une quatre-voies serait amplement suffisante. Donc, par contrat, une autoroute à quatre voies fut actée. Mais plus tard, Kadhafi en examinant les plans a reparlé de sa huit-voies. Quand il a appris qu'il était question d'une autoroute plus modeste, il a pété les plombs. Le roi avait dit huit ! Lannak est parvenu à le raisonner, à lui faire accepter de couper la poire en deux, et a exigé que la modification soit spécifiée dans un avenant au contrat. Passer d'une quatre-voies à une six-voies augmentait le budget de deux cents millions de dollars. Et aujourd'hui bien sûr, les Libyens refusent de payer le surcoût. Et ce n'est qu'un exemple parmi d'autres. Le projet n'a cessé de changer au fil du temps. Et pour compliquer le tout, le cours du pétrole s'est écroulé. Kadhafi a dû revoir à la baisse ses ambitions, ce qui en Libye signifie réduction de budget dans tous les secteurs sauf pour les militaires. Quand les Libyens ont eu cent millions de retard de paiement, Lannak a menacé d'arrêter les travaux. Alors Kadhafi, fidèle à lui-même, a envoyé sur le chantier l'armée – ses gardiens de la révolution – pour veiller au bon déroulement de la construction. Il n'y a pas eu de blessés, mais ça a été chaud. Et puis, lorsque le pont a été terminé, quelqu'un à Tripoli a ouvert les yeux et s'est rendu compte que l'ouvrage n'avait aucune utilité. D'un coup, l'État s'est totalement désintéressé du projet et ils ont refusé de payer le reliquat.

— Et Lannak a effectué tous les travaux ?

— Oui, sauf les contrôles qualité et les tests. La société termine toujours ses ouvrages, quelles que soient les bisbilles juridiques. Il faut que tu ailles là-bas voir ce pont.

— C'est sûr comme endroit ?

Luca sourit à nouveau, et haussa les épaules. Il semblait essoufflé.

— Autant que cela puisse l'être en ce bas monde. Je suis allé plusieurs fois en Libye. Kadhafi est peut-être instable, mais il tient son pays d'une main de fer et le taux de criminalité est très bas. Il y a plein de ressortissants étrangers là-bas et il se doit de les protéger. Tu auras en plus une garde rapprochée. Oui, c'est sans danger.

*

À midi, les deux hommes traversèrent la place pour rejoindre la terrasse d'une trattoria ombragée par de grands parasols. Sans s'arrêter, Luca lança un sourire à l'hôtesse, adressa quelques mots à un serveur, et quand il arriva à sa table, le propriétaire était là pour l'accueillir avec force embrassades. Mitch avait déjà déjeuné dans ce restaurant et il se demandait pour quelles raisons Luca y mangeait tous les jours. Il y avait tant de bonnes tables dans cette ville. Pourquoi se limiter à ce seul établissement ? Pourtant il s'abstint de faire la moindre remarque. Il était un nouveau venu dans le monde de Luca et comptait s'intégrer.

Un serveur vint remplir leur verre d'eau mais ne leur proposa pas de cartes. Luca avait ses habitudes – salade de fruits de mer avec roquette et tomates à l'huile d'olive. Mitch commanda la même chose.

— Du vin ? s'enquit-il.

— Si tu en prends.

— Je vais faire l'impasse. (Le serveur s'en alla.) Mitch, j'ai un service à te demander.

Comment dire non ?

— Bien sûr.

— Tu connais ma fille, Giovanna.

— Oui, on a dîné deux fois ensemble à New York. Elle était stagiaire dans un autre cabinet. Skadden, je crois.

— C'est bien ça. Comme tu le sais, elle est chez nous maintenant, à Londres, depuis cinq ans et elle s'en sort bien. Je lui ai parlé de Lannak et elle a très envie d'en être. Elle est coincée entre quatre murs, quatre-vingts heures par semaine. Voir le soleil lui ferait le plus grand bien. Tu auras besoin de collaborateurs sur cette affaire et j'aimerais que Giovanna fasse partie de l'équipe. Elle est brillante et bosseuse. Tu ne seras pas déçu, Mitch.

Et dans son souvenir, Giovanna était également très séduisante.

Cette faveur était facile à exaucer. Il y aurait beaucoup de travail rébarbatif à accomplir – des documents à lire et à classer, le dossier adverse à éplucher, des dépositions à organiser, des requêtes à rédiger. Mitch superviserait les opérations, mais les collaborateurs auraient les mains dans le cambouis.

— Elle est engagée ! répondit-il. Je vais l'appeler et lui souhaiter bienvenue à bord.

— Je te remercie. Elle va être ravie. J'essaie de la convaincre de revenir à Rome, au moins pour cette année. J'ai besoin de l'avoir près de moi.

Mitch hocha la tête en silence. Que répondre à ça ? Leurs plats arrivèrent et ils commencèrent à manger. La place s'animait. Les employés alentour quittaient leurs bureaux pour déjeuner. Voir tous ces gens aller et venir était fascinant.

Luca posa soudain sa fourchette et grimaça, pris d'une douleur dans le dos. Une fois le moment pénible passé, il sourit à Mitch comme si de rien n'était.

— Tu es déjà allé en Libye ?

— Non. Cette destination n'a jamais été sur ma liste de voyage.

— C'est un endroit fascinant, vraiment. Mon père y a vécu dans les années 1930, avant la guerre, à l'époque où l'on essayait de coloniser le pays. Comme tu le sais, les Italiens n'ont jamais été très doués pour ça. Les colonies, c'est le truc des Anglais, des Français, des Espagnols, voire des Hollandais et des Portugais. Va savoir pourquoi, on a toujours été nuls. On a plié bagage après la guerre, mais mon père est resté à Tripoli jusqu'en 1969, au moment du coup d'État de Kadhafi. Ce pays a une histoire incroyable, ça vaut le détour.

Mitch n'avait jamais envisagé de venir en vacances dans la Jamahiriya arabe libyenne et s'était encore moins intéressé à son passé.

— La semaine prochaine, je serai incollable sur la Libye.

— À mes débuts, pendant dix ans, j'ai défendu les intérêts de sociétés italiennes en Libye. J'étais souvent là-bas, j'y ai même habité deux ans, dans un petit appartement de Tripoli. Et il y avait une fille, une Marocaine…

L'éclat qui passa dans ses yeux en disait long. Combien de maîtresses Luca avait-il dans chaque port à l'époque ?

— Quelle beauté…, ajouta-t-il avec nostalgie.

Évidemment ! Jamais le grand Luca Sandroni ne s'enticherait d'une femme quelconque.

— Tu pourrais passer voir Giovanna à Londres, proposa Luca au moment du café, et de la cigarette de rigueur pour lui. Elle sera particulièrement touchée si tu viens lui annoncer en personne que tu la prends dans ton équipe. Et tu pourras lui donner de mes nouvelles, lui dire que je vais bien.

— Parce que tu vas bien, Luca ?

— Pas vraiment. J'en ai pour six mois, au mieux. Le cancer est agressif. Il n'y a pas grand-chose à faire. C'est pour cela que cette affaire est à toi.

— Je te remercie de ta confiance. Je ne te décevrai pas.

— J'en suis certain. Mais je ne serai probablement plus là pour fêter ta victoire.

7

Deux heures avant d'embarquer pour le vol Rome-Londres sans escale, Mitch changea d'avis et prit un avion pour New York. Des affaires urgentes l'appelaient à la maison. Le dîner avec Giovanna attendrait.

Coincé sur un siège exigu pendant huit heures, Mitch, comme à son habitude, se plongea dans la lecture de dossiers si ennuyeux qu'il s'endormait invariablement. Il commença par examiner le programme des audiences de la Chambre d'arbitrage internationale et le CV des membres qui y siégeaient. Ils étaient nommés par les nombreuses commissions des Nations unies pour un mandat de cinq ans. Ils passaient beaucoup de temps à Genève et ne lésinaient pas sur les notes de frais. Un ancien membre, après quelques verres à New York, lui avait confié que la CAI était une retraite dorée pour les avocats vieillissants ayant un beau pedigree et un solide carnet d'adresses. Bien sûr, les rangs de la CAI regorgeaient de pointures venant des quatre coins de la planète, la totalité ou presque ayant fréquenté les grandes universités américaines, soit comme étudiant, soit comme enseignant. La Chambre menait ses débats en anglais et en français, même si toutes les langues étaient acceptées.

Deux ans plus tôt, Mitch s'était présenté devant la CAI pour défendre les intérêts d'une coopérative céréalière argentine qui réclamait des dommages et intérêts à un importateur sud-coréen. Avec Abby, il avait passé trois jours idylliques à Genève. Ils en parlaient encore ! Mitch avait gagné, récupéré l'argent, et envoyé une jolie note d'honoraires à Buenos Aires.

Gagner devant la CAI n'était pas compliqué si les faits étaient avérés. Dans les contrats commerciaux, comme celui concernant la construction du pont, il était stipulé qu'en cas de litiges les parties devaient présenter leurs différends devant la CAI ; elle était donc l'autorité compétente. En outre, la Libye, comme la grande majorité des nations, avait signé une charte visant à faciliter le commerce international et à forcer les mauvais partenaires – et ils étaient nombreux – à respecter leurs engagements.

Avoir gain de cause était facile. Mais récupérer l'argent serait une autre paire de manches. Des dizaines d'États voyous signaient accords et traités pour entrer dans le concert des nations, mais n'avaient aucune intention de payer les sanctions qui seraient prononcées par la CAI. Et la Libye avait, en la matière, un lourd passif ; on ne comptait plus les affaires, prometteuses sur le papier, qui avaient tourné à la bérézina financière.

D'après les informations glanées par Scully, le pont était l'exemple parfait des projets ubuesques de Kadhafi. Le colonel rêvait de voir un ouvrage gigantesque sortir du sable de son désert. Il avait alors ordonné sa construction, puis avait perdu tout intérêt pour cette affaire, son esprit versatile s'étant trouvé d'autres lubies. À un moment, quelqu'un l'avait convaincu que ce pont était une mauvaise idée, mais ces maudits Turcs ne voulaient pas lâcher le morceau et lui réclamaient une fortune !

Le recours de Luca auprès de la CAI faisait quatre-vingt-dix pages. Quand Mitch en eut terminé la lecture, ses paupières se fermaient toutes seules.

*

Quelle était l'affaire pressante qui ramenait Mitch chez lui ? Un match de baseball à Central Park. Carter et Clark jouaient pour les Bruisers, une équipe importante dans le championnat des moins de huit ans de la Police Athletic League de New York. Carter était receveur et aimait la poussière et la sueur. Clark errait dans le champ extérieur et ratait la moitié de l'action. Mitch n'avait pas le temps d'aider à coacher l'équipe, mais il voulait bien donner un coup de main sur le banc et préparer les joueurs. C'était d'une importance cruciale parce que si un gamin, quels que soient ses talents ou sa motivation, jouait une manche de moins que les autres, ce serait l'émeute chez les parents et il aurait droit à un recadrage en règle dès la fin du match.

Après quelques accrochages avec des familles, Mitch songeait déjà à orienter les jumeaux vers des sports individuels tels que le golf ou le tennis. Mais les parents n'étaient pas moins hystériques. La marche peut-être ? Ou le ski ?

Dans l'entrée, les garçons se tenaient épaule contre épaule pour la revue de détail. Mitch inspectait les tenues tandis qu'Abby s'inquiétait de l'heure. Ils étaient déjà en retard ! Ils partirent au pas de course et filèrent sur la 68e Rue en direction de Central Park West. Les équipes se retrouvaient sur l'un des terrains de la Grande Pelouse et s'échauffaient sous les aboiements des coachs tandis que les parents se massaient sur les bancs, déjà frigorifiés.

Être avec les joueurs avait ses inconvénients, mais c'était toujours mieux que de se retrouver à côté des familles où tout le monde parlait carrière, biens immobiliers, restaurants en vogue, nouvelles nounous, nouveaux entraîneurs, écoles privées… et autres sujets de nantis.

Les arbitres arrivèrent et la partie commença. Pendant quatre-vingt-dix minutes, Mitch resta sur le banc, entouré par une dizaine de gamins, et parvint à oublier le reste du monde. Il tenait le carnet des scores, gérait les remplacements, discutait tactique avec Mully, le coach, critiquait les arbitres, et huait l'équipe adverse. Et par-dessus tout, il appréciait ces moments où il était assis avec ses deux garçons à parler baseball.

Les Bruisers écrasèrent les Ramps, et à la fin du match joueurs et entraîneurs se mirent en file indienne pour serrer la main de l'adversaire, un rituel hautement symbolique. Mully, Mitch et le reste du staff des Bruisers tenaient à enseigner aux jeunes les valeurs du sport et se devaient de montrer l'exemple. Gagner était toujours agréable, mais gagner avec classe était bien plus important.

Dans cette ville gigantesque, il y avait trop peu de terrains et bien trop d'enfants. La durée du match était strictement limitée, qu'il soit joué neuf manches ou pas. Une autre rencontre était programmée à la suite et il fallait libérer l'espace sans tarder. Les glorieux Bruisers et leurs parents se rendirent dans une pizzeria sur Columbus Avenue où ils s'installèrent à une longue table au fond de la salle. Les pères commandèrent des bières, les mères du chardonnay, tandis que les joueurs, tout fiers dans leurs tenues crottées, dévoraient leurs pizzas en regardant les Mets sur les écrans géants.

Presque tous les hommes travaillaient dans la finance, le droit ou la médecine, et tous venaient de familles aisées des quatre coins du pays. Ils évoquaient rarement leur région d'origine. Ils préféraient discuter football, championnat universitaire, parcours de golf, ce genre de conversations anodines et de bon aloi, mais ne faisaient pas allusion à leur ville natale. Ils étaient à New York désormais, *the place to be*, menant la belle vie, imbus de leur réussite, et ils se considéraient comme de vrais New-Yorkais.

Danesboro, dans le Kentucky, appartenait à une autre planète et Mitch n'en parlait jamais. Mais il y pensait beaucoup en regardant ses garçons rire avec leurs copains. Mitch avait essayé tous les sports que proposait une petite ville et ses parents n'étaient pas venus le voir jouer une seule fois. Après la mort de son père quand il était encore enfant, sa mère avait dû faire un tas de petits boulots mal payés pour l'élever, lui et son frère, Ray. Elle n'avait jamais le temps de venir voir un match.

Comme ces gamins avaient de la chance ! Une vie confortable, de bonnes écoles privées, des parents attentionnés qui s'investissaient dans leurs activités – peut-être un peu trop, d'ailleurs. Mitch s'inquiétait souvent. Ne les couvaient-ils pas à l'excès ? Abby n'était pourtant pas de cet avis. Leur école exigeait la réussite et l'excellence. Carter et Clark étaient pour l'instant heureux et équilibrés et on leur enseignait de bonnes valeurs, en classe comme à la maison.

*

Abby fut atterrée d'apprendre que Luca était gravement malade. Elle avait rencontré beaucoup d'associés de S & P au fil de leurs voyages, bien trop à son goût, et Luca était de loin son préféré. Voir Mitch partir en Libye ne lui plaisait pas, mais puisque Luca assurait que c'était sans danger, elle n'allait pas y mettre son veto. De toute façon, cela n'aurait rien changé. Depuis que Mitch avait accédé au statut d'associé, quatre ans plus tôt, il était devenu un globe-trotteur. Elle l'accompagnait souvent, en particulier lorsque la destination était excitante. Les villes européennes avaient sa prédilection. Entre ses parents, sa sœur et plusieurs nounous, trouver une garde pour les enfants était rarement un problème. Mais les jumeaux grandissaient et s'occuper d'eux devenait plus chronophage. Pour Abby, le temps des virées au bout du monde tirait à sa fin. Et elle savait qu'avec le succès de son mari, il serait de plus en plus souvent loin de la maison.

En fin de soirée, elle prépara une camomille censée apaiser le stress et améliorer le sommeil. Ils s'installèrent sur le canapé en attendant que la tisane fasse son effet.

— Tu vas partir une semaine ? demanda-t-elle.

— En gros, oui. Il n'y a pas de planning très précis, on ne sait pas comment ça va se passer. Lannak a une équipe réduite sur le pont mais un de leurs ingénieurs nous attendra là-bas.

— Tu t'y connais en ponts ? lança-t-elle avec un petit rire.

— Pas du tout, mais je me documente. Chaque affaire est une nouvelle aventure. En attendant, tous les avocats de Scully m'envient.

— Ça fait beaucoup de monde.

— Exactement ! Et pendant que je vais traverser le désert en jeep pour visiter un magnifique ouvrage à un milliard de dollars, mes collègues vont trimer dans leur bureau, à s'angoisser pour leur quota d'heures.

— C'est ce que tu dis chaque fois.

— Parce que c'est la vérité.

— Au fond, ça ne tombe pas si mal. Ma mère m'a appelée aujourd'hui. Ils viennent ce week-end.

Ça tombe même très bien ! songea Mitch. Dans une autre vie, il l'aurait dit tout haut et cela aurait peiné sa femme. Il était désormais en plein travail de réconciliation avec ses beaux-parents – un effort héroïque de sa part. Il faut dire qu'il partait de loin. À l'époque, le fossé était si profond qu'il paraissait infranchissable.

— Tu as prévu des activités ? demanda-t-il pour se montrer poli.

— Pas vraiment. J'irai peut-être dîner avec mes copines et je laisserai les parents s'occuper des garçons.

— Bonne idée. Tu as besoin de décompresser.

La guerre avait commencé vingt ans plus tôt quand les Sutherland avaient demandé à leur fille de rompre avec Mitch et d'oublier les McDeere. Les deux familles étaient de Danesboro, une bourgade où tout le monde connaissait tout le monde. Le père d'Abby dirigeait une banque et les Sutherland avaient une belle position en ville. Les McDeere aucune.

— Papa compte emmener les garçons voir jouer les Yankees.

— Il aurait mieux fait de choisir les Mets.

— Carter est bien de cet avis. Et c'est justement pour ça que Clark a choisi d'être fan des Yankees.

Mitch lâcha un rire.

— C'est classique entre deux frères ! Je connais ça.

— D'ailleurs, comment va Ray ?

— Bien. On s'est parlé il y a deux jours. Rien de nouveau.

Une semaine avant de terminer l'université, Mitch et Abby s'étaient mariés dans une petite chapelle sur le campus, devant une vingtaine d'amis, sans aucun membre de la famille. Les parents d'Abby, furieux, avaient boycotté les noces, une humiliation si cinglante pour Mitch qu'il lui avait fallu des années pour en parler avec un thérapeute. Mitch ne leur pardonnerait jamais cet affront. Ray serait bien venu au mariage mais il était en prison à l'époque. Aujourd'hui, il était skipper et emmenait des touristes en croisière sur son bateau, à Key West.

Grâce au chemin parcouru sur la voie du pardon, Mitch parvenait à se montrer courtois avec sa belle-famille, à dîner avec eux, et il les laissait garder leurs petits-enfants. Mais dès qu'ils entraient chez lui, le naturel revenait au galop. Les Sutherland restaient des intrus. Non, ils ne pouvaient pas dormir chez eux

(Mitch prétextait que l'appartement était trop petit). Non, ils ne pouvaient pas lui poser de questions sur son travail, même si avec sa position d'associé les McDeere avaient désormais un niveau de vie largement au-dessus de la moyenne à Danesboro. Et non, ils ne viendraient pas leur rendre visite dans le Kentucky. Sur tous ces points, Mitch restait intraitable.

Être diplômé d'Harvard avait bien sûr arrondi les angles du côté des beaux-parents, mais la trêve avait été de courte durée. L'installation du couple à Memphis les avait chagrinés, et quand la situation avait tourné à l'aigre et qu'Abby avait dû disparaître des radars pendant des mois, ils s'étaient empressés de rejeter la faute sur Mitch et l'avaient honni à nouveau.

Avec le temps, la rancœur s'était estompée. Un psy avait aidé la fille à pardonner à ses parents. Mais le même psy comprit vite que le processus serait plus ardu avec le gendre. Il avait toutefois remporté une petite victoire quand Mitch avait accepté, à contrecœur, de se montrer poli avec ses beaux-parents quand ils se trouvaient dans la même pièce. Les progrès étaient lents, mais ils étaient là, motivés davantage par l'amour que le mari portait à son épouse que par les manipulations grossières du thérapeute. Comme toujours dans les différends familiaux, la venue des petits-enfants avait apaisé les tensions et permis à chacun de mettre ses griefs de côté.

— Et ta mère ? Comment elle va ? demanda doucement Abby.

Il but une gorgée de tisane et secoua la tête.

— Toujours pareil, j'imagine. Ray lui rend visite toutes les semaines, du moins c'est ce qu'il me dit. Mais je n'en suis pas sûr.

Sa mère passait ses dernières années dans une maison de retraite médicalisée en Floride. La démence la rongeait, la rapprochant chaque jour un peu plus de la fin.

— Et à Tripoli, qu'est-ce qu'il y a de beau à faire ?

— Je ne sais pas. Des balades en dromadaire. Déglinguer des terroristes.

— Je suis sérieuse, Mitch. Je suis allée sur le site du département d'État. D'après eux, la Libye est un État terroriste et, à l'évidence, ils haïssent les Américains.

— Le monde entier nous hait.

— Ils disent qu'on peut s'y rendre mais qu'il faut prendre des précautions.

— Luca connaît mieux la Libye que les gratte-papiers de Washington.

— Ça ne me plaît pas.

— Je n'ai pas le choix. Mais ça va aller, ne t'inquiète pas. Mes gardes du corps là-bas sont encore plus chatouilleux de la gâchette que les terroristes !

— Très drôle.

Il n'y a pas si longtemps, il aurait sorti quelque chose comme : *Je préfère encore me taper des gardiens de la révolution que tes parents !*

Il esquissa un sourire. Après avoir dépensé des milliers de dollars en psychothérapie, Mitch avait appris à tenir sa langue.

Ce qui toutefois restait un supplice.

8

Il n'y avait pas de liaison directe entre New York et Tripoli. Le marathon de Mitch commença par un vol de nuit de huit heures sur Alitalia, de JFK à Milan, puis une escale de deux heures avant d'embarquer sur Egyptair pour rallier Le Caire, avion qui décolla avec deux heures de retard – sans explication ni excuse. Ensuite il y eut des annulations de vol et des rebookings en cascade. Mitch passa treize heures à sommeiller et à lire dans le terminal du Caire pendant que quelqu'un, quelque part, s'évertuait à gérer le chaos – du moins c'était ce qu'il voulait croire. Seul point positif : le compteur tournait et le client serait facturé à la minute près pour tout ce temps perdu.

Au départ de New York, la majorité des passagers étaient des « Occidentaux », autrement dit des gens qui lui ressemblaient, mêmes tenues, même comportement, même langue. La plupart descendirent en Italie, mais quand Mitch monta dans le Boeing de la Tunisair pour effectuer son dernier saut de puce et rallier enfin la Libye, le gros des voyageurs étaient des « Orientaux ».

Il se fichait de faire désormais partie d'une minorité. La Libye favorisait le tourisme et attirait sur son sol près de cinq cent mille étrangers par an. Tripoli était une ruche bourdonnante de deux millions d'âmes, avec des quartiers d'affaires où se pressaient banques et grandes entreprises. Des dizaines de sociétés internationales avaient pignon sur rue et dans certaines parties de Tripoli et Benghazi, les communautés étrangères étaient importantes avec pléthore d'écoles françaises et anglaises pour accueillir les rejetons des riches expatriés et diplomates.

Comme chaque fois que Mitch partait à l'autre bout du monde, il était quasiment certain d'être dans l'avion le seul originaire du Kentucky. Même s'il ne le reconnaîtrait jamais en public, il était très fier de son parcours, et il en voulait plus. Toujours plus.

Trente heures après avoir quitté New York, il atterrit à l'aéroport de Mitiga et marcha avec les autres passagers vers les douanes. Les panneaux étaient pour la plupart écrits en arabe, mais quelques-uns, en anglais et français, permettaient aux étrangers de ne pas se perdre complètement. Sous la main de fer du colonel Kadhafi, la Libye était devenue un État militaire depuis trente-cinq ans, et comme dans la majorité des pays totalitaires, il était important d'impressionner les nouveaux arrivants en leur mettant sous le nez, dès leur descente sur le tarmac, des bataillons de soldats armés jusqu'aux dents. Des escouades arpentaient les coursives de l'aéroport moderne dans leurs beaux uniformes, la mine revêche, lançant des regards noirs à tous les Occidentaux qu'ils croisaient.

Mitch se cachait derrière ses lunettes de soleil, s'efforçant de les ignorer – surtout ne pas regarder les méchants dans les yeux. Exactement comme dans le métro à New York.

La file d'attente au contrôle des passeports était longue et progressait à une vitesse d'escargot. La salle était étouffante, sans climatisation ni aération. Quand un douanier lui fit signe d'approcher, Mitch s'avança et présenta passeport et visa. L'homme ne lui sourit pas. Au contraire, en découvrant la nationalité de Mitch, il fronça ostensiblement les sourcils. Une minute s'écoula, puis une autre. Le passage aux douanes était toujours un moment éprouvant, même pour les habitants revenant dans leur propre pays. Il y avait peut-être un problème avec ses papiers ? Dans une nation comme la Libye, un Américain pouvait d'un coup être plaqué au sol, menotté et jeté en prison pour le restant de sa vie, sans autre explication. Et Mitch aimait l'inconnu, l'adrénaline.

En secouant la tête, le fonctionnaire décrocha son téléphone. Mitch, cette fois sans ses lunettes de soleil sur le nez, contempla les passagers derrière lui. Ils étaient des centaines.

— C'est bon. Allez-y ! grogna le douanier avec un mouvement de tête.

Un homme dans un beau costume s'approcha avec un grand sourire.

— Monsieur McDeere, je suis Samir Jamblad. Je travaille pour Lannak et aussi pour Luca, qui est un vieil ami.

Pour un peu, Mitch l'aurait embrassé, ce qui n'aurait pas été incongru vu l'étreinte chaleureuse à laquelle il eut droit.

— Vous avez fait bon voyage ? demanda Samir quand il le relâcha enfin.

— Mieux que ça. J'ai fait escale dans treize pays depuis mon départ.

Après avoir salué les douaniers, Samir entraîna Mitch loin des postes de contrôle, de la foule et des gardes.

— Par ici, annonça-t-il.

Luca lui avait dit que son arrivée en Libye ne poserait aucun problème, qu'il allait tout arranger.

Samir emprunta un passage interdit au public et en quelques minutes, ils se retrouvèrent dehors. Sa Mercedes était garée devant le terminal, sur un emplacement réservé à la police. Deux agents attendaient, adossés à leur voiture de patrouille, cigarette aux lèvres, comme s'ils gardaient la jolie berline allemande. Et c'était le cas ! Samir les remercia et déposa le sac de Mitch sur la banquette arrière.

— C'est votre première visite à Tripoli ? demanda-t-il alors qu'ils quittaient l'aéroport.

— Oui. Et vous, cela fait combien de temps que vous connaissez Luca ?

— Oh depuis très longtemps, répondit-il dans un sourire. J'ai travaillé pour Scully & Pershing et pour d'autres cabinets. Et aussi pour des sociétés comme Exxon et Texaco. La British Petroleum, la Shell. Et pour des entreprises turques aussi. Lannak, par exemple.

— Vous êtes avocat ?

— Oh non ! Un jour, un client américain a dit que j'étais un « conseiller en sécurité ». Une sorte de fixeur, un homme à tout faire, un guide en Libye. Je suis né ici, j'ai passé toute ma vie à Tripoli. Je connais tout le monde, nous ne sommes que six millions, vous savez.

Samir se mit à rire, honteux de sa propre blague, et Mitch se joignit à lui.

— J'ai beaucoup de relations parmi les chefs, les militaires, les politiciens, les fonctionnaires – ceux qui peuvent arranger les choses. Par exemple, le responsable des douanes à l'aéroport ! Un mot de moi, et vous passez tranquille. Un autre, et vous aurez droit à plusieurs nuits en cellule. Je peux vous indiquer les restaurants, les bars, les bons quartiers et les mauvais. Et même les fumeries d'opium, les bordels, là aussi, les bons comme les mauvais.

— Je ne suis pas amateur.

Samir rit à nouveau.

— Oui, c'est ce qu'ils disent tous !

À voir le beau costume, les souliers vernis, la Mercedes rutilante, Samir connaissait son affaire et était grassement rétribué.

Mitch consulta sa montre.

— Quelle heure est-il ici ?

— Près de 11 heures. Je vous emmène à l'hôtel. Installez-vous dans votre chambre, on se retrouve à 13 heures pour déjeuner. Giovanna est déjà arrivée. Vous la connaissez ?

— On s'est rencontrés à New York, il y a deux ou trois ans.

— Charmante, n'est-ce pas ?

— Oui, autant que je me souvienne. Et après le déjeuner ?

— Tout est ouvert et selon vos envies. En l'absence de Luca, c'est vous le patron. Nous avons rendez-vous avec les Turcs au bar de l'hôtel à 16 heures. Je vous présenterai l'équipe qui va assurer votre sécurité et nous organiserons votre visite du pont.

— J'ai une question, une question élémentaire : Lannak poursuit l'État libyen et lui réclame près d'un demi-milliard de dollars, une demande qui paraît justifiée au demeurant. Ça doit être chaud entre l'entreprise et le gouvernement ?

Samir lâcha un soupir, entrouvrit sa fenêtre et alluma une cigarette. La circulation s'était arrêtée. Ils étaient dans les bouchons.

— Pas vraiment. Les entreprises de BTP turques travaillent en Libye depuis longtemps et elles sont excellentes. Bien meilleures que les libyennes. Les militaires ont besoin des Turcs, et les Turcs aiment l'argent. Bien sûr qu'ils s'engueulent, mais à la fin le bon sens des affaires l'emporte et la vie reprend son cours.

— D'accord. Deuxième question, tout aussi élémentaire : pourquoi avons-nous besoin de gardes ?

Samir rit à nouveau.

— Parce que c'est la Libye. Un État terroriste, non ? C'est votre pays qui le dit !

— Mais il s'agit de terrorisme international. Vous avez des terroristes ici ? Sur votre sol ? Je ne vois pas pourquoi nous avons besoin de gardes du corps pour aller visiter un chantier.

— L'État ne contrôle pas tout, Mitch. La Libye est vaste et, à quatre-vingt-dix pour cent, c'est le Sahara. C'est très grand, sauvage, et par endroits totalement hors de contrôle. Les tribus se disputent les territoires, les bandits écument les routes et sont difficiles à attraper. Et il y a encore des insurgés, des chefs de guerre qui causent toujours des problèmes.

— Et vous ? Vous pensez que c'est sans danger d'aller là-bas ?

— Bien sûr. Sinon, je ne serais pas ici. Vous êtes en sécurité, autant qu'un étranger puisse l'être.

— C'est ce que m'a dit Luca.

— Luca connaît bien le pays. Et il n'y enverrait pas sa fille s'il y avait des risques.

*

Camp de base des hommes d'affaires occidentaux, des diplomates et des hauts fonctionnaires libyens, l'hôtel Corinthia grouillait de gens en costumes élégants. Alors que Mitch attendait à la réception, il entendait parler anglais, français, italien, allemand, et d'autres langues qu'il ne put identifier.

Sa chambre d'angle se trouvait au quatrième étage, avec vue sur la mer. Au nord-est, il apercevait les murs vénérables de la médina, mais il ne s'attarda pas sur le panorama. Après une douche, il s'écroula sur le lit et dormit pendant une heure. C'est le réveil qui le tira du sommeil. Il se doucha à nouveau pour se réveiller, s'habilla pour le travail, en délaissant la cravate, et descendit déjeuner.

Installé à l'écart, Samir l'attendait dans le restaurant de l'hôtel. Le serveur venait de leur apporter la carte quand Giovanna Sandroni arriva. Après les embrassades, ils s'installèrent pour discuter. Elle lui demanda des nouvelles d'Abby et des jumeaux. Ils s'étaient rencontrés la première fois lors d'un dîner à New York six ans plus tôt. Six ans déjà, ils n'en revenaient pas ! Elle était alors stagiaire dans un cabinet concurrent. Luca était en ville et le repas avait eu lieu, sans surprise, dans un restaurant italien à Tribeca. Abby connaissait le chef et préparait un livre de recettes avec lui.

Giovanna était une vraie Romaine, avec de grands yeux noirs et une silhouette de statue antique. Toutefois, elle avait passé la moitié de sa vie à l'étranger : écoles prestigieuses en Suisse et en Écosse, licence au Trinity College de Dublin, puis diplôme de droit à la Queen Mary University de Londres, et un autre à l'université de Virginie. Son anglais n'avait pas le moindre accent italien. Au dire de Luca, elle apprenait le mandarin, sa cinquième langue. Cinq langues, alors qu'Abby et Mitch maîtrisaient tout juste l'italien, et craignaient de tout oublier faute de pratique !

Giovanna était chez Scully depuis cinq ans et elle avait les relations pour devenir bientôt associée, même si le cabinet soutenait que les promotions ne se gagnaient qu'au mérite, jamais par piston. Après le séminaire organisé chaque année pour les nouveaux collaborateurs, les cadres de S & P savaient d'avance qui ferait carrière chez eux et qui serait parti dans cinq ans. Giovanna avait une tête bien faite, de la ténacité et un beau pedigree, sans parler de sa plastique avantageuse qui, quoi qu'on en dise, ouvrait bien des portes. Elle avait trente-deux ans, était célibataire et avait fait la une de la presse people parce que son petit ami du moment, un play-boy italien bien connu, s'était tué en parachute. Cette expérience lui avait suffi et depuis elle évitait les médias. Une héritière d'une grande famille pouvait être la cible de tous les commérages en Italie. Elle préférait donc vivre dans l'anonymat à l'étranger et habitait désormais à Londres.

— Comment va Luca ? s'enquit Mitch.

Le visage de la jeune femme s'assombrit. Son état s'aggravait, et le pronostic n'était pas bon. Ils parlèrent de son père pendant près d'un quart d'heure, évoquant déjà l'avenir sans lui. Samir connaissait Luca depuis trente ans et était au bord des larmes. Ils commandèrent des salades et du thé vert.

Pendant qu'ils attendaient leur plat, Samir sortit une feuille qu'il déplia et prit la conversation en main. Selon lui, l'idéal était de partir le lendemain matin à l'aube, vers 5 heures, quand la circulation était encore fluide. Le pont se trouvait à six heures de voiture. S'ils arrivaient vers midi, ils pourraient passer au maximum trois heures sur place avant de retourner en ville. Le trajet était dangereux la nuit.

— Comment ça « dangereux » ? demanda Mitch.

— Loin de la ville, les routes sont mauvaises et pas sûres. Et il y a des bandes et plein de gens qui cherchent les ennuis. Les travaux sont quasiment terminés et la société est impatiente de plier bagage. Deux ingénieurs sont encore sur le site et ils vous montreront les plans, l'historique du chantier, les changements de programmes et tous les problèmes. Pour Luca, il est important que vous voyiez par vous-même les modifications imposées par les Libyens à la dernière minute et pourquoi le projet est devenu un chaos ingérable. Bien sûr, vous avez toutes les pièces dans le dossier – conceptions originales, croquis et dessins des architectes, photos, vidéos, tout ce qu'il faut –, mais ça vaut le coup de voir l'ouvrage de vos propres yeux. Luca y est allé au moins trois fois. Nous serons rapides et efficaces, et nous repartirons aussitôt à Tripoli.

— Vous avez lu le résumé de votre père ? demanda Mitch à Giovanna.

Elle hocha la tête.

— Absolument. Quatre cents pages ! C'est quasiment un roman. Papa peut être très bavard, parfois.

— Je ne ferai aucun commentaire sur votre père.

Les commandes arrivèrent. Giovanna retira ses grosses lunettes de soleil, un accessoire plus décoratif qu'utile, pressentit Mitch. Elle portait une longue robe noire ample qui touchait quasiment le sol. Pas de bijou, pas de maquillage – elle n'en avait nul besoin. Elle parlait peu, avec le respect de mise lorsqu'un simple collaborateur s'adressait à un associé senior, mais avec l'assurance naturelle de celle qui maîtrise tous les sujets. En mangeant, ils continuèrent à discuter du Grand Pont Kadhafi. Samir leur raconta des histoires cocasses sur ce projet délirant du colonel, un homme né dans une tente de Bédouins. Ces anecdotes n'avaient jamais été rendues publiques, la presse étant sous le contrôle de l'État.

La plus savoureuse, et peut-être la plus vraisemblable : une fois le pont terminé, Kadhafi comptait le faire sauter et dire que c'était un coup de la CIA. Ses ingénieurs s'étant révélés incapables d'amener l'eau sous le pont, il avait renvoyé tout le monde et cessé de payer Lannak.

C'était le premier séjour de Mitch et Giovanna à Tripoli, et comme ils avaient quelques heures devant eux, ils demandèrent à Samir de leur faire visiter la médina. Il fut ravi de jouer le guide touristique. Ils quittèrent l'hôtel à pied et pénétrèrent dans la vieille ville fortifiée. Un flot anarchique de petites voitures, de livreurs à bicyclette et de rickshaws encombrait les venelles. Les étals proposaient de la viande, des poulets vivants, des amandes grillées dans de grandes poêles, des foulards, et toutes sortes de vêtements. Les cris et les invectives des marchandages, les appels des camelots rameutant le chaland, les coups de klaxon, les sirènes au loin, la musique omniprésente formaient une cacophonie aussi joyeuse qu'étourdissante. Et soudain, à 15 heures précises, l'*adhan* retentit et tous les hommes, ou presque, filèrent à la mosquée la plus proche.

Mitch était déjà allé en Syrie et au Maroc et avait entendu l'appel à la prière crié par le muezzin dans les haut-parleurs des minarets, cinq fois par jour. Même si Mitch ne connaissait pas bien la religion musulmane, il était toujours impressionné par ses rites et l'obéissance de ses ouailles. Rassembler à l'église les chrétiens en pleine journée était mission impossible aux États-Unis.

Brusquement, le silence tomba dans les rues, les marchés se vidèrent. Giovanna en profita pour faire des emplettes au calme. Mitch trouva un foulard pour Abby.

9

Leurs craintes de croiser des chefs de tribus belliqueux, des voleurs et autres maraudeurs du désert… tout cela s'évanouit quand Mitch et Giovanna rencontrèrent leurs gardes du corps. Ils étaient quatre : Aziz, Abdo, Gaou et un autre dont le prénom, à la graphie mystérieuse, se prononçait « Haskel ». Ils ne donnèrent pas leur nom de famille, bien trop complexes et difficiles à retenir pour des Occidentaux. Tous des Turcs, de grands gaillards, jeunes, avec de gros biceps, de gros pectoraux, et toutes sortes d'armes cachées sous leurs vêtements. Haskel, visiblement le chef, présenta l'équipe dans un anglais approximatif mais compréhensible. Samir leur répondit en turc, juste pour impressionner Mitch et Giovanna.

La réunion avait lieu dans une petite pièce d'un entrepôt en ville, à une demi-heure de l'hôtel. Haskel désigna des points stratégiques sur une grande carte punaisée au mur. Il résidait en Libye depuis quatre ans, avait fait une dizaine d'allers-retours au pont sans incident, et il n'y avait pas de raison qu'il en soit autrement cette fois-ci. Départ à 5 heures, dans un seul véhicule, un fourgon équipé pour le désert, avec de grosses roues, des jerrycans d'essence et autres accessoires de « sécurité ». Plus tôt, pendant le déjeuner, Samir avait dit que les cadres de Lannak se rendaient au pont en hélicoptère. Pourquoi leurs avocats n'avaient-ils pas droit à ce mode de transport ? s'interrogea Mitch. Mais il s'abstint de tout commentaire.

Youssef, un Libyen pur jus en qui Lannak avait toute confiance, serait leur chauffeur. Il y aurait des points de contrôle en pagaille, et peut-être quelques négociations avec des soldats, mais rien que ne sache gérer Youssef. Ils emportaient un maximum d'eau et de vivres, il n'y aurait pas d'arrêt, sauf besoin pressant. Le trajet ayant été approuvé par les autorités, ils étaient libres de leurs mouvements. Samir serait du voyage au cas où, mais il était évident que ce nouveau périple au Grand Pont Kadhafi ne l'enchantait guère.

À la nuit tombante, il ramena Mitch et Giovanna à l'hôtel puis rentra chez lui. Après avoir embrassé sa femme et regardé ce qui mijotait dans la cuisine, il se rendit dans son petit bureau, verrouilla la porte et appela son contact à la police militaire. Son rapport dura une demi-heure. Il donna tous les détails : les vêtements que portait Giovanna, le modèle de son téléphone portable, le numéro de sa chambre au Corinthia, ce qu'elle avait acheté à la médina, et où elle comptait dîner. Mitch et la jeune femme avaient convenu de se retrouver à l'hôtel à 20 heures et avaient invité Samir à se joindre à eux. Il avait botté en touche.

À ses yeux, cette excursion au pont était une pure perte de temps, mais c'était typique des avocats d'affaires. Lannak les payait à l'heure. Alors pourquoi se gêner ? Voyageons, amusons-nous, prenons l'air, et allons voir la huitième merveille du monde – un pont à un milliard de dollars qui enjambait un oued à sec au beau milieu du désert !

*

Puisque l'hôtel regorgeait d'Occidentaux, Giovanna décida de laisser tomber les tenues locales et de s'habiller. Sa robe moulante lui arrivait aux genoux et mettait en valeur sa silhouette de rêve. Elle compléta sa tenue avec des boucles d'oreilles en or, un collier et des bracelets. Elle était italienne, non ? Et le glamour, c'était dans ses gènes. Elle dînait avec un associé du grand cabinet qui l'employait, un Américain bien fait de sa personne, et une petite tension sexuelle pouvait être la bienvenue. Ils étaient loin de chez eux, non ?

Mitch choisit un costume sombre, et encore une fois, fit l'impasse sur la cravate. Il fut surpris, et charmé, par l'élégance de la jeune femme et lui dit qu'elle était ravissante. Au bar, ils commandèrent des martinis. L'alcool était interdit dans les pays arabes, mais les États savaient à quel point c'était important pour les Occidentaux. Depuis des lustres, les grands hôtels avaient convaincu Kadhafi, pour le salut des affaires et des devises, de leur laisser servir vins, cocktails et spiritueux.

Mitch et Giovanna emportèrent leur verre à une table offrant une jolie vue sur le port. Curieux d'en savoir plus sur la jeune femme, et aussi parce qu'il préférait parler d'elle que de lui, Mitch l'incita discrètement à se raconter. À trente-deux ans, donc, elle avait déjà passé la moitié de sa vie à l'étranger. Bien sûr, elle devait rentrer en Italie. Son père était malade, et sa mort, si le pire arrivait, laisserait un grand vide, en particulier dans son cabinet de Rome. Évidemment, Luca la voulait à ses côtés, et elle songeait sérieusement à revenir au pays. Elle aimait beaucoup Londres mais en avait assez de la pluie.

Quand leurs verres furent vides, Mitch fit signe au serveur. Avec ce départ aux aurores, ils ne pouvaient se permettre un long dîner, ni des plats trop lourds à digérer – pas de viandes en sauce. Ils commandèrent une simple soupe de fruits de mer et Giovanna demanda une bouteille de pinot grigio.

— À quel âge avez-vous quitté Rome ? demanda Mitch.

— À quinze ans. J'étais à l'école américaine et j'avais déjà pas mal bourlingué, pour une gamine. Mes parents se séparaient et l'ambiance à la maison était pesante. Ils m'ont envoyée en Suisse, une pension dorée pour gosses de riches quand les parents n'ont pas le temps d'élever leur progéniture. Les élèves venaient de tous les coins du globe. Pays arabes, Asie, Amérique du Sud. C'était très enrichissant, et très drôle, vraiment, j'y ai passé de bons moments ; et à la fois, je m'inquiétais pour mes parents.

— Vous retourniez souvent à Rome ?

— De temps en temps. Mais seulement pour les vacances. L'été, je partais en stage ici et là, histoire d'être loin des disputes. J'en voulais à mon père. C'est à cause de lui qu'ils ont divorcé. Je lui en veux toujours, seulement on est parvenus à établir un cessez-le-feu.

— Et pour votre mère ? Comment ça s'est passé ?

Elle haussa les épaules. Le sujet était tabou. Mitch comprenait très bien. Lui non plus n'avait aucune envie de parler de ses parents.

— Pourquoi avoir choisi de faire vos études à Dublin ?

Le vin arriva. Le serveur ouvrit la bouteille et le fit goûter à Mitch. Il le huma, but une gorgée et donna son feu vert. Quand leurs deux verres furent dûment remplis, Giovanna reprit son récit.

— J'ai fait un peu trop la fête au pensionnat et mon CV était plutôt léger. Les grandes facs de la côte Est n'ont pas été convaincues. Pas plus Oxford ou Cambridge en Angleterre. Luca a fait jouer ses relations et j'ai été prise au Trinity College. Je n'ai pas apprécié ces refus et je me suis mise en mode guerrière. J'ai bossé comme une malade et quand j'ai fait mon droit, je comptais changer le monde. J'ai bouclé mon diplôme en deux ans, mais vingt-trois ans, c'est un peu jeune pour entrer au barreau. Papa m'a alors proposé de poursuivre mes études aux États-Unis, et c'est comme ça que je me suis retrouvée à l'université de Virginie, où j'ai passé trois années absolument idylliques. Assez parlé de moi. À vous ? Comment vous êtes arrivé à Harvard ?

Mitch esquissa un sourire et but une lampée de vin.

— Ce que vous voulez savoir, c'est comment un pauvre gamin d'un trou perdu du Kentucky a pu intégrer une grande université de l'Ivy League, c'est bien ça ?

— En gros, oui.

— L'intelligence. Le génie. Le charme. Choisissez.

— Sérieusement ?

— Sérieusement ? J'ai eu une mention très bien en licence et j'ai explosé les scores aux tests d'admission. Et aussi parce que je venais d'une petite cité minière dans les montagnes. Cela a effectivement pesé dans la balance. Harvard reçoit rarement de candidature de ce genre de patelin paumé. Et le docte jury a trouvé ça exotique et bon pour leur image. Bref, j'ai eu de la chance.

— La chance, c'est vous qui l'avez provoquée, Mitch. Et vous avez carrément brillé à Harvard.

— Comme vous, j'avais une revanche à prendre, quelque chose à prouver. Alors, oui, j'ai travaillé dur.

— Et vous avez terminé premier de votre promo, m'a dit Luca.

Luca et ses exagérations !

— Non, juste quatrième.

— Quatrième sur combien ?

— Sur cinq cents.

Il était près de 21 heures et les tables se remplissaient de gens bruyants, des hommes qui parlaient toutes sortes de langues. Certains étaient en djellaba et keffieh, mais la majorité portaient des costumes. En plus de l'alcool qui coulait à flots, tout le monde fumait et la ventilation du restaurant n'était pas de taille. Mitch saisit quelques bribes de conversations en anglais, il était question des pétrodollars libyens, du cours du brut, de forages. Il tenta de les ignorer car il dînait avec quasiment la seule femme présente dans la salle, en tout cas la plus jolie. Les hommes ne cessaient de la regarder. Giovanna en avait conscience et semblait s'en ficher, visiblement habituée à attirer l'attention.

Elle lui posa des questions sur Abby, sur ses enfants, et ils discutèrent ainsi longtemps devant leur assiette de soupe, qui n'était pas très bonne. Heureusement, il y avait le vin. Bien sûr, les pinots grigios étaient bien meilleurs en Lombardie. Quand ils eurent fini de parler de leur famille, Giovanna repoussa son assiette et lui demanda conseil. Elle travaillait chez Scully depuis cinq ans, dans leur siège à Londres, et elle était bien décidée à passer associée. Valait-il mieux rester à Londres ? Ou rentrer à Rome ? Et combien de temps allait-elle devoir attendre ? En général, dans les grands cabinets d'affaires, il fallait huit ans avant d'être intéressé aux profits de l'entreprise.

Mitch était tenté de s'éloigner de la parole officielle et de lui raconter ce qui se disait. Elle passerait associée assez vite si elle continuait à travailler à ce rythme, qu'importe la ville où se trouvait son bureau. Cependant, elle était la fille de Luca Sandroni, et ce nom lui ouvrirait davantage de portes à Rome. Elle était brillante, ambitieuse et avait les bonnes origines. S & P s'était engagé à respecter la diversité et avait besoin de plus de femmes aux responsabilités.

Il se contenta de lui dire que l'endroit n'avait guère d'incidence, que Scully savait reconnaître les talents, que le collaborateur ait été débauché ou soit un produit maison.

Quand ils eurent terminé leur soupe et la bouteille, la fatigue leur tomba dessus. À l'aube, c'était le grand départ. Mitch prit la note à son compte et raccompagna Giovanna jusqu'à sa chambre qui se trouvait au même étage que la sienne, et lui souhaita bonne nuit.

10

Mitch s'endormit vite et n'avait aucune idée de l'heure quand il se réveilla dans l'obscurité, cramponné au lit parce que tout tournait dans la pièce. Les draps étaient trempés – de l'eau, de la sueur, autre chose ? Pendant quelques instants, il fut complètement désorienté. Il tenta de s'asseoir, de respirer lentement. Son cœur battait à tout rompre dans sa poitrine. Son estomac soubresauta, des spasmes violents lui tordirent le ventre avant même qu'il ait le temps de trouver l'interrupteur. La soupe de poissons et le vin voulaient sortir. Il serra les dents, cherchant à contenir ses haut-le-cœur, en vain, et se mit à vomir par-dessus le bord du lit. Il hoqueta, cracha, et quand la première giclée fut passée, il contempla avec horreur la flaque sur la moquette, s'efforçant de reprendre ses esprits. Comment était-ce possible ? Tout tournait – le lit, le plafond, les murs, les meubles… sa peau ruisselait de sueur, le sang cognait contre ses tempes, ses poumons étaient en feu. Il hoqueta à nouveau et vomit encore. Il devait aller aux toilettes, mais il ne pouvait se mettre debout. Il roula hors du lit, dans son vomi, et se mit à ramper vers la salle de bains où il parvint à mettre la lumière. Il s'accrocha à la cuvette et son estomac se purgea à nouveau. Quand son ventre fut totalement vide, il s'adossa contre la baignoire, pantelant, et se passa un gant mouillé sur le visage. Des échardes de douleur lui transperçaient le crâne, lui arrachant des plaintes de bête blessée. Sa respiration ne voulait toujours pas se calmer. Son pouls était comme des coups de marteau sous son crâne. Voulant une nouvelle fois se lever, il se mit à quatre pattes, mais ce fut le trou noir et il tomba lourdement sur le flanc. Il allait mourir, c'était sûr !

Son estomac se révulsa encore. Quand le spasme passa, agrippé au rebord de la baignoire, il ouvrit les robinets. Il puait et voulait se nettoyer. Il retira tant bien que mal son pyjama et son boxer, puis son tee-shirt. Ses vêtements étaient poisseux et empestaient le poisson rance. Il les lança dans le bac de la douche. Il s'en occuperait plus tard. Il parvint à se hisser dans la baignoire sans se briser le cou. L'eau était trop froide. Il ajusta le débit. Le jet tombait sur sa tête, sa nuque. Puis il ferma les robinets et resta immobile, les yeux clos. Le vertige ne cessait pas. Il aperçut une horloge sur la tablette. 1 h 58. Il avait dormi moins de trois heures. Il ferma à nouveau les yeux, se massa les tempes, en espérant que le tournis allait passer.

Si c'était une intoxication alimentaire, alors Giovanna devait aussi être malade. Elle avait mangé le même plat, bu le même vin, et un martini aussi en apéritif. Il devrait l'appeler – sa chambre était à côté, à quelques mètres de la sienne. Elle était peut-être dans le même état que lui.

Impossible de se mettre debout. Il avait déjà eu un mal fou à se glisser dans la baignoire ! Sa tête tournait comme une toupie. Il repéra le gros peignoir blanc suspendu à la porte. Il fallait qu'il l'attrape, qu'il se couvre. En rampant, les membres flageolants, il réussit à sortir de son bain, tira une serviette pour se sécher et décrocha le peignoir qu'il enfila. La nausée le prit à nouveau ; il éructa, se tortillant de douleur sur le carrelage froid, et attendit que les haut-le-cœur cessent. Il ne pouvait plus rien vomir, son estomac était vide.

Il se traîna jusqu'à la tablette où se trouvait un téléphone. Il souleva le combiné, appela la réception. Personne ne répondit. Il lâcha un juron, fit un nouvel essai. En vain. Il pesta à nouveau puis pensa à Samir, son seul contact en ville, lui seul pouvait appeler un médecin, voire les secours. L'idée d'être emmené en ambulance dans un hôpital du tiers-monde était terrifiante, mais cela valait mieux que de mourir dans une chambre d'hôtel aussi loin de chez lui.

Il avait soif mais ne vit aucune bouteille. Cinq minutes s'écoulèrent, puis dix. S'il tenait la demi-heure, peut-être qu'il survivrait et se sentirait mieux ? Ses intestins se vrillèrent soudain. Il se recroquevilla, tentant de contenir d'autres spasmes. Ce n'était plus son dîner qu'il crachait, mais de la bile et du sang. Il essaya à nouveau de joindre la réception. Mais personne ne répondit.

Il composa le numéro de la chambre de Giovanna. Après quatre sonneries, elle décrocha.

— Allô ? dit-elle d'une voix ensommeillée.

— C'est moi, Mitch. Vous allez bien ?

Avec sa voix rauque et sa gorge sèche, on aurait dit un moribond.

— Oui. Qu'est-ce qui se passe ?

— Vous n'êtes pas malade ?

— Non. Pourquoi ?

— Moi, si. Je crois que c'est une intoxication alimentaire et il me faut un médecin. Ça ne répond pas à la réception.

— D'accord, j'arrive.

Elle raccrocha sans lui laisser le temps de dire un mot de plus. Maintenant une autre épreuve l'attendait. Aller jusqu'à la porte de la chambre pour lui ouvrir.

*

Pendant une demi-heure, il resta allongé sur le matelas, en peignoir, s'efforçant de ne pas bouger ni parler tandis que Giovanna passait des serviettes froides sur son front et son cou. Elle avait ôté les draps, les couvertures, les oreillers, et les avait mis dans un coin. Samir avait précisé qu'il arrivait dans vingt minutes.

La nausée avait diminué. Mais son estomac et ses entrailles étaient encore parcourus de soubresauts. Tour à tour, Mitch se tordait de douleur ou sombrait dans un état semi-comateux.

Samir débarqua enfin, pestant contre le réceptionniste qui le suivait. Les deux hommes se disputaient en arabe. L'employé avait raté l'occasion d'être utile, et maintenant il gênait les deux infirmiers en blouse blanche qui suivaient avec une civière. Les brancardiers s'adressèrent à Mitch et Samir traduisit. Ils prirent sa tension – bien trop haute. Son pouls était à cent cinquante pulsations par minute. Et il était totalement déshydraté. Samir lui tapota le bras.

— Nous vous emmenons à l'hôpital. D'accord ?

— Vous ne me quittez pas, promis ?

— Ne vous inquiétez pas. Nous avons un très bon hôpital en ville. Faites-moi confiance.

Ils installèrent Mitch sur le chariot et remontèrent le couloir jusqu'aux ascenseurs, Samir et Giovanna fermant le convoi. Un autre infirmier les attendait dans le hall. L'ambulance était garée devant les portes.

— Montez avec moi, annonça Samir à la jeune femme. Nous allons les suivre. (Puis il se tourna vers Mitch.) J'ai appelé les bons docteurs. Ils nous attendent.

Mitch ferma les yeux et acquiesça. Du voyage en ambulance, il ne se souviendrait de rien, sinon des sirènes mugissantes.

À cette heure, à travers les rues désertes, ils ne mirent que quelques minutes pour arriver à l'hôpital de Mitiga, un complexe moderne qui n'aurait pas détonné aux États-Unis.

— C'est un hôpital militaire ? s'étonna Giovanna.

— Oui. Et le meilleur du pays. Quand on a de l'argent et des relations, c'est ici que l'on vient se faire soigner. Nos généraux veulent ce qu'il y a de mieux pour eux.

Sans vergogne, Samir se gara sur une place interdite et entraîna Giovanna vers les urgences. Mitch, sur son chariot, fut emmené dans une salle d'examen et installé dans un lit. Un bataillon d'infirmières et d'aides-soignantes s'activa autour de lui. Après avoir craint le pire, Mitch se sentit rassuré par le professionnalisme de l'équipe médicale. Samir et Giovanna furent autorisés à entrer dans la pièce. Un certain Dr Omran arriva. D'une voix joviale avec un fort accent, il se présenta.

— Vous savez, monsieur McDeere, que moi aussi j'ai étudié à Harvard ?

Le monde était décidément petit ! Mitch esquissa un sourire, son premier depuis des heures, et tâcha de se détendre. Avec l'aide de Giovanna, ils passèrent en revue ce qu'ils avaient mangé, au dîner comme au déjeuner. Pendant ce temps, deux infirmières lui installaient une perfusion, vérifiaient ses constantes et lui faisaient une prise de sang.

Le Dr Omran semblait perplexe en écoutant leur récit, mais pas réellement inquiet.

— Ce n'est pas la première fois qu'une personne est malade et pas l'autre. C'est inhabituel mais ça arrive. (Il se tourna vers la jeune femme.) Vous avez peut-être ingéré la bactérie. Elle risque de rester dans votre organisme un jour ou deux. Vous êtes sûre que vous vous sentez bien ?

— Oui, parfaitement bien. Je n'ai aucun symptôme.

Il s'adressa en arabe aux infirmières. Une aide-soignante partit chercher quelque chose.

— Nous allons essayer deux médicaments, monsieur McDeere. L'un pour calmer la nausée et faire cesser les spasmes. Et l'autre pour atténuer la douleur, et vous permettre de dormir.

Les deux semblaient merveilleux ! Mitch sourit à nouveau. Voulant se montrer courageux, il demanda :

— Quand pourrai-je sortir ?

— Vous venez d'arriver, monsieur McDeere, répliqua le médecin. Vous n'allez pas nous quitter déjà.

Au fond, cela lui allait bien. Ne plus avoir mal, pouvoir dormir… Les crampes lui vrillaient toujours les intestins. Il avait encore le tournis. Il voulait juste se reposer, lâcher prise quelques heures. Il songea à Abby et aux jumeaux. Ils étaient tranquilles à la maison. Inutile de les appeler et de les inquiéter. Dans peu de temps, il serait tiré d'affaire.

— Mitch, il est près de 4 heures du matin, annonça Giovanna. On est censés décoller à 5 heures.

— Il n'est pas en état, intervint le Dr Omran.

— On peut certainement reporter de vingt-quatre heures ? avança Mitch.

Samir et le médecin échangèrent un regard puis secouèrent la tête de concert.

— Je ne sais pas si je pourrai vous laisser partir demain, annonça Omran. Je veux attendre les résultats des analyses.

— La visite est calée pour aujourd'hui, ajouta Samir. Je vais devoir demander une nouvelle autorisation. Et comme je l'ai dit, les autorités sont de moins en moins conciliantes. Le recours de Lannak les agace au plus haut point ; ils ont donné leur accord pour le voyage au pont uniquement pour faire bonne impression au tribunal.

— Ils pourraient refuser la seconde demande ? s'enquit Mitch.

— Allez savoir ? Je pense qu'ils accepteront, mais ils vont traîner, nous faire lanterner. Ce sont des fonctionnaires, Mitch. Ils ont tous les pouvoirs.

— Je vais y aller, Mitch, annonça Giovanna. Je connais le dossier, le recours dans le détail, tous les points de litige. Je peux gérer. J'y vais et on passe à autre chose.

Mitch ferma les yeux, un nouveau spasme lui vrilla les entrailles. Il en avait assez de la Libye !

— Vous pensez toujours que c'est sans danger ? demanda-t-il à Samir.

— Mitch, si j'avais le moindre doute, nous ne serions pas ici. Comme je l'ai dit, j'ai fait le voyage une dizaine de fois et jamais je ne me suis senti menacé.

— Et vous allez partir aussi ?

— Mitch, je travaille pour vous, pour votre cabinet et pour votre client. C'est vous le patron. Si vous voulez que j'accompagne l'équipe, je suis du voyage.

— Argh ! lâcha soudain Mitch, les dents serrées. J'ai la diarrhée ! Un bassin ! Vite !

Samir et Giovanna sortirent aussitôt dans le couloir. Ils regardèrent quelques minutes les aides-soignantes aller et venir dans la chambre de Mitch.

— Rentrons à l'hôtel, déclara-t-elle finalement. Il faut que je me change.

*

Le fourgon attendait devant le Corinthia. Youssef, le chauffeur, dormait avachi sur le volant. Le sixième membre de l'équipe, Walid, était à bord – le second conducteur, si Youssef avait besoin de se reposer. Le périple serait long, au moins dix heures de route. Les quatre gardes turcs attendaient dehors, en fumant, tous en pataugas et treillis couleur sable.

Samir leur dit quelques mots, puis se dirigea vers l'hôtel, le téléphone à l'oreille.

— Le docteur pense que je devrais rester ici pour aider Mitch, annonça-t-il à Giovanna quand elle arriva dans le hall. Il peut y avoir des complications.

— Quel genre ?

— Ce n'est peut-être pas une intoxication alimentaire.

— Et c'est censé me rassurer ?

— Rien ne vous oblige à y aller, Giovanna. On pourra tenter le coup la semaine prochaine, ou la suivante.

— Vous pensez que ce voyage est risqué ?

Pour la quatrième ou cinquième fois, Samir répéta :

— Non. Vous avez des hommes pour votre sécurité. Et je suis sûr qu'ils n'auront rien à faire.

— D'accord. Alors je pars. Et vous, occupez-vous bien de Mitch.

Il l'embrassa sur les deux joues et déclara :

— Je vous retrouve ce soir pour le dîner, d'accord ?

— Parfait. Mais pas de soupe de poissons !

Ils rirent tous les deux de bon cœur. Et Samir la regarda se diriger vaillamment vers les portes à tambour.

11

La cabine du fourgon était comme un cockpit d'avion avec deux fauteuils de cuir à accoudoir pour les chauffeurs. Une ouverture dans la cloison permettait de rejoindre l'habitacle des passagers. Au besoin, les conducteurs pouvaient ainsi converser avec le reste de l'équipe. Des caisses de vivres étaient empilées contre le hayon arrière, d'autres étaient sanglées à la galerie sur le toit. Une fois certain que tout était bien amarré, Youssef remonta au volant et démarra.

Giovanna et les gardes du corps avaient droit à de gros sièges inclinables. Ils étaient très confortables, du moins sur les voies bitumées de Tripoli. Haskel, le chef du peloton, lui expliqua que les routes n'étaient pas aussi agréables en dehors de la ville. Le fourgon avait été aménagé pour transporter les ingénieurs et cadres de Lannak jusqu'au pont, et avait fait la navette quasiment tous les jours pendant des années. Youssef aurait pu parcourir le chemin les yeux fermés, et cela lui arrivait parfois, au sens propre !

Aziz offrit un café à la jeune femme – un café turc épais et délicieux –, qu'il servit dans un quart de zinc. Haskel lui proposa une pâtisserie torsadée, saupoudrée de sucre glace et de sésame.

— C’est un kâak. C’est très bon.

Sans se retourner, Youssef lança :

— C’est ma femme qui les fait. Pour chaque voyage.

— Merci.

Elle croqua une bouchée. C’était très bon, effectivement.

Les rues étaient vides, plongées dans l’obscurité. Le soleil était encore loin de se lever. Deux petites fenêtres sur les flancs leur permettaient de voir la ville. En quelques minutes, Gaou et Abdo ronflaient. Après deux gorgées de ce café, Giovanna sut que dormir ne serait plus possible. Elle termina la version libyenne du gâteau sec, songeant à sa situation. Deux jours plus tôt, elle était coincée dans son petit bureau à Londres, en tenue de *working girl* impitoyable, prête à endurer des réunions rasoir en pagaille. Et voilà qu’elle était à Tripoli, à l’arrière d’un fourgon, en compagnie de quatre gardes turcs armés jusqu’aux dents, en route vers le désert pour inspecter un pont d’un milliard de dollars au milieu de nulle part. Pour l’occasion, elle était en jean, chaussures de randonnée, et sans le moindre maquillage. Elle sortit son téléphone.

— Il y aura du réseau pendant encore une heure, précisa Haskel. Puis plus rien.

— Comment vous communiquez avec les gens du chantier, une fois là-bas ?

— Par téléphones satellites et internet.

Elle envoya un SMS à Mitch. Elle n’espérait pas de réponse. Un autre pour Samir qui lui annonça aussitôt que Mitch se sentait mieux. Samir allait rester aujourd’hui à l’hôpital. Elle songea à contacter son père mais préféra attendre. À cette heure-là, il dormait encore.

Aziz somnolait. Haskel montait seul la garde, quoiqu'il n'y ait aucun danger pour l'heure. L'ennui gagnait tout le monde. Pour tromper le temps, Giovanna lut une note préparée par S & P détaillant la situation tragique de la Libye, du moins depuis 1969, date du coup d'État de Kadhafi, quand il s'était proclamé chef suprême et roi à vie. Au sortir des faubourgs de la ville, la route se rétrécit et Giovanna se mit à bâiller. Elle avait dormi moins de trois heures. Mitch l'avait appelée vers 2 heures du matin et depuis, elle n'avait pas eu une seconde de répit.

Elle consulta son téléphone. Plus de réseau. Encore quatre heures de route.

*

Le point de contrôle était sous la garde de soldats de l'armée libyenne. Ils étaient cinq au total, et ils étaient tous morts une heure avant que Youssef, après un long virage, aperçoive les barrières et les plots de ciment. Les corps avaient été entassés à l'arrière d'un pick-up volé qui serait bientôt brûlé. Les tueurs avaient récupéré leurs uniformes.

— Checkpoint ! annonça Youssef en ralentissant. Nous allons devoir descendre de voiture.

Haskel se tourna vers Giovanna.

— C'est le point de contrôle principal. La procédure est de sortir pour que les soldats puissent inspecter l'habitacle. Ce sera l'occasion de se dégourdir les jambes. Ils ont des toilettes, au besoin. Ne vous inquiétez pas.

— Je ne m'inquiète pas. Merci.

Le fourgon s'arrêta. Deux gardes levèrent leur fusil quand Youssef et Walid les saluèrent. La routine. Un autre garde ouvrit le hayon et fit signe aux passagers de quitter le véhicule.

— Pas d'armes ! cria un garde en arabe.

Comme d'habitude, les Turcs laissèrent leur pistolet sur les sièges et descendirent sous le soleil du désert. Il était à peine 9 heures du matin mais il faisait déjà chaud. Deux hommes en uniforme montèrent à bord et commencèrent à fouiller. Les minutes s'écoulèrent et Youssef trouva ça bizarre. Il ne reconnaissait pas les gardes. Certes, il y avait beaucoup de roulements. Deux d'entre eux avaient des kalachnikovs, le doigt posé tout près de la détente.

Le chef sortit du fourgon avec le pistolet de Haskel. Il le pointa vers le groupe et cria en arabe :

— Les mains en l'air !

Les quatre Turcs, les deux Libyens et Giovanna levèrent lentement les bras.

— À genoux ! ajouta-t-il.

Au lieu de s'exécuter, Youssef fit un pas vers le garde.

— Qu'est-ce qui se passe ? Nous avons l'autorisation !

Le chef leva le pistolet vers le visage du chauffeur, et à un mètre de lui, tira.

*

Quand ils étaient en route, Haskel avait contacté son responsable au chantier pour lui annoncer qu'ils étaient dans les temps et qu'ils arriveraient vers 10 heures comme prévu. C'était la procédure pour tous les transports pendant la construction du pont. Toujours organiser le voyage, respecter le plan de route, et avertir de l'heure de départ et d'arrivée. Quelqu'un supervisait le trajet et voulait suivre le déplacement. Les grandes routes étaient sûres, mais cela restait la Libye, territoire de tribus belliqueuses qui se faisaient la guerre depuis des siècles.

À 10 h 30, le camp de base de Lannak appela le fourgon de Youssef. Personne ne répondit. Ils essayèrent encore à 10 h 45 et encore une fois à 11 heures. Si le véhicule était en panne, ce qui pouvait arriver, le chauffeur aurait alerté aussitôt le chantier. À 11 h 05, le superviseur reçut un appel de l'armée libyenne. Les nouvelles étaient inquiétantes : un autre van s'était arrêté au checkpoint et l'avait trouvé abandonné. Les cinq gardes s'étaient volatilisés ainsi que leurs deux pick-up et leurs deux jeeps. Aucun signe d'un autre véhicule. L'armée envoyait des hélicoptères et des troupes dans le secteur.

Les recherches ne donnèrent rien ; il était si facile de se cacher dans le Sahara. À 15 heures, le responsable de Lannak joignit Samir qui se trouvait chez lui. Samir retourna à l'hôpital et, comme Mitch était encore endormi, il décida d'attendre une heure avant de lui annoncer le problème.

Vers 17 heures, Mitch ne songeait plus à son intoxication alimentaire. Il était au téléphone avec Jack Ruch à New York, qui prévint aussitôt Riley Casey, son homologue à Londres. Les informations étaient si vagues qu'ils avaient du mal à croire qu'une employée de Scully & Pershing puisse s'être volatilisée en Libye. Et pourtant, on n'avait plus aucune trace de Giovanna ni de son escorte depuis douze heures. Aucun contact. Le cauchemar était là et chaque heure qui passait le rendait plus sinistre.

L'urgence pour Mitch était de prévenir le père de Giovanna. C'était à lui de le faire, et ce, avant que Luca n'apprenne la nouvelle par les médias ou une autre source.

À 18 h 30, Mitch l'appela à Rome et lui annonça que sa fille avait disparu.

12

Considérée par la communauté internationale comme un État voyou, la Libye de Kadhafi avait du mal à entretenir des relations diplomatiques normales, même avec ses alliés. Autant dire qu'avec les pays ennemis, toute communication était empreinte de duplicité, voire impossible, en particulier quand il s'agissait d'affaires délicates. L'ambassadeur turc fut le premier à se présenter au palais du peuple pour une rencontre improvisée. Le diplomate s'entretint avec un conseiller militaire de Kadhafi qui lui annonça que le gouvernement mettait tout en œuvre pour retrouver les disparus. En aparté, il lui jura ses grands dieux que la Libye n'était pas impliquée dans cette attaque, cet enlèvement – il ne savait encore comment qualifier l'événement ! Au sortir de cet entretien, l'ambassadeur se posait plus de questions qu'à son arrivée, ce qui était courant quand on traitait avec le régime libyen.

Les Italiens furent les suivants. Avec leur passé colonial dans la région, ils gardaient des liens protocolaires avec le pays et jouaient souvent en sous-main les intermédiaires pour les Occidentaux intéressés par les pétrodollars de Kadhafi. Leur ambassadeur s'entretint au téléphone avec un général libyen qui lui sortit la version officielle : aucune implication du gouvernement dans cette affaire. Ils ne savaient pas qui étaient les auteurs, ni où se trouvaient les otages. L'armée patrouillait dans le désert. Le diplomate appela aussitôt Luca, une connaissance, et lui rapporta la conversation. Curieusement, l'émissaire italien pensait que Giovanna et ses gardes seraient retrouvés sains et saufs.

Quant aux Anglais et aux Américains, ils ne passaient pas par les voies diplomatiques pour négocier avec la Libye. Depuis que Reagan avait bombardé le pays en 1986, la guerre était déclarée entre ces deux nations. Toute tentative de communication avec Kadhafi et ses représentants était une entreprise hasardeuse, semée de pièges et de chausse-trapes. Et pour compliquer encore la situation, aucun citoyen américain n'était victime dans l'attaque. Giovanna était italo-anglaise, avec la double nationalité. S & P avait son siège à New York, mais c'était une société, pas une personne physique. Toutefois, le département d'État américain et ses services de renseignements étaient en état d'alerte, ils surveillaient le web et écoutaient les conversations. Pour l'instant, ils ne récoltaient aucun indice. Rien non plus sur les images satellites.

Les espions anglais à Tripoli étaient partis à la pêche aux infos, comme les Américains. Pourtant tout restait vague, même leurs taupes habituelles étaient perdues.

Vers 22 heures, toujours aucune demande des ravisseurs. Qui appeler quand on ignorait qui était à la manœuvre ? Étaient-ce des terroristes ? des bandits ? des révolutionnaires ? Des guerriers d'une quelconque tribu ? Des intégristes religieux ? Cela pouvait être n'importe qui. Et comme l'État contrôlait la presse, aucune information ne fuitait dans les médias occidentaux.

*

Samir passa l'après-midi et toute la soirée à Mitiga, soit dans la chambre au chevet de Mitch, soit sur le parking au téléphone. Il y avait des manières plus agréables de s'occuper. Finalement, Mitch devait avoir été victime d'une intoxication alimentaire. Le Dr Omran ne voyait pas d'autre explication. Les vomissements, les diarrhées avaient cessé, parce qu'il s'était complètement vidé. Mais Mitch avait encore peur d'avaler quoi que ce soit. De toute façon, il n'avait pas faim. Et son état de santé n'était plus sa préoccupation première depuis qu'il avait appris l'attaque au point de contrôle. Mitch n'avait qu'une seule obsession : sortir de l'hôpital.

Les contacts de Samir à la police militaire ne lui avaient pas appris grand-chose. On lui avait assuré que ce n'était pas un stratagème du gouvernement pour forcer Lannak à quitter le pays, sans récupérer les quatre cent dix millions de dollars qu'ils réclamaient pour ce pont de malheur. Ses autres sources étaient également dans le brouillard. Toutefois, Samir se méfiait. Il détestait Kadhafi et savait sa fourberie sans limites. Mais il se garda bien de confier ses doutes à Mitch.

*

À 23 heures, heure de la côte Est, Scully décida d'évacuer Mitch McDeere de Tripoli. La firme avait une assurance qui permettait de rapatrier ses membres s'ils tombaient malades dans un pays ayant un système de santé défaillant. La Libye faisait partie de la liste. Jack Ruch appela la compagnie, qui était déjà au courant et prête à tout organiser. Puis il contacta Mitch, pour la troisième fois, pour passer en revue les détails du transport sanitaire. Mitch voulait rester en Libye tant que Giovanna n'avait pas été retrouvée. Mais d'un autre côté, il avait très envie de rentrer chez lui ; il se sentait toujours patraque et ne voulait plus jamais remettre les pieds dans ce pays. Il avait eu deux fois Abby au téléphone, qui bien sûr insistait pour qu'il revienne au plus vite. Jack le pressa aussi, et lui expliqua qu'il ne pouvait rien faire pour Giovanna ou son escorte et que ce serait une folie de se mêler des recherches.

À 6 h 30, le samedi 16 avril, Mitch fut installé dans un fauteuil roulant et conduit jusqu'à une ambulance. Samir l'accompagna, ainsi qu'une infirmière. Quarante minutes plus tard, le véhicule s'arrêta à l'aéroport, dans une zone à l'écart des terminaux classiques. Cinq ou six jets privés étaient sur le tarmac, gardés par des vigiles armés. Son avion était un Gulfstream 600. Mitch voulut monter les marches tout seul. Un médecin et une autre infirmière l'accueillirent en cabine et l'installèrent aussitôt sur un chariot confortable. Il serra la main de Samir, le remercia et lui dit adieu.

Son pouls et sa tension étaient un peu élevés, ce qui était prévisible avec toute cette agitation de la dernière heure. Sa température aussi était un peu haute. Il but un verre d'eau fraîche mais refusa les crackers. Le médecin lui demanda s'il voulait dormir. Oui, dormir. Oublier. Son seul souhait. L'infirmière lui donna deux cachets, et avant même que l'avion ne décolle, Mitch était dans les bras de Morphée.

Le vol pour Rome ne durait qu'une heure cinquante. Le médecin dut lui tapoter le bras pour que Mitch se réveille. Ils étaient arrivés. Avec l'aide d'un pilote, il descendit l'escalier et grimpa dans une autre ambulance.

Une fois à l'hôpital Gemelli, Mitch fut monté dans une chambre particulière et ausculté à nouveau. Tout était normal. Le médecin italien lui annonça qu'il pourrait sortir à midi. Après le départ de l'équipe soignante, un associé de S & P, Roberto Maggi, vint lui souhaiter la bienvenue. Les deux hommes s'étaient croisés plusieurs fois mais ne se connaissaient pas bien. Roberto avait passé tout l'après-midi avec Luca qui, évidemment, était sous le choc. Luca Sandroni n'allait pas bien avant d'apprendre la nouvelle, mais son état s'était aggravé. Il était sous sédatifs et surveillé par son médecin.

Mitch, désormais bien réveillé et affamé, lui raconta dans le détail tout ce qu'ils avaient fait à Tripoli avec Giovanna. Aucune de ces informations n'était utile. Mitch en savait encore moins que Roberto sur l'enlèvement. Soit les autorités libyennes étaient réellement dans l'impasse, soit elles cachaient des choses. Pour l'instant, toujours aucune revendication des ravisseurs.

Roberto s'en alla et promit de revenir l'aider à remplir les papiers pour sa sortie de l'hôpital. Une infirmière lui apporta un bol de compote, un soda light et quelques biscuits. Mitch mangea lentement, puis rappela Abby. Tout allait bien, la rassura-t-il. Il se reposait dans un bel hôpital à Rome. Et se sentait beaucoup mieux.

Abby regardait les infos, suivait ce qui se disait sur internet. Et sur la Libye, pas un mot.

13

Le silence des médias cessa quand on retrouva les quatre Turcs décapités. Ils étaient nus, pendus par les pieds à une ligne électrique entre deux entrepôts de Lannak à un kilomètre du pont. Les corps étaient lacérés, ensanglantés, avec des traces de brûlures. À l'évidence, on les avait fait souffrir avant de les tuer. À côté des dépouilles, une planche était posée sur un baril de pétrole ; et dessus, quatre têtes soigneusement alignées.

Haskel, Gaou, Abdo, Aziz.

Le vigile qui avait retrouvé les cadavres tôt le matin n'avait pas tenté de reconstituer le puzzle morbide. Quelqu'un d'autre plus au fait chez Lannak s'en chargerait.

Aucun signe de Youssef, Walid et Giovanna. Ni des meurtriers. Aucun communiqué, aucune demande de rançon. Les gardes au pont n'avaient rien entendu. Le plus proche se trouvait à plusieurs centaines de mètres de là. La sécurité avait été notablement réduite puisque la société retirait son personnel. Le chantier était quasiment terminé. Toutes les caméras de surveillance avaient été démontées.

Les quatre décapitations accéléreraient sans nul doute le retrait des équipes de Lannak.

Les autorités libyennes bouclèrent rapidement la zone et interdirent photos et vidéos. Tripoli voulait que personne, pas même les employés du chantier, ne s'approche des corps. Des images aussi horribles deviendraient virales et mettraient dans l'embarras le pouvoir libyen. L'affaire, en revanche, ne pouvait être étouffée, et avant midi Tripoli publia un communiqué confirmant les meurtres et les kidnappings. Toujours aucune revendication des « terroristes ». Dans un premier effort de désinformation, le régime annonça que l'attaque était « sans doute le fait d'une bande tribale basée au Tchad ». Les Libyens promettaient de retrouver les hors-la-loi et de les traduire en justice, après, bien sûr, avoir sauvé les otages.

*

Mitch quittait l'hôpital en voiture avec Roberto Maggi quand la nouvelle tomba. Un collaborateur au siège de Rome venait de voir le journal télévisé libyen. Le gouvernement confirmait le kidnapping de Giovanna Sandroni et de deux employés libyens de Lannak. La police ignorait où se trouvaient les otages. Et tous les membres de leur escorte turque avaient été assassinés.

Les deux hommes se rendirent à la villa de Luca, dans le quartier du Trastevere. Le maître de maison était sur la terrasse, à l'ombre d'un pin parasol, couvert d'un plaid, contemplant la petite fontaine du patio. Une infirmière se tenait à côté des portes-fenêtres ouvertes. Avec un sourire, Luca fit signe à Mitch de s'asseoir.

— Je suis content de te revoir. Et de te savoir remis sur pied.

— Je serai à l'intérieur, indiqua Roberto avant de les laisser seuls.

— Et toi, comment vas-tu ? s'enquit Mitch.

Luca haussa les épaules.

— Je me bats, répondit-il après un silence. J'ai passé la matinée au téléphone avec mes contacts en Libye. Et ça n'a pas servi à grand-chose.

— Kadhafi pourrait être derrière ?

— C'est toujours possible. Il est fou et capable de tout. Mais, non, je ne crois pas. Ils viennent de retrouver leurs cinq gardes du checkpoint, des soldats de l'armée. Je vois mal Kadhafi exécuter ses propres hommes, enfin avec lui on ne sait jamais.

— Pourquoi tuer des employés de Lannak ?

— Une manœuvre d'intimidation.

Élégamment vêtue, une femme d'une cinquantaine d'années apparut sur le seuil et proposa des rafraîchissements à Mitch. Il lui demanda un café et elle repartit dans la maison.

Luca poursuivit :

— Kadhafi doit à Lannak plus de quatre cents millions de dollars pour son joli pont. Et le cours du pétrole est au plus bas. Les Libyens sont à court d'argent parce que Kadhafi achète des armes à tour de bras. Tu sais qu'il vient de commander quarante MIG aux Russes ?

Il se tut, alluma une cigarette. Il avait le teint pâle, paraissait avoir vieilli de dix ans ces deux dernières semaines.

Mitch voulait parler de Giovanna, mais il n'osait aborder le sujet. Son expresso arriva, servi sur un petit plateau. Il remercia la femme.

Une fois qu'elle fut retournée en cuisine, Luca souffla un long nuage de fumée et déclara :

— C'est Bella, mon amie.

Évidemment, Luca était toujours bien entouré.

— Quelque chose me disait de ne pas laisser Giovanna aller en Libye, ajouta-t-il. Un mauvais pressentiment. Mais elle a tellement insisté. Elle en avait assez de Londres, et j'avais peur qu'elle ne veuille changer de métier. Elle avait soif d'aventure. Elle était ici à Noël et j'en ai trop dit, sur Kadhafi et son pont, sur mon client Lannak. On discutait juste autour d'un verre, comme on le fait souvent, rien de confidentiel. Je ne pensais pas qu'elle voudrait aller là-bas. De toute façon, il n'en était pas question, tant que c'était moi qui avais le dossier. Puis je suis tombé malade, je t'ai appelé. Et voilà où nous en sommes.

Mitch but une gorgée de café et décida de se taire. Juste écouter.

— Et toi, Mitch, comment ça va ?

Mitch haussa les épaules et chassa cette question d'un geste de la main. Il y avait neuf morts en comptant les soldats du checkpoint – cinq cadavres brûlés et quatre décapitations. Son intoxication alimentaire paraissait si anecdotique.

— Ça va. Physiquement, du moins.

Luca avait deux téléphones à côté de lui. L'un d'eux se mit à vibrer. Il regarda qui l'appelait.

— C'est l'ambassade libyenne à Milan. Il faut que je les prenne.

— Bien sûr.

Mitch rentra dans la maison et trouva Roberto dans la cuisine, penché sur son ordinateur. Il fit signe à Mitch d'approcher.

— Il y a une vidéo qui fait le buzz. Quelqu'un a filmé les quatre Turcs décapités. Les télévisions ne la passent pas, mais on la trouve partout sur internet. Vous voulez voir ?

— Suis pas sûr.

— C'est plutôt gore. Pas vraiment le moment, vu votre état.

— Allons-y quand même.

Roberto tourna l'écran vers Mitch et lança la vidéo. Les images étaient tournées avec un téléphone portable et celui qui filmait était tout près des corps – si près qu'on entendait l'un de ses compagnons lui dire de reculer à cause des flaques de sang qui s'étendaient sous les cadavres. La séquence dura trente secondes et s'interrompit quand quelqu'un cria quelque chose en arabe.

Mitch se figea, avec une nouvelle crampe à l'estomac.

— Il ne faut pas montrer ça à Luca.

— Bien sûr que non. Mais il l'a sans doute déjà vue.

Il y avait six heures de décalage entre New York et Rome. Mitch appela Abby qui surveillait les infos. Pour l'instant, pas un mot sur les événements en Libye. Les drames en Afrique du Nord n'étaient guère vendeurs aux États-Unis. En revanche, les Anglais et les Européens étaient bien plus intéressés. Quand les tabloïds de Londres apprirent qu'une jeune avocate anglaise avait été kidnappée par un groupe violent et que ses quatre gardes du corps avaient été décapités, les articles se déchaînèrent en ligne. Au siège londonien de Scully & Pershing à Canary Wharf, la sécurité fut aussitôt renforcée, non en prévision d'une attaque terroriste, mais pour protéger son personnel des assauts de la presse.

Mitch et Roberto déjeunèrent avec Luca sur la terrasse, mais le vieil homme toucha à peine à son assiette. Mitch, au contraire, était affamé et dévora tout ce qui passait à sa portée. À l'évidence, il allait mieux.

— Mitch, tu vas rentrer chez toi. Je t'appellerai au besoin. Tu ne peux rien faire pour le moment.

— Je suis désolé pour ce qui s'est passé. J'aurais dû partir avec elle.

— N'aie aucun regret, Mitch. Au contraire.

Roberto renchérit.

— Nous avons étudié les affaires de ce type sur les trente dernières années, où des Occidentaux ont été pris en otage dans des pays musulmans. On épluche encore les stats, mais il ressort que tous les otages femmes ont survécu et très peu ont été maltraitées. Leur captivité a duré entre deux semaines et six ans, mais toutes, quasiment, s'en sont sorties indemnes – soit une rançon a été versée, soit elles se sont évadées, ou encore une opération militaire les a délivrées. Pour les otages hommes, c'est une autre histoire. Tous ont subi des sévices et la moitié sont morts. Quarante, à notre connaissance, sont encore captifs. Alors oui, Mitch, c'est une chance que vous ayez eu cette intoxication alimentaire.

— Une libération par voie diplomatique serait envisageable ?

Luca secoua la tête.

— Certes, on ne sait pas à qui on a affaire, mais il est peu probable que ces individus soient sensibles à de quelconques arguments géopolitiques.

— Il reste donc la rançon ou l'opération commando.

— Oui, et une intervention militaire, c'est toujours risqué. Les Britanniques ruent dans les brancards et veulent envoyer leurs forces spéciales. Les Italiens préfèrent payer. De toute façon, c'est prématuré. Pour l'instant, il faut attendre l'appel des ravisseurs.

— Je suis désolé, Luca, répéta Mitch. On pensait que c'était sans danger.

— Moi aussi. Comme tu le sais, je suis allé là-bas plusieurs fois. J'adore la Libye, malgré son instabilité politique.

— Samir m'avait assuré qu'il n'y avait aucun risque.

— Samir est un agent libyen. Il rapporte tout à la police militaire.

Mitch déglutit, tentant de rester imperturbable.

— Je croyais qu'il travaillait pour nous ?

— Il travaille pour le plus offrant. Samir n'a aucune loyauté.

— Il était censé faire le voyage avec Giovanna, ajouta Roberto, mais il a trouvé une bonne excuse. Rester avec vous à l'hôpital.

— Je n'y comprends plus rien.

— Mon cher Mitch, lui répondit Luca avec un sourire, en Libye, on ne peut se fier à personne.

14

La situation n'évolua pas pendant les douze heures que dura son vol KLM, de Rome à New York, avec escale à Amsterdam. Il restait une place dans un avion direct vers JFK, mais c'était en classe éco. Mitch avait besoin du confort de la classe affaires, en particulier d'espace pour ses jambes, et aussi un accès facile aux toilettes. Son estomac était encore fragile ; il pouvait toujours rechuter. Après ce qu'il avait traversé ces quatre derniers jours, il ne voulait prendre aucun risque. En chemin, il téléphona à Abby. Elle lui donna des nouvelles de la famille et lui raconta les derniers potins du quartier. Il appela aussi Roberto Maggi pour savoir comment allait Luca. Il était au lit et se reposait. Silence radio en Libye. Aucune revendication des ravisseurs. Mitch contacta sa secrétaire pour réorganiser son planning. Au-dessus de l'océan Atlantique, il prit un somnifère qui ne lui fit aucun effet. Il parvint à dormir à peine une demi-heure. À son réveil, il passa d'autres coups de fil à ses assistants et à deux collaborateurs.

Il essayait de ne pas penser à Giovanna, mais c'était impossible. Comment était-elle traitée ? Où était-elle ? Avait-elle à manger ? De quoi boire ? Est-ce qu'on lui faisait subir des interrogatoires ? Est-ce qu'ils la frappaient ? La violaient ? Dans le code tacite de la guerre, la torture et le meurtre de soldats ennemis – des hommes armés et eux-mêmes des tucurs – étaient acceptés et considérés comme un mal nécessaire, mais quid des civils innocents ? En particulier quand il s'agissait d'une jeune femme qui voulait juste voir du pays ?

Quelle folie de poser le pied dans cette région où régnaient le chaos et la violence, et pire, d'y avoir fait venir Giovanna, juste pour faire plaisir à son père. Certes, Luca était à l'origine de ce voyage ; il lui avait répété que c'était sûr. Pourtant Mitch n'était pas un novice, il aurait pu trouver un autre arrangement. Il s'était d'ailleurs interrogé plus d'une fois sur l'utilité de ce périple en plein désert – tout ça pour voir un pont ? La réponse était évidente : non, cela ne servait à rien. Lui aussi, se serait-il laissé porter par le goût de l'aventure ? Évidemment ! Il n'était jamais allé en Libye, et il était ravi de pouvoir cocher cette case dans sa liste des destinations exotiques qu'il avait visitées.

Pour s'occuper durant l'escale à Amsterdam, Mitch avait appelé Cory Gallant, le chef de la sécurité chez Scully. Quand il avait rejoint les rangs de S & P, onze ans plus tôt, il ignorait que le cabinet possédait quasiment une petite armée secrète. Toutes les grandes firmes du secteur dépensaient des fortunes pour défendre leurs associés, et aussi pour espionner leurs rivaux, voire leurs propres clients. Avant de partir pour Rome et Tripoli, Cory lui avait fait son rapport sur la situation en Libye. Il avait effectué avec Luca le voyage jusqu'au pont l'année passée. Selon lui, les risques étaient minimes. La Libye avait tout intérêt à protéger ses ressortissants étrangers, quelle que soit leur nationalité.

Cory attendait Mitch à sa descente d'avion à JFK avec un chauffeur, un jeune gars bodybuildé qui prit ses valises pour les emporter dans un SUV noir garé dans la zone réservée aux taxis. Il s'installa au volant, Cory et Mitch prirent place à l'arrière. Une paroi en plexiglas séparait les deux espaces.

Il était près de 20 heures, le dimanche 17 avril, et les embouteillages au sortir de l'aéroport étaient dantesques, comme d'habitude.

Après avoir raconté ses aventures des dernières vingt-quatre heures, Mitch demanda :

— Des nouvelles de Libye ?

— Pas grand-chose.

— Pas grand-chose ? C'est déjà mieux que rien du tout.

— Disons qu'il y a eu une évolution.

— Une évolution ? Je vous écoute.

— Ils ont posté une autre vidéo. Elle est apparue sur le Dark Web il y a une heure. Les images de la décapitation.

Mitch poussa un soupir et détourna la tête.

— En 4K, poursuivit Cory. Une horreur. Je l'ai visionnée et je le regrette. Ces gens sont des monstres.

— Je ne suis pas sûr de vouloir la voir.

— Passez au large, je vous le dis. Ne regardez pas ça. C'est sans rapport avec Giovanna, outre le fait qu'elle est retenue prisonnière par les mêmes tarés.

— C'est censé me rassurer ?

— Non.

Leur file recommença à rouler. Les deux hommes restèrent silencieux.

— Vous pouvez peut-être me la décrire ? demanda finalement Mitch. Sans trop entrer dans les détails.

— Ils ont fait ça à la tronçonneuse. Et ont forcé les autres à regarder. Le dernier à y passer, c'était un dénommé Aziz. Il a été obligé de regarder ses trois autres compagnons se faire déchiqueter.

— C'est bon ! c'est bon ! lança Mitch en levant les mains pour faire taire Cory.

— Je n'ai jamais vu un truc pareil.

— Je connaissais Aziz. Je les connaissais tous les quatre. On s'est rencontrés la veille du départ, dans les bureaux de Lannak à Tripoli. Ils étaient confiants et sereins. D'après eux, le voyage serait tranquille, ils avaient fait des dizaines de fois l'aller-retour sans problème.

Cory hocha la tête.

— Faut croire qu'ils se trompaient.

Mitch ferma les yeux, s'efforçant de ne pas penser à Aziz, à Haskel, à Gaou et à Abdo, de chasser de sa mémoire la vue de ces corps décapités, se vidant de leur sang, pendus par les pieds comme des cochons. Son estomac se vrilla. Son pouls s'emballa.

— Pardon, Cory, marmonna-t-il. Je n'aurais pas dû demander.

— J'en ai vu des horreurs, mais là, on atteint une autre dimension.

— Je vous crois sur parole. Et du côté de Washington ?

— Nos gars là-bas ont parlé à leurs contacts au département d'État, à la CIA, à la NSA. Tout le monde est sur le pont mais ils n'ont rien. Pour tout un tas de raisons, nous n'avons aucun informateur fiable en Libye. Kadhafi n'a jamais été très amical. Les Britanniques ont des taupes là-bas haut placées, comme les Italiens, mais bien sûr, ils se les gardent pour eux. Chez les Turcs, c'est le branle-bas de combat. La situation est explosive. Il peut se passer n'importe quoi. Et il n'y a personne à la barre. Contrairement à d'habitude, les Américains ne peuvent débarquer et prendre l'affaire en main.

— Quelle valeur a Giovanna ?

— Tout dépend de l'identité des ravisseurs. S'il s'agit d'un petit groupe terroriste ou de rebelles, alors il y aura une demande de rançon. Quelques millions de dollars, je suppose. Mais si Kadhafi est derrière tout ça, ça risque de monter beaucoup plus haut. Il s'en servirait de monnaie d'échange pour son ardoise avec Lannak.

— C'est sûr qu'elle lui ferait économiser beaucoup d'argent.

— Je ne sais pas, Mitch. C'est votre domaine.

— Si c'est un coup du colonel, c'est carrément stupide car Lannak ne va rien lâcher. La société est furieuse parce qu'elle n'a pas été payée depuis deux ans. Aujourd'hui, quatre de ses agents de sécurité ont été assassinés, ils vont réclamer un max en dommages et intérêts. Et la justice va abonder dans son sens. Giovanna est purement une victime collatérale.

— D'après ses premières estimations, Washington ne croit pas que Kadhafi soit impliqué. Il est peut-être fou, mais pas idiot. On reparlera de tout ça demain matin. On a une réunion avec eux en visio. À 7 heures, dans le bureau de Jack Ruch.

— Je ne serai pas là-bas à 7 heures, Cory. Il faut changer l'horaire.

— Ordre de M. Ruch.

— J'emmène mes gosses à l'école et j'arriverai au bureau à 8 h 30, comme d'habitude. J'ai conscience de l'urgence du moment, mais que cette réunion se tienne à l'aube ou pas, ça ne changera pas grand-chose pour Giovanna.

— Très bien. M. Ruch vous appellera peut-être.

— Il m'appelle tout le temps et d'ordinaire je fais toujours ce qu'il dit.

*

Carter et Clark, en pyjama, avaient eu l'autorisation de regarder la télévision une heure de plus, en attendant le retour de leur père. Mitch arriva un peu avant 21 heures, et les jumeaux se précipitèrent vers lui. Il les souleva de terre, les jeta sur le canapé pour une séance de chatouilles en règle. Une fois qu'ils eurent bien ri et hurlé, Abby intervint pour appeler au calme, s'inquiétant des voisins. Carter en profita pour tenter sa chance.

— Papa, on peut rester jusqu'à 22 heures ?

— Même pas en rêve, mon petit bonhomme ! grogna Abby.

— Allez, pour une fois, intervint Mitch. Et faisons du pop-corn.

Les deux garçons filèrent dans la cuisine tandis que Mitch voulut embrasser sa femme.

— Du pop-corn pour dîner, sérieux ?

— Ce sera toujours mieux que la nourriture dans l'avion.

— Bienvenue à la maison. Il y a des restes de manicottis au réfrigérateur.

— Des frères Rosario ?

— Oui, ils étaient ici hier soir. Je n'en ai jamais mangé d'aussi bons.

— Gardons-les pour plus tard. Je n'ai pas si faim que ça, et mon ventre est encore en vrac.

— Il faut qu'on parle de beaucoup de choses.

— Oui. Beaucoup.

Quand les jumeaux furent pelotonnés sous un plaid, avec du pop-corn plein la bouche, Mitch et Abby passèrent dans la cuisine. Elle leur servit deux verres de vin et embrassa enfin son mari.

— Des nouvelles ? demanda-t-elle à voix basse.

— Non. Rien sur Giovanna.

— Tu es courant pour les vidéos, je suppose ?

Mitch ferma les yeux et grimaça.

— Lesquelles ?

— Gina Nelligan, tu vois qui c'est ? La prof d'arts plastiques.

Mitch secoua la tête.

— Son fils est en troisième année à l'université de Purdue. Il l'a appelée il y a une heure et lui a parlé de la vidéo sur le Dark Web.

— Les décapitations ?

— Oui. Tu les as vues ?

— Non. Et je n'en ai pas l'intention. Notre chef de la sécu me l'a décrite. Ça m'a amplement suffi.

— Ces gardes ? Tu les connaissais ?

— Oui. Je les ai rencontrés la veille de leur mort. Ils nous accompagnaient au pont, avec les deux chauffeurs libyens et Giovanna. Tout le monde dans le même fourgon.

— Je n'en reviens pas. Comment est-ce possible ? La pauvre… On ne sait vraiment pas où elle est ?

— Non. Pas la moindre piste. Mais ça va forcément évoluer. Elle peut se monnayer cher et ses ravisseurs vont bien finir par se manifester.

— Espérons-le.

— Pour l'instant, personne n'est sûr de rien.

— Tu ne retournes pas en Libye, on est bien d'accord ?

— Absolument.

— Parfait. Allons retrouver les garçons.

À 21 h 30, les jumeaux bâillaient et Abby leur demanda d'aller se coucher. Mitch vint les border et leur souhaita bonne nuit. Il éteignit la télévision tandis qu'elle remplissait leurs verres. Ils s'installèrent sur le canapé, savourant le silence dans la maison.

— Comme tu l'imagines, la presse s'affole. En particulier en Grande-Bretagne. J'ai passé des heures sur internet pour voir ce que je pouvais trouver. Il y a plein d'articles là-bas et à Rome. Scully est cité çà et là, mais pour l'instant ton nom n'apparaît nulle part.

— Pareil de mon côté. Ma secrétaire et mes assistants fouillent la toile aussi.

— Tu es inquiet ?

— Pour Giovanna, surtout. Je me sens responsable, Abby. C'était à moi seul d'y aller, c'était ma petite expédition.

— Je croyais que Luca t'avait forcé la main ?

— Certes, seulement au final, c'est ma décision. Il voulait que sa fille fasse partie de l'équipe parce qu'elle s'ennuyait à Londres. Et qu'elle avait besoin de changer d'air. Avec le recul, je m'aperçois que tout ça était insensé.

— Peut-être, mais je pense à nous aussi. Que va-t-il se passer ici ?

— Comment ça ? Tu t'inquiètes pour notre sécurité ?

— Oui.

— Il n'y a aucun risque. Les ravisseurs appartiennent sans doute à une bande tribale du Sahara. Ils sont loin d'ici et n'ont pas tant de moyens que ça.

— J'espère que tu dis vrai.

Mitch but une gorgée de vin et caressa la jambe d'Abby.

— C'est vrai qu'on est dans le flou le plus complet. Mais on en saura plus demain, ou après-demain. S'il y a lieu de s'inquiéter, je te le dirai. Pour l'instant, nous n'avons rien à craindre.

— Tu m'as déjà dit ça.

15

Qu'il s'agisse de terroristes ou de simples criminels, ces gens avaient le sens du spectacle. Quatre jours après avoir attaqué le point de contrôle et tué cinq soldats de l'armée régulière, trois jours après avoir décapité à la tronçonneuse les quatre membres de l'escorte turque, et deux jours après la diffusion de leur vidéo sur le Dark Web, ils pendirent le corps de Youssef à un poteau télégraphique à côté d'une grande route à Benghazi. Le malheureux avait encore sa tête sur les épaules, mais avec un trou béant dans le crâne, ses vêtements étaient maculés de sang, ses poignets et chevilles ficelés, sa dépouille suspendue à une ligne électrique, tournant lentement sous le soleil de plomb. Une feuille était attachée à son pied droit ; il y était écrit : *Youssef Achour, traître à la nation.*

La police militaire investit la zone, bloqua tous les accès, et laissa le cadavre pendu durant des heures, en attendant des instructions de sa hiérarchie. Peut-être qu'une vidéo du meurtre serait diffusée, peut-être qu'on trouverait des indices…

Samir se rendit sur place, confirma qu'il s'agissait bien de Youssef le chauffeur, un homme qu'il connaissait depuis des années, puis appela Lannak et Luca.

Il ne restait plus que Walid et Giovanna comme otages.

*

Cory Gallant reçut l'appel à 4 heures du matin. Après trois heures d'un sommeil léger, il bondit de son lit et fila au siège de S & P. À l'arrivée de Mitch à 8 h 30, il faisait le pied de grue devant son bureau.

Au premier regard, Mitch comprit que les nouvelles étaient mauvaises.

— Il y a eu une autre évolution, annonça Cory.

— Je ne pensais pas qu'un jour j'allais détester le mot « évolution » !

— M. Ruch nous attend.

Dans l'ascenseur, Cory lui raconta ce qu'il savait sur Youssef, à savoir pas grand-chose, sinon le lieu où l'on avait retrouvé son cadavre, et dans quelles conditions. Cela datait de neuf heures et, comme c'était prévisible, ses assassins ne s'étaient pas manifestés.

*

Jack Ruch était agacé parce qu'il voulait sa visioconférence à 7 heures, ce qui ne collait pas avec le planning de Mitch. Jack travaillait encore seize heures par jour et aimait organiser ses réunions à l'aube pour montrer qu'il était toujours aux commandes. Mitch en avait assez de ces démonstrations de force.

Jack désigna la table et se tourna vers le grand écran mural. Les chaînes d'infos diffusaient en boucle les images d'un tremblement de terre. Heureusement, le son était coupé. Toujours pas un mot sur la Libye.

— Cory t'a donné les détails, commença-t-il pendant qu'une secrétaire servait le café.

— J'ai eu une version courte dans l'ascenseur.

— On n'en sait pas plus pour le moment.

Il regarda l'écran comme s'il s'attendait à avoir des informations d'un moment à l'autre. La secrétaire quitta la pièce, referma la porte derrière elle. Jack fit craquer ses doigts et se tourna vers Mitch.

— Tu as eu Lannak ce matin ?

— Pas encore. Mais je vais les appeler dès qu'on en aura terminé.

— Fais-le. Ils sont hystériques. Leur conseiller maison est Denys Tullos.

— Je le connais.

— Parfait. Je l'ai eu au tél hier soir. L'entreprise essaie de rapatrier les quatre corps et les Libyens évidemment font traîner, à cause du recours en justice. Tout le monde est en colère. Lannak veut son argent, et maintenant, ils réclament beaucoup plus parce que la Libye n'a pas assuré la sécurité de ses employés, contrairement à son engagement. Alors leur plainte va être revue à la hausse. Quand se tiendra le procès, à ton avis ?

— Dans plusieurs mois, sans doute pas avant un an.

— Entendu. Je veux que tu accélères les choses et que cette affaire soit jugée. Lannak est un gros client, ils nous rapportent seize millions de dollars par an. Rencontre-les au plus vite. Dès la semaine prochaine. Rassure-les. Dis-leur que nous prenons les choses en main.

— D'accord.

— Tu as ce qu'il te faut dans ton équipe ?

— J'avais deux collaborateurs, dont Giovanna. Maintenant, c'est moins clair. Roberto Maggi, à Rome, va rester à bord.

— Très bien. On reparlera des effectifs plus tard. Pour l'instant, on a un problème plus urgent à régler. Une employée de Scully a été kidnappée et nous devons faire tout ce qui est en notre pouvoir pour la libérer. Tu connais Benson Wall, le directeur de notre antenne à Washington ?

— Oui.

— Il sera en visio dans un moment. Nous avons trois associés là-bas, qui bossent soit au département d'État, soit à la CIA. Nous avons donc des relations solides. Crueggal, ça te dit quelque chose ?

— C'est une marque de céréales pour le petit-déj' ?

— Pas du tout. Cory…

Cory Gallant prit aussitôt le relais.

— Vous ne trouverez rien sur cette société ni sur internet, ni nulle part. C'est un groupe d'ex-barbouzes et de spécialistes du renseignement militaire. Ils opèrent dans le monde entier, une sorte de super agence de sécurité, à l'instar du MI6, du Mossad, de la CIA, du KGB et consorts. Ils vont là où on a besoin d'eux, là où il y a des problèmes – en particulier au Moyen-Orient. Ce sont les meilleurs quand il y a des Occidentaux pris en otage. Ils ont une grande expérience en la matière et ont de très bons résultats.

— Et nous les avons embauchés ? s'enquit Mitch.

— Voilà.

— Nous œuvrons aux quatre coins de la planète, renchérit Jack Ruch, nous sommes amenés à travailler dans des pays dangereux, alors on ne mégote pas sur la sécurité. Ces gens s'occupent de tout – tractations et pourparlers, rançons, et le reste.

— Le reste ? Par exemple une opération militaire ?

— Ce n'est pas dans leur attribution. Et nous n'y tenons pas.

Cory ajouta :

— Le meilleur moyen de faire tuer les otages, c'est de lâcher les chiens.

— Les chiens ?

— Les allumés de la gâchette, les SWAT, les forces spéciales, ou que sais-je encore. La diplomatie, la négociation, l'argent donnent toujours de meilleurs résultats dans ces situations. Vous connaissez la couverture K & R ?

— J'ai vu passer ça.

— Kidnapping et rançon. C'est un gros secteur et les grandes compagnies d'assurances proposent toutes ce service.

— Nous avons souscrit à ce contrat depuis des années, expliqua Jack, mais c'est secret évidemment. Il ne faudrait pas que les kidnappeurs l'apprennent. Ça ferait monter leurs prix.

— Nous sommes donc assurés pour ça ?

— Pour ça. Comme pour tout.

— Et à quelle hauteur ? Combien vaut ma vie ?

Cory lança un regard à Ruch, mais resta silencieux. C'était au patron de donner le chiffre.

— Vingt-cinq millions, annonça Jack. Et ça nous coûte cent mille dollars par an.

— C'est beaucoup d'argent. Juste par curiosité, une otage comme Giovanna, ça se monnaye combien sur le marché ?

— Comment savoir ? répondit Cory. On raconte qu'il y a deux ans, les Français ont payé trente-huit millions pour un journaliste détenu en Somalie – bien sûr, officiellement, ils n'ont pas lâché un centime. Il y a cinq ans, l'Espagne a versé vingt millions pour un humanitaire en Syrie. La France et l'Espagne négocient. Pas la Grande-Bretagne, ni l'Italie, ni les États-Unis – jamais avec des terroristes. Mais la ligne est ténue entre ces individus et de simples criminels.

— Et c'est là que Crueggal entre en jeu, reprit Ruch. Nous les avons engagés et avons convaincu l'assurance de faire de même.

— Qui gère cette police K & R ?

— La DGMX.

— DGMX ? Ils ne se sont pas foulés pour le nom.

— C'est une filiale d'une grosse compagnie britannique, expliqua Cory.

— Bref, intervint Jack avec impatience. Nous avons Benson Wall et Darian Kasuch en visio. Darian est un Israélo-Américain. Il dirige les opérations de Crueggal.

Ruch tapa quelques touches sur son clavier et un écran au bout de la table sortit de sa veille. Deux visages apparurent. Wall et Kasuch. Les deux avaient la cinquantaine et regardaient leur caméra.

Ruch fit les présentations. Wall dirigeait le siège de S & P à Washington et avait deux cents avocats sous sa responsabilité. Il se contenta d'un « Bonjour » laconique. Kasuch ne les salua même pas et entra aussitôt dans le vif du sujet.

— On ne compte plus les bandes qui écrèment le sud de la Libye. Dès qu'on s'éloigne de Tripoli et de Benghazi, c'est l'anarchie. Elles se font la guerre pour les territoires, mais ont en commun une haine viscérale pour Kadhafi, et au moins deux ou trois groupes organisent régulièrement des opérations pour le renverser. Comme vous le savez, le colonel a survécu à huit coups d'État depuis son putsch en 1969 et il a besoin d'une garde prétorienne de dix mille hommes pour sa protection. Quand ses ennemis ne fomentent pas de l'assassiner, ils tentent de déstabiliser le régime. Le kidnapping est une arme classique, et c'est aussi une bonne occasion de se faire de l'argent. Leur cible de prédilection, ce sont les ouvriers dans les champs de pétrole et parfois, quand ils ont de la chance, ils attrapent un cadre de la British Petroleum. C'est quasiment toujours une affaire d'argent. Mais ici, il y a des éléments troublants. D'abord le nombre de victimes. Dix morts pour l'instant. C'est énorme.

Darian Kasuch avait les cheveux gris coupés en brosse, la peau tannée par le soleil, et le regard perçant de celui qui œuvre dans l'ombre et a vu son quota d'horreurs. Mitch était content de se trouver dans son camp.

Il poursuivit :

— Ça ne colle pas avec le mode opératoire d'un groupe criminel. Ça ressemble plus à une action terroriste. Le second point curieux, c'est le chauffeur qu'on a retrouvé à proximité de Benghazi. D'ordinaire les bandes ne s'approchent pas des grandes villes. Ces deux points prouvent qu'on a affaire à quelque chose de nouveau, de bien plus inquiétant.

Il marqua un silence.

— Selon vous, Kadhafi ne tire pas les ficelles en coulisses ? s'enquit Mitch.

— Non, c'est peu probable, et ce pour plusieurs raisons. En premier lieu, son régime fait des affaires avec des sociétés étrangères depuis trente-cinq ans, et il n'y a jamais eu ce genre de violence. Les Libyens ont besoin de ces travailleurs occidentaux et jusqu'ici, ils ont parfaitement assuré leur sécurité. Lannak œuvre ici depuis vingt ans sans qu'il se soit produit le moindre incident. Pourquoi une attaque maintenant ? Parce que le gouvernement libyen est agacé par la plainte des Turcs ? C'est tiré par les cheveux. Des procès, ils en ont tout le temps et tout finit par se tasser. Combien de grands chantiers Lannak a effectués en Libye ?

— Huit, répondit Mitch.

— Et combien de fois l'entreprise a été obligée de poursuivre en justice le gouvernement ?

— Cinq.

— Et sur ces cinq, combien y a-t-il eu d'arrangements à l'amiable ?

— Les cinq litiges sont allés jusqu'au procès et les cinq fois Lannak a gagné. Après la décision des juges, ils ont trouvé un accord.

Darian poussa un petit soupir. Lui aussi connaissait les chiffres.

— Voilà exactement où je veux en venir. Vous les assignez en justice, vous gagnez, ils traînent et traînent encore et finalement vous demandez au tribunal de prononcer des sanctions. Les « sanctions », les Libyens détestent ce mot. Et alors ils se couchent.

— Ce n'est pas aussi simple, précisa Mitch. Dans certains accords, Lannak a perdu beaucoup d'argent. La négociation est rude.

— Certes, mais ce sont les affaires, c'est dans la nature des choses. Les Libyens ont connu ça si souvent, ils sont habitués. Pourquoi d'un coup se mettraient-ils à tuer tout le monde ? Alors, pour répondre à votre question, non, nous ne pensons pas que l'État libyen soit derrière ce kidnapping. C'est trop risqué pour eux. Ils ne peuvent survivre si toutes les entreprises étrangères prennent peur et plient bagage.

Darian Kasuch était convaincant. Mitch ne répondit rien.

— Nous avons des gens à Tripoli, poursuivit-il. Et ils creusent. Nous avons deux pistes pour les suspects, mais il est trop tôt pour en parler. Le problème pour l'heure, c'est que tous les espions et agents doubles fouinent à la recherche de renseignements. Les Britanniques, les Turcs, les Italiens, même les Libyens. Et bien sûr les Américains veulent s'en mêler. Ça se bouscule au portillon ! Malgré tout, nous devrions avoir des infos avant ce soir. Je peux vous voir demain matin, dans nos locaux de Manhattan, pour un débriefing. Disons à 8 heures. Ça vous convient ?

Tout le monde acquiesça.

— Parfait. Rendez-vous est pris, répondit Jack Ruch.

*

Il pleuvait quand Mitch quitta le bureau cet après-midi-là. La pluie créait toujours un beau bazar en ville, et les New-Yorkais, habitués à braver tous les temps, vaquaient à leurs affaires sans y prêter attention. Mitch aussi se fichait de ce genre de temps, sauf les jours de match, parce que les Bruisers risquaient de ne pas jouer.

Alors qu'il était dans le métro, la bruine s'était transformée en déluge. Adieu le baseball à Central Park ! Une fois chez lui à 17 h 30, il trouva les jumeaux assis côte à côte sur le canapé, telles deux âmes en peine, vêtus de leur tenue des Bruisers. L'un avait dans la main une batte, l'autre un gant, ils regardaient la télévision et étaient trop déconfits pour dire bonjour à leur père.

— C'est pas de chance, murmura-t-il en embrassant Abby.

— Il pleut toujours, je suppose ?

— Des cordes ! C'est mort pour le match.

— Ça leur aurait fait tellement de bien de prendre l'air.

Carter lança la balle sur un fauteuil et alla se blottir dans les bras de son père. Il paraissait au bord des larmes.

— Je devais être au lancer.

— Je sais. Mais c'est ça le baseball. Même les Mets se font chasser par la pluie. Le match sera reporté ce samedi.

— C'est sûr ?

— Oui, s'il ne pleut pas.

— Vous pouvez enlever vos tenues, les garçons, annonça Abby. C'est fini pour aujourd'hui.

— Attends, j'ai une meilleure idée, intervint Mitch. Gardez vos maillots. On va appeler l'équipe, tous les Bruisers, leur dire de rester en tenue et qu'on va tous à la pizzeria !

Clark bondit sur ses jambes, tout heureux.

— Super, papa ! lança Carter.

— Et dites-leur de prendre des parapluies, précisa Abby.

16

Giovanna avait quatorze ans quand ses parents avaient divorcé. Elle les aimait tous les deux, et eux l'adoraient, elle était leur seule fille et la benjamine, mais quand le mariage partit à vau-l'eau, Luca et Anita jugèrent qu'il valait mieux éloigner leurs enfants de ce climat hostile. Ils envoyèrent Sergio, l'aîné, en école préparatoire en Angleterre et Giovanna en Suisse. Une fois les enfants à l'abri, les parents se déchirèrent sans retenue, puis se lassèrent et finirent par divorcer. Anita quitta le domicile conjugal et ne réclama rien sur la maison. La demeure était dans la famille de Luca depuis des décennies et le droit italien était en faveur de son mari.

En revanche, elle prit de l'argent et une résidence secondaire en Sardaigne, puis quitta Rome pour refaire sa vie. Dès qu'elle fut partie, Luca fit venir sa maîtresse, qui deviendrait l'épouse numéro deux. Ce qui convainquit Giovanna de rester à l'écart.

Elle suivait ça de loin, ravie d'être en Suisse. Elle aimait toujours son père, mais à l'époque, elle lui en voulait. Ils n'avaient jamais été proches. Son ambition, faire de son cabinet d'affaires le plus grand d'Italie, l'accaparait beaucoup trop. Il passait son temps au bureau ou en déplacement. Consterné par ce mode de vie, son frère Sergio décida de ne jamais entrer dans la vie active. Aujourd'hui, il vivait au Guatemala, se la coulait douce en peignant les rues de la pittoresque Antigua.

Giovanna n'était pas plus proche de sa mère, Anita, qui était une femme splendide et qui regardait sa fille avec de plus en plus de jalousie à mesure qu'elle rivalisait en beauté. La mère était en compétition avec sa fille, sur la mode, le style, le poids, la taille, sur presque tout. Anita n'acceptait pas de vieillir et s'agaçait de voir sa fille s'épanouir et devenir chaque jour plus élancée et désirable. Elles passaient toutefois des moments ensemble, des virées entre mère et fille, mais il y avait toujours une compétition sous-jacente.

Quand Anita comprit que son mari avait une maîtresse, elle fut anéantie et tenta de rallier l'adolescente à sa cause. Giovanna n'était pas de taille à endurer ce genre de psychodrame et rejeta sa mère. Pendant longtemps, Giovanna évita son père, mais au fond d'elle, elle comprenait qu'il soit allé voir ailleurs. Pour les fuir tous les deux, la jeune fille choisit de poursuivre ses études en Angleterre.

Quand le second mariage de Luca vola en éclats, Anita s'était réjouie de son malheur. Giovanna n'appréciait pas l'attitude de sa mère et préféra garder ses distances avec ses deux parents. Pendant ses deux dernières années d'études en Angleterre, elle ne les vit pas une seule fois, ni l'un ni l'autre. Quand le père et la mère annoncèrent qu'ils allaient venir à la remise de son diplôme, elle eut envie de s'enfuir, de disparaître à jamais de leur vie.

Avec le temps, la colère et la rancœur s'effacèrent. Luca, fin stratège, parvint à recoller les morceaux avec sa fille. Après tout, c'était lui qui payait ses études. Quand Giovanna évoqua l'idée de faire du droit, il fut ravi et fit jouer ses relations pour lui ouvrir les bonnes portes. Anita trouva son bonheur avec un homme un peu plus âgé, encore plus riche que Luca. Il s'appelait Karlo, un Grec qui avait eu son quota de mariages houleux et aspirait désormais à la tranquillité. Jamais plus il n'épouserait qui que ce soit mais, comme Luca, il ne pouvait se passer de la compagnie des femmes. Il insista pour faire la connaissance de l'ex-mari et parvint finalement à instaurer une trêve entre les deux anciens époux.

*

Ce soir, Luca et Anita étaient assis sur la terrasse, enveloppés dans des plaids, une tasse de thé à la main. L'air était vif mais agréable. Les portes-fenêtres étaient grandes ouvertes, et juste derrière eux, dans la cuisine, Karlo jouait au backgammon avec Bella, la compagne actuelle de Luca. Tous parlaient à voix basse et il y avait de longs silences, ponctués par le tintement des dés roulant sur le plateau de jeu.

Comme de coutume, Luca n'avait pas été totalement franc avec Anita. Il avait reconnu avoir usé de son influence pour que Giovanna s'occupe de l'affaire Lannak, mais lui avait caché que c'était lui qui avait insisté pour que Mitch l'emmène à Tripoli. Et il ne risquait pas de le lui dire.

Pour rassurer Anita, il jouait au vieux sage qui connaissait la Libye par cœur, professait que ce n'était qu'un mauvais moment à passer – Giovanna s'en sortirait indemne. Restait à savoir si cette comédie était efficace. Anita était une angoissée de nature, une grande émotive, les nerfs à fleur de peau, versant toujours dans le mélodrame. L'âge peut-être, ou l'influence de Karlo, l'avait un peu adoucie – à moins que ce ne soient les cachets qu'elle prenait en cachette ? En tout cas, elle avait surpris Luca ; elle l'avait appelé quelques heures plus tôt, pour lui dire qu'elle était à Rome avec Karlo et que c'était important, en tant que parents, qu'ils traversent cette épreuve ensemble. Peut-être pouvaient-ils passer le voir ? Dîner ensemble ? Luca fut enthousiaste.

Les voilà donc installés sur la terrasse alors que le jour tirait à sa fin, à se raconter des souvenirs heureux avec leur petite fille. Ils évitaient de parler de sa situation actuelle. C'était trop anxiogène, trop cauchemardesque. Après de longues pauses, le temps que les souvenirs reviennent, ils évoquèrent le passé. Et leurs regrets. Leur séparation tumultueuse était le fait de Luca, il l'avait déjà reconnu. Il avait réduit en miettes leur famille. Et son égoïsme avait fait fuir Giovanna de la maison. La contrition permanente, toutefois, n'était pas sa tasse de thé et il ne présenterait pas à nouveau ses excuses. Il s'était passé tant de choses depuis.

*

Au moins, elle était en vie ! Elle ne se trouvait plus dans une tente en plein désert. Ses deux premières nuits de captivité avaient été pénibles : dormir sur une paillasse sale posée sur une natte tout aussi crasseuse, sursauter chaque fois que les pans de la toile s'agitaient et claquaient au vent ! Avec juste une bouteille d'eau, et rien à manger. Sans parler de sa terreur quand les ravisseurs masqués faisaient irruption ! Quarante-huit heures plus tard, ils lui avaient enfoui la tête dans un sac, l'avaient conduite dans un véhicule et cachée sous des caisses. Et ils étaient partis. Ils avaient roulé pendant une éternité. Le bruit ininterrompu du moteur, les craquements de la vieille boîte de vitesses, tout lui avait paru sans fin. Quand ils avaient fait une halte, elle avait entendu des voix, des échanges tendus, inquiets. À leur arrêt suivant, ils avaient coupé le contact. Des hommes l'avaient sortie du véhicule et entraînée dans un bâtiment. Elle ne voyait rien, mais avait encore ses oreilles pour entendre. Un coup de klaxon. Le son d'une radio ou d'une télévision au loin. Ils lui avaient détaché les mains et l'avaient laissée dans une pièce. Quand elle ôta le sac de toile, elle découvrit sa nouvelle cellule. Un sol de ciment. Adieu le sable du désert. Aucune fenêtre. Un lit de camp, comme ceux de l'armée, une table avec une petite lampe – sa seule lumière. Dans un coin, elle avait aperçu un grand faitout en zinc. Sans doute pour se soulager. Il faisait bon, ni chaud, ni froid. La première nuit – mais était-ce réellement la nuit ? Comment savoir ? –, elle avait dormi par intermittence, tenaillée par la faim. De temps en temps, elle distinguait des voix étouffées derrière la porte. Dans un couloir, peut-être ?

Une femme voilée finit par entrer avec un plateau de nourriture. Avec un salut de la tête, l'inconnue le posa sur la table. Elle la salua à nouveau et sortit de la pièce. Quelqu'un referma la porte à clé. Il y avait un bol de fruits secs – des oranges, des cerises, des figues – et trois fines tranches de pain, comme des tortillas.

Giovanna se jeta sur la nourriture et but la moitié de sa bouteille d'eau. Ses crampes d'estomac s'apaisèrent, mais elle avait encore faim. À l'évidence, ils ne comptaient pas la faire mourir d'inanition. Elle n'avait pas trop réfléchi à ce qu'ils voulaient faire d'elle. Elle était si affamée. Mais après avoir mangé, son esprit se remit en marche. Et ce qui l'attendait promettait d'être déplaisant. Ils ne l'avaient pas frappée, maltraitée ou violée. C'était déjà ça. Hormis quelques grognements, ses gardes ne lui avaient pas adressé la parole. Ils ne s'étaient exprimés qu'en arabe, une langue qu'elle ne maîtrisait pas du tout. Comptaient-ils l'interroger ? Pour quoi faire ? Elle n'était qu'une petite avocate. Elle pouvait discuter de leur marge de manœuvre pénalement parlant, mais il y avait peu de chances qu'ils se soucient de ce genre de considérations.

Alors elle attendit. N'ayant rien à lire, rien à faire, rien à voir ni personne à qui parler, elle se mit à se remémorer les grandes affaires qui avaient scellé le droit constitutionnel des États-Unis. Le premier amendement, la liberté d'expression : *Schenck*, *Debs*, *Gitlow*, *Chaplinsky*, *Tinker*. Le second amendement, le droit de posséder une arme : *Miller*, *Tatum*. Le troisième ? Celui-là était carrément tombé aux oubliettes : aucun soldat ne pourra être cantonné dans une maison sans l'accord de son propriétaire. Au mieux, il figurait en note de bas de page dans les manuels militaires. La Cour suprême n'avait jamais eu à juger des litiges le concernant. Le quatrième qui protégeait le citoyen contre les perquisitions et saisies injustifiées : *Weeks*, *Mapp*, *Terry*, *Katz*, *Rakas*, *Vernonia*. Ce quatrième amendement, en revanche, avait toujours fait l'objet de vives controverses.

À l'université de Virginie, quelques années plus tôt, Giovanna excellait en droit constitutionnel, en particulier parce qu'elle avait une mémoire d'éléphant. Pendant l'examen, elle avait cité trois cents affaires.

La faculté de droit semblait bien loin. Elle entendit des voix et se raidit, s'attendant à voir la porte s'ouvrir, mais les bruits s'éloignèrent.

Qu'était-il arrivé aux autres ? Après avoir vu Youssef mourir, tué à bout portant – une image de pure horreur –, ils l'avaient plaquée au sol, menottée, lui avaient mis un bandeau sur les yeux et l'avaient balancée à l'arrière d'un pick-up. Elle avait senti la présence d'autres corps autour d'elle. Des gens vivants qui grognaient, gémissaient, haletaient. Sans doute les Turcs. Elle avait perdu toute notion du temps. Puis ils l'avaient séparée des autres otages.

Elle espérait que tout allait bien pour eux. Même si elle avait un mauvais pressentiment.

17

Vers 6 h 30, Mitch buvait sa deuxième tasse de café en fouillant internet. Pour le troisième jour consécutif, il lisait les tabloïds londoniens, sidéré de voir ces journaux remplir tant de pages avec si peu. L'affaire était digne d'intérêt, évidemment – une avocate d'un grand cabinet international kidnappée par des meurtriers en Libye –, mais les informations étaient inexistantes. Pourtant, c'était une débauche de gros titres racoleurs, de photos et de spéculations en tout genre ! S'ils manquaient de données, ils en inventaient sans vergogne. Les ravisseurs exigeaient dix millions pour la rançon. À moins que ce ne soit vingt ? Giovanna serait exécutée si l'argent n'était pas versé dans trois jours. À moins que ce ne soit quatre ? L'otage avait été repérée au Caire – ou alors à Tunis. Elle avait été enlevée parce que son père faisait des affaires avec les compagnies pétrolières libyennes… Un cinglé, qui se prétendait l'ex-petit ami de Giovanna, déclarait qu'elle vouait une grande admiration à Mouammar Kadhafi.

Mais le clou du spectacle, bien sûr, c'étaient les morts. La presse à scandale continuait de publier les photos des quatre Turcs décapités se vidant de leur sang, pendus par les pieds. Youssef, exécuté et hissé au sommet de son poteau télégraphique, était en page trois. Sous le cliché, un tabloïd écrivait, en gros caractères : GIOVANNA SERA-T-ELLE LA PROCHAINE ? À l'évidence, le journaliste n'attendait que cela !

La presse italienne était un peu plus mesurée et avait cessé de montrer les photos, hormis un portrait de la jeune femme. Quelques amis proches rapportèrent des choses gentilles sur elle. On parlait de Luca dans tous les médias. Le rêve pour un avocat, mais pas en ces circonstances.

Les Américains étaient empêtrés dans leur guerre en Irak, les multiples insurrections étaient un casse-tête pour eux. Et le bilan des victimes ne cessait de s'alourdir. Chaque jour apportait son lot de mauvaises nouvelles et au vu des vicissitudes américaines au Moyen-Orient, le kidnapping d'une avocate anglaise ne risquait pas de défrayer la chronique. L'affaire fut rapportée, mais seulement à titre informatif.

Chez Scully & Pershing, c'était la chape de plomb. « Le cabinet refuse de répondre à nos questions » revenait régulièrement dans les articles. La firme avait publié un communiqué de presse quand l'affaire était sortie dans les journaux, et son service de communication œuvrait H-24 pour gérer la situation. Des notes étaient envoyées tous les jours aux associés et aux collaborateurs. Elles martelaient le même message : pas un mot aux médias. Personne ne parle sans autorisation de la direction. Toute fuite sera sévèrement sanctionnée.

Encore aurait-il fallu avoir quelque chose à faire fuiter !

Le cabinet ne s'exprimerait qu'au moment opportun – comprendre : quand Giovanna serait libérée.

Abby arriva dans la cuisine et, sans articuler un mot, se dirigea vers la cafetière. Elle s'assit, but sa première gorgée, puis lança un sourire à son mari.

— Je veux entendre de bonnes nouvelles, s'il te plaît.

— Les Yankees ont perdu.

— D'autres cadavres ?

— Pas encore. Aucune revendication des ravisseurs. Scully est cité, comme Luca. À part ça, personne.

Satisfaite, elle but une autre gorgée. Mitch éteignit la télévision et referma son ordinateur portable.

— C'est quoi ton programme aujourd'hui ?

— Attends que j'aie rebranché mon cerveau ! Des réunions à n'en plus finir. Du marketing, je crois. Et toi ?

— Notre consultant en sécurité veut nous voir. Briefing à la première heure dans leurs bureaux. Je ne pourrai pas accompagner les garçons à l'école.

— Je vais le faire. Pas de soucis. Un consultant en sécurité ? Je croyais que Scully avait son service interne ?

— C'est vrai. Mais là, l'affaire est grave et il nous faut des pros. Quitte à ce que ça nous coûte une fortune. Il s'agit d'une organisation discrète, d'anciens espions, d'anciens officiers des renseignements.

— Et qu'est-ce qu'ils veulent vous dire de si important ?

— Des trucs classés confidentiels, secret-défense et tout le tralala. L'idéal serait qu'ils nous révèlent l'identité des ravisseurs et l'endroit où ils la gardent prisonnière. Pour l'instant, ils n'en savent rien.

— Il faut la retrouver, Mitch.

— Toutes les ambassades sont sur les dents. Et cela peut être un problème. On va voir. Peut-être qu'ils auront des infos ce matin ?

— Et tu pourras m'en parler ?

— Non, c'est top-secret. Au fait, qui débarque dans notre cuisine ce soir ?

— C'est top-secret aussi. Personne, en réalité. Mais il y a des lasagnes au congélateur, une relique de la dernière visite des Rosario.

— J'en ai ma claque de ces deux-là. Quand est-ce que leur livre de recettes sera bouclé ?

— Jamais, peut-être. Et si on sortait avec les enfants ce soir ?

— Pizza ? Encore ?

— Non, je pensais leur demander de choisir un vrai restaurant.

— Bonne chance !

*

L'immeuble datait des années 1970, avec plus de brique que de verre et d'acier, et se fondait avec les autres bâtiments du quartier, tous aussi mornes. Le centre-ville regorgeait de constructions de ce type, édifiées uniquement dans le but d'encaisser des loyers, sans la moindre attention à l'esthétique. C'était l'endroit parfait pour une organisation secrète comme Crueggal. Devant l'entrée, sur Lexington Avenue, des vigiles armés montaient la garde. D'autres, dans le hall, surveillaient des rangées d'écrans.

Mitch était passé devant cet immeuble des centaines de fois sans y accorder un regard. Ce matin encore, il le dépassa et tourna sur la 51e Rue, suivant les instructions, et entra par une porte latérale, gardée par un peu moins de pitbulls en uniforme. Après qu'ils eurent scanné sa tête et ses empreintes digitales, un vigile s'approcha – le premier à lui concéder un sourire – et le conduisit vers les ascenseurs. Pendant qu'ils attendaient l'arrivée d'une cabine, Mitch observa le panneau répertoriant les sociétés ayant leurs bureaux ici, et bien sûr, Crueggal n'y figurait pas. Flanqué de son escorte, dans un silence absolu, Mitch monta au trente-septième étage. Les deux hommes débarquèrent dans un petit hall austère, sans rien pour accueillir les visiteurs. Aucune plaque portant le nom de société, pas de tableaux aux murs, pas de canapés ni de fauteuils. Juste des caméras de surveillance.

Au fil d'un processus laborieux, ils passèrent un à un les contrôles de sécurité pour se retrouver enfin devant une grosse porte. Un jeune homme en costume remplaça le vigile, ouvrit le battant et fit entrer Mitch dans une pièce dépourvue de fenêtres. Jack Ruch et Cory Gallant discutaient avec Darian Kasuch. Tout le monde vint lui dire bonjour. On leur servit du café. Il y avait des viennoiseries mais Mitch fit l'impasse. Les quatre hommes s'installèrent à une longue table et Darian saisit une télécommande. Il actionna un bouton et une carte du sud de la Libye s'afficha sur un écran mural. Il y en avait au moins six autres répartis tout autour de la salle.

Il prit un pointeur laser et indiqua la région d'Oubari, près de la frontière avec le Tchad.

— La première question est la suivante : Où est-elle ? Nous n'avons pas la réponse car les ravisseurs ne se sont pas manifestés. La seconde question est : Qui sont-ils ? Là encore, nous n'en savons rien. Oubari est une zone très instable, et très opposée à Kadhafi qui, lui, est originaire de là-haut.

Le point rouge se déplaça tout au nord, jusqu'à Syrte sur la côte, puis redescendit vers Qasr Abou Hadi.

Pour l'instant, Darian ne leur avait rien appris. Il poursuivit :

— Depuis près de quarante ans, les Libyens combattent leurs voisins, l'Égypte à l'est, le Tchad au sud. Dans le secteur d'Oubari, se trouve un puissant mouvement révolutionnaire, férocement anti-Kadhafi. Ces cinq dernières années, un chef de guerre nommé Adhim Barakat a tué quasiment tous ses rivaux et a assis son pouvoir. C'est un intégriste qui veut voir la Libye devenir un État islamique et compte expulser toutes les entreprises occidentales et autres organisations. C'est aussi un terroriste qui aime les bains de sang. À cet égard, il n'est pas le seul.

Darian enfonça une touche et Barakat, soudain en gros plan, les fixa du regard. Barbe noire, yeux sinistres, tout aussi noirs, keffieh blanc, et deux cartouchières pleines de balles rutilantes portées en croix sur la poitrine.

— La quarantaine, études à Damas, famille inconnue. Son combat : renverser Kadhafi.

— Pour pouvoir récupérer le pétrole, précisa Jack Ruch.

— Absolument. Pour récupérer le pétrole, répéta Darian.

Mitch observa le visage du chef libyen. À en juger par sa mine patibulaire, cet homme pouvait effectivement ordonner un massacre. Il frémit à l'idée que Giovanna soit entre ses mains.

— Pourquoi vous pensez qu'il s'agit de cet individu ? demanda-t-il. Vous avez des indices ?

— Simple hypothèse. Encore une fois, tant qu'ils ne nous ont pas contactés, nous en sommes réduits à des spéculations. Toutefois, le mois dernier, Barakat a tenté de faire sauter une raffinerie ici, dans les champs pétrolifères de Sarir. L'attaque était parfaitement organisée, tactiquement impressionnante avec une force d'une centaine d'hommes. Et cela aurait pu être un succès s'il n'y avait eu une fuite. Les Libyens ont été prévenus à la dernière minute et l'armée a débarqué. Il y a eu des dizaines de morts des deux côtés. On ne connaît pas le chiffre exact. Bien sûr, pas un mot dans les médias. Deux hommes de Barakat ont été capturés et torturés. Finalement, ils ont parlé avant d'être pendus. On a découvert que ce groupe compte plusieurs milliers de combattants, bien armés, et qu'ils opèrent sur différents fronts. Ils sont déterminés à chasser tous les intérêts occidentaux du sol libyen. Kadhafi est un traître, il a vendu son âme à l'Ouest, voilà ce qui nourrit le mouvement révolutionnaire. Au dire d'un des prisonniers, le pont dans le désert serait toujours une cible. Nos contacts en Libye le confirment. Barakat lance des opérations de plus en plus près de Tripoli, pour défier Kadhafi, le forcer au combat. Et il va parvenir à ses fins.

Soudain, Mitch trouva la réunion ennuyeuse. Crueggal n'avait rien de tangible à leur confier. Darian Kasuch tentait d'impressionner son monde avec juste des on-dit. Encore une fois, depuis cette dernière semaine, il se surprit à regretter le temps où il exerçait son métier sans se soucier des terroristes et des preneurs d'otages.

Jack Ruch, réputé pour sa patience limitée, lança :

— Bref, nous en sommes toujours aux supputations. Rien de concret.

— Ça se précise, répliqua Darian. On va trouver.

— C'est ça, trouvez. Et quand nous saurons où Giovanna Sandroni est retenue prisonnière, on ne sera guère plus avancés. Qui sera aux commandes, alors ?

— Tout dépend des exigences des ravisseurs.

— Très bien. Continuons à jouer aux devinettes ; elle a la nationalité britannique, donc les Anglais vont vouloir débarquer en tirant à tout-va. Pas les Italiens. Bien sûr les Libyens sont OK pour un assaut, mais la famille Sandroni va refuser. Quant aux Américains, comment savoir ? Et puis ça change quoi, au fond ? Notre employée est en Libye, du moins c'est ce que nous pensons, et tant qu'elle est là-bas, notre marge de manœuvre est réduite à zéro.

— Ça évolue tous les jours, Jack. On ne peut rien prévoir tant qu'on n'en sait pas plus.

— Pour l'instant, vous avez combien d'hommes en Libye ? s'enquit Cory.

— Entre nos contacts, nos agents, les agents doubles, les coursiers, une bonne dizaine. Ils sont tous payés, soudoyés, et on ne rechigne pas à la dépense. Certains sont des fidèles, d'autres de nouvelles recrues. On est en zone grise là-bas, on ignore qui est réellement fiable, les loyautés sont fragiles.

Mitch but une gorgée de café et posa sa tasse, jugeant qu'il avait pris assez d'excitants pour la matinée. Il observa à nouveau le visage de Barakat à l'écran.

— Quelles sont les chances pour que Giovanna soit entre les mains de ce type ?

Darian haussa les épaules, réfléchit un moment.

— Soixante/quarante.

— D'accord. Et si c'est lui, qu'est-ce qu'il veut ?

— La réponse la plus évidente est de l'argent. Une grosse somme pour acheter des armes, payer de nouveaux combattants. Mais il a peut-être un autre projet en tête, plus sournois, plus sophistiqué. Au lieu d'un simple échange contre rançon, il peut prévoir une action spectaculaire, quelque chose d'horrible, pour faire parler de lui, annoncer au monde qu'il faut désormais compter sur sa présence.

— Et il la tuerait ?

— Oui. C'est une possibilité qu'on ne peut écarter.

18

En l'absence de Giovanna, Mitch devait trouver un nouveau collaborateur, quelqu'un de très motivé. Chez Scully, il y avait une foule de prétendants. Chaque printemps, le cabinet embauchait trois cents jeunes diplômés, tous très brillants, et les passait au laminoir : cent heures par semaine et une succession de deadlines impossibles à tenir. Au bout d'un an, les meilleurs commençaient à sortir du lot. L'année suivante, les plus faibles jetaient l'éponge, mais Scully avait déjà repéré ceux qui resteraient à vie et deviendraient associés.

Stephen Stodghill était avocat chez S & P depuis cinq ans. Originaire d'une petite ville du Kansas, il était sorti de la faculté de droit de Chicago avec les félicitations du jury. Mitch avait un faible pour ces profils, des gens qui venaient de milieu modeste et qui réussissaient dans les universités prestigieuses du pays. Il proposa à Stephen de rejoindre l'équipe, et bien sûr le jeune homme ne se fit pas prier. Il n'y eut aucune allusion à la disparition de son ancienne collaboratrice.

Le sort de Giovanna était dans tous les esprits. Les deux mille avocats de Scully, travaillant dans les trente et une antennes du cabinet partout sur la planète, attendaient eux aussi des nouvelles. Dans les bureaux d'Atlanta et de Houston, des groupes d'employés se rassemblaient devant la machine à café et priaient tous les matins pour la jeune femme. Un pasteur de l'Église épiscopale, marié à une associée du siège d'Orlando, était carrément venu célébrer une messe.

*

Mitch travailla tard le jeudi et passa une heure avec Stephen pour étudier dans le détail le recours *Lannak Construction contre la Jamahiriya arabe libyenne*. Le dossier comptait quatre mille pages – pour l'instant. S & P avait mandaté huit experts pour présenter à la Chambre d'arbitrage la conception du pont, le type d'architecture, les méthodes de construction, les matériaux utilisés, les coûts, les retards, etc. L'idée de travailler sur une affaire exceptionnelle dans un pays lointain enthousiasma Stephen, mais l'excitation s'éteignit vite à mesure que les deux hommes s'enfonçaient dans les méandres labyrinthiques des pièces et des rapports.

Mitch partit à 19 heures et passa une soirée tranquille avec Abby et les jumeaux. À son retour au bureau, le matin à 8 heures, il trouva Stephen exactement à la même place : derrière la petite table dans un coin de la pièce. Mitch secoua la tête.

— Vous avez passé la nuit ici ?

— Oui. Je n'avais rien d'autre à faire et comme j'étais dedans… C'est fascinant.

Mitch avait connu les horaires infernaux, pourtant jamais il n'avait passé une nuit blanche à travailler. C'était courant dans les grands cabinets d'affaires. Et censé être bien vu. Il fallait prouver sa motivation, apporter sa contribution à la légende : seuls les plus valeureux devenaient associés. Mais Mitch n'avait pas joué à ce petit jeu.

Stephen était célibataire et sa petite amie travaillait aussi dans un grand cabinet d'avocats où elle endurait le même supplice. Il voulait l'épouser mais n'avait jamais trouvé le temps de faire sa demande. Elle était prête à accepter, même si elle craignait qu'avec leur job, ils ne se voient jamais. Quand ils parvenaient à se dégager un créneau pour un dîner tardif, les deux piquaient du nez dès l'apéritif.

— Très bien, annonça Mitch. Nouvelles règles. Si vous voulez rester dans l'équipe, je ne veux pas vous voir travailler plus de seize heures par jour.

— Je vais essayer.

— N'essayez pas. Faites-le. C'est moi qui gère ce dossier, donc je suis votre boss. Pas plus de seize heures. C'est clair ?

— D'accord, patron.

— C'est mieux. Maintenant sortez de mon bureau.

Stephen se leva d'un bond et ramassa ses papiers. Au moment de partir, il lui demanda :

— Cette nuit, j'ai traîné sur internet et je suis tombé sur la vidéo, celle avec la tronçonneuse. Vous l'avez vue ?

— Non. Et je n'en ai pas l'intention.

— Vous faites bien. Parce que je regrette. Cette horreur va me rester gravée à jamais. C'est pour ça aussi que je suis resté ici toute la nuit. Comment rentrer dormir après ça ? Et je ne vais pas y arriver plus ce soir.

— Vous n'auriez pas dû regarder ça.

— Je sais. Si vous entendiez ces cris, ces hurlements…

— Stop. Allez trouver quelque chose à faire.

*

Un autre jour passa sans nouvelles des ravisseurs, ni de ceux chargés de les trouver. Puis un autre. Chaque matin, Mitch commençait par une réunion avec Cory dans le bureau de Jack Ruch. En visio, ils écoutaient les rapports de Darian Kasuch avec de plus en plus d'agacement. Le consultant parvenait à parler pendant vingt minutes en n'énumérant que des conjectures – un tour de force.

Enfin, il y eut du nouveau. Dans la nuit du dimanche 24 avril, neuf jours après le kidnapping, une unité antiterroriste libyenne avait attaqué un camp près de la frontière avec le Tchad. Le secteur était un no man's land, avec juste une poignée d'habitants, et ceux qui vivaient là étaient tous armés, soit parce qu'ils s'attendaient à avoir des problèmes, soit parce qu'ils comptaient en créer. On racontait que ce camp, à la fois caché et tentaculaire, était le QG d'Adhim Barakat et de sa petite armée d'insurgés. Au regard de l'immensité du Sahara, un raid surprise était impossible et les Libyens s'y étaient cassé les dents. Barakat avait peut-être été prévenu par des tribus à sa solde, ou par ses sentinelles, ou encore par ses drones. Quoi qu'il en soit, le commando avait été accueilli par un feu nourri, et les combats avaient duré trois heures. Des centaines de soldats avaient débarqué en véhicules militaires, d'autres largués par de gros Mi-26, des hélicoptères russes. Deux appareils avaient été abattus par des Strela, des missiles russes aussi. Les Libyens furent surpris par une telle puissance de feu. Les pertes des deux côtés furent terribles, et quand il devint évident que la bataille continuerait jusqu'à la mort de tous les combattants, le commandant libyen avait ordonné le retrait des troupes.

Tripoli publia aussitôt un communiqué annonçant que la mission, une frappe chirurgicale de l'État contre un groupe terroriste, avait été couronnée d'un grand succès. L'ennemi avait été mis en déroute.

Au même moment, l'administration laissa fuiter que le but officieux de l'opération militaire était de libérer Giovanna Sandroni – une façon de déclarer que Kadhafi n'était pas impliqué dans cette prise d'otage. La preuve : il avait tenté de la sauver.

Heureusement pour elle, la jeune femme se trouvait à six cents kilomètres de là.

*

Mitch et Jack Ruch prirent la navette de 8 h 15 à l'aéroport de LaGuardia pour rejoindre le Reagan National. Benson Wall, le directeur de Scully à Washington, les attendait à leur sortie du terminal. Un chauffeur les fit monter dans une berline noire et quelques minutes plus tard, ils étaient coincés dans la circulation, au-dessus du Potomac. Ils devaient rencontrer le sénateur Lake à 10 h 30. Ils avaient donc tout leur temps. Lake, en outre, était connu pour ses retards systématiques, même s'il exigeait de son équipe une ponctualité exemplaire.

Elias Lake achevait son troisième mandat, mais était encore sénateur junior pour l'État de New York. Son homologue senior avait été élu en 1988 et ne montrait aucun signe de lassitude, ni de faiblesse, mentale ou physique. S & P avait tissé des liens étroits avec les deux hommes, de solides relations car le cabinet contribuait largement à chacune de leurs campagnes, si bien que les deux élus avaient toujours du temps à leur accorder. Sans trop de difficultés, Ruch pouvait avoir l'un ou l'autre au téléphone – tant que ce n'était pas à des heures indues. Mais l'affaire nécessitait une rencontre en face à face. Le sénateur Lake présidait une sous-commission des Affaires étrangères et, à ce titre, il était proche de la secrétaire d'État. Et Benson Wall avait embauché le neveu de Lake trois ans plus tôt, à sa sortie de Georgetown. Selon Jack et Benson, il était plus utile de voir Lake que le sénateur senior.

Mitch s'était rendu à Capitol Hill pour la première fois de sa vie quatre ans auparavant. Il était venu avec un associé de S & P et un client, le PDG d'une entreprise travaillant pour la Défense, qui demandait à Scully de dénoncer divers contrats où sa société était lésée. Pour ce faire, un sénateur de l'Idaho avait besoin d'être caressé dans le sens du poil. Mitch détestait ce microcosme de Washington où l'on s'agitait beaucoup pour brasser de l'air. Il avait juré de ne jamais y remettre les pieds.

Sauf… sauf en cas d'urgence absolue, tel le kidnapping d'une collaboratrice.

Mitch, Jack et Benson arrivèrent à 10 h 15 au Dirksen Senate Office Building. Passé le premier contrôle, ils montèrent au premier étage où ils furent accueillis par d'autres agents de la sécurité devant les bureaux de Lake. On les conduisit dans une petite salle de réunion. Ils patientèrent quelques instants avant qu'un assistant vienne les prévenir : le sénateur était débordé et devait encore régler quelques affaires de la plus haute importance.

À 10 h 40, on les fit enfin entrer dans le grand bureau de Lake. Le sénateur les salua chaleureusement et leur fit signe de s'asseoir autour de la table. Lake était un pur New-Yorkais, originaire de Brooklyn, et il vouait une réelle passion à sa ville. Ses murs étaient couverts des bannières et des fanions de toutes les équipes de la Grosse Pomme. Surtout ne froisser personne si on voulait être réélu. Âgé d'une soixantaine d'années, il était en forme, hyperénergique, et toujours sur le pied de guerre.

Dans son bureau, son donjon, il comptait bien mener la conversation.

— C'est gentil d'avoir fait le déplacement, les gars, mais on aurait pu voir ça au téléphone. Je sais très bien que l'affaire est grave.

— Je n'en doute pas, répondit Jack Ruch. Giovanna Sandroni a la double nationalité – italienne et anglaise –, monsieur le sénateur, donc techniquement, elle n'est pas l'une de nos concitoyennes. Et pourtant elle l'est. En tant que collaboratrice chez Scully. Nous avons certes des bureaux partout dans le monde, mais nous sommes avant tout une société américaine. Notre berceau est New York. Giovanna a d'ailleurs effectué un stage d'été dans cette ville, chez Skadden. Elle est diplômée de l'université de Virginie et elle parle mieux l'anglais que moi. Nous voudrions que vous-même et le département d'État considériez Giovanna comme l'une des nôtres, comme une Américaine de souche.

— C'est bon. J'ai compris. J'ai parlé à Mme la secrétaire d'État hier encore. Croyez-moi, Jack, nous prenons cette affaire très au sérieux. On fait un point chaque jour. Tous nos contacts sont en état d'alerte. Nous sommes totalement impliqués. Le souci, c'est que personne ne sait rien. Des affreux garçons détiennent cette malheureuse, mais ils ne se manifestent pas. C'est ça le hic, non ?

Jack opina du chef et lança un regard à Benson.

Le sénateur consulta quelques notes et reprit :

— Comme vous le savez, nous ne sommes pas les bienvenus en Libye, donc nous devons nous fier à ce que nous disent les Anglais, les Italiens et les Israéliens. Il semble toutefois qu'un groupe d'insurgés, des rats du désert menés par un certain Barakat, soit l'auteur de cette attaque – en tout cas, c'est le plus probable. Ils détiendraient Mme Sandroni mais n'ont encore rien demandé. Nous pensions aussi que Kadhafi pouvait être derrière cet enlèvement, mais nos gens n'y croient pas.

Mitch avait l'impression d'entendre parler Darian Kasuch. Est-ce que quelqu'un, quelque part, avait une véritable info à donner ?

Jack l'avait prévenu : cette rencontre serait une perte de temps, mais Lake pouvait se révéler utile plus tard ; il fallait donc se le mettre dans la poche.

Toujours fanfaron, le sénateur sortit une pochette estampillée secret-défense. Rien de nouveau sous le soleil. Tout à Capitol Hill était confidentiel. L'avant-veille, l'assaut de l'armée libyenne avait été un fiasco total, d'après le document. À en croire la CIA, qui avait suffisamment confiance en Lake pour lui communiquer les rapports de ses agents sur le terrain, le commando avait perdu bien plus d'hommes que Barakat et avait essuyé une puissante contre-attaque.

Évidemment, tout cela était sans rapport avec Giovanna, mais Lake tenait à leur montrer qu'il avait les bonnes grâces des services de renseignements. Un privilège censé être aussi confidentiel.

Des horloges étaient fixées sur les trois murs, pour que les visiteurs sachent que le temps du grand homme était compté, que son emploi du temps était calé à la minute près. Et à 11 heures sonnantes, une secrétaire entra en scène. Elle frappa à la porte, Lake, cabotin, fit mine de ne pas entendre et poursuivit son laïus. Elle toqua à nouveau et entrouvrit le battant.

— Monsieur le sénateur, vous avez rendez-vous dans cinq minutes, chuchota-t-elle.

Il hocha la tête et, sans cesser de parler, la congédia d'un mouvement du menton, comme si ses visiteurs du moment étaient bien plus importants que son prochain rendez-vous. La première annonce n'était qu'un préambule, un message subliminal pour que les visiteurs en question comprennent qu'il était temps de conclure. La seconde, réglée comme du papier à musique, eut lieu cinq minutes plus tard : le chef de cabinet en personne toqua à son tour et entra. Il tendit au sénateur des papiers pour montrer ostensiblement que Lake avait un planning à tenir et qu'il était déjà en retard, puis se tourna vers Jack, Benson et Mitch avec un grand sourire.

— Nous vous remercions infiniment, messieurs. Le sénateur a rendez-vous avec le vice-président.

Quel vice-président ? se demanda Mitch. Celui du Rotary Club ? De la banque du coin ?

Le sénateur continua à soliloquer tandis que ses visiteurs se levaient et se dirigeaient vers la porte. Il leur promit de rester sur le qui-vive et préviendrait Jack dès qu'il aurait du nouveau. Et bla bla bla… Mitch n'en pouvait plus.

Les trois hommes déjeunèrent dans une cafétéria quelque part sous le Capitole.

À 13 heures, ils avaient rendez-vous avec un avocat du service juridique du département d'État. Un ancien employé de S & P à Washington qui avait craqué sous la pression et était parti dans le public. Benson l'avait embauché à sa sortie de la faculté de droit et ils étaient restés amis. L'homme prétendait être dans les petits papiers du sous-secrétaire d'État adjoint et savoir tout ce qui se disait. Il avait du mal à croire qu'une collaboratrice de Scully puisse être enlevée.

En retraversant le Potomac en direction de l'aéroport, Mitch, voulant la jouer collectif, annonça qu'il était ravi de cette journée. Pourtant, en son for intérieur, il se jura à nouveau de ne jamais revenir à Capitol Hill.

19

La Chambre d'arbitrage internationale de Genève siégeait au quatrième étage du palais de justice dans le centre-ville. Ses vingt juges venaient des quatre coins du monde pour un mandat de cinq ans, avec possibilité d'en effectuer un second. Attribués par l'ONU, ces postes étaient prestigieux et la pression pour les obtenir des plus féroce. La CAI avait traité une quantité vertigineuse de litiges partout sur la planète. Entre États, entre sociétés de différents pays, mais aussi entre des individus et un État ou une entreprise – des demandes d'arbitrage où le plaignant réclamait des sommes astronomiques. La moitié de ces recours étaient entendus à Genève mais les juges étaient prêts à se déplacer. Voyage en première classe, tous frais payés. Si le Cambodge voulait poursuivre le Japon, par exemple, il serait stupide de demander aux avocats et aux témoins de s'installer à Genève. La cour pouvait choisir un lieu plus approprié en Asie, et de préférence à proximité d'une station balnéaire.

Luca avait déposé sa demande d'arbitrage contre la Libye l'année précédente, en octobre 2004, en souhaitant que le procès ait lieu à Genève. La présidente de la Chambre, appelée « arbitre », avait accepté.

Et maintenant, elle réclamait une audience toutes affaires cessantes pour revoir le planning. Ce genre d'injonction agaçait toujours les avocats. Évidemment, avec la soudaine notoriété de l'affaire, la curiosité de la CAI était piquée au vif. Tous ses autres dossiers, ou presque, se résumaient à des contentieux ennuyeux à l'autre bout du monde. Comment résister à un cas à un demi-milliard de dollars, avec à la clé un pont dans le désert, quatre décapitations, des meurtriers sanglants, et le rapt d'une collaboratrice de Scully ? Cette audience au pied levé était l'occasion rêvée pour la Chambre d'en savoir plus. Quand Mitch reçut sa convocation, il eut très envie de demander un report de l'audience – une tactique habituelle. Un ajournement de deux ou trois mois aurait été accepté. Toutefois, cette audience à Genève était une aubaine pour retrouver l'équipe de Lannak et peaufiner leur dossier.

Mitch et Stephen partirent pour Rome et rendirent visite à Luca dans sa villa. Deux semaines s'étaient écoulées depuis que Giovanna avait été kidnappée. Et chaque jour sans nouvelles était une souffrance supplémentaire pour Luca. Il mangeait rarement, dormait moins encore et perdait du poids. Il devait subir une nouvelle chimiothérapie, et ne s'en sentait pas la force. Il se chamaillait avec ses médecins, houspillait ses infirmières. Mais il était content de voir Mitch. Il but même un verre de vin, son premier depuis longtemps.

Avec Roberto, ils passèrent deux heures dans le bureau de Luca à discuter stratégie, puis Mitch, Stephen et Roberto s'envolèrent pour Genève afin de rencontrer les gens de Lannak : Omar Celik, le PDG et petit-fils du fondateur, l'avocat Denys Tullos, chef de leur service juridique et contact principal de Mitch chez Lannak, et le fils d'Omar, Adem, diplômé de Princeton et futur patron de l'entreprise. N'étant pas musulmans, ils appréciaient l'alcool. Après des cocktails au bar de l'hôtel, ils partirent à pied au restaurant et s'installèrent pour un long dîner d'affaires. Jens Bitterman, un avocat suisse, les rejoignit en fin de repas, un autre membre de l'équipe qui s'occupait des relations avec la CAI.

Omar connaissait Luca depuis plus de vingt ans et était inquiet pour son ami. Il avait rencontré plusieurs fois Giovanna et l'avait vue grandir. À plusieurs reprises, Luca et sa famille avaient passé des vacances dans la maison des Celik au bord de la mer Noire. Omar, bien sûr, était agacé que les Libyens refusent de lui payer ce qu'ils devaient – quatre cent dix millions de dollars, de l'argent qu'il était déterminé à récupérer –, mais il se faisait bien plus de soucis pour Giovanna.

Au cours de la conversation, Denys Tullos annonça que Lannak avait envoyé des hommes en Libye pour tenter de retrouver la jeune femme. Mitch transmit l'information à Kasuch qui ne fut pas surpris outre mesure. « Bienvenue au club ! » lâcha-t-il.

*

L'audience était prévue à 14 heures, le jeudi 28 avril. Mitch et son équipe passèrent la matinée dans une salle de réunion de l'hôtel avec les Celik et Denys Tullos. Ils examinèrent le recours de Luca et tentèrent d'évaluer la montagne de recherches qui restaient à accomplir pour étayer leur dossier. Bien sûr, ils allaient modifier la demande d'arbitrage et inclure des dommages et intérêts pour les meurtres de leurs quatre agents de sécurité et de Youssef, tous employés par Lannak. Rapidement, Omar mena les débats et se révéla à la hauteur de sa réputation : un chef d'entreprise qui allait de l'avant. Il s'était battu avec les Libyens pendant vingt ans, et même s'il avait généralement obtenu gain de cause, il en avait assez. Il ne voulait plus avoir affaire à ce régime. Lui aussi pensait que Kadhafi n'avait rien à voir avec l'attaque du point de contrôle et cette tuerie, le colonel s'étant toujours engagé à assurer la sécurité des travailleurs étrangers, en particulier ceux de Lannak. Toutefois, le guide de la révolution ne tenait plus son pays et on ne pouvait plus lui faire confiance. Bien sûr, Omar voulait que ce recours soit révisé à la hausse après tous ces morts, que le gouvernement libyen soit reconnu responsable et paie, mais il était d'accord avec Mitch : il leur fallait du temps. Walid allait sans doute être retrouvé d'ici peu avec la gorge tranchée. Personne pour l'instant ne pouvait prévoir ce qui allait arriver à Giovanna. Il y avait trop d'inconnues. Impossible d'envisager une stratégie.

Après avoir avalé un sandwich, ils se rendirent en taxi au palais de justice et montèrent jusqu'à la salle d'audience au quatrième étage. Dans le grand hall, deux journalistes les attendaient. L'un d'eux, avec un appareil photo, appartenait à un tabloïd londonien, l'autre était envoyé par un grand périodique. Ils demandèrent à Mitch s'il pouvait répondre à quelques questions. Il refusa poliment, poursuivit son chemin et franchit les portes.

La grande salle, haute de plafond avec des fenêtres gigantesques, était très lumineuse et pouvait accueillir plusieurs centaines de personnes. Toutefois, pour l'heure, elle était presque vide, hormis quelques groupes d'avocats çà et là sur les bancs. Ils se parlaient à voix basse et se surveillaient mutuellement.

La tribune accueillant la cour était impressionnante. D'une longueur de plus de vingt mètres, elle était faite dans un bois sombre et patiné, datant d'au moins deux siècles. Les juges se retrouvaient juchés à deux mètres de haut, installés dans de somptueux fauteuils de cuir d'un rouge grenat, vingt au total, qui pouvaient pivoter et basculer, tous identiques et réglés à la même hauteur. En audience, la cour regardait avocats et plaignants du haut de ce grand promontoire, symbolisant autorité et sagesse.

Les vingt sièges étaient vides. Une greffière conduisit Mitch, Stephen, Roberto et Jens Bitterman à leur table. Ils ouvrirent leurs porte-documents, sortirent leurs dossiers comme s'ils risquaient d'être là pour des heures. De l'autre côté de la salle, une autre équipe d'avocats se dirigea vers sa table et déballa aussi ses affaires. C'étaient les hommes de Reedmore, le cabinet londonien, défenseur historique des Libyens, une bande de types arrogants qui cultivaient leur image de tueurs.

Reedmore comptait seulement cinq cent cinquante avocats, il n'était même pas dans le top 25 en termes d'effectifs, et ne travaillait qu'avec un nombre limité de clients, principalement en Europe. Le cabinet représentait le régime de Kadhafi depuis des lustres. C'était pour cette raison, au dire de Luca, qu'ils avaient une vision si noire du monde.

En plus de la qualité de ses équipes, de leur habileté et de leur compétence dans tous les domaines, la force de Scully & Pershing était sa taille – le plus grand cabinet du monde depuis une dizaine d'années, et il comptait bien le rester. D'ailleurs ses avocats avaient tendance à marcher en roulant des épaules. Pour autant, la taille n'était pas synonyme de talent et ne garantissait pas le succès, mais dans le monde des cabinets d'affaires, être le numéro un suscitait tourments et jalousie chez tous les autres prétendants.

Les avocats de Reedmore étaient des ennemis redoutables. Mitch ne les prenait pas à la légère, mais leur regard de squales ne l'impressionnait pas. Jerry Robb dirigeait la défense pour l'État libyen. Il était venu avec deux jeunes collaborateurs. Tout le groupe portait des costumes bleu marine identiques, taillés sur mesure et très élégants. Apparemment, on ne leur avait pas appris à sourire.

Cependant, en raison des morts dans le camp d'en face, Robb se sentit obligé de passer à leur table. Il marcha vers eux et leur tendit la main.

— Bonjour, messieurs.

Il était raide comme un manche à balai, et sa poignée de main molle et fuyante, digne d'un adolescent prépubère.

D'un ton pincé, il ajouta :

— J'ai parlé avec Luca la semaine dernière. J'espère qu'il va bien. Malgré tout.

— Oui, il va bien, répondit Roberto. Malgré tout.

— Du nouveau pour sa fille ?

Mitch ne mordit pas à l'hameçon et secoua la tête.

— Non, répondit Roberto. Je dirai à Luca que vous avez demandé de ses nouvelles.

— Faites. Je vous en prie.

Le reste de la conversation aurait été aussi formel si un greffier n'avait pas annoncé l'arrivée de la cour, incitant Robb à regagner sa table. En anglais, le greffier demanda le silence et se rassit. Un autre se leva et fit la même annonce, cette fois-ci en français. Mitch observa la salle. Il aperçut deux groupes d'avocats et quelques clients éparpillés. Les deux journalistes britanniques s'étaient installés au premier rang. Personne dans la salle ne devait parler français, mais la cour avait sa procédure.

Les trois juges entrèrent et prirent place à la tribune. La présidente de la Chambre dirigeait les débats, assistée de ses deux arbitres adjoints assis à plus de cinq mètres d'elle. Dix-sept sièges sur l'estrade étaient vides. Ce type d'audiences préliminaires n'exigeait pas la présence des magistrats au complet.

Victoria Poley, la présidente, était une Américaine originaire de Dayton, ancienne juge fédérale et l'une des premières femmes à avoir été diplômée d'Harvard. On pouvait l'appeler madame la présidente, madame la juge, Votre Honneur, ou Milady. Toute autre adresse serait inappropriée. Seuls les avocats des îles Britanniques ou de l'Australie versaient dans le « Milady ».

À sa droite se tenait un juge venant du Nigeria. À sa gauche, le juge était péruvien. Aucun des trois magistrats n'ayant d'écouteurs, Mitch en déduisit qu'ils n'auraient pas recours à un interprète, ce qui ralentissait toujours les débats.

Mme Poley salua tout le monde et annonça que le planning n'était pas trop chargé pour cette session de l'après-midi. Elle se tourna vers une greffière qui se leva et appela l'affaire Lannak. Elle énonça l'historique du différend et lut le contenu de la plainte déposée l'année précédente en octobre. C'était un passage obligé et toujours ennuyeux, mais la greffière, avec sa voix monocorde, sembla jeter sur toute l'assistance un sort d'endormissement. Cela n'en finissait pas, elle lisait page après page, laborieusement, d'un ton de plus en plus plat et monotone. Alors qu'il commençait à sombrer dans un coma profond, Mitch pria pour qu'ils ne recommencent pas tout ce laïus en français.

Soudain, une voix le fit sursauter. C'était la juge Poley.

— Monsieur McDeere, je vous souhaite la bienvenue dans ce tribunal. Je compte sur vous pour transmettre mes respects à M. Luca Sandroni.

— Merci, Votre Honneur, et il vous présente également les siens.

— Monsieur Robb, c'est toujours un plaisir de vous avoir parmi nous.

Robb s'inclina, et au prix d'un grand effort, il parvint à esquisser un semblant de sourire. Mais ne dit rien.

— Vous pouvez vous rasseoir. Il sera inutile de vous lever désormais. (Les avocats reprirent place derrière leurs tables.) Bien, la date du procès a été arrêtée pour février prochain, soit dans presque un an. Je veux savoir si les deux parties seront prêtes à ce moment-là. Monsieur McDeere, je vous écoute.

Mitch resta sur sa chaise et affirma que oui, bien sûr, ils seraient prêts. Le plaignant avait toujours intérêt à demander la tenue du procès le plus vite possible. Il était rare que ses avocats réclament un ajournement. Même s'il restait une montagne de travail à abattre, Mitch était sûr de pouvoir tenir les délais. Son client voulait même que l'affaire soit jugée bien avant février, mais ce sujet serait abordé durant une autre audience.

La présidente était curieuse de voir ce qu'il y avait dans le dossier de la partie demanderesse. Mitch annonça qu'il l'aurait bouclé dans trois mois. Il y avait encore beaucoup de dépositions à prendre, des documents à récupérer, des experts à trouver. Mais en quatre-vingt-dix jours, cela paraissait possible.

— Monsieur Robb ?

L'avocat de Reedmore était mauvais acteur et ne convainquit personne quand il joua la surprise devant l'optimisme de la partie adverse. De son côté, il prétendit avoir au moins six mois de travail intense pour rassembler les pièces de leur défense, voire davantage, et envisager le procès avant un an était une gageure. Comme le faisait toujours la partie défenderesse, Robb se mit à énumérer toutes les raisons qui motivaient sa position. Après avoir soliloqué bien trop longtemps, il conclut enfin :

— Et je n'ose imaginer comment l'affaire va se complexifier au vu des derniers événements en Libye.

Victoria Poley s'engouffra aussitôt dans la brèche.

— Justement, parlons de ces derniers événements. Monsieur McDeere, comptez-vous amender votre plainte et réclamer des réparations supplémentaires ?

La réponse était oui, mais Mitch ne voulait pas le dire pour l'heure. Il feignit à la fois la confusion et la frustration.

— Votre Honneur, la situation en Libye est si incertaine, d'un jour à l'autre, tout peut être bouleversé. Il m'est décemment impossible de prédire ce qui va se passer, ni quelles en seront les suites judiciaires.

— Bien sûr, je vous comprends. Toutefois, étant donné ce qui s'est déjà produit, il semble évident que le dossier va notablement se compliquer.

— Pas forcément, Votre Honneur.

Robb en profita aussitôt.

— Votre Honneur, vous avez entièrement raison. Les derniers événements en Libye parasitent les débats, si vous me permettez l'expression. Ce serait juste d'accorder à la défense plus de temps et non de nous mettre la pression avec une deadline intenable.

— La deadline est raisonnable, Votre Honneur, intervint Mitch. Je promets à la cour que le demandeur sera prêt en février, voire avant. Bien sûr, je ne peux parler à la place de la partie adverse.

— Trop aimable ! rétorqua Robb.

— Messieurs, intervint la juge avant que les chamailleries commencent, attendons de voir comment va évoluer la situation et nous reparlerons du planning. Poursuivons, s'il vous plaît. Examinons d'ores et déjà certains points figurant dans les dossiers de chacune des parties. Pour l'heure, le demandeur a fourni une liste de huit experts susceptibles de venir témoigner à la barre. Et six pour la défense. Cela fait beaucoup. En faut-il réellement autant ? Monsieur McDeere, pouvez-vous me résumer ce que vont dire vos experts ? Dans les grandes lignes, bien entendu.

Mitch hocha la tête et sourit, comme si cela ne lui posait aucun problème. Roberto réagit aussitôt et lui tendit leurs notes.

Lorsque Mitch eut terminé de présenter son troisième expert, un spécialiste du béton, il était certain que les trois juges s'étaient endormis.

20

Deux journaux londoniens rapportèrent l'événement. Le *Guardian*, en page deux, fit l'historique de l'affaire et rappela à ses lecteurs que les ravisseurs, « selon les autorités », ne s'étaient toujours pas manifestés. L'audience à Genève s'était révélée « ennuyeuse » et n'avait pas apporté grand-chose. La Chambre d'arbitrage semblait ne pas vouloir prendre de décision étant donné toutes les incertitudes actuelles. L'article était illustré par une photo d'archive de Giovanna et une de M. McDeere, récente celle-là, alors qu'il entrait dans le palais de justice, accompagné de Roberto Maggi. Les deux hommes étaient présentés comme des associés du grand cabinet Scully & Pershing, ce qui était vrai. Les avocats de Lannak réclamaient déjà quatre cent dix millions de dollars à l'État libyen.

Au-dessus de l'océan Atlantique, Mitch observait cette photo de lui en noir et blanc. Cela le chagrinait d'être cité, mais il fallait s'y attendre, tôt ou tard.

Le *Current* titrait à la une : LES AVOCATS DE KADHAFI JOUENT LA MONTRE ; TOUJOURS AUCUNE NOUVELLE DE GIOVANNA SANDRONI. Et en page cinq, ils accusaient le « dictateur sanguinaire » de ne pas payer ses dettes. Le sous-texte était clair : le colonel avait commandité ces meurtres et ces kidnappings pour se venger, parce que Lannak le poursuivait en justice. Là aussi il y avait une photo de Mitch et de Giovanna, plus une du malheureux Youssef, pendu au poteau télégraphique.

*

Le 1er mai, Walid fut retrouvé mort, comme tout le monde s'y attendait. Ses tueurs avaient décidé de prolonger ses souffrances en lui tranchant les testicules pour qu'il se vide de son sang. Il était suspendu par un pied à un cyprès en bordure d'une route très fréquentée, à trente kilomètres au sud de Tripoli. Comme Youssef, une épitaphe était ficelée à son autre pied : *Walid Jamblad, traître à la nation.*

Un avocat au siège de Rome apprenant la nouvelle prévint aussitôt Roberto Maggi qui, à son tour, appela Mitch. Quelques heures plus tard, une vidéo fut publiée sur le Dark Web – encore des images atroces où l'on voyait des tueurs torturant un innocent par plaisir. À moins qu'il n'y ait une autre raison ? un message subliminal ? Roberto regarda la vidéo et conseilla à Mitch de s'abstenir.

Il ne restait plus que Giovanna. Bien sûr, elle était leur trophée le plus précieux. Et le calvaire ne faisait que commencer pour elle.

Mitch, Jack Ruch et Cory Gallant durent subir encore une fois une visio avec Darian Kasuch. Bien sûr, il ne leur apprit rien de nouveau, rien qu'ils ne sachent déjà, mais personne ne fit de remarque. Après la réunion, et une fois certain que les micros étaient coupés, Mitch demanda à Jack :

— Combien on paie ces types ?

— Un max.

— Et on a encore casqué une demi-heure pour rien.

— Pas nous. Lannak. Envoie-leur la facture.

Mitch se tourna vers Cory.

— Vous avez confiance en ces gens ? Pour l'instant, ils ne servent à rien.

— Ça va venir, Mitch. Patience.

— Et maintenant ? Qu'est-ce qu'on fait ?

— Rien. On attend. Tant que nous n'avons pas de nouvelles de Giovanna ou des ravisseurs, on est coincés.

— Et à la Chambre d'arbitrage ? demanda Jack. Ça a donné quoi ?

— Pas grand-chose, répondit Mitch. Rien de concret. Ils attendent aussi. Ils sont en stand-by tant que Giovanna reste otage. Comme tu le sais, ils bottent facilement en touche.

— Et Luca ?

— Je l'ai au téléphone tous les jours. Il a des hauts et des bas, mais il tient le coup.

— D'accord. On refait un point demain matin.

*

Le 4 mai, Riley Casey arriva au bureau à 8 h 30 comme de coutume. Il était l'associé-directeur du siège de Scully à Londres et travaillait dans le cabinet depuis trente ans. Onze années plus tôt, il avait été tiré au sort pour faire passer un entretien à un jeune avocat américain à la recherche d'un emploi. Grâce à son diplôme d'Harvard, le candidat avait pu franchir – de justesse – le barrage des secrétaires. Mais ce fut sa vivacité d'esprit, sa sagacité et son physique avenant qui lui permirent de décrocher le poste. C'était ainsi que Mitch avait rejoint Scully à trente ans.

Six années plus tard, Riley avait embauché Giovanna Sandroni et, comme la plupart des hommes du cabinet londonien, il eut aussitôt un faible pour elle – un coup de cœur, qu'en bon professionnel, il ne montra jamais. Riley était marié, heureux dans son couple, et avait gardé la tête froide. Sinon, il se serait ridiculisé depuis longtemps. Après l'avoir engagée, à la demande de Luca, il avait vu la jeune femme s'épanouir, devenir une excellente avocate, et il se disait avec fierté que Giovanna Sandroni pourrait un jour se retrouver à la tête de S & P. Elle en avait les capacités.

Avant qu'il ait eu le temps de boire son café du matin, son assistante entra dans son bureau et lui tendit son téléphone. À l'écran s'affichait « Numéro inconnu », suivi du message : « Demandez à Riley de vérifier ses indésirables. »

Il regarda tour à tour le portable et l'employée. Avec la tension qui régnait à Canary Wharf depuis le kidnapping, tout événement sortant de l'ordinaire était traité avec la plus grande prudence. Il lui fit signe de venir à côté de lui et consulta sur son ordinateur ses messages indésirables. Il cliqua sur un e-mail qui venait d'arriver onze minutes plus tôt. Aussitôt, ils eurent un mouvement de recul.

À l'écran, apparut une photo en noir et blanc de Giovanna en abaya et hijab noirs. Elle ne souriait pas. Un visage impassible. Elle tenait dans ses mains, plié en deux, un exemplaire de *Ta Néa*, le plus grand quotidien en Grèce. Riley agrandit l'image et la date du journal apparut – 4 mai 2005. Ce matin même. L'article en première page parlait de la manifestation d'agriculteurs avec en photo une file de tracteurs bloquant une autoroute à Athènes. Pas un mot sur Giovanna, du moins pas sur la partie visible de la première page.

— Appelez le service informatique, et moi je préviens la sécurité.

*

Cory savait que Mitch était un lève-tôt. Il le laissa dormir jusqu'à 5 h 30 avant de l'appeler. En quelques secondes, Mitch était dans sa cuisine. Il lança la machine à café et ouvrit son ordinateur portable. Au moins elle est en vie ! fut sa première pensée.

— Le journal a été authentifié, expliqua Cory. Comme tout le reste. Le quotidien est vendu à Tripoli, mais pas partout. Ils ont acheté l'exemplaire tôt ce matin, pris la photo et l'ont envoyée chez nous à Londres. Apparemment, nulle part ailleurs.

— Et pas de message ?

— Aucun.

Mitch but une gorgée de café puis s'éclaircit la gorge.

— Vous pensez qu'on devrait le dire à Luca ? avança Cory.

— Oui. Je m'en occupe. J'appelle Roberto.

*

Le lendemain matin, il y eut du nouveau à Athènes, un événement bien plus inquiétant que le blocage d'une route par des agriculteurs en colère. À 3 h 57, à en croire le système d'alarme, une bombe incendiaire avait explosé dans la salle du courrier de S & P, en plein centre-ville. Personne n'étant au bureau à cette heure, il n'y avait pas eu de victimes. Il s'agissait d'un engin artisanal. Les murs n'avaient pas été soufflés mais le feu s'était répandu partout. Le cabinet S & P à Athènes ne comptait que quatre avocats, c'était l'une des antennes les plus petites de Scully et tous les locaux étaient carbonisés avant l'arrivée des pompiers. Les flammes s'étaient propagées au deuxième étage, crachant des colonnes de fumée noire par les fenêtres brisées. Deux heures après que l'alarme s'était déclenchée, l'incendie avait été maîtrisé. Au petit matin, les soldats du feu avaient remballé leurs lances et étaient partis, mais il faudrait des jours pour tout nettoyer.

L'associé-directeur avait alors été autorisé à entrer dans le bâtiment et avait découvert les vestiges cendreux qui avaient été autrefois leur élégant lieu de travail. Il ne restait plus rien. Murs, portes, mobilier, ordinateurs, imprimantes, tapis – tout était calciné, inutilisable. Quelques armoires métalliques avaient résisté à la chaleur et à la fumée, mais pas à l'eau. Heureusement, dossiers et documents importants étaient tous sauvegardés sur le cloud.

Vers midi, les autorités déclarèrent qu'il s'agissait d'un incendie criminel.

C'est alors que l'associé-directeur avait appelé le siège à New York.

21

Epicurean Press occupait les trois premiers niveaux d'un vieux bâtiment de grès rouge sur la 74e Rue, à côté de Madison Avenue, dans l'Upper East Side. La propriétaire habitait au-dessus, aux troisième et quatrième étages, une vieille excentrique qui vivait recluse avec ses chats. Elle passait des disques d'opéra à longueur de journée, et comme avec l'âge elle devenait dure d'oreille, elle montait de plus en plus le son. Personne ne se plaignait car tout l'immeuble lui appartenait, et aussi les deux autres de chaque côté. Les éditeurs au deuxième étage entendaient parfois la musique, mais ce n'était jamais un problème. Ces constructions du début du XXe siècle, avec leurs murs de pierre épais, leurs planchers massifs, étaient bien insonorisées. La vieille dame, qui allait bientôt fêter ses quatre-vingt-dix ans, demandait peu en loyer ; tout d'abord parce qu'elle n'avait pas besoin d'argent, mais aussi car elle n'aimait pas être seule et appréciait d'avoir des locataires d'agréable compagnie.

La matinée commençait sous les meilleurs auspices pour Abby. Quinze minutes de marche avec Clark et Carter pour les accompagner à l'école, puis trente minutes encore en coupant par Central Park pour rejoindre Epicurean. En tant que directrice de collection, elle avait droit à un joli bureau au rez-de-chaussée, loin du bel canto et tout près de la cuisine. Les locaux étaient petits mais bien aménagés. Les mètres carrés étaient rares à Manhattan, certes, pourtant la part belle de l'espace était réservée aux fourneaux, une pièce vaste, moderne, avec tout l'équipement nécessaire pour les chefs qui voulaient peaufiner leurs recettes. Au moins une toque par jour s'installait derrière les gazinières d'Epicurean et tout l'étage fleurait bon les épices.

Giovanna avait été kidnappée vingt-sept jours plus tôt.

Comme de coutume, Abby s'arrêta au coffee-shop de la rue pour prendre son latte préféré. Vers 9 h 15 donc, elle attendait dans la file, concentrée sur sa journée d'éditrice. Ses enfants étaient à l'école, son mari au quarante-septième étage d'une tour, en plein travail, et elle consultait ses messages sur son téléphone. La personne derrière elle lui tapota doucement le bras. Elle se retourna et se retrouva face à une jeune musulmane vêtue d'une abaya marron et d'un hijab assorti. Un voile lui couvrait le visage, ne laissant apparaître que ses yeux.

— Vous êtes Abby McDeere, c'est bien ça ?

Elle était décontenancée. Jamais dans son souvenir elle n'avait parlé à une femme aussi couverte de pied en cap. Mais on était à New York, une ville cosmopolite. Elle lui fit un sourire.

— Oui, c'est moi. Et vous, vous êtes ?

L'homme derrière la musulmane lisait son journal. Le serveur le plus proche remplissait la vitrine avec des croissants et des tartelettes. Personne ne faisait attention à elles.

Dans un anglais parfait, avec juste une pointe d'accent oriental, la musulmane déclara :

— J'ai des nouvelles de Giovanna.

Les yeux étaient sombres, très maquillés, la femme était jeune. Abby chancela, son cœur se mit à tambouriner dans sa poitrine.

— Je vous demande pardon ? articula-t-elle, la bouche sèche.

Bien sûr, elle avait parfaitement entendu.

La femme sortit quelque chose de sa tunique – une enveloppe kraft, trop épaisse pour contenir une simple lettre.

— Je vous conseille de faire ce qu'on vous dit, madame McDeere.

Abby prit l'enveloppe, malgré elle. Un réflexe. La femme fit demi-tour et passait déjà la porte avant qu'Abby ait le temps de répondre quoi que ce soit. L'homme avec son journal releva la tête. Abby reprit sa position dans la file, comme si rien ne s'était passé.

— Ce sera quoi ? demanda le barista.

— Un double latte cannelle, bredouilla-t-elle.

Elle trouva une chaise, s'assit, en s'efforçant de prendre de grandes inspirations. Son front ruisselait de sueur. Gênée, elle l'épongea avec une serviette en papier, tout en jetant un regard circulaire dans la salle. Elle avait toujours l'enveloppe à la main. Respirer. Encore. Lentement. Elle la rangea dans son sac à main. Elle l'ouvrirait au bureau.

Elle aurait dû appeler Mitch. Sans doute. Mais elle préférait attendre. Attendre de savoir ce qu'il y avait dedans, parce que bien sûr, cela allait aussi le concerner. Quand son latte fut prêt, elle le récupéra sur le comptoir et s'en alla. Une fois sur le trottoir, elle fit quelques pas avant de s'arrêter net. Quelqu'un était là, ou avait été là ! À l'observer, à la suivre, attendant son heure. Quelqu'un qui connaissait son nom, celui de son mari, qui connaissait son activité, et la route qu'elle empruntait pour se rendre au travail, jusqu'à son coffee-shop favori. Et cette personne était toujours là, quelque part, tout près.

Rassemblant sa volonté, elle reprit son chemin, comme si tout allait bien.

Voilà que le cauchemar recommençait ! Feindre d'avoir une vie normale alors qu'elle était épiée, surveillée, qu'on écoutait toutes ses conversations. Quinze ans s'étaient écoulés depuis le chaos à Memphis avec le cabinet Bendini. Il lui avait fallu beaucoup de temps pour retrouver sa sérénité et cesser de surveiller ses arrières. Et maintenant, alors qu'elle fendait la foule sur Madison Avenue, elle sentait un regard dans son dos et se retenait de se retourner pour voir qui la suivait.

Cinq minutes plus tard, elle ouvrit la porte d'Epicurean Press sur la 74e Rue, salua les amis et employés déjà arrivés, et fila dans son bureau. Sa secrétaire n'était pas encore là. Elle referma la porte derrière elle, tira discrètement le loquet, s'assit dans son fauteuil et prit une longue inspiration, puis encore une autre. Elle ouvrit l'enveloppe. À l'intérieur, elle trouva un téléphone et une feuille dactylographiée.

Pour Abby McDeere :

1) Surtout ne pas alerter les autorités. Ce serait la pire des choses à faire. Une fin tragique pour

Giovanna et peut-être pour d'autres. On ne peut avoir confiance en votre gouvernement. Ni vous, ni personne.

2) Prévenir votre mari et son cabinet, une entreprise qui a de l'argent et des relations. Vous, Mitch McDeere et Scully & Pershing, pouvez parvenir à une fin heureuse. N'en parlez à personne d'autre.

3) Vous m'appellerez Noura. Je suis votre lien avec Giovanna. Suivez mes instructions et elle sera libérée. Elle n'est pas maltraitée. Quant aux autres, ils méritaient de mourir.

4) Le téléphone est crucial. Ayez-le toujours à portée de main, à toute heure du jour et de la nuit. Même quand vous dormez. Vous pouvez utiliser le même chargeur que votre téléphone personnel. Je vous appellerai à des heures improbables. Ne ratez aucun de mes appels. Le code est 871. Il y a des photos dedans. Elles vous intéresseront sans doute.

Abby posa la feuille et souleva le téléphone. Un modèle classique, à peu près de la même taille que le sien. L'appareil n'avait rien de particulier ou de suspect. Elle entra le code, 871, et le menu s'ouvrit. Elle sélectionna PHOTOS, et aussitôt elle eut la nausée. C'était un gros plan d'elle, avec Clark et Carter, pris une heure plus tôt, quand elle leur disait au revoir devant l'école, à cinq cents mètres de leur appartement. Elle inspira profondément, chercha à tâtons sa bouteille d'eau, oubliant son latte. Elle but une gorgée, en renversant de l'eau sur son chemisier. Elle ferma les yeux un moment, puis lentement fit défiler les images. La photo suivante montrait la façade de l'immeuble où elle se trouvait justement. Sur la troisième, c'était le bâtiment où ils habitaient pris à l'angle de la 69e et de Columbus Avenue. Ensuite, un cliché du 110 Broad Street, le siège de S & P. Sur la cinquième et dernière image, on voyait Giovanna, assise dans une pièce sombre, portant un voile noir, une cuillère à la main, contemplant un bol apparemment rempli de soupe.

Le temps s'écoula sans qu'Abby s'en rende compte. Les pensées se bousculaient dans sa tête. Son cœur cognait dans sa poitrine comme un marteau. Elle ferma à nouveau les yeux, se frotta les tempes, longtemps, avant de se rendre compte que l'on toquait à sa porte.

— Une minute !

Le silence revint.

Elle appela Mitch.

*

Les trois hommes étaient immobiles, statufiés, les yeux rivés sur l'écran, attendant qu'Abby leur envoie sa vidéo. Puis les images apparurent : d'abord un gros plan de la lettre de Noura. Ils la lurent rapidement, puis une deuxième fois, plus lentement. La caméra pivota vers le téléphone mystérieux posé sur le bureau d'Abby, puis vers l'enveloppe kraft. Vingt-deux secondes d'enregistrement, puis l'écran redevint noir.

Mitch avait du mal à respirer. Il se dirigea vers la fenêtre du bureau de Jack. Ruch, à la table de réunion, baissa les yeux, sous le choc, incapable de dire un mot. Cory, déjà sous pression depuis la bombe incendiaire à Athènes, regardait fixement l'écran vide, tentant de retrouver ses esprits. Sans tourner la tête vers Mitch, il demanda :

— Et il y a cinq photos dans le téléphone ?

— Oui, répondit Mitch, sans se retourner.

— Dites-lui de ne pas nous les envoyer, vous voulez bien ?

— D'accord. Autre chose ?

— Je ne sais pas trop. Ils doivent surveiller tout ce qui se passe sur ce téléphone. Ils peuvent même s'en servir comme tracker pour suivre les déplacements d'Abby, qu'il soit allumé ou éteint. Partons du principe que ce portable capte et enregistre tout ce qui se dit alentour.

— Ils ont pris des photos de mes enfants ! lâcha Mitch comme s'il parlait tout seul. Mes enfants allant à l'école ce matin !

Cory lança un regard à Jack Ruch, qui secoua la tête. Ils étaient tous saisis d'effroi, incapables d'avoir les idées claires.

Face à la fenêtre, Mitch continua de parler :

— Mon instinct me dit de sauter dans un taxi, d'aller récupérer mes garçons et de les emmener loin d'ici, très loin.

— Je vous comprends, Mitch, répondit Cory. Faites-le si vous voulez. On ne vous en tiendra pas rigueur. Mais avant, il faut que l'on examine ce téléphone.

— Votre portable personnel est sécurisé ?

— Comment savoir ? C'est vous qui avez installé l'antivirus et tout le reste.

— Et celui d'Abby ?

— Pareil. Les deux sont protégés contre le piratage, du moins sur le papier. Mais à notre époque, on ne peut être sûr de rien.

— J'ai une idée, intervint Jack. Le Carlyle est sur la 76e, à côté de Central Park, pas loin du bureau d'Abby. Appelle ta femme et dis-lui de te retrouver là-bas pour déjeuner. Et d'apporter le téléphone. On réservera une salle de réunion et pendant que vous déjeunerez, nous examinerons l'appareil.

— Très bonne idée, renchérit Cory.

Mitch se tourna enfin vers ses collègues.

— Alors c'est parti ? On entre dans la danse ?

— Absolument.

Mitch sortit son portable, appela Abby et lui parla comme s'ils étaient en privé. Il lui annonça qu'il serait dans le quartier et lui proposa de déjeuner ensemble. Rendez-vous à l'hôtel Carlyle pour décider s'ils laissaient ou non les enfants à l'école. Quand il coupa la communication, il se tourna vers Cory.

— Ils ont pu aussi pirater nos téléphones et nos e-mails ? Et écouter nos conversations ?

— Cela me paraît peu probable. Tout est possible bien sûr aujourd'hui, mais non, je ne crois pas.

— Et pour quoi faire ? ajouta Jack. Ils se fichent de savoir où vous déjeunez ou dînez. Leur truc, c'est l'argent. C'est tout ce qui les intéresse. Ils auraient déjà tué Giovanna sinon, n'est-ce pas, Cory ?

— Sans doute.

— Cette fois, la donne a changé : on a des nouvelles de l'ennemi. Enfin ! Ils veulent parler. Ça signifie des négociations et donc remise d'argent. Je ne vois pas à quoi d'autre pourrait leur servir Giovanna. Assassiner Kadhafi ? Arracher un accord de paix au Proche-Orient ? Trouver d'autres réserves de pétrole dans le désert ? Bien sûr que non. Sa tête est mise à prix, reste à connaître le montant.

— Ce n'est pas si simple, Jack, répondit Mitch. Il faut aussi savoir combien de coups on est prêts à recevoir avant de nous coucher. En plus des meurtres – onze morts quand même –, nos locaux ont été incendiés à Athènes et maintenant, les terroristes sont ici même, à New York !

— Ne nous affolons pas, déclara Cory. Ce n'est pas à nous de bouger. C'est à eux. Et tant que cette Noura ne s'est pas manifestée, on ne peut pas faire grand-chose.

— En attendant, je compte bien protéger ma famille.

— C'est normal, Mitch. Je ne vous le reproche pas. Vous avez une idée ?

— C'est vous le spécialiste de la sécurité. Alors ? Un plan ?

— J'y réfléchis.

— Eh bien, réfléchissez vite.

— Reste Crueggal, ajouta Jack. Qu'est-ce qu'on fait ? On les met au courant ?

Mitch haussa les épaules comme si cela ne le concernait pas. Il retourna à la fenêtre et contempla les rues en contrebas. Des dizaines de taxis étaient coincés dans les embouteillages. Dans deux minutes, il serait à bord de l'un d'eux pour rejoindre Abby.

— Vous avez parlé à Darian récemment ? s'enquit Jack.

— Pas depuis 9 heures, répondit Cory. Tous les matins, je commence la journée en faisant un point avec lui, et bien sûr, je n'apprends rien. Ils cherchent, ils enquêtent. Il faut le prévenir, et vite. L'ennemi a pris contact, Jack, c'est exactement ce qu'on attendait. Crueggal a plus d'expérience que nous en la matière.

— Et vous leur faites confiance ? Ce sont tous des ex-espions, des gars de la CIA. Ils se vantent d'avoir des agents dans tous les recoins de la planète. Et si quelqu'un lâchait le morceau ?

— Aucun risque, ce sont des pros. Darian est à New York, je vais lui demander de nous retrouver au Carlyle.

— Mitch ? Qu'en dis-tu ?

— Tant que mes enfants ne sont pas à l'abri, oubliez-moi. Abby est dans tous ses états.

— Je comprends. Va la retrouver. Et nous nous chargeons du reste.

22

Mitch attendait déjà dans le hall du grand hôtel quand Abby arriva, à 11 h 50. Il lui fit signe et, sans un mot, ils se rendirent au Bemelmans Bar, l'un des plus beaux lounges de New York. À cette heure, la pièce était quasiment vide. Ils se juchèrent sur des tabourets, face à face, et commandèrent des sodas light. Abby avait les yeux brillants, terrifiés. Mitch fit de son mieux pour paraître calme. Ils n'étaient pas du genre à paniquer, mais c'était la première fois que leurs enfants étaient directement menacés. D'un geste, il lui indiqua de laisser son sac par terre, sous son siège.

— Il est possible, lui souffla-t-il à l'oreille, que le téléphone soit équipé d'un système de localisation pour suivre tes déplacements. Et aussi d'un mouchard pour écouter tout ce qu'on dit.

— J'aimerais me débarrasser de ce truc. Tu as appelé l'école ?

— Non. Pas encore.

Il se leva et lui fit signe de le suivre. Ils s'écartèrent de quelques mètres tout en surveillant le sac sous le tabouret.

— On va rejoindre l'équipe à l'étage, chuchota-t-il. Ils vont peut-être trouver une solution.

Elle serra les dents.

— Moi, je dis : on prend les gosses et on se tire d'ici.

— Pareil. Le problème, c'est que tu ne peux pas partir. Le téléphone te piste et tu dois l'avoir tout le temps avec toi. C'est toi l'intermédiaire, Abby. Ils t'ont choisie.

— Quel honneur ! (Des larmes perlèrent dans ses yeux.) Tu te rends compte ! Ils nous ont suivis jusqu'à l'école ce matin. Ils savent où on habite, où on travaille. Comment ils ont eu toutes ces infos ?

— On va s'en sortir, je te le promets.

— Pas de promesses, Mitch ! Tu es aussi perdu que moi. Je veux bien aider Giovanna, mais là, il s'agit de mes garçons. C'est tout ce qui m'importe. Allons les chercher et sauvons-nous !

— Plus tard, peut-être. Pour l'instant, on monte voir l'équipe.

*

Les deux salles de réunion du Carlyle étant prises, Cory avait réservé une suite au deuxième étage. Avec Jack et Darian, il attendait les McDeere. Les présentations furent rapides. Abby connaissait Jack Ruch, ils se voyaient chaque année au dîner de Noël des associés, une soirée guindée qu'elle détestait comme quasiment tout le monde. Elle avait rencontré Cory des années plus tôt, au cours d'un audit de sécurité chez Scully.

Abby se sentait vulnérable. Et cette réunion improvisée n'arrangeait rien à l'affaire. Elle allait devoir parler de sujets privés avec ce Darian Kasuch, un parfait inconnu.

— Allez-y. Racontez votre altercation avec Noura et n'oubliez rien, attaqua Darian bille en tête, toujours pressé de prendre en main la conversation.

Abby lui retourna un regard furieux.

— D'abord, vous allez changer de ton.

Pendant une seconde, il y eut un grand silence. Mitch se sentit obligé d'arrondir les angles.

— Darian, la matinée a été éprouvante pour nous. Qu'est-ce que vous voulez savoir au juste ?

— Et pourquoi « altercation » ? D'où vous sortez ça ? poursuivit Abby.

Darian lui sourit.

— Vous avez raison, je n'en sais rien. Pardonnez-moi, madame McDeere.

— C'est mieux.

— Vous voulez bien nous montrer le téléphone, s'il vous plaît ? demanda-t-il tout miel.

— Pas de problème.

Il était tout au fond du sac et il lui fallut un petit moment pour le retrouver. Elle le déposa au milieu de la table. Darian fit signe à tout le monde de se taire. Il souleva l'appareil, observa le boîtier, et avec un petit tournevis, il démonta le panneau arrière. Il prit quelques photos et les envoya aussitôt à quelqu'un chez Crueggal. Il ouvrit son ordinateur portable et se mit à pianoter sur le clavier avec la vélocité d'un hacker sous amphétamines. Après quelques recherches, il se redressa, admirant son œuvre. Il tourna l'écran vers les autres. C'était un « Jakl », un modèle assemblé au Viêtnam pour le compte d'une société hongroise. Les caractéristiques techniques étaient écrites en tout petits caractères et il y en avait plusieurs pages. Le message était clair : c'était un téléphone complexe, d'un type tout à fait particulier, en aucun cas destiné au grand public. Darian recommença à s'activer sur son clavier. Son téléphone sonna. Il échangea quelques mots avec son interlocuteur dans un jargon technique incompréhensible, esquissa un grand sourire et raccrocha.

— Il ne peut pas nous écouter, annonça-t-il, soulagé. Mais il y a bien un tracker intégré qui émet un signal, que l'appareil soit allumé ou éteint.

— Donc, en ce moment, demanda Mitch, ils savent que nous sommes au Carlyle ?

— Disons qu'ils savent où nous sommes dans un rayon de cinquante mètres. Ils ignorent si nous nous trouvons dans les étages ou au restaurant.

Abby lâcha un grognement de dégoût.

Darian donna le téléphone à Cory. Celui-ci tourna l'appareil vers Mitch et ouvrit le fichier photos. Mitch vit les jumeaux et leur mère devant l'école. Il secoua la tête, horrifié, en découvrant les cinq images. Puis il s'adressa à son épouse :

— Vas-y, Abby, raconte-nous ce qui s'est passé avec cette Noura.

Elle regarda Darian.

— Désolée de vous avoir aboyé dessus. On est un peu sur les nerfs.

— Inutile de vous excuser. Nous sommes ici pour vous aider.

Abby narra sa rencontre avec la femme, s'efforçant de ne rien omettre. Darian avait allumé un dictaphone et les autres prenaient des notes. Il lui demanda de décrire Noura. Taille ? à peu près la sienne, un mètre soixante-dix. Poids ? Allez savoir avec ces tuniques. Âge ? Jeune. Moins de trente ans, mais là encore, difficile à dire à cause du voile et de tout le reste. Accent ? Pas vraiment. Peut-être quelques intonations orientales. Rien de particulier sur ses mains, ses bras, ses chaussures ? Non, rien. Tout était couvert. Elle a commandé à boire ? À manger ? Non.

Pendant que l'interrogatoire se poursuivait, Jack alla dans l'autre pièce pour passer des coups de fil.

Après leur avoir raconté tout ce dont elle se souvenait, Abby déclara :

— J'ai l'impression d'être dans le box des témoins ! Maintenant, j'aimerais bien passer un peu de temps en privé avec mon mari.

— Bonne idée ! déclara Cory. Descendez donc au restaurant et déjeunez tranquillement, le temps qu'on organise la suite.

— C'est ça, organisez, lança Mitch, mais pour nous, la prochaine étape, c'est de mettre nos enfants à l'abri. Même si Giovanna c'est important, notre priorité reste Clark et Carter.

— On vous soutient à cent pour cent, répondit Cory.

— Parfait. Et vous ne prenez aucune décision sans mon accord.

— Promis.

*

La simple idée de manger leur paraissait impossible, pourtant ils devaient bien commander quelque chose. Ils optèrent pour des salades et du thé. Par réflexe, ils surveillaient constamment la charmante salle du Dowling, de crainte que quelqu'un ne les espionne. Pour l'instant, RAS.

Même si le Jakl était enfoui tout au fond du sac d'Abby, et le tout glissé sous sa chaise, ils parlaient à voix basse. La question était : *Où ?* Pas *quand*, ni *comment*. Juste : *où ?* Il leur fallait trouver un endroit où fuir et cacher les garçons. Les envoyer chez les parents d'Abby était une option, mais ce serait bien trop évident. Le patron d'Abby possédait un cottage à Martha's Vineyard. Quasiment toutes leurs connaissances avaient une maison secondaire dans les Hamptons ou en Nouvelle-Angleterre. Ils avaient l'embarras du choix. Le problème, c'était plutôt ce qu'il faudrait leur dire. Comment justifier cette soudaine demande ?

Abby ne pourrait sans doute pas quitter New York. Personne ne savait quand Noura allait rappeler et Abby était censée tout lâcher pour suivre les consignes qu'elle lui donnerait. En revanche, Mitch était prêt à partir dès maintenant avec les enfants.

Le directeur de la River Latin School s'appelait Giles Gatterson et il avait fait toute sa carrière dans les écoles privées les plus élitistes de la ville. Mitch était membre du CA, pour le domaine juridique, et connaissait bien Giles. Il l'appellerait plus tard et lui annoncerait qu'ils se trouvaient dans une situation tout à fait particulière qui n'était pas prévue dans le règlement intérieur de l'établissement : pour des raisons de sécurité, il devait emmener ses enfants hors de la ville, pour quelques jours, peut-être une semaine. Mitch resterait le plus vague possible et ne dirait pas que les jumeaux étaient surveillés, suivis, voire en danger. Inutile d'inquiéter l'établissement. Ni les autres parents. Il donnerait de plus amples explications plus tard – peut-être –, mais pas maintenant.

Vu les cinquante-sept mille dollars que les McDeere versaient par enfant chaque année, la River Latin pouvait se montrer conciliante. Le suivi des devoirs serait assuré par les parents en personne, et par les enseignants via internet.

Il fallait bouger. Vite. Restait à savoir où.

*

Abby et Mitch ne touchèrent pas à leur salade. Dans la suite à l'étage, l'idée même d'une pause déjeuner était inenvisageable. Cory, Jack et Darian s'étaient installés autour de la table basse et examinaient tous les scénarios possibles. Par acquit de conscience, Darian évoqua la possibilité d'alerter le FBI ou la CIA. Crueggal avait des contacts dans les deux agences et il était certain que le secret serait bien gardé. À ses yeux, cette option méritait d'être débattue, même si a priori elle serait rejetée. Giovanna n'étant pas une citoyenne américaine, le FBI ne bougerait pas le petit doigt. Et compte tenu de la situation instable en Libye, des relations compliquées des États-Unis avec Kadhafi, et de l'issue sans doute dramatique de l'affaire, jamais la CIA n'allait oser s'en mêler. L'agence avait fait capoter bien trop d'opérations dernièrement. Sur ce point, Darian était d'accord ; au cours de sa longue carrière dans le renseignement, il avait vu bien souvent la CIA s'embourber dans des crises qu'elle avait elle-même créées. Lui non plus n'avait aucune confiance en la CIA pour protéger Giovanna.

Jack décida de ne prévenir aucune agence américaine. Plus tard, peut-être. Et il insista : personne ne prenait la moindre initiative. Tout devait être validé par le cabinet et par Mitch.

Ils parlèrent ensuite de Luca. Fallait-il le prévenir ? C'était délicat. Luca Sandroni était à la fois le père de Giovanna et un associé de S & P très estimé. N'importe quel parent voudrait être tenu informé en pareille situation. Mais Luca était malade, fragile. Il n'était pas de taille à affronter ça. En outre, les ravisseurs avaient choisi de ne pas contacter la famille de Giovanna. Luca était riche, certes, mais il n'avait pas non plus des millions à dépenser. Scully, en revanche, était le plus grand cabinet de la planète, et en avait les moyens, du moins c'était l'impression qu'il donnait. La firme engageait des procès partout dans le monde, réclamait des milliards de dommages et intérêts à de grandes multinationales, voire à des États. S & P pouvait sans doute verser une grosse rançon, si tant est que l'argent soit l'objectif de cette opération.

Il n'y avait pas de manuel en la matière, aucune règle. Darian avait géré plusieurs affaires de kidnapping au cours de sa carrière, chaque cas était unique. Et la plupart d'entre elles s'étaient bien terminées.

Ils préférèrent attendre. Ils prendraient une décision plus tard pour Luca.

*

Une demi-heure après leur simulacre de déjeuner, Mitch et Abby étaient de retour dans la suite. Les choses n'avaient guère avancé. Jack leur tendit une feuille noircie de notes.

— On a élaboré un plan de bataille pour les prochaines vingt-quatre heures.

— Je t'écoute, répondit Mitch.

— Alors voilà : vous allez récupérer vos enfants à l'école aujourd'hui, comme d'habitude. Nous ne serons pas loin. (Il désigna Cory d'un mouvement de tête.) On aura des gens à nous là-bas. C'est toi, Mitch, qui vas les chercher d'ordinaire ?

— Rarement.

— Abby ?

— Oui. C'est plutôt moi.

— Parfait. Vous y allez. Pour la sortie à 15 h 15 et vous les ramenez chez vous, par le chemin habituel.

— Je vous attendrai à la maison, toi et les enfants, ajouta Mitch.

— Dites-leur de préparer leurs sacs pour un week-end. Pour un long week-end. Demain, c'est vendredi ; ils partiront avec toi, Mitch. Abby, il vaut mieux que vous restiez en ville pour le moment. À cause du téléphone. Il faut que vous soyez dans le coin.

Abby resta imperturbable, mais demanda :

— Vous voulez donc les envoyer à l'école demain ?

— Oui. C'est sans risque.

— Très bien, intervint Mitch. Juste le matin. À midi, je les récupère. J'appelle la River Latin ce soir et leur explique le problème. Abby les emmènera. Et je les exfiltre à la pause déjeuner par la porte de service.

— Tu sais où aller ? s'enquit Jack.

— Non. Pas encore.

— J'ai un endroit. Un bon endroit.

— On est tout ouïe.

— Mon frère Barry a travaillé à Wall Street et a fait fortune. Il a pris sa retraite voilà dix ans.

— Ah oui, Barry… Je l'ai rencontré.

— Exact. Il a une belle maison dans le Maine. Carrément isolée. C'est à Islesboro, une petite île au large de Camden. Il faut prendre un ferry pour s'y rendre.

Cela paraissait effectivement une cachette sûre. Mitch et Abby furent délivrés d'un poids.

— Je viens de lui parler, poursuivit Jack. Il passe les étés là-bas, il y séjourne cinq mois et repart avant la neige. Tous les ans, en août, nous y allons profiter du bon air. Il a ouvert la maison la semaine dernière.

— Et il y a assez de chambres ?

— Il y en a dix-huit, Mitch ! Avec plein de personnel de maison. Et deux bateaux. Les touristes ne sont pas encore arrivés, alors l'île est très tranquille. Je le répète, c'est très isolé comme endroit.

— Dix-huit chambres ?

— Oui. Barry raconte à tout le monde que nous sommes une très grande famille. Ce qu'il ne dit pas, c'est qu'il les déteste tous. Je suis le seul rescapé. Avec sa femme, ils reçoivent leurs amis, ils en ont plein, ici et à Boston. Bien sûr, il n'y a que des vieux pour aimer s'asseoir sur une terrasse en plein vent et regarder la mer en mangeant du homard avec une bouteille de rosé.

— Et il y aura deux gars à nous là-bas, ajouta Cory. Vous ne les verrez pas, mais ils seront là, tout près.

Mitch se tourna vers Abby. D'un signe de tête, elle lui donna son accord.

— Merci, Jack. Ça semble parfait. Il va me falloir un avion.

— Aucun problème, Mitch. Tout ce que tu veux.

23

Il fallut convaincre Carter et Clark qu'un long week-end sur une île loin de la ville pouvait être une grande aventure. De toute façon, avec ce qu'annonçait la météo, il n'y aurait pas de match des Bruisers ce samedi. Il y avait dix-huit chambres dans la maison là-bas et deux bateaux ! Ils allaient faire le voyage en jet privé, et puis prendraient un ferry ! Leur mère devait rester en ville pour des raisons pas très claires, mais leurs grands-parents seraient là-bas, et leur père aussi. Ils allaient bien s'amuser, promis. Les jumeaux furent enfin conquis. Bien sûr, ils rechignèrent à aller au lit, désormais tout excités par ce projet de voyage.

La négociation suivante était tout aussi délicate mais se révéla bien plus rapide. Après un échange d'e-mails pour caler un rendez-vous téléphonique, Mitch appela Giles Gatterson à 21 h 30 précises. Il lui présenta à nouveau ses excuses de le déranger ainsi à son domicile et passa rapidement les politesses d'usage. Sans entrer dans les détails, il expliqua qu'une affaire dont il avait la charge, une grosse affaire internationale, présentait des « problèmes de sécurité » et qu'il devait retirer ses enfants de l'école de manière discrète le lendemain midi. Les jumeaux ne reviendraient sans doute pas en classe avant quatre jours. Giles ne demandait qu'à se rendre utile. L'école accueillait la progéniture de gens importants qui voyageaient aux quatre coins du monde ; il était rompu aux situations inhabituelles. Si on posait des questions sur l'absence des garçons, il lui suffirait de répondre que les enfants avaient la rougeole et étaient placés en quarantaine. Cela ferait taire les curieux.

Abby passa l'appel suivant : ses parents – le troisième de la journée. Un jet les récupérerait à Louisville à 14 heures le samedi et les emmènerait directement à Rockland, dans le Maine. Là-bas, une voiture avec chauffeur les conduirait jusqu'au port de Camden.

Pendant qu'Abby leur expliquait tout ça, Mitch tentait de se rassurer : avec dix-huit chambres dans la maison, il y avait moyen d'éviter les grands-parents. Seule une menace terroriste pouvait le forcer à passer un week-end avec Harold et Maxine Sutherland – « Hoppy » et « Maxie » pour les garçons. Qu'allait-il raconter à son psy ? Car, bien sûr, celui-ci allait lui demander comment tout ça avait bien pu arriver. Savoir qu'il continuait à dépenser une fortune pour apprendre à supporter ses beaux-parents lui donnait de l'urticaire. Mais Abby y tenait, et Mitch aimait sa femme.

Et bien sûr, son inimitié envers Hoppy et Maxie était dérisoire au regard de la situation !

Après avoir passé tous ces coups de fil, cette journée éprouvante pour eux deux prit fin. Mitch remplit deux verres de vin. Ils ôtèrent leurs chaussures et s'installèrent sur le canapé.

— Quand va-t-elle rappeler ? demanda Abby.

— Qui ça ?

— Sérieux ?

— Oh pardon. Noura ?

— Elle va attendre combien de temps ?

— Comment veux-tu que je le sache ?

— Je te demande juste ton avis.

Mitch but une gorgée, fronça les sourcils, comme s'il se plongeait dans d'intenses réflexions et tentait de se mettre dans la peau des terroristes.

— Dans quarante-huit heures.

— Et tu sors ça d'où ?

— J'ai fait Harvard, je te rappelle.

— Je ne risque pas de l'oublier !

Il avala une autre lampée et poursuivit :

— Pour l'instant, ils se sont montrés patients et ont attendu le vingt-septième jour pour se manifester. Visiblement, ils ne sont pas sous pression. En même temps, garder un otage est pénible. C'est beaucoup de travail. Giovanna doit être détenue dans une grotte, ou une petite pièce, sûrement pas dans un endroit cosy. Et si elle tombe malade ? Les ravisseurs finiraient par en avoir assez d'elle. Elle vaut une petite fortune, et donc c'est le moment de passer à la caisse. Pourquoi attendre davantage ?

— Ce ne serait qu'une histoire de rançon ?

— Espérons-le. S'ils voulaient lui faire du mal, ce serait déjà arrivé. En tout cas, c'est l'avis de tous nos experts. Pourquoi la tuer ? Quel intérêt pour eux ?

— Parce que ce sont des sauvages. Ils ont déjà choqué le monde entier. Pourquoi ne pas terminer en apothéose ?

— C'est vrai. Mais ces hommes n'avaient pas de valeur – monétaire s'entend. Tandis que Giovanna…

— Ce serait donc pour l'argent ? Uniquement ?

— Oui. Avec un peu de chance.

Abby n'était guère convaincue.

— Et pourquoi cette bombe incendiaire dans vos bureaux d'Athènes ?

— On n'a pas étudié ce cas de figure à la fac. Je ne sais pas, Abby. Tu me demandes de penser comme un terroriste. Ces gens sont des fanatiques, ils sont à moitié dingues. Mais suffisamment intelligents pour monter un traquenard dans un coffee-shop et te remettre une enveloppe.

Abby ferma les yeux et secoua la tête. Ils restèrent tous deux silencieux un long moment. Hormis leurs verres qu'ils portaient de temps en temps à leur bouche, ils étaient immobiles.

— Tu as peur ? demanda-t-elle finalement.

— Suis carrément terrifié.

— Moi aussi.

— Il me faut un pistolet.

— Ne sois pas ridicule, Mitch.

— Je suis sérieux. Ce sont des tueurs. Je me sentirais plus en sécurité si j'avais quelque chose sur moi.

— Tu n'en as jamais eu entre les mains. Tu vas blesser quelqu'un.

Il sourit et lui caressa la jambe. Il eut un air pensif.

— En fait, ce n'est pas vrai. Quand j'étais gamin, mon père m'emmenait tout le temps à la chasse.

À ces mots, elle retint son souffle. Ils étaient ensemble depuis près de vingt ans et très vite elle avait compris qu'elle ne saurait rien sur son enfance. Mitch n'en parlait jamais, ne lui racontait rien de ce passé douloureux. Son père était mort au fond d'une mine quand il avait sept ans. Sa mère avait fait une dépression, vivoté avec des petits boulots mal payés sans parvenir à garder un poste. Ils avaient souvent déménagé, enchaîné les appartements miteux. Ray, le frère aîné de Mitch, avait lâché l'école et était tombé dans la petite délinquance. Parfois, Mitch évoquait une tante chez qui il avait habité avant de s'enfuir.

— Nous étions dans les montagnes. Là-bas, tous les gosses chassent dès l'âge de six ans. On a grandi au milieu des armes à feu. Comme tout le monde dans le comté de Dane, tu sais.

Et pour cause, elle y avait vécu ! C'était partout pareil dans les Appalaches, mais elle, elle était une citadine. Son père partait travailler en costume-cravate. Ils habitaient une jolie maison avec deux voitures dans l'allée.

— On tirait toute l'année, même hors période autorisée. Si on voyait un animal qui pouvait se manger, on l'abattait. Lapins, dindons sauvages… j'ai tué mon premier chevreuil à six ans. Je sais manier une arme à feu – carabines, pistolets, fusils. Après la mort de mon père, maman n'a plus voulu qu'on coure les bois. Elle craignait qu'on ne se blesse, et l'idée de perdre l'un de ses fils lui était insupportable après ce qu'elle avait subi. Elle s'est donc débarrassée de toutes les armes de la maison. Alors oui, chérie, tu as raison, je risque de blesser quelqu'un, mais tu as tort quand tu dis que je ne sais pas m'en servir.

— Pas de pistolet, s'il te plaît, Mitch.

— Entendu. De toute façon, les garçons seront en sécurité.

— Je te crois.

— Personne ne va nous retrouver là-bas. Cory et ses hommes seront tout près. Et comme c'est dans le Maine, je suis sûr que la maison sera un véritable arsenal. Là-haut, ils doivent carrément chasser l'élan, non ?

— Comment veux-tu que je le sache ?

— C'était une question purement rhétorique.

— Je répète : pas d'arme à feu, Mitch, promis ?

— Promis.

24

Le lendemain matin, à 6 heures précises, Cory sonna chez les McDeere et fut accueilli par Mitch. Abby lui servit du café à la cuisine et lui proposa des yaourts et du muesli. Mais personne n'avait faim.

Cory leur détailla le planning de la journée et leur donna à chacun un petit téléphone vert, un modèle à clapet.

— Ils sont intraçables. Et impossibles à pirater, annonça-t-il. Il n'y en a que cinq : ces deux-là, et trois autres, pour moi, M. Ruch et Alvin.

— Alvin ? demanda Abby. (Elle avait l'impression de se trouver dans un mauvais film d'espionnage.) Qui c'est celui-là ?

— Il travaille pour moi. Si tout va bien, vous ne le verrez jamais.

— Ben voyons ! (Elle regarda le téléphone avec agacement.) Encore un ?

— Je suis désolé, répondit Cory. Je sais que cela commence à faire beaucoup.

— Et si je me trompe ? Que je prends le mauvais ?

Mitch lui lança un regard appuyé.

— Abby, s'il te plaît.

Elle ne lâcha pas Cory des yeux.

— Je croyais que nos téléphones étaient sûrs ? insista-t-elle.

— Ils le sont. Mais nous ne voulons courir aucun risque. C'est une précaution supplémentaire. Vous voulez bien jouer le jeu ?

— C'est bon. Je me tais.

— Donc, voici le modus operandi, reprit Cory. Abby, vous sortez de l'immeuble par la grande porte, comme tous les jours à 8 heures, avec Clark et Carter, pour les emmener à l'école. Vous passez par Columbus Avenue, puis par la 67e Rue. On ne vous lâchera pas d'une semelle.

— Pourquoi ? demanda Mitch. Vous pensez que ces types vont tenter quelque chose d'idiot en pleine foule ?

— Non, sûrement pas. Mais nous voulons voir qui vous surveille. Cette Noura, évidemment, n'opère pas seule. Il fallait toute une équipe pour suivre Abby et les garçons hier, pour prendre des photos, la filer dans Central Park, et arriver au coffee-shop pile au bon moment. Il y a un cerveau quelque part, un big boss. Jamais une femme ne dirige ce genre de cellules terroristes.

— Et si vous les repérez, qu'est-ce que vous allez faire ? s'enquit Abby.

— On va tâcher de les filer.

— Combien de gens vous avez dans votre équipe en ce moment ? demanda Mitch.

— Je ne peux pas vous le dire. Je regrette.

— D'accord. D'accord. Continuez.

— De votre côté, Mitch, vous allez commencer la journée normalement, prendre le métro et vous rendre au bureau. Puis, à 10 heures, une voiture vous attendra devant Scully ; je vous appellerai pour vous donner la marche à suivre. Avec ça. (Cory leva son propre téléphone vert, esquissa un sourire.) Croisons les doigts pour qu'ils marchent.

— Vous savez entretenir le suspense !

— Vous reviendrez chez vous. En passant par le sous-sol. Vous prendrez les bagages et remonterez dans la voiture. À 11 heures, vous entrerez à la River Latin, par la porte latérale sur la 67e. Pour récupérer vos enfants et filer. Je vous retrouverai à l'aéroport de Westchester. On montera dans un jet privé et, trente-cinq minutes plus tard, atterrissage à Rockland dans le Maine. Des questions ?

— Vous avez l'air épuisé, Cory, répondit Mitch. Depuis combien de temps vous n'avez pas dormi ?

— Dormir ? Vous plaisantez ! Une employée de Scully est retenue en otage en Afrique du Nord depuis un mois. Je n'ai plus de nuit ! Dès 1 heure du matin, quand le soleil se lève là-bas, mon téléphone n'arrête pas de sonner. Je ne sais pas comment je tiens.

Mitch et Abby échangèrent un regard.

— Merci, Cory, répondit Abby. Pour tout ce que vous faites.

— La pression doit être énorme pour vous, ajouta Mitch.

— C'est vrai. Nous sommes tous sur les dents. Mais nous allons nous en sortir. Et vous allez devoir assurer, Abby, parce que c'est vous qu'ils ont choisie.

— J'en ai de la chance !

— Et pendant ce temps, j'irai chasser l'élan ! lança Mitch pour détendre l'atmosphère.

Mais il fut le seul à rire.

*

La marche jusqu'à la River Latin School dura dix-sept minutes exactement et se déroula sans incident. Abby parvint à discuter avec ses enfants et à ne pas surveiller ses arrières. À un moment, elle trouva même la situation cocasse : les jumeaux n'imaginaient pas le nombre de personnes qui les filaient au même moment ! Et ils ne le sauraient sans doute jamais.

Cory et ses hommes furent certains que personne n'avait suivi Abby sur le chemin de l'école cette fois. C'était d'ailleurs prévisible. Le message et les menaces dataient seulement de la veille. Pourquoi prendre d'autres photos ? Les cinq clichés suffisaient amplement. Mais en bon professionnel, Cory devait ne rien laisser au hasard. C'était peut-être leur unique chance de repérer quelqu'un.

Dès son arrivée à Scully, Mitch contacta Luca à Rome. À sa voix, il paraissait faible et épuisé. Sa fille avait disparu depuis un mois. Mitch lui dit qu'il était en contact constant avec leur expert de la sécurité. La conversation ne dura que cinq minutes. Cela aurait été une erreur de lui parler de Noura. Demain peut-être.

À 9 h 15, Cory appela sur le téléphone vert et annonça à Mitch que l'équipe n'avait repéré aucune surveillance sur le chemin de l'école. Mitch se rendit dans le bureau de Jack Ruch pour un débriefing. À 10 heures, il monta à l'arrière d'un SUV garé à l'angle de Pine et Nassau Street. Cory l'y attendait. Pendant le trajet, le chef de la sécurité ne put s'empêcher de piquer du nez. Mitch esquissa un sourire. Le pauvre gars en avait besoin. Et le silence aussi était le bienvenu. Il ferma les yeux, prit de longues inspirations, tentant de passer en revue les événements des dernières vingt-quatre heures. Hier matin, quand il avait pris le café avec sa femme, Noura ne faisait pas partie de son monde.

À 11 h 10, Mitch sortit de l'école avec les jumeaux. Une berline grise les attendait, avec un autre chauffeur. Quarante minutes plus tard, ils arrivaient devant les portes de l'aviation générale de l'aéroport régional de Westchester. Un garde les fit entrer et ils roulèrent jusqu'à un Lear 55. Les garçons n'en croyaient pas leurs yeux et étaient impatients de monter à bord.

— Ouah ! c'est notre avion, papa ? lança Clark.

— Non. On nous le prête seulement.

Cory attendait devant le jet en consultant sa montre. Il accueillit les jumeaux avec un grand sourire et les aida à embarquer. Il leur présenta les deux pilotes puis les sangla sur les gros fauteuils de cuir. Mitch et Cory s'installèrent en face d'eux, comme s'ils se trouvaient dans un confortable salon. Un cinquième passager était assis à l'arrière – Alvin. Pendant que l'avion roulait vers la piste d'envol, Cory alla chercher un café pour Mitch et des cookies pour les enfants, mais Clark et Carter étaient trop occupés à regarder par le hublot pour penser à manger. Une fois à leur altitude de croisière à vingt mille pieds, Cory détacha Carter et le conduisit dans le cockpit. Les boutons lumineux, les rangées d'interrupteurs, la batterie d'écrans et de cadrans – tout était magique. Carter avait mille questions à poser, mais les pilotes devaient régler leurs instruments de vol ou étaient en communication radio.

Ils n'avaient guère le temps de lui répondre. Après quelques minutes, ce fut le tour de Clark.

Voyager à bord d'un jet privé était si excitant pour les garçons que le trajet leur parut trop court. En un rien de temps, ils amorcèrent la descente. Quand l'appareil s'arrêta devant un petit terminal privé, un SUV noir se gara à proximité pour récupérer les passagers et leurs bagages. À regret, les garçons descendirent du jet et montèrent dans le véhicule. Pendant les deux jours suivants, ils ne parlèrent que d'avions. Quand ils seraient grands, ils seraient pilotes ! répétaient-ils à l'envi.

On était le 13 mai, un vendredi, et le Maine avait connu un long hiver. Camden, une petite ville pittoresque, sortait de son sommeil, les habitants nettoyaient les restes de la dernière neige de printemps. Le joli port bourdonnait déjà d'activité – des pêcheurs, des plaisanciers, et quelques résidents venant prendre leurs quartiers d'été, impatients de se rendre sur les îles pour ouvrir leur maison.

Un collègue de Cory leur gardait une table dans un restaurant du front de mer. Il disparut dès leur arrivée. Mitch se demandait combien d'hommes Cory avait dans son équipe. Assis à cette table, avec cette vue magnifique sur les quais, les collines au loin et la baie de Penobscot, Mitch aurait pu se croire en vacances.

Profitant de l'absence de leur mère, les jumeaux commandèrent des hamburgers, des frites et des milk-shakes. Cory les imita. Mitch opta pour une salade. Le service était lent, ou alors le temps ne s'écoulait pas à la même vitesse dans le Maine. De toute façon, ils n'étaient pas pressés. New York était loin, et ils y seraient de retour bien trop vite. Puisque c'était le début du week-end, Mitch eut envie d'une bière. Mais Cory, étant de service, ne voulut pas l'accompagner. Ne jamais boire seul ! tel était le credo de Mitch. Il résista donc à la tentation.

À deux reprises pendant le déjeuner, Cory quitta la table pour répondre à des appels. Chaque fois, Mitch brûlait de lui poser des questions – y avait-il du nouveau ? – mais il parvint à se retenir. Cory gérait ses hommes en poste dans le secteur. Il y avait peu de chances qu'il soit en communication avec Tripoli.

Le ferry pour Islesboro faisait la navette cinq fois par jour, et le trajet durait vingt minutes. À 14 h 30, Cory rassembla les troupes.

— Il est temps de rejoindre la file de voitures.

*

L'île mesurait vingt kilomètres de long et par endroits presque cinq de large. Son extrémité sud pointait vers l'océan Atlantique et offrait de magnifiques points de vue. Mitch et les garçons montèrent sur le pont supérieur pour admirer le panorama avec sa myriade d'îlots.

— Tout là-bas, c'est Islesboro, annonça Cory en tendant le bras vers l'horizon.

Mitch esquissa un sourire.

— C'est isolé, effectivement.

— Je vous l'avais dit. Idéal pour se cacher.

— Se cacher de qui ?

— Je ne sais pas. Sans doute de personne. Mais je préfère ne prendre aucun risque.

En approchant, les maisons sur la côte apparurent. Il y en avait des dizaines, magnifiques, datant de la grande époque des estivants du continent. Les riches familles de New York, Boston, Philadelphie avaient fait construire ces demeures pour fuir la touffeur de l'été, et bien sûr, elles devaient être vastes et disposer de beaucoup de personnel pour accueillir comme il se devait la haute société. Les bâtisses étaient toujours habitées et n'avaient rien perdu de leur faste. Quelques célébrités du moment avaient même succombé au charme de la région. Il y avait cinq cents habitants à l'année sur Islesboro et la plupart des adultes travaillaient « dans les maisons » ou pêchaient le homard.

À bord du SUV, Mitch, Cory et les enfants débarquèrent du ferry et rejoignirent rapidement la seule grande route de l'île. Dix minutes plus tard, le véhicule s'engagea dans une allée bitumée. Un panneau indiquait WICKLOW.

— Ça vient d'où ce nom ? s'enquit Mitch.

— C'est un comté d'Irlande. Où est né le premier proprio. Le gars versait dans la contrebande de whisky irlandais pendant la prohibition. Il a supervisé la construction puis il est mort jeune.

— D'une cirrhose ?

— Aucune idée. La maison a été revendue plusieurs fois. Et personne n'a changé le nom. Barry Ruch l'a acquise lors d'une vente aux enchères il y a quinze ans et l'a complètement rénovée. Il a supprimé dix chambres dans une aile, à ce que m'a dit Jack.

— Il est donc descendu à dix-huit.

— Exact. Seulement dix-huit.

Ils atteignirent le grand virage qui longeait la vieille demeure. Elle aurait pu figurer dans une brochure touristique. Un exemple typique de l'architecture du cap Cod : deux niveaux, avec des toits pentus, une collection de pignons en façade, une grande entrée au centre, un bardage peint en bleu ciel, des chiens-assis et quatre cheminées. De l'autre côté, l'océan à perte de vue.

Barry vint les accueillir en personne sur le perron. Il faillit prendre Mitch dans ses bras comme s'ils étaient de vieux amis. Ce qu'ils n'étaient pas, du moins pas encore. Mitch l'avait rencontré quelques années plus tôt à une fête d'anniversaire de son frère Jack. Il y avait au moins cinquante convives, Mitch et Barry s'étaient à peine parlé. En millionnaire discret, Barry Ruch détestait attirer l'attention. D'après *Forbes*, Barry avait fait fortune en spéculant sur les devises d'Amérique latine.

Comprendrait qui pouvait !

Tout le monde se salua. Montrant leurs bonnes manières, Clark et Carter se tenaient bien droit et lancèrent en chœur :

— Nous sommes ravis de faire votre connaissance, monsieur.

Leur père était fier de ses petits.

Barry entraîna le groupe à l'intérieur. Dans le hall d'entrée ils firent la connaissance de Tanner, le majordome-chauffeur-bagagiste et homme à tout faire. Tanner était également pêcheur. Il semblait mal à l'aise avec sa veste de service bleue et sa chemise blanche. Heureusement, M. Ruch n'imposait pas le costume et le laissait porter un pantalon de toile.

Tanner monta les sacs dans les chambres pendant que Barry conduisait les McDeere dans le salon où crépitait un bon feu. Hilare, il annonça qu'il avait neigé l'avant-veille encore, mais qu'il était certain que ce serait la dernière fois de l'année. Du moins d'ici octobre. Voire novembre.

*

Laissant les adultes parler de la météo et de la retraite forcée de Jack, Clark et Carter admirèrent la grosse tête d'élan empaillée trônant au-dessus de la cheminée.

— Ce n'est pas moi qui l'ai tué, expliqua Barry en voyant le regard des jumeaux. Il était là quand j'ai acheté la maison. Tanner l'a toujours vu ici. Ce truc a au moins trente ans. Sans doute un trophée de chasse sur le continent.

— Et sur l'île ? Il y a des élans ? s'enquit Carter.

— Je n'en ai jamais vu, mais va savoir. On pourra partir en balade pour essayer d'en repérer. Tanner dit que le vent tombe et qu'un front chaud arrive. Dans une heure ou deux, si ça vous dit, on ira faire un tour en bateau.

Les garçons étaient aux anges.

25

La prédiction de Mitch – pure supputation mais soi-disant fondée sur ses illustres études – se révéla exacte, du moins quasi exacte : Noura n'attendit pas quarante-huit heures, mais quarante-sept avant d'appeler Abby sur le Jakl. À 7 h 31, le samedi matin.

Abby faisait son yoga dans le salon sans grand enthousiasme. La semaine précédente, elle était contente de faire ses étirements et de profiter de l'appartement pour elle toute seule. Ses trois hommes lui manquaient comme toujours, mais d'ordinaire elle ne s'inquiétait pas pour eux. Elle avait parlé à Mitch deux fois le vendredi soir, sur le téléphone vert. Les enfants s'amusaient bien. Mitch et Barry avaient passé la soirée à fumer des cigares cubains et à déguster un pur malt.

Ils se sentaient en parfaite sécurité. Personne n'allait les trouver là-bas.

Elle prit le Jakl qui sonnait parmi sa collection de téléphones – sans se tromper évidemment – et décrocha :

— Allô ?

— Abby McDeere ? C'est Noura.

Qu'était-on censé dire à une terroriste qui appelait un samedi matin pluvieux à Manhattan ? Curieusement, Abby était soulagée de recevoir cet appel, mais elle se garda bien de le montrer.

— Oui, c'est moi.

Évidemment, elles n'allaient pas parler de la pluie et du beau temps. Noura entra aussitôt dans le vif du sujet.

— Rencontrons-nous demain matin. Vous êtes libre ?

Avait-elle le choix ?

— Oui.

— Rendez-vous à la patinoire de Central Park. À 10 h 15. Présentez-vous à l'entrée principale. Il y a un vendeur de glaces sur la gauche. Restez là et attendez. Votre mari est fan des Mets, n'est-ce pas ?

Abby eut l'impression de recevoir un coup de poing dans le ventre. Comment étaient-ils au courant ? Que savaient-ils encore sur eux ?

— Oui, bredouilla-t-elle.

— Vous mettrez une casquette des Mets.

Mitch en avait au moins cinq dans son armoire.

— D'accord.

— Si vous venez avec quelqu'un, nous le saurons tout de suite.

— Compris.

— Ce serait une grosse erreur de votre part, madame McDeere. C'est clair ?

— Parfaitement.

— Vous devez être seule.

— Ce sera le cas.

Il y eut un long silence. Abby attendit.

— Ce sera le cas, répéta-t-elle.

Le silence dura. Noura avait raccroché.

Avec précaution, Abby reposa le Jakl sur la table basse et prit le téléphone vert. Elle se rendit dans la chambre à coucher, ferma la porte et appela Mitch.

*

Même si la maison était conçue pour les adultes, Wicklow avait visiblement déjà accueilli des enfants. Dans une chambre, il y avait deux lits superposés, avec des arcs-en-ciel peints aux murs, de vieux jeux vidéo et une télévision grand écran. À la joie des garçons, Tanner leur fit découvrir toutes les merveilles de la maison. Dès le vendredi soir, Tanner était leur nouvel ami.

Les jumeaux dormirent jusqu'à 8 heures le samedi matin, et suivirent la bonne odeur jusqu'à la salle du petit-déjeuner où leur père, en buvant un café, parlait avec M. Cory. Mme Emma sortit de la cuisine et leur demanda ce qui leur faisait envie. Après beaucoup d'hésitation, ils optèrent pour des gaufres salées et du bacon.

Cory termina son omelette et prit congé. Mitch demanda aux garçons si tout allait bien. Oui, tout était parfait ! Maintenant, ils voulaient aussi des lits superposés dans leur chambre à New York.

— Vous en parlerez à votre mère. Pour tout ce qui est meuble et déco, il faut voir avec elle.

— Où est M. Barry ? s'enquit Clark.

— Dans son bureau, je crois.

— Il est où son bureau ?

— Par là-bas, répondit Mitch d'un geste vague de la main, comme si la pièce se trouvait très loin. Mais je ne veux pas que vous vous promeniez dans la maison, c'est bien clair ? Nous sommes des invités et ici ce n'est pas un hôtel. N'entrez nulle part sans en avoir eu l'autorisation.

Ils hochèrent respectueusement la tête.

— Papa, pourquoi les pièces sont si grandes ?

— Parce que M. Barry a beaucoup d'argent et qu'il peut s'offrir de grandes maisons avec de grandes pièces. Et comme il invite des tas d'amis qui restent plusieurs semaines, il a besoin d'espace. Il y a une autre raison également : nous vivons en ville où tout le monde habite dans des appartements. Et forcément, c'est plus petit.

— Pourquoi on n'achète pas une maison comme ça ? insista Clark.

Mitch sourit.

— On n'en a pas les moyens. Très peu de gens peuvent se payer une telle demeure. Et tu as vraiment besoin de dix-huit chambres ?

— La plupart sont vides, intervint Carter.

— M. Barry a une femme ? reprit Clark.

— Oui. Une charmante dame qui s'appelle Millicent. Elle est encore à New York, mais elle arrive à la fin du mois.

— Il a des enfants ?

— Oui. Et des petits-enfants. Ils vivent en Californie.

Au dire de Jack, Barry était brouillé avec ses enfants. La famille se déchirait depuis des années au sujet de sa fortune.

Les gaufres et le bacon arrivèrent dans des assiettes, des parts gargantuesques qui auraient pu nourrir toute une famille. Mitch les laissa manger et rejoignit une terrasse couverte non loin du ponton qui menait aux bateaux. Évidemment, Cory était au téléphone. Quand il eut terminé sa conversation, Mitch demanda :

— C'est quoi le programme ?

— On reste ici ce soir, le temps d'installer les grands-parents, puis on décolle demain matin à l'aube pour New York. J'étais avec Darian. Il nous attendra là-bas. On va monter une planque à l'hôtel Everett sur la 5e Avenue, juste en face de la patinoire.

— On ne sait toujours pas à qui on a affaire. Notre seul contact, c'est cette Noura. Cela ne vous inquiète pas ?

— Si. Tout le temps.

— Elle pourrait être bidon ?

— Je me pose aussi cette question. Mais non, Mitch, c'est pour de vrai. Elle a coincé votre femme dans un coffee-shop en plein Manhattan. Ils l'ont surveillée, elle comme toute votre famille ! Et elle lui a donné ce téléphone. Non, ça n'a rien d'un canular.

— Combien d'argent vont-ils demander ?

— Sans doute un max. Il faut s'attendre à tout.

— Abby va devoir négocier ?

— Je ne sais pas. Nous n'avons pas la main, Mitch. Nous ne pouvons que subir et croiser les doigts pour ne pas merder quelque part.

*

Harold et Maxine Sutherland n'étaient jamais allés dans le Maine, mais cela faisait partie de leurs projets. Depuis qu'ils étaient à la retraite, ils avaient établi une longue liste de lieux qu'ils voulaient découvrir, et ils adoraient cocher les cases après chaque destination visitée. Ils habitaient une petite maison à Danesboro, sans chats ni chiens, mais avec un compte en banque bien rempli. Les Sutherland avaient la bougeotte. À peine leurs valises défaites, ils repartaient déjà en voyage et leurs amis leur enviaient cette liberté. Par chance, ils étaient chez eux quand Abby les avait appelés le jeudi après-midi pour leur demander de venir d'urgence.

Tanner alla les chercher au ferry et les conduisit à Wicklow. Mitch et les garçons les accueillirent sur le perron. Encore une fois, Mitch fut touché de voir les jumeaux si heureux de l'arrivée de Maxie et Hoppy. Et eux aussi étaient ravis. Tout le monde aida à porter leurs valises et Tanner les mena à la jolie suite qui se trouvait en face de la chambre des enfants. Les garçons voulurent aussitôt leur faire visiter la maison. Ils étaient là depuis vingt-quatre heures, se sentaient comme chez eux, et avaient oublié les recommandations de leur père. Un déjeuner sur le tard fut improvisé. Barry Ruch sortit de son antre à l'autre bout de la demeure pour manger avec les McDeere et les Sutherland. En hôte chaleureux, il avait le chic pour mettre tous ses invités à l'aise. Certes, il avait l'habitude de recevoir des amis à Wicklow, mais Barry avait une bonhomie naturelle qui rassurait. Avoir un milliard de dollars en banque rendait certainement philosophe et serein. Mais il ne ressemblait pas à ces nouveaux riches de Wall Street que Mitch évitait comme la peste.

Mitch surveillait les jumeaux. Leur mère leur avait appris à ne pas trop parler en présence des adultes et à bien se tenir à table. Et les leçons avaient été retenues. Abby avait été « bien élevée », comme on disait dans le Kentucky. Au fond, ses parents avaient fait du bon boulot avec leur fille, même si Mitch ne risquait pas de leur dire.

Pourquoi était-il si difficile de leur pardonner ? Pourquoi ne parvenait-il pas à les aimer ? Parce qu'ils ne s'étaient toujours pas excusés pour leur attitude vingt ans plus tôt ! Et Mitch avait cessé d'attendre. Il n'avait aucune envie d'embrassades hypocrites, avec des larmes tout aussi hypocrites, et de les entendre ânonner « Pardon, nous sommes tellement désolés ». Son psy l'avait presque convaincu que garder une telle rancune, porter un tel fardeau, l'empêchait de grandir, d'aller de l'avant. C'était devenu son problème à lui, pas celui des parents d'Abby. Lui seul était blessé. *Il faut lâcher prise, Mitch.* Le psy lui répétait ça à longueur de séance.

Pendant le déjeuner, Barry et Hoppy se trouvèrent un intérêt commun : la pêche à la mouche. Après avoir travaillé quatre-vingts heures par semaine pendant des années, Barry avait trouvé la paix dans les montagnes. Il avait lancé sa ligne dans toutes les rivières sauvages du pays. Harold de son côté avait commencé la pêche très jeune et connaissait tous les torrents des Appalaches. Quand les deux hommes se mirent à parler de leurs prises respectives, évidemment de plus en plus grosses, Mitch se désintéressa de la conversation.

Il échangea quelques mots avec Maxine. Bien sûr, les Sutherland étaient inquiets et voulaient savoir ce qui se passait.

Tanner apparut à point nommé et proposa une virée en bateau aux garçons qui filèrent aussitôt au ponton, tandis que Barry se retirait dans les profondeurs de la maison pour regarder le match des Yankees, un rituel quasi quotidien.

Mitch conduisit alors ses beaux-parents dans la bibliothèque, referma la porte derrière lui et leur expliqua pourquoi ils étaient là. Il leur donna le minimum de détails, mais cela suffit à les faire pâlir de terreur. Des terroristes avaient suivi leur fille et leurs petits-enfants et les avaient pris en photo !

Ils devaient rester dans le Maine avec les jumeaux le temps qu'il faudrait.

26

La piste du petit aéroport d'Islesboro ne mesurait que sept cents mètres, trop court pour y faire décoller un jet. Tôt le dimanche matin, Mitch et Cory embarquèrent donc dans un King Air 200, un petit avion à turbopropulseur.

Ils laissèrent à Wicklow Alvin et un autre homme. Les garçons étaient en sécurité, se répétait Mitch. Il fallait qu'il cesse de s'inquiéter pour eux. La journée qui l'attendait promettait d'être suffisamment éprouvante comme ça ! Mais il avait quand même un nœud d'angoisse en décollant.

Une heure plus tard, ils atterrissaient à Westchester. À 10 heures, ils étaient en ville dans une suite de l'hôtel Everett au quatorzième, avec une vue sur la patinoire Wollman au sud-est de Central Park. Darian Kasuch, de Crueggal, était là, avec Jack Ruch. En buvant le café, Mitch raconta rapidement son installation à Wicklow. Jack, qui devait prendre sa retraite le 31 juillet, comptait y passer le mois d'août et pêcher avec son frère.

Il faisait beau et frais. Il y avait foule dans Central Park. Au loin, ils apercevaient les patineurs tourner en rond sur la glace, mais il leur était impossible de distinguer les visages. À 10 h 20, Mitch reconnut néanmoins sa femme sur la 5e Avenue. Elle portait un jean, des chaussures de randonnée, sa vieille parka marron. Et sur la tête, une casquette des Mets.

— La voilà ! lança-t-il le ventre serré.

Elle s'engagea dans le parc et disparut de sa vue. Cory et Darian avaient envisagé de poster quelqu'un à l'entrée de la patinoire, mais cela aurait été trop dangereux. Le jeu n'en valait pas la chandelle.

À 10 h 30, elle se dirigea vers le comptoir du glacier. Les yeux cachés par ses grandes lunettes de soleil, elle épia les alentours en jouant la nonchalance. Bien sûr, elle n'était pas crédible. Elle était terrorisée. Le Jakl vibra dans sa poche. Elle le sortit et décrocha.

— Ici Abby.

— C'est Noura. Quittez la patinoire et dirigez-vous vers le Mall. Dépassez la statue de Shakespeare puis celle de Robert Burns. Sur votre gauche vous verrez une série de bancs. Avancez sur trente mètres et trouvez-vous une place.

Les minutes s'écoulèrent. À la statue de Shakespeare, Abby prit à droite sur le Mall, une longue allée bordée de magnifiques ormes. Elle s'était promenée ici un nombre incalculable de fois. Elle se rappela leur premier hiver avec Mitch, quand ils marchaient bras dessus bras dessous, dans trente centimètres de neige. Ils avaient passé tant de dimanches après-midi, par toutes saisons, à contempler le défilé ininterrompu de tous ces New-Yorkais qui venaient prendre l'air. Quand les jumeaux étaient nés, ils les promenaient dans leur poussette double ici même et dans tout Central Park.

Ce n'était pas le moment d'être nostalgique.

Des centaines de gens déambulaient dans la grande allée. Des marchands vendaient des boissons chaudes ou froides. La musique d'un manège au loin résonnait dans l'air. Abby compta scrupuleusement trente pas, trouva un banc libre et s'y installa.

Il s'écoula cinq minutes. Puis dix. Elle serrait le téléphone dans sa poche, s'efforçant de ne pas regarder les gens qui passaient devant elle. Elle cherchait du regard une musulmane en abaya et voile, mais il n'y avait personne alentour habillé de cette façon. Une femme dans un jogging bleu marine, avec une poussette, arriva à sa hauteur.

— Abby McDeere ? chuchota-t-elle d'une voix à peine audible.

Elle aussi portait de grandes lunettes de soleil, et pourtant leurs regards se croisèrent. Abby acquiesça. Ce devait être Noura. Même taille, même corpulence. La visière de sa casquette, volontairement trop grande, lui cachait tout le haut du visage.

— Venez avec moi, ordonna-t-elle.

Abby se leva.

— Noura ?

— Oui.

Les deux femmes marchèrent côte à côte. Impossible de savoir s'il y avait un bébé dans le landau. Noura tourna dans une petite allée sur la droite et elles quittèrent le Mall. Une fois seules, Noura s'arrêta.

— Regardez les immeubles. Pas moi.

Abby leva la tête vers les gratte-ciel de Central Park West.

Noura garda le silence un moment.

— Si vous voulez récupérer Giovanna saine et sauve, dit-elle finalement, ça vous coûtera cent millions de dollars. C'est non négociable. Et l'argent devra être versé d'ici dix jours. Le 25 mai, 17 heures, heure locale. C'est la deadline. Vous avez compris ?

Abby acquiesça.

— Oui. Parfaitement.

— Si vous prévenez la police ou le FBI, ou les autorités, de quelque manière que ce soit, le contrat est annulé. L'otage sera exécutée. Compris ?

— Oui.

— Bien. Dans un quart d'heure, une vidéo sera envoyée sur votre téléphone. Il s'agit d'un message de Giovanna.

Sur ce, elle fit pivoter la poussette et repartit en direction du Mall. Abby la regarda s'éloigner – un beau jogging Adidas, des baskets rouges et blanches, sans marque visible, une casquette trop large. Elle n'avait vu qu'une petite portion de son visage. Jamais elle ne pourrait l'identifier.

Abby marcha dans l'autre direction, cap au nord-est, et rejoignit la 5e Avenue à la hauteur de la 72e Rue. Elle entra à l'hôtel Everett, se rendit dans la salle du restaurant et s'installa à la table qu'elle avait réservée le matin – une table pour trois. Elle y retrouva deux amies pour bruncher.

Quand son café fut servi, elle quitta la salle, prit l'ascenseur et monta au quatorzième étage.

*

Darian brancha le Jakl à un ordinateur portable dont l'écran faisait dix-huit pouces. Tout le monde attendit. Pendant ce temps, dans tous les esprits, une seule pensée, obsédante : *cent millions de dollars*. Comment trouver une telle somme ? Personne n'en avait la moindre idée.

L'écran resta noir pendant quelques secondes, puis Giovanna apparut. Elle se trouvait dans une pièce sombre, portait une abaya ou une tunique noire, un voile lui couvrait la tête. Elle paraissait fragile, effrayée, mais elle serrait les dents pour faire bonne figure. Une petite bougie brûlait sur une table à côté d'elle. Ses mains étaient hors champ.

Sans un sourire, elle déclara :

— Je suis Giovanna Sandroni et je travaille pour le cabinet Scully & Pershing. Je suis en bonne santé, bien nourrie, et ne suis pas maltraitée. Noura a donné les instructions. La rançon est de cent millions de dollars américains. Non négociable. L'argent devra être versé le 25 mai, sinon je serai exécutée. Nous sommes aujourd'hui dimanche, le 15 mai. Je vous en prie, payez.

L'image disparut. L'écran redevint noir. Abby récupéra le Jakl, le rangea dans son sac et se rendit dans la salle de bains. Mitch se tenait à la fenêtre, contemplant Central Park en contrebas. Darian regardait fixement son ordinateur, Cory ses chaussures. Jack se rassit à la table, but son café. Personne ne savait que dire.

Scully & Pershing était un cabinet d'avocats, pas un fonds d'investissement. Certes, les associés gagnaient beaucoup d'argent et les membres seniors étaient millionnaires, du moins sur le papier, mais ils étaient loin d'être milliardaires. Ils avaient de beaux appartements, des maisons de campagne, pourtant ils ne pouvaient s'offrir des yachts ou des îles privées. Les avions d'affaires qu'ils utilisaient étaient loués, ils ne leur appartenaient pas, et chaque voyage était facturé à un client. L'année passée, S & P avait fait deux milliards de chiffre d'affaires, mais après avoir retiré les frais, distribué les bénéfices, il ne restait quasiment rien dans la caisse. Il était courant que Scully emprunte à la banque pour disposer de liquidités pendant les mois creux. Tous les gros cabinets procédaient ainsi.

— On s'est demandé si ce n'était pas un canular, lâcha finalement Cory. Cette fois, on a la preuve du contraire. Cette Noura appartient à une grande organisation, ils ont tout un tas de gens ici.

— Mitch, vous êtes sûr qu'il s'agit bien de Giovanna ? demanda Darian.

Mitch poussa un grognement dédaigneux.

— Ça ne fait aucun doute.

Darian voulait à nouveau prendre en main la conversation, mais Mitch mit le holà. C'était le problème de Scully et les associés allaient devoir prendre des décisions difficiles. Il s'écarta de la fenêtre et déclara :

— À l'évidence, nos voies de communication sont limitées. C'est Noura et personne d'autre, et cela m'étonnerait qu'elle ait le moindre pouvoir pour négocier. Par conséquent, si nous ne pouvons marchander, nous sommes condamnés à lâcher une somme à huit zéros, une somme que nous n'avons pas. Pourtant nous ne pouvons baisser les bras. Ce n'est pas une option. Dans dix jours, ces assassins n'hésiteront pas à exécuter Giovanna dans une mise en scène morbide. C'est certain, n'est-ce pas ?

Il regarda tour à tour Jack, Cory et Darian. Tous acquiescèrent.

— Elle a une double nationalité, britannique et italienne. Quelles sont nos chances de convaincre ces pays de mettre la main à la poche ?

Darian secoua la tête.

— Infimes. Ces pays ne négocient pas avec les terroristes et ne versent jamais de rançon. Officiellement.

— Personne n'est en position de négocier, Darian. C'est bien le problème. Ils envoient Noura comme messagère. Il faut annoncer à ces États que dans dix jours, l'une de leurs citoyennes, et pas des moindres, va être assassinée sauvagement, sans doute devant une caméra, et que les images seront diffusées dans le monde entier.

Jack se tourna vers Darian.

— Comment ça « officiellement » ?

— En fait, les Italiens ont lâché un gros paquet il y a quelques années pour récupérer un touriste au Yémen. Mais ils ont gardé ça secret. Ils nient tout versement de rançon.

— Et vous étiez de la partie ? s'enquit Mitch.

Il acquiesça en silence.

— Il y a donc une certaine marge de manœuvre avec ces pays, insista Mitch en attendant que Darian en dise plus. (Mais celui-ci se contenta de hausser les épaules. Mitch se tourna alors vers Jack.) Quand doit se réunir le comité de direction ? demanda-t-il.

— Dès demain matin. Très tôt. En séance extraordinaire.

— Parfait. Je pars pour Rome, annoncer à Luca qu'ils ont pris contact et qu'ils réclament une rançon. Je vais lui montrer la vidéo et tâcher de le rassurer. Connaissant Luca, il aura des idées pour trouver de l'argent.

*

Pour montrer leur détermination et mettre la pression sur S & P, les terroristes firent exploser une bombe dans une autre de leurs antennes, cette fois à Barcelone. Le timing était parfait : à 11 heures précises, heure de la côte Est, une demi-heure après la rencontre entre Abby et Noura.

Encore un engin artisanal : une boîte en carton contenant des tubes de produits hautement inflammables, sans doute associés à un hydrocarbure, mais cela ne restait que des suppositions puisque tout avait été détruit dans l'incendie. Un modèle comparable à celui utilisé à Athènes. Il ne s'agissait pas d'abattre les murs, de souffler les fenêtres ni de tuer des gens. L'objectif était de mettre le feu aux locaux un dimanche, quand il n'y avait personne. Les bureaux se trouvaient au quatrième étage d'un immeuble moderne équipé d'une batterie de buses anti-incendie. Elles se déclenchèrent immédiatement pour limiter la propagation des flammes en attendant que les pompiers arrivent. Les locaux de S & P furent brûlés ou noyés sous les jets d'eau, mais le reste du bâtiment fut presque épargné.

Mitch était dans un taxi qui l'emmenait à JFK pour se rendre à Rome quand Cory l'appela pour lui annoncer la nouvelle.

— Quelle bande de salopards ! marmonna-t-il.

— C'est sûr que nous sommes une cible tentante. Il suffit de voir notre site internet. Des bureaux dans le monde entier, mégapoles comme villes moyennes, nous sommes partout ! S & P le plus gros cabinet d'avocats de la planète, et patati et patata. C'est carrément un appel au meurtre !

— Et nous allons devoir dépenser une fortune en sécurité.

— C'est déjà le cas. Mais comment voulez-vous que je protège deux mille avocats dans trente et un cabinets ?

— Il n'en reste plus que vingt-neuf.

— Ah, ah, très drôle.

27

Le comité de direction de S & P comptait neuf associés seniors, entre cinquante-deux et soixante-neuf ans, Jack Ruch étant l'aîné. Aucune rétribution n'était prévue pour cette fonction et la plupart des associés essayaient d'y échapper. Jamais le comité n'avait eu à gérer une telle crise.

Jack les tira du lit et les convoqua pour une réunion d'urgence à 7 heures précises le lundi matin. Dès leur arrivée, leur associé-directeur déclara qu'il s'agissait d'une session extraordinaire du bureau exécutif. Autrement dit, Cory et les deux secrétaires devaient quitter la salle. Il demanda à Bart Ambrose, l'un des associés, de prendre des notes et, bien que ce fût superflu, voire indélicat, Jack leur rappela que tous les débats étaient strictement confidentiels. Il leur montra alors les photographies que Noura avait envoyées sur le nouveau téléphone d'Abby, le jeudi matin : Abby et les garçons sur le chemin de l'école, l'immeuble des McDeere, celui d'Epicurean Press où travaillait Abby et, pour finir en beauté, le cliché du 110 Broad Street, la jolie tour où ils se trouvaient à l'instant même.

— Nous sommes surveillés, annonça-t-il d'un ton lourd de sous-entendus. Surveillés, suivis, photographiés, menacés. Et maintenant, ils font exploser des bombes incendiaires dans nos bureaux d'Europe.

Tout le monde dans la salle était bouche bée.

Les images dataient de jeudi. Les McDeere étaient partis cacher leurs enfants le vendredi. Noura, la porteuse de messages, avait pris à nouveau contact avec l'épouse de Mitch, le samedi, l'avait rencontrée le dimanche et avait annoncé le montant de la rançon : cent millions de dollars.

En plus de la terreur, l'abattement gagna les huit membres du comité. Cette somme était faramineuse. Et le cabinet allait devoir payer, du moins mettre la main au portefeuille.

Personne ne pipa mot quand Jack diffusa la vidéo où l'on voyait Giovanna. Peu d'entre eux la connaissaient, mais tous savaient qui était son père. Voir une collaboratrice de Scully otage de terroristes leur coupait le souffle. Ils étaient au courant depuis un mois, mais rien ne les avait préparés au choc du réel, à ce visage émacié, cette voix frêle.

Jack arrêta la vidéo, figeant l'image sur la jeune prisonnière pour marquer les esprits. Il leur expliqua que Mitch se rendait à Rome pour informer Luca.

D'un coup, les questions fusèrent de tous côtés. Pourquoi ne pas prévenir le FBI, la CIA ? La firme avait de bons contacts au département d'État. Et les Anglais, qu'est-ce qu'ils faisaient ? Et les Italiens ? Il y avait un plan pour négocier ? Le cabinet était assuré, non ? Ils payaient un négociateur en cas de prise d'otage ? Pourquoi ne pas faire appel à leurs services ? Que savait-on sur ces terroristes ? De qui s'agissait-il ? Les banques avaient-elles été prévenues ?

Jack savait que le comité ne prendrait pas de décision, donc il s'abstint de proposer la moindre stratégie. Il répondit aux questions dont il avait la réponse, éluda les autres, et argumenta lorsque c'était nécessaire, mais d'une manière générale, il laissa tout ce petit monde se défouler pour faire descendre la pression. Après cette première heure houleuse, le comité s'était scindé en trois ou quatre camps, aux frontières poreuses. Le groupe le plus bruyant voulait aller toquer à la porte du FBI et de la CIA, mais Jack ne céda pas. D'autres n'aimaient pas que Mitch opère en solo, sans supervision directe.

Chacun tint ses positions. Le ton monta puis, peu à peu, le calme revint. Les faits se firent plus flous, les esprits s'apaisèrent. Il y eut des échanges vifs, mais personne ne s'insulta. C'étaient des professionnels et la plupart se connaissaient depuis des dizaines d'années. Tour à tour, tous se posaient cette question existentielle : Et si cela avait été moi à la place de Giovanna ? À plusieurs reprises, Bart Ambrose scanda : « C'est quelqu'un de chez nous ! On ne peut pas l'abandonner ! »

*

Quand Jack jugea que le comité avait fait le tour du sujet, il aborda la question de la sécurité. Il rappela Cory et celui-ci distribua les rapports concernant l'incendie des locaux de Barcelone, agrémentés d'une série de photos saisissantes.

Quand on travaillait pour un grand cabinet comme Scully, les associés seniors pouvaient voyager quasiment partout sur la planète, selon leur bon plaisir, et ce tous frais payés. Il suffisait, pour justifier leurs déplacements, qu'ils passent voir un collègue dans l'une des antennes de Scully quelque part dans le monde, qu'ils l'emmènent déjeuner ou dîner au restaurant, ou à l'opéra, ou encore à un match de football. Et tout était remboursé. Privilège des grands cadres. Et si avec ledit collègue, ils s'avisaient de parler affaires, alors le client était facturé deux fois et payait tous les extras. Or les bureaux de Barcelone figuraient dans le top 10 des destinations les plus prisées. Tous les membres du comité directeur s'étaient rendus là-bas au moins une fois. Comment ne pas apprécier l'endroit et cette ville ? Voir ces bureaux cossus réduits en cendres leur fendait le cœur.

Cory leur présenta ses propositions pour renforcer la sécurité de toutes les antennes de S & P. Selon lui, les terroristes, toujours non identifiés, avaient attaqué les sièges d'Athènes et de Barcelone parce que c'étaient des cibles faciles. Une sécurité minimale, pas de contrôle ou presque à l'entrée, et une indolence générale. Curieusement, cette bande de meurtriers sanguinaires avait veillé à ne blesser personne. Les incendies étaient juste des avertissements.

Existait-il d'autres cibles possibles ? Bien sûr ! Cory cita Le Caire, Le Cap, Rio… mais ce n'étaient que des suppositions, précisa-t-il. Il s'ensuivit des débats pour juger quels cabinets étaient en danger et lesquels ne risquaient rien – une succession de supputations stériles. Un associé disait avoir été impressionné par le niveau de sécurité des bureaux de Munich, un autre revenait de Mexico et avait été étonné par l'absence totale de caméras de surveillance. Et l'énumération n'en finissait pas. Tous ces avocats brillants, sûrs de leur sagacité, jugeaient absolument nécessaire de faire partager à l'assistance le résultat de leurs doctes cogitations.

Jack les connaissait par cœur. Après deux heures de discussions laborieuses, tout avait été débattu, analysé, évalué, hormis la question cruciale : combien S & P était-il prêt à mettre sur la table ? Pas un ne l'avait abordée.

*

Roberto récupéra Mitch à l'aéroport de Rome et le conduisit chez Luca. Pendant les trois quarts d'heure de route, ils discutèrent de l'affaire sous tous ses aspects. Luca allait bien, du moins son état n'avait pas empiré ; savoir que les ravisseurs avaient pris contact et réclamaient une rançon lui redonnait espoir et énergie. Il n'avait pas cent millions de dollars en banque, mais il pensait qu'avec de savantes négociations, il pourrait convaincre certains de participer. Il était déjà en contact avec des hommes politiques italiens.

Pendant le trajet, Mitch montra la vidéo à Roberto. Ses yeux se mirent à briller et il détourna le regard. Giovanna était comme sa petite sœur. Cela faisait un mois qu'il ne trouvait plus le sommeil. Mieux valait ne pas montrer ces images à Luca, dit-il. Du moins pas tout de suite.

Luca était sous la véranda, en conversation téléphonique. Il avait encore maigri, mais restait tiré à quatre épingles quoiqu'il nageât dans son costume gris autrefois sur mesure. Il serra Mitch dans ses bras tout en continuant à parler avec son interlocuteur. Sa voix était plus forte que la dernière fois. Après avoir raccroché, Luca résuma ses derniers échanges en prenant le café avec eux. Il ne portait pas le Premier ministre dans son cœur mais il connaissait l'un de ses vice-ministres. Le but était de convaincre le gouvernement italien de sauver l'une de leurs concitoyennes. Avec de l'argent. Le plus gros souci était d'ordre législatif. Il était interdit à l'État italien de négocier avec des terroristes et de verser une rançon. La raison était évidente : payer ces criminels susciterait de nouvelles vocations et de plus en plus d'Italiens se feraient kidnapper. Le Royaume-Uni et les États-Unis avaient la même politique. Toutefois, pour Luca, rien n'était gravé dans le marbre. Les Premiers ministres et les présidents pouvaient faire de grands discours, vilipender les terroristes et répéter qu'ils ne céderaient jamais au chantage, des accords pouvaient toujours être conclus par des voies détournées.

Il fallait donc faire sauter le verrou de la confidentialité. Comment Scully espérait-il s'assurer le concours des Anglais et des Italiens, s'ils ignoraient qu'il y avait une demande de rançon ?

Les trois hommes avaient longuement discuté du recours de Lannak contre l'État libyen. Fallait-il réclamer plus de dommages et intérêts ? Lannak avait perdu quatre de ses employés. Giovanna était retenue en otage depuis un mois. Et la partie défenderesse, la Jamahiriya arabe libyenne, s'était engagée à assurer la protection des travailleurs étrangers sur son sol.

Dans la plainte que Luca avait déposée en octobre dernier à la Chambre d'arbitrage, il réclamait quatre cent dix millions de dollars, pour impayés, plus cinquante-deux millions en intérêts cumulés depuis les trois ans que durait l'affaire. Mitch voulait augmenter la somme, exiger réparation de tout ce sang versé et arracher un accord à l'amiable. Quand Luca et Roberto se rangèrent à son avis, Mitch appela Stephen Stodghill, son assistant, resté à New York. Il était 4 heures du matin, et surprise, il dormait ! Mitch le tira du lit sans vergogne et lui ordonna de préparer un nouveau recours pour Genève et de le retrouver à Londres.

À 11 heures, Luca rentra dans la maison faire une sieste. Mitch partit se promener sur la place. Et appela Omar Celik à Istanbul. Il était dans un avion quelque part au-dessus du Japon. Mitch eut son fils Adem en ligne et lui annonça leur projet de réclamer davantage de dommages et intérêts. Il ne lui révéla pas que les ravisseurs avaient pris contact et demandé une rançon – c'était trop tôt.

À midi, soit 6 heures à New York, Mitch appela Abby pour lui dire bonjour et prendre des nouvelles. Tout allait bien dans le Maine. Elle avait eu ses parents trois fois ce dimanche et ils étaient tous ravis. Abby et Mitch ne manquaient pas aux garçons ! Et non, Noura ne l'avait pas recontactée.

Luca avait rendez-vous avec ses médecins à midi et ne pouvait déjeuner avec eux. Mitch et Roberto se rendirent seuls dans un restaurant dans une petite rue, loin du flot de touristes. Roberto connaissait bien le propriétaire et apparemment les serveuses – deux en tout cas. La mine et la voix graves, tout le monde lui demanda des nouvelles de Luca. Roberto leur donna la version la plus optimiste.

Le rituel du déjeuner, pourtant sacro-saint pour un Italien, paraissait vain, une pure perte de temps. Comment savourer un plat en ces circonstances ? Ni Roberto, ni Mitch n'avaient la moindre expérience en matière de prise d'otage et ils se sentaient totalement impuissants. Que ferait un pro de la négociation à leur place ? L'ennemi était invisible – invisible et inconnu. Il n'y avait rien à discuter, personne à qui parler. Noura n'était qu'une messagère, n'avait aucune autorité. Dans son travail, Mitch marchandait tout le temps, faisant un pas en avant, un pas en arrière, une progression laborieuse vers un compromis qui ne satisferait aucune des deux parties. Mais le kidnapping était un problème hors norme, surtout quand la mort entrait dans l'équation. Même ces experts de la tractation n'avaient jamais eu affaire à des monstres aussi sanguinaires. Décapiter des gens à la tronçonneuse ! Et diffuser ça dans le monde entier…

Les deux hommes touchèrent à peine à leurs pâtes.

Une fois la table débarrassée, ils burent leur expresso.

— Luca est riche, vraiment riche, annonça finalement Roberto, mais le gros de sa fortune lui vient de sa famille. Sa belle villa, c'est un héritage. Il possède l'immeuble du cabinet, et une maison de campagne près de Tivoli.

— J'y suis déjà allé.

— Il doit voir un banquier cet après-midi pour hypothéquer tout ce qu'il a. Il pense pouvoir rassembler cinq millions. Et à la banque, il a à peu près autant. Il va tout mettre sur la table, Mitch. Si j'avais de l'argent, je ferais la même chose.

— Moi aussi. Mais je n'ai aucune envie que Luca perde tout ce qu'il a.

— L'important, c'est sa fille. C'est elle qu'il ne veut pas perdre.

28

Vers 14 heures, Luca prit un double expresso et fut de nouveau prêt à s'activer. Il accueillit un invité important à la porte et le conduisit sous la véranda où il présenta Roberto et Mitch. Il s'appelait Diego Antonelli. Au dire de Roberto, Antonelli était secrétaire d'État au ministère des Affaires étrangères et connaissait Luca depuis des années. Apparemment, il savait garder un secret et avait des contacts au cabinet du Premier ministre.

M. le secrétaire d'État semblait agacé, comme si ce n'était pas à lui de se déplacer, eu égard à sa haute fonction. Il se mit à pleuvioter et Luca invita tout le monde à rentrer dans la salle à manger où de l'eau et du café furent servis. Il remercia Antonelli d'être venu et annonça qu'il y avait du nouveau dans cette affaire de kidnapping.

Roberto prenait des notes. Mitch était tout ouïe. Il avait toujours aimé converser en italien avec Luca parce qu'il s'exprimait lentement, de manière réfléchie, et qu'il était facile à comprendre. Antonelli, qui devait maîtriser plusieurs langues, avait aussi une diction parfaite. En revanche, Roberto parlait à toute allure, comme s'il était pressé de finir chaque phrase avant même de l'avoir commencée. Heureusement, il intervenait rarement.

Luca révéla à Antonelli l'existence de la mystérieuse Noura et ses contacts avec Abby McDeere à New York : leurs deux rencontres, les photographies, la remise d'un téléphone, et finalement la demande de rançon. La date butoir était le 25 mai, et au vu de leurs dernières actions, les terroristes n'hésiteraient pas à mettre leur menace à exécution.

Ils n'avaient averti personne d'autre, pas même Luca, le père. Ils avaient ciblé uniquement le cabinet qui employait Giovanna et étaient passés à l'action sur le sol américain. D'après Sandroni, il valait mieux ne pas prévenir la police ou les services de renseignements, pas plus en Italie qu'en Grande-Bretagne.

Antonelli ne prenait aucune note, ne touchait ni à son stylo ni à son café. Il écoutait les informations, et les classait en pensée dans un ordre parfait. De temps en temps, il jetait un coup d'œil vers Mitch, avec un dédain évident, comme s'il n'avait pas sa place à cette table.

Luca demanda à Antonelli de prévenir le ministre des Affaires étrangères, qui à son tour alerterait le Premier ministre.

— Comment savez-vous qu'elle est encore en vie ?

D'un signe de tête, il demanda à Roberto d'approcher l'ordinateur portable. Celui-ci appuya sur une touche et Giovanna apparut à l'écran. Quand la vidéo fut terminée, Luca reprit :

— C'est arrivé hier à New York. L'authenticité a été vérifiée par nos services.

— Cent millions de dollars, répéta Antonelli, sans montrer la moindre surprise.

Ne rien laisser paraître, le mantra de tous les diplomates.

Luca s'essuya les yeux avec un mouchoir et prit une profonde inspiration. Voir sa fille ainsi lui avait causé un choc.

— Il n'y a pas de négociation possible. Nous ignorons tout de ces terroristes. Mais nous savons qu'ils détiennent ma Giovanna, et demandent une rançon sinon ils la tueront. Ça devrait suffire à convaincre notre gouvernement de s'impliquer.

— S'impliquer ? Nous n'en avons pas le droit.

— Il faut que vous nous aidiez à rassembler l'argent. C'est une ressortissante italienne, Diego, et pour l'instant, elle a de la valeur à leurs yeux. Si l'État n'agit pas, elle va mourir. Ça ne lui fera pas bonne presse.

— C'est interdit, Luca. Vous connaissez la loi. C'est écrit noir sur blanc depuis vingt ans. L'Italie ne négocie pas avec les terroristes et nous ne versons pas de rançon. Jamais.

— Certes, pourtant il y a des failles. Et je peux vous indiquer lesquelles. Il existe des dizaines de façons de contourner la loi. Je les connais toutes. Pour l'instant, je vous demande juste d'en parler au ministre des Affaires étrangères.

— Entendu, Luca. Ils sont très inquiets pour Giovanna. Nous le sommes tous. Mais on n'avait aucune info jusqu'à présent.

— Je vous remercie.

— Sans vouloir être indiscret, que font les Anglais ? Ils marchent aussi ?

Luca, soudain, eut le souffle court. Son visage pâlit sous la douleur, ses épaules s'affaissèrent.

— Mitch…, souffla-t-il. Explique-lui.

— Je me rends ce soir à Londres. Nous avons un gros cabinet là-bas et nombre de nos associés ont des contacts avec le gouvernement. Demain, je vais rencontrer des membres de plusieurs ministères et leur dire exactement la même chose qu'à vous : nous avons besoin de leur contribution pour la rançon. Scully & Pershing est couvert en cas de kidnapping jusqu'à concurrence de vingt-cinq millions de dollars et nous allons alerter l'assurance. S & P paiera aussi de sa poche, mais nous ne pouvons supporter seuls une telle somme. Il faut donc que les gouvernements britannique et italien participent.

En anglais, Antonelli répondit :

— Je comprends. Je vais en parler au ministre dès cet après-midi. Mais je n'ai aucun pouvoir. Je suis juste un messager, moi aussi.

— Merci encore.

— Oui, Diego, merci mille fois, ajouta Luca.

Il était soudain épuisé et avait à nouveau besoin d'aller se reposer.

*

La deuxième opération militaire pour libérer l'otage fut encore une fois un fiasco.

Le lundi 16 mai, après la tombée de la nuit, deux commandos libyens furent parachutés dans le désert à trois kilomètres au sud de Ghāt, un petit village à proximité de la frontière avec l'Algérie. Ils retrouvèrent là-bas une troisième équipe qui était arrivée sur zone vingt-quatre heures plus tôt, avec des camions, du matériel et des armes.

Selon leurs agents et informateurs, il était « hautement probable » que l'otage soit détenue dans un camp installé en bordure du village. Adhim Barakat et une centaine de combattants s'y trouvaient aussi. Le groupe de rebelles était contraint de se déplacer constamment à mesure que le filet de l'armée libyenne se resserrait.

Toutefois, les espions de Barakat se révélèrent plus fiables que ceux du colonel Kadhafi.

Alors que les trois commandos, trente hommes en tout, prenaient position à Ghāt, ils étaient déjà surveillés par les drones ennemis. Le plan des militaires était d'attendre minuit, de s'approcher à une cinquantaine de mètres du camp et de lancer l'attaque par trois côtés. Mais leur stratégie tourna court quand des tirs retentirent derrière eux. Le camion transportant les armes et l'équipement explosa et devint une grosse boule de feu éclairant le désert. Les hommes de Barakat jaillirent du camp, kalachnikovs à la main, et tirèrent tous azimuts. Les commandos battirent en retraite et se réfugièrent dans une palmeraie. Malheureusement, les arbres étaient trop jeunes pour leur offrir un couvert. Vaillamment, ils continrent l'assaut des rebelles alors qu'ils étaient pris sous le feu de toutes parts. Dans l'obscurité, les hommes touchés appelaient à l'aide, mais quand leurs camarades allumaient leurs lampes pour aller leur porter secours, ils se faisaient canarder. Puis ils reçurent un déluge de grenades, car les assaillants avaient réglé la mire de leurs lanceurs, et les soldats durent reculer encore. Le commandant, grâce à l'un de leurs drones, parvint à mettre ses unités hors de portée de tir et les ramena aux camions. Le premier brûlait encore, l'autre avait été mitraillé et ses pneus étaient à plat. Ils s'entassèrent dans le troisième et dernier véhicule et filèrent en catastrophe. L'opération « sauvetage de l'otage », si minutieusement préparée, se révéla un désastre.

Ils avaient perdu huit hommes. Cinq étaient présumés morts. Quant aux trois autres, personne ne savait ce qui leur était arrivé.

Giovanna fut réveillée par le bruit d'une explosion, puis entendit avec terreur l'échange de tirs, qui dura près d'une heure. Elle se trouvait dans un appentis, derrière une maison en bordure du village. Où exactement ? elle n'en avait aucune idée. Ses geôliers la déplaçaient tous les trois ou quatre jours.

Elle écouta les combats acharnés puis pleura.

*

Pour de multiples raisons, la Libye ne rapporta pas l'attaque. Humiliée une fois encore par des renégats du désert, l'armée avait échoué lamentablement et perdu beaucoup d'hommes. Sans sauver personne.

Adhim Barakat aurait pu se vanter de cette victoire, mais il resta silencieux. Il détenait un nouveau trésor : trois soldats libyens. Et il savait très précisément ce qu'il allait faire d'eux.

29

Les bureaux londoniens de S & P se trouvaient en plein cœur de Canary Wharf, le quartier d'affaires moderne au bord de la Tamise. Très semblable au Financial District de Manhattan, ce secteur de la ville offrait un panorama étourdissant de gratte-ciel, tous différents. Londres et New York luttaient pour devenir la plus grande place financière du monde et, pour le moment, les Britanniques étaient en tête, grâce à l'argent du pétrole. Les Arabes se sentaient évidemment plus à l'aise en Grande-Bretagne et y laissaient volontiers leurs milliards.

Scully, avec une centaine d'avocats, louait à Canary Wharf le tiers supérieur d'une tour futuriste qui ressemblait à une torpille géante. Les puristes détestaient cette construction. Le promoteur chinois se frottait les mains. La « Torpille », comme on la surnommait, était une véritable planche à billets ! Le moindre mètre carré était loué à vie.

Mitch était venu à plusieurs reprises, et à chacune de ses visites, il prenait le temps d'admirer le hall d'entrée, vertigineux comme un canyon, et esquissait un sourire. Jamais il n'oublierait la première fois qu'il était venu, onze ans plus tôt, quand il avait passé les grandes portes et découvert l'atrium. Abby et lui avaient vécu trois années à Cortone en Italie, puis deux ans à Londres. Les McDeere voulaient retrouver une vie normale, poser leurs valises et fonder une famille. Après beaucoup d'efforts, Mitch avait décroché un entretien d'embauche d'une demi-heure chez S & P – être diplômé d'Harvard lui ouvrait encore des portes, ne serait-ce que par pure courtoisie. Il s'en était bien sorti et avait eu droit à deux autres entretiens, plus longs et approfondis. Et, à trente ans, Mitch avait commencé pour la seconde fois sa carrière d'avocat, comme simple collaborateur.

Le moment de nostalgie passa. Des affaires pressantes l'attendaient. Mitch prit l'ascenseur jusqu'au vingt-neuvième étage, sortit sur le palier et fut accueilli par des gardes armés jusqu'aux dents qui n'avaient pas l'air commode. Ils lui prirent son porte-documents, son téléphone, et tout ce qui était métallique. Mitch leur demanda s'ils voulaient aussi ses chaussures, mais cela ne les fit pas rire – pas du tout. Quand il expliqua qu'il était un associé de S & P, l'un des vigiles répondit : « Bien, monsieur, ravi pour vous, maintenant avancez. » Il dut passer sous un gros portail électronique qui bloquait tout le passage. Le scanner n'ayant repéré ni bombes ni mitraillettes, il fut autorisé à poursuivre son chemin sans subir de fouille corporelle. Au fond, il comprenait. Dans tous les locaux de Scully sur la planète, avocats, secrétaires, assistants, coursiers, tous avaient droit à ce genre de traitements. Les cabinets ne voulaient pas être transformés à leur tour en boule de feu. C'eût été catastrophique pour l'image et les affaires.

Mitch retrouva Riley Casey, l'associé-directeur du siège de Londres, qui le conduisit dans une petite salle où Sir Simon Croome savourait un plantureux petit-déjeuner. Croome ne se leva pas de son siège, ne s'interrompit même pas pour leur dire bonjour. Il agita mollement sa serviette blanche en direction des sièges de l'autre côté de la table.

— Asseyez-vous.

Sir Simon siégeait au parlement depuis sa prime jeunesse, avait officié à la Haute Cour de Justice pendant trente ans, fait partie de la garde rapprochée de plusieurs Premiers ministres et était un ami intime de l'Avocat général de Sa Majesté. Au sommet de sa gloire, il avait été recruté par Scully & Pershing comme « conseiller spécial », un titre qui lui donnait droit à un magnifique bureau, une secrétaire, des notes de frais illimitées, avec seulement un ou deux clients, histoire qu'il ne se tourne pas totalement les pouces. La firme le payait cent mille livres par an, juste pour son nom et ses relations, si bien qu'à quatre-vingt-deux ans, Sir Simon traînait encore dans les bureaux, en particulier à l'heure des repas.

Mitch n'avait pas faim, mais accepta un café qu'il but en attendant que le vieil homme ait terminé de manger – œufs brouillés, saucisses, toasts de sarrasin, thé, et une flûte contenant apparemment du champagne.

Tel était le traitement réservé à une légende du sérail britannique.

Mitch n'avait pas vu Croome depuis cinq ans et il avait pris un sacré coup de vieux. Et encore grossi.

— Je vous le dis comme je le pense, Mitch, vous avez une belle merde sur les bras !

Sir Simon se trouva amusant et lâcha un rire. Mitch et Riley, par politesse, en firent de même.

— J'ai parlé longtemps à Jack Ruch hier soir, et il a éclairé ma lanterne. (Il enfourna un nouveau morceau de saucisse.) Très sympa, le gars.

Mitch et Riley confirmèrent – oui, oui, très sympa.

— Je vous le dis comme je le pense, la clé dans votre histoire c'est le colonel. Bien sûr, il est imprévisible, il l'a toujours été, mais je ne crois pas une seconde qu'il soit impliqué dans le kidnapping de Giovanna. J'apprécie beaucoup cette jeune personne, vous savez, et je connais son père depuis toujours. Lui, c'est un prince !

Les deux hommes opinèrent à nouveau du chef. Oui, oui, un prince.

— Je vous le dis comme je le pense, Kadhafi veut à tout prix libérer l'otage. Il serait alors le héros, évidemment, et cela flatterait son ego dans son délire mégalomaniaque. Toutefois, mon petit Mitch, nous avons un atout – un gros atout, qu'il n'a pas. Nous sommes en contact avec les terroristes. Nous ne savons pas qui ils sont, et nous ne le saurons peut-être jamais, mais c'est vers nous qu'ils se sont tournés, pas vers le colonel.

— Alors on va trouver Kadhafi ? s'enquit Mitch.

— Surtout pas. Personne ne parle à Kadhafi. Sauf sa famille. Il a des fils de plusieurs épouses et tout le clan file droit, un peu comme chez moi – pour des raisons différentes, bien sûr ! Mais en réalité, il n'en fait qu'à sa tête. Suffit de voir ce qui s'est passé avec ce pont. Ses ingénieurs et architectes savaient que c'était une idée stupide. L'un d'eux a eu le malheur de le lui dire, un architecte je crois, et le colonel l'a fait abattre. Ça a coupé court aux critiques et tout le monde est rentré dans le rang. Et en plein chantier, Kadhafi s'est enfin rendu à l'évidence : ils n'avaient pas assez d'eau, même pas de quoi remplir un pot de chambre, et tous les oueds alentour étaient à sec.

Sir Simon en savait long sur le dossier. Il avait la manie de commencer toutes ses phrases par « Je vous le dis comme je le pense ».

— Je vous le dis comme je le pense, Mitch, il vaut mieux aller trouver l'ambassadeur libyen ici, et son homologue à Rome, et leur demander qu'ils poussent à la roue pour trouver un accord à l'amiable avec Lannak, et vite. Ils doivent cet argent à notre client, alors qu'ils paient ! Il y a déjà eu des négociations ?

— Aucune. Nous avons juste modifié notre plainte pour augmenter les dommages et intérêts. Le procès est programmé dans un an.

— Et qui défend les Libyens ? Reedmore ?

— Oui. Jerry Robb.

Sir Simon grimaça.

— C'est regrettable. Il est toujours aussi intraitable, je suppose ?

— Il n'a pas l'air sympathique, mais nous ne l'avons pas encore approché.

— Laissez tomber. Il ne fera que vous tirer dans les pattes. (Le vieil homme croqua dans son toast et mâchonna, l'air pensif.) Je vous le dis comme je le pense, Mitch, il faut passer par la voie diplomatique. Contactons les Affaires étrangères et demandons-leur d'aller trouver les Libyens. Vous pouvez nous arranger ça, Riley ?

Enfin autorisé à parler, Riley répondit :

— J'ai le ministère régulièrement au téléphone. J'ai même le numéro perso de quelqu'un là-bas. Le Premier ministre est en visite officielle en Asie pour une semaine. Toutefois, son équipe est super. Ils nous appellent quasiment tous les jours pour prendre des nouvelles. Comme le MI6. Giovanna est leur priorité numéro un ; malheureusement, jusqu'à présent, la situation était au point mort. Cette fois, nous avons une demande de rançon et un ultimatum. Même si nous ignorons toujours de qui ça émane.

— Vous croyez que le gouvernement britannique pourrait nous aider financièrement ? demanda Mitch. Nous faisons la quête, monsieur Croome.

— Je comprends. Je vous le dis comme je le pense, notre gouvernement devrait contribuer. Mais ils ne vont rien verser s'ils ne savent pas où va l'argent. Nos services de renseignements sont hors course. Nous ignorons à qui nous avons affaire. Nous ne sommes même pas certains qu'ils existent. Tout ça pourrait être un canular, une gigantesque arnaque.

— Non. C'est pour de vrai, répondit Mitch.

— Je le sais bien. Cependant j'entends déjà les objections du ministre des Affaires étrangères. De toute façon, nous n'avons pas le choix. Nous devons lui demander de l'argent, et vite.

— Reste la loi, intervint Riley, elle interdit ce genre de choses, je vous le rappelle.

— Je vous le dis comme je le pense, cette loi est un message à l'intention des terroristes, rien de plus.

Officiellement, nous ne négocions pas et ne payons jamais. Mais nous le faisons parfois, quand les circonstances l'exigent. Et c'est le cas ici, messieurs. Vous avez lu les journaux. S'il arrive malheur à Giovanna, on ne va pas s'en remettre ; on s'en voudra toute notre vie. Vous devez réussir, Mitch.

Mitch retint sa langue et prit une profonde inspiration. Merci pour le coup de pression ! Moi aussi, je vous le dis comme je le pense !

*

La personne la plus élevée hiérarchiquement qu'ils purent joindre aux Affaires étrangères était Mona Branch, la sous-secrétaire d'État. Son poste la plaçait au milieu de l'échelle. Elle n'était pas le premier choix de Riley, mais elle fut la seule à leur accorder un entretien de trente minutes dans son emploi du temps surchargé.

Les deux avocats de S & P se présentèrent au ministère sur King Charles Street dix minutes avant leur rendez-vous fixé à 11 heures. Ils attendirent près d'une demi-heure dans une minuscule salle d'attente pendant, supposaient-ils, que Mona Branch rangeait son bureau pour les accueillir. À moins qu'elle ne prît tranquillement le thé avec son équipe ?

Elle apparut enfin, sourire aux lèvres, et tout le monde se présenta rapidement. Ils la suivirent dans un bureau tout aussi exigu et s'installèrent en face d'elle. Elle ôta le capuchon de son beau stylo et approcha un bloc-notes.

— Nous parlons tous les jours de Mme Sandroni. Ce kidnapping est notre principale préoccupation. Nous faisons notre rapport tous les jours au Premier ministre. Vous dites avoir des informations ?

C'était à Riley, le Britannique, de présenter l'affaire.

— Exact. Comme vous le savez, il n'y a eu aucun contact avec les… kidnappeurs, ravisseurs, terroristes…, appelez-les comme vous voulez. Seulement ça, c'était avant.

Sa main qui tenait son stylo resta figée en l'air un instant. Sa bouche s'entrouvrit, mais en agent de l'État aguerri, elle reprit aussitôt contenance. Elle regarda Riley fixement.

— Ils ont pris contact ?

— Absolument.

Elle marqua un petit silence, attendant la suite.

— Et je peux savoir par quelles voies ? insista-t-elle.

— C'est arrivé à New York. Via notre siège là-bas.

Mona Branch se raidit et posa son stylo.

— Et quand donc ?

— Jeudi, la semaine dernière. Et une seconde fois, ce dimanche. On a une demande de rançon et une deadline. Carrément un ultimatum.

— Un ultimatum ?

— S'ils n'ont pas l'argent, ils exécutent l'otage. Le temps presse.

Mona Branch sembla mesurer la gravité de la situation. Elle prit une longue inspiration et son attitude changea, se fit moins solennelle.

— Très bien. Qu'est-ce que je peux faire pour vous ?

— Il faut à tout prix que nous rencontrions votre ministre, répondit Riley. Immédiatement.

Elle hocha la tête.

— Certes, mais il me faut plus d'informations. Combien, la rançon ?

— Nous ne pouvons vous le dire. Les ravisseurs nous ont interdit de prévenir notre gouvernement, ce que nous sommes précisément en train de faire. Nous devons en révéler le moins possible.

— Qui sont ces gens ?

— Nous l'ignorons. Mais je suis sûr que chez vous, vous avez la liste complète de tous les prétendants.

— Les classiques. De ce point de vue, la Libye est un véritable vivier. Toutefois, nous ne pouvons négocier si nous ne savons pas à qui nous avons affaire.

— Je vous en prie, madame Branch. Nous préférerions avoir cette conversation uniquement avec le ministre.

Le visage de marbre revint. Elle acceptait l'inévitable, même si cela lui était pénible. Elle n'était pas assez haut placée. L'affaire était trop importante. Elle devait passer le dossier à son supérieur.

— Très bien, lâcha-t-elle. Je vais faire mon possible.

Riley insista.

— Le temps presse vraiment.

— Je comprends, monsieur Casey.

*

Pour déjeuner, Mitch et Riley se rendirent dans un pub, trouvèrent une table tranquille dans un coin et commandèrent deux pintes de Guinness et des sandwichs au bacon. Avec les années, Mitch savait que boire de l'alcool à midi l'assoupissait et le faisait tourner au ralenti. Mais pour les Britanniques, deux pintes au déjeuner les réveillaient comme leur café du matin. La bière rechargeait leurs batteries et leur donnait un coup de fouet pour le reste de la journée.

Pendant qu'ils attendaient leurs plats, ils passèrent des coups de fil. Comment rester assis à ne rien faire alors que la situation était aussi anxiogène ? Riley appela Sir Simon pour lui résumer leur entretien avec Mona Branch. Ce rendez-vous avait été une perte de temps. Croome avait commencé à harceler un ancien ambassadeur qui pouvait déplacer des montagnes. De son côté, Mitch appela Roberto à Rome pour prendre des nouvelles de Luca. En Italie, ils n'avaient pas eu plus de chance avec leur contact au cabinet du Premier ministre. Et pénétrer la forteresse du ministère des Affaires étrangères ne s'annonçait pas plus facile qu'à Londres.

Quand ils eurent mangé la moitié de leur sandwich, Riley commanda une autre bière. Mitch botta en touche. Darian appela pour donner des nouvelles de Tripoli. Cela n'avait rien d'officiel, bien sûr, mais d'après Crueggal, il y avait eu un autre raid de l'armée libyenne, près de la frontière algérienne. Barakat leur avait échappé. Et aucune trace de l'otage. Kadhafi était très en colère et limogeait ses généraux à tour de bras.

Darian craignait que le colonel ne fasse une folie et ne lance ses troupes dans une guerre ouverte. S'il se mettait à bombarder à tout-va, les pertes seraient énormes et les conséquences, imprévisibles.

Finalement, Mitch demanda une deuxième Guinness. Après un déjeuner qui dura plus longtemps que prévu, Riley et lui retournèrent à la Torpille dans l'espoir de faire avancer les choses. Mitch appela Abby, prit des nouvelles de sa famille. Il contacta ensuite les membres de son équipe à New York et fit un point avec eux.

Soudain, Riley vint lui annoncer qu'il y avait du nouveau du côté des Affaires étrangères. Ils avaient rendez-vous à 17 heures avec Sara Hanrahan, cette fois une secrétaire d'État.

— Génial ! On va faire tous les rangs des secrétaires ? Sous-secrétaire d'État, maintenant secrétaire d'État… c'est quoi la suite ? Super-secrétaire d'État ?

— Allez, Mitch. Ce ministère a dix fois plus de départements que Scully. C'est juste le début. Il peut se passer des mois avant qu'on parle à la bonne personne, et plus nous montons dans les échelons, plus ça devient dangereux.

— Sauf qu'on a huit jours !

— Je sais.

30

La rencontre avec Mme Sara Hanrahan, qui devait durer une heure, débuta à 17 h 21 et se termina dix minutes plus tard. Elle avait eu une longue journée, semblait épuisée et voulait rentrer chez elle. Mitch remarqua qu'elle avait les yeux larmoyants d'une alcoolique (bien sûr, il garda ça pour lui) et à l'évidence cet entretien empiétait sur son happy hour. Mona Branch lui avait expliqué la situation et elle jugeait que « son » gouvernement ne pouvait participer au versement de la rançon s'il n'avait pas la main sur les négociations. Elle se prétendait une spécialiste de la Libye et disait tout savoir du kidnapping de Giovanna Sandroni. Chaque matin, son service avait un rapport complet de la situation et le sort de l'otage était leur grande préoccupation.

Pour les deux hommes, le seul intérêt de cette audience, ce fut la promesse de Mme la secrétaire d'État : oui, elle ferait remonter plus haut l'information, et ce sans tarder.

Après leur rendez-vous express, alors que les deux hommes se trouvaient à l'arrière d'une Jaguar noire conduite par un employé de Scully, Riley sortit son téléphone, regarda son écran et marmonna :

— Tiens donc…

Il écouta le message sur sa boîte vocale, poussa quelques grognements et lança au chauffeur :

— On va au Connaught. (Puis il se tourna vers Mitch.) Apparemment, Sir Simon nous invite à prendre le thé, en compagnie d'un vieil ami.

Le Connaught était un hôtel de luxe à Mayfair. Mitch n'y était jamais descendu. Ce n'était guère dans ses moyens et Scully ne couvrait pas ce genre d'extravagances. Les bars du palace servaient les alcools les plus chers de la ville, le restaurant avait trois étoiles au *Guide Michelin*, et le personnel était un modèle de tradition et de précision.

Croome semblait comme chez lui dans le salon de thé, avec un plateau de délicats mini-sandwichs posé sur la table ainsi qu'une théière fumante. Il était effectivement avec quelqu'un, un homme de petite taille et de son âge, voire plus vieux encore. Il fit les présentations : il s'agissait de Phinney Gibb.

Riley le connaissait et se montra immédiatement méfiant. Sir Simon expliqua à Mitch que Gibb avait travaillé dans le gouvernement Thatcher et qu'il était resté en contact étroit avec les hautes sphères du pouvoir. Au premier regard toutefois, il était difficile de croire que ce vieillard tremblant soit en contact étroit avec quoi que ce soit sinon sa canne au pommeau de nacre.

Mitch écouta Croome exposer son plan de bataille. Phinney pouvait œuvrer dans l'ombre et avait encore ses entrées au cabinet du Premier ministre. De plus, un secrétaire d'État influent aux Affaires étrangères comptait parmi ses amis. Mitch et Riley échangèrent un regard. Ils avaient passé quasiment toute la journée au ministère ! Et, cerise sur le gâteau, insista Sir Simon : ce bon vieux Phinney connaissait personnellement l'ambassadeur de Libye à Londres.

Le petit homme pensait pouvoir leur arranger un entretien au cabinet du Premier ministre. L'idée, évidemment, était de convaincre le gouvernement de mettre discrètement la main à la pâte pour la rançon et ainsi sauver une citoyenne britannique.

Mitch était tout ouïe, en buvant son thé – une boisson qu'il n'avait pas appris à apprécier –, et mordillait dans un minuscule sandwich au concombre. Voir tant de personnes dans la confidence l'inquiétait. Et plus il rencontrait de gens et les écoutait parler, plus le temps filait. On était mardi soir. 18 h 35. Déjà deux jours de passés, encore huit, et la cagnotte était toujours vide, hormis ce qu'allait y mettre Luca.

Pendant un moment, Phinney se crut obligé de raconter pourquoi l'ambassadeur libyen était un brave homme. Sitôt ce laïus terminé, Riley lui demanda d'organiser un rendez-vous dès le lendemain. Le vieillard allait essayer, mais l'ambassadeur n'était sûrement pas à Londres en ce moment.

*

Même si inviter Samir Jamblad à Rome était risqué, Luca n'avait pas le choix. Au nom de leur vieille amitié, Luca lui demanda de passer lui rendre visite, en sous-entendant que ce serait sans doute la dernière fois qu'ils se verraient. Trente ans plus tôt, ils avaient souvent travaillé ensemble et passé des soirées mémorables à Tripoli, à Benghazi et à Rome. À l'époque déjà, Luca savait que Samir était une taupe du gouvernement, comme bon nombre de Libyens travaillant avec des Occidentaux, et l'avocat faisait toujours attention à tenir sa langue. Mais aujourd'hui, il était aux abois, il avait besoin d'informations sur sa fille ; Samir savait peut-être des choses que Crueggal et les autres ignoraient ?

Samir Jamblad arriva comme convenu pour le dîner, pile à l'heure. Roberto Maggi vint lui ouvrir, le présenta à Bella, puis le conduisit sur la terrasse où l'attendait Luca – le fauteuil roulant avait disparu. Ils se serrèrent dans les bras tels de vieux amis et se mirent à parler de tout et de rien ainsi que le voulait l'usage. Comme il s'y attendait, Samir trouva Luca maigre et pâle. Un domestique apporta un plateau avec trois verres de vin blanc. Les verres restèrent sur la table. Personne n'y toucha.

Luca piqua du nez sur sa chaise. Samir lança un regard en coin à Roberto qui fronça les sourcils et continua à parler football. Quelques minutes passèrent, Luca dormait toujours.

— Je suis désolé, murmura Roberto. (Il fit signe à Bella.) Il a besoin de se reposer. On dînera dans la cuisine.

Une fois Luca dans sa chambre, Roberto et Samir prirent leurs verres et burent une gorgée de vin.

— Il est très malade, expliqua Roberto. Les toubibs ne lui donnent pas trois mois. (Samir secoua la tête et contempla les toits de Rome au loin.) Bien sûr, ce qui arrive à Giovanna n'arrange rien.

— J'aimerais tant pouvoir l'aider, souffla Samir.

L'État libyen savait-il que les terroristes avaient contacté Scully ? Telle était la grande question. Toute l'équipe en avait longuement discuté. Ceux qui pensaient que le gouvernement, ou juste Kadhafi, était au courant considéraient que la Libye pouvait faciliter la libération de Giovanna, et que c'était l'occasion pour le colonel de redorer son blason. Les autres arguaient qu'on ne devait pas faire confiance aux Libyens, jamais. Et quelle serait la réaction de Kadhafi s'il apprenait que les ravisseurs avaient demandé une rançon sur son propre sol ?

Apparemment, le guide de la révolution avait décidé d'anéantir Barakat et ses hommes, quoi qu'il en coûte. Et tant pis si Giovanna était une victime collatérale.

Mitch avait finalement pris sa décision : il fallait en parler à Samir.

— Vous avez des infos ? s'enquit Roberto.

— Non, malheureusement. Tout ce que je sais, c'est que l'armée est convaincue qu'Adhim Barakat est derrière tout ça, un sale type qui devient de plus en plus dangereux. Mais il n'y a eu aucun contact, à ma connaissance. Bien sûr, ce n'est qu'une supputation, l'information en Libye est verrouillée.

— Pourquoi l'armée n'arrive pas à se débarrasser de ce Barakat ?

Samir esquissa un sourire et alluma une cigarette.

— Ce n'est pas si simple, Roberto. Mon pays est un grand désert, avec beaucoup d'endroits où se cacher. Ses frontières sont des passoires, nos voisins ne nous portent pas dans leur cœur et ne cherchent qu'à nous duper. Le territoire fourmille de chefs de guerre, de tribus, de bandits, de terroristes et de voleurs qui pillent et écument les sables depuis des siècles. Personne, pas même un dictateur violent comme Kadhafi, ne peut tenir le pays.

— Et le premier raid n'a pas été un succès.

— Tant s'en faut. Même si les médias ont dit le contraire. Rien ne s'est passé comme prévu.

— Le but était de libérer Giovanna ?

— C'est ce qu'ils prétendent. Enfin, il faut toujours se méfier des versions officielles, maugréa Samir, jouant à merveille le gars lambda alors qu'il était un informateur de Kadhafi.

— Et le second raid ? Comment ça s'est passé ?

— Le second raid ? répéta Samir, les sourcils relevés, feignant l'ignorance.

— La nuit dernière, à Ghāt, près de la frontière avec l'Algérie… Vous en avez sûrement entendu parler, même si le gouvernement a voulu étouffer l'affaire. Il semblerait que l'armée soit tombée dans un nouveau traquenard et que ça ait mal tourné. Et chou blanc concernant Giovanna.

— Vos services de renseignements sont meilleurs que les nôtres.

— Parfois, peut-être. Et ça nous coûte une fortune.

— Je sais juste ce que disent les journaux, et c'est rarement la vérité.

Roberto hocha la tête, même s'il n'était pas dupe.

— C'est le danger, Samir. L'armée ne sait pas où elle se trouve et ils ignorent qui la retient prisonnière. Ils ont lancé deux opérations militaires pour la sauver, et bilan des courses : des morts et la déroute. Ils sont au bout du bout. Kadhafi peut péter un plomb à tout moment et déclencher une guerre à grande échelle. Et si ça arrive, il y aura beaucoup de victimes. En premier lieu Giovanna.

Samir acquiesça. La logique était imparable.

— C'est vrai qu'il peut faire quelque chose d'insensé. C'est une habitude chez lui.

Roberto alluma à son tour une cigarette, but une gorgée de vin et resta silencieux un moment.

— Ce que je vais vous dire doit rester confidentiel, annonça-t-il finalement. C'est absolument crucial. On marche sur des œufs. Il faut agir avec une extrême prudence.

— Je suis à votre service.

Et à celui du colonel !

— Il y a eu un contact. Pas ici, pas avec la famille, mais à New York, au cabinet Scully & Pershing.

Samir eut du mal à cacher sa surprise. Sa tête se pencha imperceptiblement sur le côté, mais il se reprit aussitôt.

— Les terroristes les ont contactés ?

— Oui. Ils ont donné le montant de la rançon et une date butoir. Au-delà, ils exécutent Giovanna. Et il nous reste huit jours.

— De qui s'agit-il ?

— Aucune idée. Le message leur est parvenu par une intermédiaire à New York. Un plan brillant.

— Combien, la rançon ?

— Je ne peux pas le dire. Beaucoup. Plus que ce que Luca et le cabinet ne peuvent payer. Je sais que vous connaissez tout le monde en Libye. Vous pourriez passer un mot aux bonnes personnes ?

— Les bonnes personnes ? Lesquelles au juste ?

— Celles qui décident de tout chez vous.

— Kadhafi ?

— À vous de voir.

— Non, je n'ai aucune relation avec le colonel. Dieu m'en préserve !

— Mais vous avez les moyens de lui transmettre un message, Samir. Un message simple, en deux points. Un, laisser tranquilles les terroristes jusqu'à ce que Giovanna soit en sécurité. Deux, accepter un accord à l'amiable avec Lannak, le plus tôt possible, et en suivant nos conditions.

Bella apparut derrière eux et leur annonça en italien :

— Messieurs, le repas est servi.

Roberto hocha la tête mais aucun des deux ne bougea.

— Vous parlez du recours à Genève ? s'enquit Samir.

— Oui. La Libye doit cet argent. Elle peut payer dès maintenant et l'affaire est close ou alors dépenser une fortune en frais d'avocats et payer dans trois ans. Régler le différend aujourd'hui, cela pourrait aider à la libération de Giovanna.

— Je ne vois pas trop comment.

— La rançon, Samir. Tout est une question d'argent. Nous devons collecter une grosse somme et Lannak va contribuer.

— Vous croyez que le gouvernement libyen va payer la rançon ?

— Non, bien sûr que non. Nous voulons simplement que l'État libyen honore ses engagements et verse l'argent qu'il doit à ses créanciers.

Samir se leva et s'approcha de la balustrade. Il alluma une cigarette et regarda au loin pendant un long moment.

— Le dîner va refroidir, lui dit Roberto en le rejoignant.

— D'accord, je vais le faire. Mais mes relations sont peut-être moins solides que vous ne le pensez. Je ne sais pas ce que votre requête va déclencher.

— Nous non plus. C'est pour cette raison que Luca voulait vous voir. Demain, il devrait aller mieux.

*

Mitch sauta le dîner et partit se promener sur Charlotte Street, à Fitzrovia. Avec Abby, il avait vécu dans ce quartier huppé, et cela restait encore leur coin préféré de Londres.

Mais il n'avait pas le temps de songer au passé. Cette journée n'était pas un fiasco complet, cependant, pour l'heure, ils n'avaient guère été récompensés de leurs efforts. Ils n'avaient aucun moyen d'avoir un rendez-vous avec le ministre des Affaires étrangères ou l'un de ses proches conseillers. Luca n'avait pas fait davantage de progrès à Rome. Les ambassadeurs libyens en Italie comme en Grande-Bretagne étaient soit rentrés au pays soit en déplacement. S & P soutenait Mitch mais semblait content de lui refiler la patate chaude. Personne ne savait que faire. Il n'existait en la matière aucun guide ni manuel. Aucun avocat chez Scully n'avait eu à gérer un cas pareil. Luca était très malade et psychologiquement fragile – on le serait à moins. S'il avait été en forme et en pleine possession de ses moyens, il aurait trouvé une solution. Le vieux briscard avait toujours cinq coups d'avance sur tout le monde. Jack Ruch était solide, certes, mais il se reposait de plus en plus sur Mitch, comme s'il voulait prendre ses distances au cas où les choses tourneraient mal.

Mitch arrêtait des décisions sans avoir d'informations ni la moindre idée de leurs effets. Peut-être faisait-il fausse route depuis le début ? Mais il s'interdisait de penser à l'échec. Les conséquences étaient bien trop terrifiantes.

Comme toujours lorsqu'il était en proie au doute, il appelait son alliée, son amie indéfectible : Abby. Il lui parla pendant une demi-heure. Clark et Carter étaient partis pêcher avec Tanner. Ses parents avaient du mal à leur faire faire les devoirs, mais ils étaient ravis. Ils avaient l'impression d'être en vacances. Barry Ruch avait quitté l'île pour quelques jours et ils avaient la grande maison pour eux tout seuls.

31

À l'aube, Mitch quitta l'hôtel et monta dans la même Jaguar que la veille. Par chance, le chauffeur n'était pas du genre causant et le trajet jusqu'à Heathrow fut tranquille. À 8 h 15, il embarqua sur Turkish Airlines pour un vol direct de quatre heures à destination d'Istanbul. Arrivé à la douane turque, il fut accueilli par un représentant de Lannak et conduit dans la file VIP, où on le laissa entrer sur le territoire sans un sourcillement du douanier. Il ne se retourna pas pour regarder la queue interminable des passagers attendant de passer les contrôles et se réjouit, une fois encore, de travailler pour une grande firme comme Scully. Une berline noire l'attendait à côté du terminal et moins de vingt minutes après avoir atterri, Mitch était au téléphone, pendant que son chauffeur rejoignait la ville en faisant fi des limitations de vitesse et autres entraves.

Évidemment, une illustre et vénérable entreprise comme Lannak ne pouvait avoir son siège social que dans le prestigieux quartier d'affaires du centre-ville. Il y en avait plusieurs dans cette mégalopole de onze millions d'habitants, mais Maslak était le plus célèbre. C'était là qu'Omar Celik avait construit une tour de quarante étages en 1990 et s'était réservé la moitié supérieure pour sa société.

Omar Celik se trouvait en Indonésie pour affaires. Durant son absence, son fils Adem assurait l'intérim, même si tout le monde savait que le père était le seul maître à bord. Bien que Adem soit son successeur désigné, Omar était loin de raccrocher les gants. Selon ses proches, de sa tombe, le patriarche continuerait à diriger sa société.

Adem avait quarante-quatre ans, était marié à une Américaine rencontrée pendant ses études à Princeton, avait deux ados dans un pensionnat d'excellence en Écosse, et des amis aux quatre coins du monde. Avec son épouse, ils se considéraient comme des jet-setters et voyageaient beaucoup. Ils séjournaient souvent à New York où ils avaient un bel appartement. Mitch et Abby n'avaient pas encore trouvé l'occasion de les inviter à dîner, mais cela ne saurait tarder.

Adem accueillit Mitch dans son magnifique bureau au trente-quatrième étage et lui demanda s'il avait faim. Il était près de 14 heures et Mitch n'avait pas déjeuné. Adem non plus. Ils prirent l'escalier pour monter deux niveaux au-dessus et ils s'installèrent dans la petite salle à manger privée. Un serveur vint aussitôt prendre leur commande et leur apporter un pichet d'eau fraîche. Les six autres tables étaient vides. Après les politesses d'usage, Mitch lui donna les dernières nouvelles. Les terroristes s'étaient manifestés. Ils exigeaient cent millions de dollars, avec une deadline et l'exécution de Giovanna en cas de retard. Adem l'assaillit de questions – des questions prévisibles auxquelles Mitch savait quoi répondre. Leurs plats arrivèrent, mais ils ne touchèrent pas à leurs assiettes, tant ils étaient concentrés sur leur discussion.

Non, Mitch ne savait pas pourquoi « ils » étaient passés par Noura. Ils avaient choisi Scully parce que c'était la cible la plus facile, la plus connue et riche. Mettre la pression sur S & P était bien plus efficace que de harceler Luca. Toutefois, le montant réclamé dépassait de loin les capacités financières du cabinet. Les gouvernements britannique et italien avaient été prévenus, mais aucun d'eux n'était prêt à sauter le pas parce qu'ils ne maîtrisaient rien. L'Italie comme la Grande-Bretagne avaient, du bout des lèvres, accepté d'utiliser leurs voies diplomatiques pour forcer les Libyens à accepter un accord à l'amiable et clore le dossier Lannak, mais le processus était d'une lenteur insupportable. Pour le moment, tout le monde était convaincu que les ravisseurs allaient mettre leur menace à exécution. Et les deux opérations militaires des Libyens avaient été des fiascos.

Et non, ce n'était pas du bluff. Mitch, sur son téléphone, montra la vidéo où Giovanna, dans sa cellule, leur demandait de l'aide. L'heure et la date de l'enregistrement avaient été confirmées par leur service de sécurité. Bien sûr, le lieu demeurait inconnu.

*

Après le déjeuner, ils retournèrent dans le bureau d'Adem et enlevèrent leurs vestes. Mitch lui tendit une feuille où figuraient les pertes de Lannak à la suite de la construction du pont et les réparations financières exigées. Adem connaissait les chiffres.

— Notre plan est de contraindre les Libyens à accepter un accord, expliqua Mitch. Immédiatement. Ce n'est pas gagné, mais rien n'est simple en ce moment. Puisque je suis votre avocat, c'est mon boulot de leur réclamer le plus possible. La question est…

— Quelle est la somme minimum que nous serions prêts à accepter ? termina Adem avec un sourire.

— Exactement.

— Ils nous devaient quatre cent dix millions de dollars. C'est le chiffre de départ. Nous pouvons le prouver au tribunal, n'est-ce pas ?

— Absolument. Les Libyens vont tenter de discuter, mais c'est à cela que servent les procès. Oui, je suis confiant. Nous aurons gain de cause.

— Et nous avons le droit de demander cinq pour cent d'intérêt pour les arriérés ?

— Exact.

— Et la dette date de deux ans.

— Toujours exact.

— Vous estimez les intérêts à cinquante-deux millions, lança Adem en désignant le papier.

— Nous avons augmenté notre demande de dédommagement, à cause des gardes tués et du kidnapping de Giovanna. Nous réclamons désormais un demi-milliard, en tout. Je ne me fais pas d'illusions. Les Libyens vont dire qu'ils ne sont pas responsables de l'attaque des terroristes et des meurtres. À la fois, ça se tente. Kadhafi s'est porté garant de la sécurité des ressortissants étrangers, mais la Chambre d'arbitrage n'a jamais été très sensible à ce genre d'arguments.

— Donc les familles des gardes ne vont rien toucher ?

— C'est probable. Sauf que nous allons nous battre. En même temps, je suis certain que vous n'allez pas laisser tomber ces pauvres gens.

— Bien sûr. N'empêche que les Libyens devraient payer aussi.

— Je suis prêt à faire valoir ce point. Je me battrai sur tout, Adem, répondit Mitch avec un sourire. C'est mon travail. Mais le procès ne se tiendra pas avant des mois, voire un an ou davantage. Pendant ce temps, votre société perd de l'argent au vu de l'inflation actuelle. On a tout intérêt à arrêter les frais.

— Vous voulez réduire les dommages ?

— Uniquement si ça peut les convaincre d'accepter un accord à l'amiable. C'est pour cette raison que je veux connaître votre somme plancher. Et il y a aussi la possibilité de ne rien avoir du tout au procès.

— Oui, Luca nous a prévenus.

— Les décisions de la Chambre d'arbitrage ne sont pas contraignantes. Cette instance n'a pas ce pouvoir. Il y a, certes, beaucoup de façons de faire appliquer son verdict et de forcer la Libye à payer, mais ça peut prendre des années de procédure. Nous pourrions demander à la Chambre, à la Turquie, aux Britanniques, aux Italiens et même aux Américains d'imposer des restrictions économiques à la Libye, seulement Kadhafi a l'habitude. Il vit depuis des années sous le joug des sanctions internationales. Ça risque de ne lui faire ni chaud ni froid.

— De toute façon, on ne travaillera plus jamais pour la Libye. C'est terminé.

— Je vous comprends.

— Que me conseillez-vous ?

— Quatre cents millions, ça vous irait ?

Adem esquissa un sourire.

— On pourra survivre.

— Nous allons donc réduire votre part à quatre cents millions. Le but est de les faire asseoir à la table des négociations. Lannak touchera les quatre cents premiers millions, mais avec votre permission je vais exiger plus, et l'excédent ira dans le pot commun pour la rançon. Et en parallèle, vous demandez à votre gouvernement de faire pression sur l'ambassadeur libyen pour que Tripoli accepte de conclure un accord.

Adem secoua la tête.

— Nous l'avons déjà fait. On n'arrête pas. Notre ambassadeur en Libye a rencontré à plusieurs reprises les gens de Kadhafi pour plaider notre cause. Sans succès. Notre Premier ministre a reçu en personne l'ambassadeur de la Libye, ici. Peine perdue. On sait que ce pont est une épine dans le pied de Kadhafi et qu'il rejette la faute sur tous les autres, en particulier sur nous. Il a tué l'un des architectes, vous êtes au courant ?

— Oui, j'ai entendu dire ça. Et ses avocats ? Il les abat aussi ?

— Espérons que non. (Adem consulta sa montre et se gratta le menton.) Mon père est à Jakarta. Il ne rentrera pas avant ce soir. Il faut que j'aie son accord.

— On devrait peut-être lui en parler tous les deux.

— Je vais commencer. Mais je ne pense pas qu'il y aura de problème.

*

Quand il se retrouvait seul dans une ville étrangère et qu'il avait un peu de temps libre, Mitch s'offrait les services d'un VTC pour voir les lieux touristiques et autres curiosités, une sorte de visite express. Dans l'avion qui l'emmenait à Istanbul, il avait lu des guides de voyage et le pays l'avait fasciné. Il avait informé Abby que la Turquie valait le détour et qu'il fallait l'ajouter à leur liste des destinations à ne pas rater.

Cette fois, jouer les touristes était impossible. Se distraire paraissait déplacé au vu de la situation. Dans sa chambre d'hôtel, il transforma la table basse en bureau et passa des coups de fil. Il appela Abby, juste pour prendre des nouvelles. Jack Ruch pour les mêmes raisons. Roberto à Rome lui apprit que Luca avait été hospitalisé. Il était déshydraté, avait de la fièvre et cela cachait sans doute bien d'autres maux. La douleur l'empêchait de dormir et les médecins le surveillaient de près. Samir était en ville. Roberto avait passé quelques heures avec lui. Diego Antonelli avait appelé mais il n'avait pas beaucoup avancé. À l'évidence, il ne parvenait pas à parler à la garde rapprochée du Premier ministre. À New York, Cory sortait de sa réunion quotidienne avec Darian. Rien de nouveau en Libye, à part quelques fuites à propos de la débâcle du dernier raid. Le gouvernement s'évertuait à étouffer l'affaire. On racontait que Barakat avait capturé trois soldats libyens. Et comme d'habitude, aucune trace de Giovanna. À Londres, Riley Casey était enlisé dans les méandres de la hiérarchie et n'avait toujours pas pu s'entretenir avec quelqu'un des Affaires étrangères ayant un réel pouvoir. En ce moment même, Sir Simon déjeunait avec un homme d'affaires libyen qui avait fait fortune au Royaume-Uni. Ce vieil ami et client pouvait peut-être faire jouer ses relations pour inciter Tripoli à payer sa dette et à accepter un règlement à l'amiable avec Lannak. Mitch n'y croyait pas un seul instant. Les deux vieux allaient écluser durant tout le repas et cuver leur vin dans l'après-midi – ils ne se rappelleraient rien de leur conversation.

Après deux heures déprimantes passées au téléphone, Mitch, abattu, piqua un somme.

Il se réveilla à temps pour le dîner. Adem proposa de réserver une table pour 22 heures dans un restaurant de cuisine fusion doté d'une étoile au *Michelin*. Mitch était tenté d'accepter, car son épouse aimait qu'il rapporte des menus et des idées de ses voyages. Évidemment, elle connaissait un chef turc dans le Queens et ils parlaient déjà de publier un livre de recettes. Cependant, Mitch n'aimait pas dîner après 20 heures et il ne voulait pas se coucher tard. Ils se retrouvèrent donc au St Regis Brasserie, le restaurant de l'hôtel où Mitch était descendu. Adem avait laissé entendre que sa femme pourrait se joindre à eux. Mitch fut soulagé de le voir arriver seul.

Pendant qu'ils savouraient des bourbons sour, Adem rapporta la conversation qu'il avait eue avec son père en début de soirée. Omar voulait la peau des Libyens et récupérer tout l'argent qu'ils leur devaient, jusqu'au dernier sou, mais il était pragmatique. Quatre cents millions au cours du dollar aujourd'hui, ce serait peut-être une bonne affaire dans quelques années. Si Mitch leur garantissait cette somme, alors il pouvait garder le surplus pour sauver Giovanna.

Les deux hommes se serrèrent la main pour conclure le marché. Restait à convaincre les Libyens de payer.

32

À 23 h 55, le mercredi, Abby ne dormait toujours pas et lisait des magazines au lit. Elle en avait assez de cet appartement où régnait un silence de mort. Elle voulait câliner ses enfants, se pelotonner sous les draps contre son mari et en finir avec ce rôle qui lui était tombé dessus. Quelqu'un d'autre pourrait jouer les espions !

Sur la table de nuit, la sonnerie du Jakl la fit sursauter. Il s'était fait oublier depuis le dimanche matin. Elle alla le déposer sur la table basse dans le salon à côté de son propre téléphone qu'elle alluma. Une appli enregistrerait toute la conversation, sans que son interlocutrice le sache – du moins d'après Darian.

— Allô ?

— C'est Noura. Vous êtes seule ?

Vous ne le savez pas ? Personne ne m'espionne ?

— Oui, répondit-elle.

— Vous avez l'argent ?

— Non, mais on s'y emploie.

— Il y a un problème ?

Comment savoir qui écoutait cette conversation à l'autre bout du fil ? Abby devait faire attention au moindre mot qu'elle prononçait. Avec la barrière de la langue, une phrase pouvait être mal comprise ou interprétée à l'envers.

— Non, pas un problème. Mais ce n'est pas simple de trouver une telle somme.

— Ça devrait être facile pourtant, n'est-ce pas ?

Abby reconnut une intonation typiquement anglaise.

— Pourquoi vous dites ça ?

Continuer à la faire parler…

— Vous êtes des avocats très riches, dans le plus gros cabinet du monde, vous avez des bureaux partout. C'est expliqué sur votre site. Vous avez gagné plus de deux milliards l'année dernière.

Ah ! ces m'as-tu-vu d'avocats ! C'était plus fort qu'eux !

— Le cabinet a perdu deux filiales dernièrement, je vous le rappelle.

— C'est dommage, mais ça va continuer jusqu'à ce que nous ayons l'argent.

— Je croyais que cet argent, c'était en échange de la libération de Giovanna ?

— C'est le cas. Donnez l'argent et tout ira bien.

— Je ne travaille pas dans ce cabinet, j'ignore ce qu'ils font au juste. Mon mari est en Europe et tente de rassembler les fonds. Hormis ça, je ne sais rien. Je suis éditrice de livres de cuisine, pas avocate.

— Je suis au courant. Et il y a un changement de programme.

Noura marqua un silence. Dis quelque chose, Abby !

— Très bien. Lequel ?

— Vous allez devoir nous verser une avance. Pour montrer votre bonne volonté.

Il y eut un nouveau silence.

— Combien ?

— Dix millions avant vendredi midi, envoyés d'une banque ici, à New York.

Abby poussa un soupir.

— Entendu. Tout ce que je peux faire, c'est transmettre votre demande à mon mari. Je n'ai aucun pouvoir.

— Vendredi midi. Je vous enverrai des instructions plus tard. Et aussi une nouvelle vidéo de l'otage pour prouver qu'elle est entre de bonnes mains.

Entre de *bonnes mains* ? Les mêmes qui ont tenu la tronçonneuse ?

*

Face à la grogne générale, Jack Ruch finit par céder. Les membres du comité de direction étaient déjà agacés de devoir se réunir tous les jours, mais que les séances soient programmées à 7 heures du matin, c'en était trop ! Jack déplaça donc celle du jeudi, la quatrième de la semaine, à 9 h 30. Même si la crise était sans précédent, le comité ne voyait pas l'utilité de ces convocations quotidiennes. Bien sûr, personne pour l'instant n'avait eu le courage de le dire à Jack et les neuf étaient présents ce jeudi matin.

Ruch annonça :

— Il y a du nouveau. Notre amie Noura a appelé Abby McDeere hier soir : ils veulent une avance. Histoire de montrer notre bonne foi. Dix millions de dollars, pour demain midi.

La nouvelle jeta un froid dans la pièce. Tout le monde regarda ailleurs.

Jack s'éclaircit la gorge et poursuivit :

— J'ai parlé à Mitch il y a une heure. Il quitte Istanbul pour se rendre à Rome. Luca est hospitalisé.

Ollie LaForge demanda :

— Et nous ne savons toujours pas à qui nous avons affaire ? On est censés lâcher dix millions et croiser les doigts ?

— Tu as une meilleure idée ? rétorqua Jack.

— Mitch a avancé depuis hier ? s'enquit Mavis Chisenhall.

— Comment ça, « avancé » ? Si tu parles de réunir de l'argent, non, pas d'un iota. Mais il se bat. C'est tout ce que je peux vous dire.

Bon an mal an, le cabinet parvenait à garder quinze millions de dollars de côté pour les coups durs ou les urgences. Il y avait une réserve plus conséquente encore pour verser les sacro-saints bonus, mais il n'était pas question d'y toucher.

Sheldon Morlock, l'un des associés les plus influents du comité, intervint :

— Il doit bien y avoir un moyen de négocier avec ces gens. La somme qu'ils demandent est extravagante et bien au-delà de nos moyens. Et ne me dis pas que c'est tout ou rien. Je n'y crois pas. Si on leur lâche la moitié, ça m'étonnerait qu'ils crachent dessus.

— C'est bien là le problème, Sheldon, répondit Jack. Personne n'en sait rien. Il ne s'agit pas d'une transaction classique, que l'on mènerait avec des gens raisonnables. Ce sont des terroristes. Ils peuvent tuer Giovanna à tout moment.

Piper Redgrave, la troisième femme à siéger au comité, demanda :

— Jack, tu laisses entendre qu'on devrait emprunter l'argent ?

— Oui, c'est exactement ça. Emprunter vingt-cinq millions, c'est le montant max couvert par notre assurance. Nous leur filons leurs dix millions et on fait tous une grosse prière.

— Comme tu me l'as demandé, j'ai parlé à la Citibank, annonça Bart Ambrose. Ils sont d'accord, mais ils veulent des garanties. Des garanties personnelles pour chacun d'entre nous.

Il y eut des grognements, des soupirs et des mouvements de tête agacés. Il fallait deux tiers des votes pour valider ce genre de décision.

— Comme d'habitude avec les banquiers, lâcha Jack. Des objections ?

— On doit voter ? s'inquiéta Morlock.

— Absolument. Qui s'oppose à ce que nous empruntions vingt-cinq millions à la Citibank ?

Les neuf membres autour de la table échangèrent des regards noirs. Sheldon Morlock leva le bras. Lentement, Ollie LaForge l'imita.

— Quelqu'un d'autre ? demanda Jack d'un ton méprisant. Très bien, la mesure est adoptée par sept voix contre deux. Des questions ?

Tout le monde se tut. Les membres s'empressèrent de quitter la salle pour regagner leurs bureaux.

Au fond, il n'y avait pas grand risque. Ce prêt serait remboursé par l'assurance.

Du moins, c'est ce qu'ils croyaient.

*

Après la réunion, Jack appela la compagnie d'assurances pour finaliser le dossier. On le fit attendre – bien trop longtemps. Quand le PDG en personne le prit en ligne, Jack trouva ça bizarre. Ensuite, ce fut le coup de bambou : la demande de remboursement n'était pas valide sous prétexte que Giovanna avait été kidnappée par des terroristes, et non par des criminels de droit commun. Sur ce point, le contrat était sans équivoque, il excluait des garanties tous les actes terroristes.

— Vous vous fichez de moi ? rugit Jack au téléphone.

— C'est écrit noir sur blanc, répondit calmement le PDG.

Noir sur blanc ! Depuis quand les contrats d'assurance étaient-ils clairs ?

— Un kidnapping est un kidnapping ! insista Jack tentant de retrouver son calme. Et cette putain de police couvre les kidnappings !

— Nos sources indiquent que c'est l'œuvre d'une organisation terroriste. Donc, nous ne couvrons pas. Je suis désolé.

— C'est le monde à l'envers !

— Notre service juridique vous envoie par e-mail notre refus en ce moment même.

— On réglera ça au tribunal.

— C'est à vous de voir.

33

Après quelques heures à l'hôpital, Luca commença à se rétablir. Différents médicaments stabilisaient sa tension. Une solution en perfusion le réhydratait. Et un puissant sédatif l'avait plongé dans un sommeil réparateur. Mais, apparemment, le meilleur remontant était l'existence d'une jeune et pulpeuse infirmière en minijupe blanche qui s'occupait de lui. Bella surveillait tout ça d'un œil noir. Ah ! les hommes !

Luca tentait de monter un stratagème par l'entremise d'un vieux milliardaire reclus qu'il connaissait depuis des années. Il s'appelait Carlotti et était l'héritier d'une grande famille ayant fait fortune dans l'huile d'olive. Ses idées politiques allaient à l'encontre de celles de Luca, mais quand il était question d'argent, les deux hommes avaient appris à faire abstraction de leurs différences. Carlotti était un proche du Premier ministre et le finançait depuis longtemps. À la demande de Luca, il devait le convaincre, grâce à un montage financier savant, de faire transiter de l'argent du trésor public vers un fonds étranger détenu par une société de Carlotti ayant son siège en Espagne. Le milliardaire hésitait ; verser des rançons aux terroristes était interdit par la loi en Italie, même si c'était autorisé en Espagne. Cependant, Carlotti aimait beaucoup Giovanna et il tenait à la faire libérer. Quant au Premier ministre, il craignait qu'un nouveau scandale financier ne soit fatal à son gouvernement déjà fragilisé. Mais, comme le précisait Luca, si cela se terminait mal pour Giovanna, ce serait encore plus désastreux pour sa carrière. Le Premier ministre était coincé. Et Luca était certain de pouvoir contourner la loi et d'embobiner les juges le cas échéant.

Assurée par Roberto et Mitch, l'étape suivante du plan consistait en un nouvel entretien avec Diego Antonelli, le secrétaire d'État aux Affaires étrangères qui était venu chez Luca le lundi après-midi. Son bureau se trouvait tout au fond d'un bâtiment austère dans la partie est de Rome, non loin du palais du Latran qui avait été autrefois la résidence principale des papes (comme l'expliqua Roberto, qui avait la manie de jouer les guides touristiques avec quiconque n'était pas romain).

Le lundi, Antonelli s'était montré froid et distant. À l'évidence, ce rendez-vous à 18 h 30, un jeudi soir, ne l'enchantait pas plus. Il les fit attendre vingt minutes avant de les faire entrer dans une petite salle de réunion. Il leur serra la main, mais sans leur adresser le moindre sourire.

— Rassurez-vous, ce que nous allons nous dire ne sortira pas de ces murs, lança-t-il en regardant autour de lui pour s'assurer qu'il n'y avait pas d'oreilles indiscrètes.

Même si la porte était bien fermée, Mitch était persuadé que la pièce devait être truffée de micros.

— Si on me pose la question, cette réunion n'a jamais eu lieu.

Une fois de plus, Mitch se sentit mal à l'aise. Si des pots-de-vin ou une transaction illégale étaient en cours, il n'avait rien à faire ici. Luca prétendait avoir trouvé des failles dans la législation pour que la rançon puisse être versée impunément, mais ce tour de passe-passe devait rester l'affaire de Luca et de ses amis italiens. Scully ne pouvait être associé à une manœuvre frauduleuse, que ce soit en Italie comme dans tout autre pays. Il imaginait déjà à Manhattan une armée de procureurs leur tomber dessus. Un cauchemar !

Selon Luca, le but de cet entretien était d'entériner leur « accord » : Antonelli jouerait les intermédiaires entre Carlotti et le Premier ministre. D'un compte anonyme, le ministère des Affaires étrangères « prêterait » cinquante millions à une société écran enregistrée au Luxembourg, dirigée par l'un des fils de Carlotti. Un accord de remboursement serait signé – et oublié. L'argent serait alors transféré en divers endroits de la planète et atterrirait finalement dans un compte numéroté, prêt à être expédié.

Antonelli ne paraissait guère enthousiaste et s'adressait uniquement à Roberto – en italien. Mitch ne s'en formalisa pas. Il parvenait à suivre la conversation. Il aurait toutefois préféré ne rien comprendre.

— C'est totalement interdit par la loi, disait Antonelli, et vous croyez que le ministère de la Justice ne va pas bouger ?

— Absolument, répondit Roberto avec assurance. Il n'y aura aucun problème.

Ce qui était un vœu pieux. Car des soucis, il risquait d'y en avoir à tous les niveaux.

— Très bien, les avocats du Premier ministre vont étudier tout ça ce soir. Mais je crains qu'ils ne soient pas aussi optimistes que vous.

— Auquel cas, vous en informerez Luca.

La rencontre dura à peine vingt minutes et les deux parties étaient pressées d'en finir. Mitch laissa Roberto dans la rue et prit un taxi pour l'aéroport. Sa secrétaire avait encore une fois réussi à jongler entre les différents vols. D'abord Francfort, puis JFK. À l'arrière de la voiture, Mitch ferma les yeux, en songeant aux dix heures de vol qui l'attendaient.

Et quid des cinq prochains jours ? La cagnotte pour la rançon était toujours vide. Pire, elle était percée ! Le dépôt du lendemain s'avérait facile. Juste dix millions. Mitch était quand même agacé de savoir que deux membres du comité avaient voté contre. Avec son refus au dernier moment, non seulement l'assurance leur plantait un couteau dans le dos, mais elle mettait en péril les diverses tractations pour alimenter la cagnotte. Le montage financier avec Carlotti était dangereux, voire totalement illégal, et il allait sans doute échouer. Mitch ferait son rapport à Jack Ruch et celui-ci téléphonerait à Luca pour lui passer un savon. Tout le monde était plein d'empathie et voulait sauver Giovanna, mais Scully ne pouvait prendre le risque de se lancer dans des opérations illicites, aux États-Unis comme ailleurs. Du côté du gouvernement britannique, les négociations étaient au point mort, malgré leurs nombreux entretiens avec les Affaires étrangères. Cet après-midi, Riley Casey avait rencontré Jerry Robb du cabinet Reedmore pour connaître leur position à l'idée d'un règlement rapide du dossier Lannak. Et comme prévu, l'échange avec Robb avait été court, déplaisant et parfaitement inutile.

34

Mitch partit faire un footing de nuit dans Central Park. C'était le meilleur moyen de chasser le jet-lag. Impossible de trouver le sommeil, avec ce compte à rebours qui tournait, avec ses remords – ses enfants avaient été exilés dans le Maine parce qu'ils se retrouvaient en danger, et son épouse vivait de plus en plus mal cette situation anxiogène. À l'aube, Abby le rejoignit à l'entrée du parc sur la 72e Rue et ils s'insinuèrent dans le flot de joggeurs. Ils parlaient rarement en courant. D'ordinaire, ils préféraient rester silencieux, savourer les premiers rayons de soleil, l'air frais et printanier de New York. Quand les garçons avaient grandi, et que les contingences du quotidien avaient repris leurs droits, leurs joggings s'étaient faits plus rares.

Lorsqu'ils habitaient à Cortone, avant la naissance des jumeaux, ils couraient tous les matins, à travers les vignes et les villages. Souvent, ils s'arrêtaient pour discuter avec un fermier pour voir s'il comprenait leur italien, ou bien faisaient une halte dans un café pour boire un verre d'eau ou prendre un expresso. Leur étape favorite était un petit domaine viticole. Et le vigneron par facétie leur demandait pourquoi les Américains aimaient courir, suer sang et eau sous le soleil, pour aller nulle part. Souvent l'homme les invitait à boire un verre de rosé à l'ombre et sa femme insistait pour leur faire manger du buccellato, une sorte de cake sucré avec des raisins secs et des grains d'anis. Ce genre de pause à mi-parcours avait tendance à se transformer en séance de dégustation de vins et les joggeurs ne pensaient plus à la course à pied. Après quelques écarts de ce genre, Abby avait mis le holà et imposé un nouvel itinéraire.

Ce matin à Central Park, ils firent le tour du réservoir et prirent la direction de la maison. Les rues revenaient à la vie – promesse d'une nouvelle journée frénétique dans la Grosse Pomme. Mais ce soir, les McDeere comptaient bien ne plus être en ville.

À 11 heures, ils prirent un taxi pour rejoindre le siège de la Citibank à Lexington Avenue, à côté de la 44e Rue, et montèrent au vingt-cinquième étage où se trouvait le bureau de Mme Philippa Melendez, directrice financière et experte en transferts d'argent. Elle les conduisit dans une salle de réunion où se trouvaient déjà Cory et Darian, un café à la main. Quelques minutes plus tard, Jack arriva, le chef suprême, prêt à signer. Philippa Melendez confirma que les dix millions étaient disponibles. Restait désormais à attendre les consignes de Noura.

Elle appela à 11 h 30 et demanda si Abby avait son ordinateur portable. Bien sûr, elle l'avait apporté. L'e-mail arriva aussitôt, avec des instructions. Le service informatique de Cory trouva le lieu d'envoi du message : un cybercafé à Newark. Évidemment, l'auteur de l'e-mail était déjà loin. Jack Ruch signa l'autorisation de virement. Les dix millions allaient être envoyés vers un compte numéroté au Panama.

— Prêt ? demanda Philippa à Jack.

Il hocha la tête, l'air grave, et Scully dit adieu à l'argent.

— Aucun moyen de savoir où vont aller ces dix millions ? s'enquit Abby en fixant du regard l'écran de son ordinateur.

Philippa haussa les épaules.

— En théorie, c'est possible, mais dans la pratique c'est très complexe. Le compte appartient à une société écran au Panama et il y en a des milliers.

Ils attendirent. Huit minutes plus tard, le Jakl sonna à nouveau.

— La somme est arrivée, annonça Noura.

Le larcin avait été rapide et efficace, presque sans douleur. Tous poussèrent un long soupir, tentant de se faire à l'idée que l'argent s'était volatilisé et qu'ils n'avaient rien eu en retour. Ils saluèrent Philippa Melendez et quittèrent l'immeuble.

Une fois dehors, Abby et Cory montèrent dans un SUV noir et filèrent à l'appartement des McDeere. Mitch et Darian, dans un autre véhicule, partirent plein sud pour rejoindre le Financial District.

Abby avait préparé son sac de voyage. Arrivée dans la cuisine, elle envoya un message par le Jakl, pour annoncer à Noura qu'elle serait loin du téléphone jusqu'à dimanche midi. Elle le rangea dans un placard, avec son propre portable. Elle quitta l'immeuble discrètement, par le sous-sol, et retrouva le SUV où l'attendait toujours Cory. Le conducteur sortit du centre-ville par le pont George-Washington et s'enfonça dans le New Jersey. Ils n'avaient pas été suivis, Cory en était certain. Ils s'arrêtèrent dans le petit aéroport de Paramus, montèrent à bord d'un King Air et décollèrent. Une heure et demie plus tard, ils atterrissaient à Islesboro, où les attendaient Clark et Carter. Ils n'avaient pas vu leur mère depuis une semaine.

*

À 12 h 30, Jack Ruch convoqua le comité directeur pour le cinquième jour d'affilée. Les neuf membres étaient présents. L'humeur était maussade. Le cabinet venait de perdre dix millions de dollars.

Jack leur résuma les événements de la matinée et fit entrer Mitch. Le comité était content de le voir et avait plein de questions à lui poser. Il leur parla de l'état de santé de Luca, fit son rapport sur le recours Lannak à Genève et leur donna les dernières infos en provenance de Tripoli.

Côté rançon, il n'y avait guère eu de progrès. L'Italie et la Grande-Bretagne faisaient la sourde oreille, espérant que la crise se résolve ou disparaisse par enchantement. Puisqu'ils étaient exclus des négociations et ignoraient totalement à qui ils avaient affaire, ils étaient réticents à mettre la main à la poche – ce qui pouvait se comprendre.

Maintenant que les ravisseurs avaient récupéré un joli petit pactole, Mitch comptait leur demander une rallonge de temps pour la remise définitive de la rançon. Le délai, tout le monde s'en souvenait, expirait le mercredi suivant, le 25 mai. En son for intérieur,

Mitch ne se faisait pas d'illusions. Les terroristes ne paraissaient guère ouverts à la discussion.

Après avoir décrit au comité une situation inquiétante, Mitch passa à plus déplaisant encore : en marchant de long en large devant le grand écran mural, il aborda le sujet que chacun redoutait.

— Il est vital que notre cabinet se donne tous les moyens de ramener Giovanna saine et sauve, déclara-t-il. Pour ce faire, nous devons accéder aux requêtes de ses ravisseurs, à toutes leurs requêtes, et sans conditions. Et comme vous le savez, ils veulent encore quatre-vingt-dix millions de dollars.

En tant qu'actionnaires majoritaires, les membres du comité s'étaient versé 2,2 millions de dollars l'année précédente, soit les troisièmes plus gros dividendes du pays. Ils menaient grand train, dépensaient sans compter, même si certains économisaient plus que d'autres. Par nature, ils étaient tous plus fourmis que cigales, mais quelques-uns, disait-on, dilapidaient réellement tout ce qu'ils avaient. Sur le papier, ils étaient tous millionnaires, et il n'y avait pas si longtemps, une vingtaine d'années peut-être, ils auraient été les golden boys de Wall Street. Aujourd'hui, toutefois, leurs revenus étaient éclipsés par ceux des nouveaux rois de la finance – fonds spéculatifs, capital-risque et consorts.

Ollie LaForge intervint le premier. Contre toute attente, il poussa un petit gloussement, comme s'il trouvait la situation comique.

— Tu es sérieux ?

Sachant la question purement rhétorique, Mitch préféra ne pas répondre. Il avait livré son message, la suite des débats était l'affaire du comité. Il alla s'asseoir sur un siège à l'écart, le long du mur.

Sheldon Morlock renchérit.

— Je ne vais pas mettre en péril tout ce que j'ai accompli, ni la sécurité financière de ma famille, pour garantir un prêt de quatre-vingt-dix millions de dollars. C'est hors de question !

Bien sûr, en prononçant ces mots, il se garda bien de regarder Mitch.

— Nous nous posons tous les mêmes questions, Sheldon, répondit Piper Redgrave, mais personne ne va vous demander de rembourser une telle somme. C'est le cabinet qui contracte le prêt et je suis sûre qu'en se serrant tous la ceinture, en concédant quelques sacrifices, on peut s'en sortir. Bart, quelles seraient les conditions du prêt exactement ?

Des sacrifices ? songea Mitch. Comme si les gros associés de Scully allaient se priver d'un week-end dans les Hamptons ou d'un repas dans un trois-étoiles.

— Eh bien, répondit Bart Ambrose, en l'état actuel des choses, ce serait quatre-vingt-dix millions à trois pour cent d'intérêt, dans ces eaux-là. Si nous nous lançons, il faudra échelonner le remboursement sur une longue période.

— On ne va pas emprunter quatre-vingt-dix millions, Sheldon, lança Bennett McCue. On va poursuivre l'assurance et les faire cracher, t'inquiète. Ça va être sanglant mais on récupérera vingt-cinq millions.

— Et ça prendra des années, répliqua Sheldon Morlock. Et ce n'est même pas sûr qu'on gagne !

Ollie LaForge reprit :

— Je n'aime pas les dettes. Je n'en ai aucune et n'en ai jamais eu. Mon père a fait faillite quand j'avais vingt ans, on a tout perdu. Je déteste les banques, vous le savez. Donc, ce sera sans moi.

LaForge habitait encore une petite maison dans le Queens et prenait le métro pour venir au bureau. Et parce qu'il s'était toujours montré économe, il avait sans doute plus d'argent de côté que tous les autres.

Mavis Chisenhall, une autre adepte du bas de laine, se tourna vers Mitch.

— Et toi ? tu te porterais garant ?

La question tombait à pic ! Exactement celle qu'il attendait. Il se leva, sortit une feuille de papier qu'il lança au milieu de la table.

— J'ai déjà signé. C'est écrit là.

Alors que les membres se penchaient vers le document, Mitch en déposa un autre sous leur nez.

— Et ça, c'est la caution de Luca. Nous nous sommes tous les deux portés garants.

Mitch les regarda un à un. Ils avaient tous la tête plongée dans leur calepin. Profitant de l'instant, il décida d'enfoncer le clou.

— Voilà pourquoi c'est important. Nous allons peut-être collecter de l'argent d'autres sources – c'est tout à fait possible. On nous fera sans doute un tas de promesses, mais ce qu'il nous faut aujourd'hui, ce sont des certitudes. Et pour cela, l'unique moyen c'est d'avoir l'argent à la banque. Seul Scully peut contracter un tel prêt. Je pars dimanche pour Londres, puis Rome, et Dieu sait où encore. Je fais tourner le chapeau partout où je peux, comme un mendiant, j'y mets toute mon énergie. Mais si j'échoue, au moins nous aurons les fonds. Toute la somme. Je ne sais pas si les ravisseurs vont accepter un délai supplémentaire, ou un versement en plusieurs fois. En tout cas, je ne les imagine pas réduire le montant. Personne ne peut prévoir ce qui va se passer dans les cinq prochains jours. On doit juste s'assurer d'avoir de quoi payer. C'est ça qui compte. Parce que c'est vital pour Giovanna.

Quand il eut terminé son laïus, Jack lui fit signe de le suivre.

— Bien joué, murmura-t-il une fois dans le couloir. Tu peux y aller, si tu veux. On risque d'en avoir encore pour un bon moment.

— D'accord. Je vais chez ton frère, voir mes gosses.

— Embrasse-les de ma part. Je te tiens au courant.

*

Le chauffeur prit le pont de Brooklyn. La circulation était bouchée. Un vendredi après-midi, fin mai, la moitié de Manhattan partait se mettre au vert. Une heure plus tard, ils arrivèrent enfin au petit aéroport de Republic, aux environs de Farmingdale. Mitch descendit de voiture et remercia le conducteur. Au moment de pénétrer dans le terminal, il s'aperçut qu'il n'avait pas regardé si quelqu'un le suivait. Il faisait un piètre espion ! Et pour tout dire, il en avait assez de surveiller ses arrières.

Un jeune pilote imberbe, qui ressemblait à un ado de quinze ans, prit son sac et le conduisit vers un Beechcraft Baron et l'aida à monter à bord. Le bimoteur était petit mais confortable, quoique très loin du standing des Falcon, Gulfstream et Lear que Scully louait d'ordinaire. Aucune importance. Il allait retrouver ses garçons pour vingt-quatre heures. Le pilote lui montra une glacière. Pourquoi pas ? C'était le début du week-end. Il en sortit une bière bien fraîche. Pendant qu'ils roulaient vers la piste d'envol, Mitch appela Rome. Luca était réveillé et râlait pour tout. Les infirmières le préféraient inconscient.

Pendant près de deux heures, ils volèrent à huit mille pieds, leur altitude de croisière. Le temps était clair. Ils longeaient la côte du Maine, et Mitch admirait la vue. C'était si beau, ces rivages rocheux, ces criques et ces anses, ces petits villages de pêcheurs. Une myriade de voiliers zébrait l'eau azur. Il aperçut Camden, avec ses rues pittoresques, son port bourdonnant d'activité, puis Islesboro. Pendant leur descente, Mitch repéra la succession de demeures balnéaires et reconnut Wicklow. Clark et Carter étaient sur le ponton avec Abby et lui faisaient de grands signes. Une demi-heure plus tard, Mitch était installé au bord de la piscine et regardait les jumeaux s'ébattre dans l'eau, tout en parlant à son épouse et à ses parents.

Cette semaine avait été des vacances pour les garçons. De leur propre aveu, les Sutherland avaient lâché la bride concernant les devoirs. Et aussi sur l'heure du coucher. Et avec Mme Emma à leur service aux fourneaux, la nourriture n'avait rien eu de diététique. Mais Mitch et Abby s'en fichaient. Avec tout ce stress, l'aide des grands-parents était pour eux une bénédiction.

Pendant qu'ils buvaient un verre – vin blanc pour Mitch et Abby, limonade pour les Sutherland – Maxie et Hoppy demandèrent, à mots couverts, quand ils allaient pouvoir rentrer chez eux. Bien sûr cela agaça Mitch. Leur envie de retrouver leur petite maison paraissait si dérisoire au regard de la sécurité de leurs petits-enfants. Il retint sa langue et leur répondit que c'était l'affaire de quelques jours encore.

Le 25 mai pour être exact.

Ils regardèrent Tanner se rendre au bout du ponton pour accueillir un bateau de pêche qui apportait leur commande.

— Encore des homards ! plaisanta Harold Sutherland. On en mange trois fois par jour.

Maxine, toujours aussi terre à terre et sans le moindre humour, renchérit :

— Quiche au homard le matin. Rouleau de homard le midi. Et homards grillés le soir.

Carter, au bord de la piscine, qui ne perdait pas une miette de la conversation, ajouta :

— Et aussi dans les pâtes au fromage ! C'est super bon !

Harold poursuivit l'énumération.

— Homard à toutes les sauces ! En bisque, en beignets, en gratin…

— Ça paraît délicieux, lança Abby.

Maxine était heureuse de ne pas être la cuisinière de service.

— Mme Emma est un cordon-bleu, vraiment.

— M'man, tu devrais faire un livre de recettes sur le homard, déclara Clark. Et mettre Mme Emma en couverture.

— C'est une bonne idée, répondit Abby en songeant au nombre d'ouvrages qu'elle avait achetés sur la cuisine des crustacés.

Barry Ruch apparut en short et chaussures bateau, avec dans une main un gros cigare et dans l'autre un verre de whisky. Il s'était arrangé pour s'absenter de Wicklow la majeure partie de la semaine. À l'évidence, il n'avait aucune envie de jouer les baby-sitters. Ou alors, c'était les grands-parents qu'il évitait. Il lança un sourire à Mitch.

— Jack veut vous parler, annonça-t-il.

*

Mitch emporta le téléphone vert au bout du ponton et appela Jack. Quand il entendit le ton de sa voix, Mitch sut aussitôt que les nouvelles étaient mauvaises. Il était 18 h 30 et la journée avait commencé par une matinée pénible à la Citibank, où ils avaient lancé le transfert et vu dix millions disparaître.

— La réunion avec le comité a duré quasiment cinq heures, et ça a été le moment le plus pénible de toute ma carrière. Quatre ont voté oui pour le prêt, en disant, banco ! sauvons Giovanna, on gérera plus tard les problèmes. Mais les cinq autres n'ont rien voulu savoir. Comme tu t'en doutes, Sheldon a été leur porte-parole. C'était terrible, un spectacle pitoyable. J'ai perdu plusieurs amis aujourd'hui.

Mitch se figea et regarda le bateau de pêche disparaître au loin.

— J'en reste sans voix, bredouilla-t-il.

— Finalement, partir à la retraite ne tombe pas si mal.

— Vous avez voté combien de fois ?

— Je ne sais pas. Quatre, cinq. Mais ça n'a pas bougé. Je ne vais pas te donner les noms. Les débats sont confidentiels. Tu n'es pas censé savoir ce qui se passe au comité.

— Je sais. Je sais. Mais je suis atterré.

— Tu as fait de ton mieux, Mitch.

— Et il n'y a aucun moyen de passer outre ?

— Tu connais nos statuts. Comme tous les associés. On peut déclarer le comité défaillant, virer tous les membres, et lancer une nouvelle élection. Mais personne ne va vouloir se présenter. Vu la situation, aucun n'est prêt à assumer une telle responsabilité.

— Et si la semaine prochaine Giovanna est tuée ? Si le monde entier voit son exécution ? Que va-t-il se passer ?

— Rien de nouveau sous le soleil. On va désigner des coupables, reporter la faute sur les autres : les terroristes, les Libyens, les Turcs, les politiciens. Personne ne saura jamais que nous avions la possibilité de la sauver. Ce ne sera pas rendu public. Et avec le temps, nos collègues oublieront et passeront à autre chose. Ce ne sont pas les jeunes pousses qui manquent. Giovanna n'était qu'une employée parmi tant d'autres.

— Ça me rend malade.

— Je sais. Ce cabinet me dégoûte.

— Il faut appeler Luca.

— Tu dois le faire, Mitch. Tu es le plus proche de lui.

— Non, Jack, désolé. C'est toi le directeur et c'est ton comité. Mais appelle Roberto d'abord, pas Luca.

— C'est au-dessus de mes forces, Mitch. S'il te plaît, fais-le.

35

En voyant la démarche de Mitch qui remontait vers la piscine, Abby sut que la conversation s'était mal passée. Mitch se força à sourire quand Carter voulut l'éclabousser. Hoppy racontait à Barry une autre anecdote de pêche dans une rivière de l'Oregon.

— Ça va ? murmura Abby.

— Super.

Ce qui, évidemment, signifiait l'inverse.

— Hé, les garçons, vous voulez faire un tour en bateau ? lança Tanner.

— Bonne idée ! renchérit Maxie. Nous faisons une balade tous les après-midi dès que la mer se calme.

Les jumeaux sortaient déjà du bassin.

— Pourquoi pas ? parvint à répondre Mitch. Ça paraît amusant.

— Allez-y donc ensemble, proposa Maxie. On vous regardera d'ici.

Tanner était déjà sur le ponton, à vérifier le moteur. Les garçons sautèrent à bord sans passer par l'échelle. Mitch et Abby se montrèrent plus prudents. L'air était frais sur l'eau et les enfants, encore mouillés, se mirent à grelotter. Après qu'Abby les eut enveloppés d'épaisses serviettes, ils allèrent s'installer à leur endroit préféré, sur les coussins à la proue, tandis que leurs parents optèrent pour les sièges confortables à l'arrière.

Mitch tenta de se détendre.

— C'est un beau bateau, Tanner. Il est tout en bois ?

— Oui. Un modèle typique du Maine. Construit ici, par Ralph Stanley en personne. Onze mètres. Un petit bijou. Mais lent comme un escargot.

— C'est très bien comme ça.

Avant de partir, Tanner proposa un apéritif.

— Histoire de fêter dignement le début du week-end.

— Du vin blanc pour moi, répondit Abby. Merci.

— Un double bourbon, demanda Mitch.

Tanner disparut en cabine.

— Un double ? s'inquiéta Abby.

— C'était Jack Ruch. Le comité directeur s'est réuni pendant cinq heures cet après-midi et a voté. Ils ne veulent pas emprunter. Donc la cagnotte pour la rançon est vide. Maintenant qu'on a versé les dix millions, nous sommes à sec. L'exécution de Giovanna est quasiment actée.

Abby ouvrit la bouche, horrifiée, mais ne put articuler un mot. Elle détourna la tête vers l'horizon.

— Jack est dans tous ses états, poursuivit Mitch. Il dit qu'il a perdu un tas d'amis aujourd'hui.

— C'est affreux.

— Oui.

— Il l'a annoncé à Luca ?

— Pas encore. Tu te sentirais de le faire, à sa place ?

— Non, je ne crois pas. Comment est-ce possible ? Je ne comprends pas.

En courant, Carter fit le tour du poste de pilotage, descendit dans la cabine comme s'il était le capitaine et en ressortit avec deux sachets de pop-corn. Il lança un grand sourire à ses parents mais garda les paquets pour lui.

— C'est du grand n'importe quoi avec les garçons, lâcha Mitch.

— Absolument. Maxie et Hoppy doivent céder sur tout.

— Et nous donc ! Leurs profs vont s'arracher les cheveux quand ils vont retourner à l'école.

— Et ce serait pour quand, ce grand retour ?

Mitch resta pensif un moment.

— Dans une semaine, pas avant. Tes parents seraient d'accord ?

— Ils se débrouilleront.

Tanner revint avec les boissons disposées sur un plateau d'argent, comme un vrai majordome. Il les servit, cria aux jumeaux qu'il levait l'ancre et lança les moteurs. Mitch et Abby, face à la poupe, regardèrent la maison rapetisser. Les bruits des hélices couvraient leurs paroles.

— Je ne comprends pas, répéta-t-elle.

— Ce sont des pleutres, Abby. Ils préfèrent sauver leurs biens plutôt qu'aider Giovanna. S'ils étaient à sa place, ils crieraient tous, hé ! les gars, empruntez le fric ! Sortez-moi de là ! La firme absorbera la perte avec le temps ! Mais là, dans leurs beaux bureaux de Manhattan, ils ne pensent qu'à protéger leur argent et leur situation.

— Combien le cabinet a gagné l'année dernière ?

— Un peu plus de deux milliards.

— Et cette année ? C'est plus ?

— Oui, plus. C'est toujours plus.

— Où est le problème alors ?

— On a passé onze belles années avec Scully et c'est la première fois que j'ai envie de claquer la porte.

Tanner augmenta le régime et le sillage grossit. Ils virèrent vers une crique, le vaste océan était tout proche. L'eau était lisse et d'un bleu profond, de temps en temps une vague projetait des embruns sur le pont et rafraîchissait tout le monde. Mitch chercha la main d'Abby et la serra. De sa main libre, il souleva le verre et avala une lampée de bourbon, ferma les yeux en sentant le liquide descendre dans sa gorge. Il buvait rarement des alcools forts, pourtant cette fois, il en avait besoin.

— Je suis sûre que tu as un autre plan, dit-elle.

— Oh, un tas ! Mais aucun ne fonctionne. Il n'y a pas de mode d'emploi pour ce genre de chose. Je dois improviser.

— Tu penses qu'ils vont vraiment s'en prendre à Giovanna ?

— Oui. Sans le moindre doute. Ce sont des sauvages. Et ils aiment attirer l'attention. Il n'y a qu'à voir leurs vidéos. S'ils lui font du mal, ce sera horrible, et le monde entier le verra.

Abby secoua la tête.

— Je pense à elle tout le temps. Je vis ici, à l'abri, avec ma famille, mes amis. Je peux aller où je veux, faire ce que je veux, alors que Giovanna est enfermée dans une grotte ou une cave, et prie pour que quelqu'un vienne la sauver.

— Je m'en veux tellement, Abby. Ce voyage au pont était peut-être utile à certains égards, mais en rien crucial. J'avais envie d'aventure, voilà la vérité.

— C'est Luca qui a insisté.

— Certes. J'aurais pourtant pu refuser, ou attendre. Voir ce pont n'allait rien changer quant à notre façon de défendre les intérêts de Lannak.

— Ne commence pas à te faire des reproches, Mitch. C'est une perte de temps et d'énergie, et tu dois t'occuper d'affaires bien plus urgentes.

— C'est rien de le dire.

*

Barry ne dîna pas avec ses invités. Apparemment, il y avait une soirée dans une maison un peu plus loin. De vieux amis de Boston étaient arrivés sur l'île et conviaient leurs camarades pour une nuit festive. Tanner y accompagna Barry. Il reviendrait le chercher dans plusieurs heures quand il ne resterait ni cigares ni cognac. Tanner faisait de longues journées de travail, mais à en croire Hoppy, qui avait mené sa petite enquête, il n'y avait pas grand-chose à faire au printemps et en hiver ; le personnel se la coulait douce. En revanche, quand les grandes maisons étaient ouvertes, d'ordinaire entre mai et octobre, les propriétaires et les invités se succédaient, et les employés travaillaient souvent dix-huit heures par jour.

Mme Emma, elle aussi, passait tout son temps derrière les fourneaux. Pour le dîner, elle leur proposa de manger dehors face au soleil couchant. Avec Mme Angie, elle leur servit un gratin de pâtes au homard, assorti de légumes du potager.

Heureusement, Hoppy, d'humeur loquace, fit la conversation. Maxie plaçait un mot quand elle le pouvait, et Abby s'efforçait de paraître joyeuse devant les enfants. Mitch avait la tête ailleurs. Depuis une semaine, toute la famille était perturbée. Les garçons n'étaient pas à l'école. Mitch était toujours entre deux avions, constamment sous pression. Abby négligeait son travail d'éditrice. Hoppy et Maxie étaient censés séjourner chez des amis dans l'Utah et en avaient assez d'Islesboro. Et personne ne savait réellement quand leur exil dans le Maine prendrait fin.

Mitch se montrait aimable avec ses beaux-parents et c'était finalement l'aspect positif de tout ça. Les Sutherland leur rendaient un grand service et Mitch leur était reconnaissant de s'être rendus ainsi disponibles.

Après le dîner, les grands-parents se retirèrent vite dans leur chambre et fermèrent leur porte. Ils voulaient une nuit tranquille sans enfants dans les pattes. Les McDeere s'installèrent dans un salon pour regarder des DVD sur une grande télévision. Un feu crépitait dans la cheminée. Clark se glissa aussitôt entre ses parents et se blottit contre sa mère. Face à *Shrek*, les enfants s'ennuyèrent vite car ils l'avaient vu à de nombreuses reprises. Comme ils n'arrivaient pas à se mettre d'accord sur un autre film, Abby proposa un classique, *E.T.* Avec Mitch, ils étaient allés le voir en salle à sa sortie en 1982, lors de leur second rendez-vous. Les jumeaux râlèrent pour la forme, parce que c'était un vieux film, mais au bout de dix minutes ils étaient pris par l'histoire. Carter, prétextant avoir froid, rejoignit tout le monde sous le plaid. Mitch piqua du nez. Quand il ouvrit l'œil, il regarda Abby.

Elle aussi avait les paupières lourdes.

Ils étaient épuisés, mais le sommeil ne prenait pas le dessus sur tout ce stress. Ils s'assoupirent ainsi à tour de rôle, jusqu'à ce que les garçons, inévitablement, aient faim – encore ! Mitch partit dans la cuisine chercher du pop-corn.

36

Quand Tanner ouvrit la maison à l'aube, le samedi, il trouva Mitch à la table du petit-déjeuner, derrière son ordinateur, entouré de notes et de calepins.

— Je ne savais pas trop comment lancer le café et j'avais peur de casser votre machine high-tech.

— Je m'en occupe tout de suite. Vous avez besoin d'autre chose ?

— Non. Je pars dans deux heures. Abby me rejoindra demain. Nous espérons récupérer les enfants en fin de semaine prochaine, si ça ne vous embête pas trop. Je sais que nous sommes envahissants.

— Pas du tout, monsieur McDeere. Cette maison est faite pour recevoir du monde et M. Ruch apprécie votre compagnie. Votre famille est charmante. Rien ne presse. Prenez tout le temps qu'il vous faut. J'ai promis aux garçons de les emmener pêcher cet après-midi, si la météo se maintient.

— C'est gentil de votre part, Tanner. Ce sont des enfants de la ville et vous leur offrez des vacances inattendues très excitantes. Vous êtes d'une patience d'ange avec eux.

— Ils sont gentils, vos gamins. Nous nous amusons beaucoup. Emma va arriver pour préparer le petit-déjeuner, mais si vous voulez que je vous concocte quelque chose en attendant…

— Non, merci. Juste du café, ça ira.

Tanner disparut en cuisine et commença à faire du bruit. Mitch fit une pause, alla prendre l'air et passa ses appels. Il contacta en premier Stephen Stodghill qui était déjà au bureau. Mitch voulait deux assistants à disposition dès ce matin. Jack Ruch était en route. Cory, encore chez lui, dormait, du moins jusqu'à ce que Mitch lui téléphone. À Rome, c'était le début de l'après-midi et Roberto quittait l'hôpital où Luca avait passé une nouvelle mauvaise nuit.

Abby apparut à 7 heures, en quête de café. Mme Emma leur prépara des omelettes au fromage et ils mangèrent seuls dans le séjour. Chaque jour apportant son lot de mauvaises surprises, il était difficile d'avoir une feuille de route, et pourtant il fallait bien organiser la suite. Mitch partait dans une demi-heure pour New York, puis filait à Rome. Abby rentrerait en ville dimanche matin et attendrait à midi pile devant ce satané Jakl. Noura allait sûrement appeler et sa première question serait : « Vous avez l'argent ? »

Abby répondrait alors : « Oui. Et maintenant, c'est quoi le programme ? »

Mitch prit une douche, se changea et alla embrasser ses enfants. Il mourait d'envie de les réveiller, de les serrer dans ses bras et de les emmener au terrain de baseball. Mais les matchs ne seraient pas pour tout de suite. Encore quelques jours à tenir et tout serait fini.

Un King Air l'attendait à l'aérodrome d'Islesboro.

*

Lannak réclamait à la Jamahiriya arabe libyenne quatre cent dix millions de dollars, plus les intérêts pour un montant de cinquante-deux millions. Après les meurtres et le kidnapping, Mitch avait rallongé l'ardoise de cinquante millions. Cette somme arbitraire pouvait évoluer. Les intérêts aussi, puisqu'ils s'accumulaient chaque jour un peu plus. Dans la plainte d'origine, sur les quatre cent dix millions, la moitié était non négociable, selon Mitch. Cela comprenait des charges incompressibles : salaires, équipement, matériaux, ciment, acier, transport, etc., de l'argent dépensé depuis le premier jour du chantier, indépendamment des différends entre l'entreprise et l'État libyen à la suite des diverses modifications du projet.

Pendant les longs vols en avion, Mitch et Stephen avaient épluché la moindre facture, la moindre fiche de paie. Ils avaient compilé un tableau de quatre pages des frais engagés par Lannak. Par facétie, ils avaient baptisé le dossier DCK-84, le *Dernier Caprice de Kadhafi*. Chez les Bruisers, Clark portait le numéro 8 et Carter le 4.

À S & P, dans la salle de réunion de l'associé-directeur, Stephen distribua les éléments du dossier Lannak. Jack, Cory et Darian examinèrent les documents pendant que Mitch se tenait encore une fois face à la fenêtre. Les deux assistants attendaient dans le couloir, prêts à recevoir des instructions. Il était 11 h 45, un beau samedi ensoleillé de mai.

— On a vérifié tous les chiffres, expliqua Mitch. Le total figure en bas de la page 4. Il y a au moins cent soixante-dix millions qui sont dus de façon indiscutable. Bien sûr, le manque à gagner de Lannak s'élève à un demi-milliard, et je compte bien le prouver à Genève, mais dans un second temps.

— Tu vises donc un règlement partiel ?

— Exactement. C'est ce que nous allons proposer aux Libyens, aujourd'hui même, en exigeant le paiement immédiat de la première tranche. Et nous allons leur laisser entendre qu'un tel remboursement pourrait faciliter la libération de Giovanna Sandroni.

Dans la pièce, tout le monde se figea.

Jack posa lentement son exemplaire du dossier et se frotta les yeux.

— Je ne te suis pas. Tu vas demander aux Libyens de lâcher cent soixante-dix millions pour que l'on puisse payer la rançon ?

— Non. Je leur demande de payer cette somme parce qu'ils la doivent.

— D'accord. Et Lannak ? Ils vont tirer un trait sur un paquet de fric parce que ce sont de braves gars ?

— Non. Pour tout dire, je ne sais pas ce qu'ils vont décider, mais ils doivent participer à la cagnotte. Ce n'est que justice.

Darian s'en mêla.

— On peut savoir qui d'autre est de la partie ? Pour l'instant, il y a dix millions de versés. Il en reste quatre-vingt-dix à rassembler, non ?

— C'est tout à fait ça, répondit Mitch.

Il regarda Jack qui détourna les yeux. Darian, comme Cory, ignorait que Scully & Pershing avait refusé de s'engager.

— Il y a encore beaucoup de pourparlers en cours, poursuivit Mitch. Nous activons toutes nos relations dans les cercles diplomatiques, à Rome et à Londres.

— Dans quel but ?

— Convaincre leur gouvernement de cracher au bassinet pour sauver la vie d'une otage de valeur. Nous venons d'apprendre que les Anglais ont lâché dix millions pour récupérer une infirmière en Afghanistan. C'est interdit par leur propre loi, mais les lois sont parfois contraires au bien commun. Nous demandons donc aux Britanniques et aux Italiens vingt-cinq millions chacun. Et notre requête, à l'heure qu'il est, est sur la table des deux Premiers ministres.

— Et notre assurance ? insista Darian. Elle verse aussi vingt-cinq millions ?

— Non, intervint Jack. Elle refuse de nous couvrir. Nous allons les attaquer, mais ça va prendre quelques années. Or, nous n'avons que quatre jours.

Cory regarda Mitch d'un air confus.

— Comment êtes-vous au courant pour l'infirmière en Afghanistan ?

— J'ai mes sources. À Washington.

— Vous pourrez m'en parler ?

— Plus tard. Si j'ai le temps. Pour le moment, c'est un détail.

Cory n'insista pas. La libération de l'infirmière était secrète. Lui seul était censé être au courant, pas les avocats de Scully.

— De plus, reprit Mitch, je compte donner ce dossier à Roberto et à Riley et mettre la pression sur les ambassades libyennes, à Rome comme à Londres.

Jack secoua la tête.

— C'est pas gagné, Mitch.

— Je sais bien. Rien n'est sûr. Rien n'est gagné. Inutile de me le répéter ! Mais tu as une meilleure idée ?

Mitch regretta aussitôt son ton. Il s'adressait quand même au directeur de Scully, à son chef. Du moins pour l'instant.

— Je suis désolé, annonça Jack comme un vrai ami. C'est d'accord. Et on vient tous avec toi.

*

La réunion de travail se poursuivit donc durant le trajet jusqu'au Gulfstream G450 stationné à l'aéroport de Teterboro dans le New Jersey. Toute l'équipe de Scully, hormis les assistants, monta à bord. Quand ils bouclèrent leurs ceintures, le steward leur proposa des boissons et annonça que le vol pour Rome durerait sept heures. Un déjeuner serait servi en cabine quand ils auraient atteint leur altitude de croisière. Il y avait du réseau et le wifi. Et aussi deux canapés à l'arrière pour se reposer.

*

À Rome, peu après 19 heures, Roberto Maggi poussa les portes d'un café sur la colline de l'Aventin. Diego Antonelli habitait ce beau quartier et avait accepté de boire rapidement un verre avec lui. Sa femme et lui étaient invités à un dîner et il ne cacha guère son agacement d'être dérangé un samedi. En même temps, il comprenait l'urgence de la situation. Le gouvernement était inquiet parce qu'il y avait trop de paramètres qu'il ne maîtrisait pas. Son devoir était de protéger ses citoyens pris en otage, mais les Affaires étrangères n'avaient aucune information sur les ravisseurs et encore moins sur les conditions d'une éventuelle libération. Ils ne pouvaient pas négocier, ni envisager une opération militaire pour délivrer Giovanna. Seuls les Américains étaient en contact avec les terroristes et cela irritait les Italiens au plus haut point.

Les deux hommes s'installèrent à une petite table dans un coin et commandèrent deux verres de chianti.

— Le plan avec Carlotti est à l'eau.

— Tant mieux. Qu'est-ce qui s'est passé ?

— Il a fait marche arrière. Ses avocats lui ont dit que c'était risqué de contourner la loi. Il veut aider Luca, bien sûr, mais il cherche quand même à s'éviter des ennuis. Et de mon côté, la branche américaine de Scully n'aimait pas le projet. On a chez nous un tas de procureurs énervés qui rêvent de se faire un gros cabinet d'affaires.

Antonelli hocha la tête, comme s'il approuvait les motivations des magistrats outre-Atlantique. Le vin arriva. Ils trinquèrent.

— Il y a autre chose, reprit Roberto.

— Allez-y, répondit Antonelli en regardant sa montre.

Au bout de dix minutes, il était déjà pressé de partir.

— Il s'agit de Lannak. Notre client. L'entreprise turque.

— Oui, oui, je connais le dossier. La Chambre d'arbitrage. Luca m'en a parlé.

— Nous avons un plan pour arracher un accord à l'amiable, un règlement partiel, et rapide. Nous voulons que votre patron aille trouver l'ambassadeur libyen le plus vite possible pour qu'il dise à Tripoli d'accepter l'accord.

— Il ne voudra rien entendre.

— Peut-être… sauf si ce règlement à l'amiable permet de faire libérer l'otage.

— Je ne vous suis pas.

— L'argent. Nous en prenons une partie et la mettons dans la cagnotte. (Roberto sortit de son porte-documents une enveloppe kraft et la déposa devant Antonelli.) Lisez ça. Tout va s'éclairer.

Diego prit l'enveloppe sans montrer un grand intérêt. Il but une lampée de vin.

— Entendu, je vais la remettre au Premier ministre.

— Le plus tôt sera le mieux, vraiment. Il y a urgence.

— C'est bien ce que j'ai compris.

37

Il était 3 heures du matin le dimanche quand les deux vans transportant l'équipe de Scully se garèrent devant l'Hassler Roma. Les voyageurs épuisés s'enregistrèrent sans perdre de temps et montèrent dans leurs chambres. Mitch était déjà descendu dans cet hôtel et savait que la Piazza di Spagna était juste en bas. Sa chambre était orientée vers l'est et, avant de se coucher, il ouvrit les rideaux pour admirer la fontaine au pied des célèbres escaliers. Il esquissa un sourire. Abby lui manquait. Il aurait tant aimé être avec elle ici, ce soir.

La journée s'annonçait longue et éprouvante. Dormir pouvait attendre. L'équipe se retrouva à 9 heures pour petit-déjeuner dans un salon privé. Roberto Maggi les rejoignit et annonça que Luca allait sortir de l'hôpital et rentrer chez lui – il ne précisa pas ce qu'en pensaient les médecins. La bonne nouvelle du matin, c'était un appel de Diego Antonelli. Le Premier ministre en personne avait parlé à l'ambassadeur libyen et lui avait dit qu'un règlement à l'amiable était primordial.

Le samedi, Roberto s'était longuement entretenu avec Denys Tullos, le conseiller juridique des Celik à Istanbul. Apparemment, le vice-ministre des Affaires étrangères turc avait dîné la veille avec l'ambassadeur libyen. Et leur conversation avait porté sur le dossier Lannak. C'était aussi une bonne nouvelle.

Les diplomates libyens en Italie, en Turquie et en Grande-Bretagne avaient donc reçu le message : il fallait vite conclure un accord. Quelle allait être la réaction de Tripoli ? Cela restait un mystère. Roberto, qui connaissait bien le pays, s'empressa de couper court à tout optimisme prématuré.

Hormis Mitch et Jack, personne dans la pièce ne savait combien – et surtout si peu – avait été réellement versé dans la cagnotte de la rançon. À mots couverts, Cory et Darian laissaient entendre que Scully n'en faisait pas assez, étant donné ses ressources considérables. S'ils connaissaient la triste vérité ! Mais bien sûr, ils n'en sauraient jamais rien. Plus tôt, alors qu'ils survolaient l'océan Atlantique, Mitch avait demandé discrètement à Jack s'il était possible de reconvoquer le comité directeur pour tenter de les faire changer d'avis. Jack avait refusé net. C'était inenvisageable. Du moins pour l'instant.

*

Dans l'ascenseur qui l'emmenait à l'appartement, Abby tentait de contenir son exaspération. Ces gardes armés, ces entrées et sorties par le sous-sol, la surveillance constante, les gros SUV noirs, tout ce cirque digne d'un mauvais thriller, elle n'en pouvait plus ! Elle voulait voir son mari de retour à la maison, ses enfants à l'école, et reprendre le cours de sa vie.

Elle brûlait d'envie de balancer le Jakl par la fenêtre et de le regarder voler en éclats sur le bitume de Columbus

Street. Enfin, ne plus être traquée ! Elle le déposa pourtant sagement sur la table de la cuisine et se prépara du café en s'efforçant d'oublier sa présence.

À 12 h 05, Noura appela, comme Mitch le prévoyait. Pour la première fois, il y eut un peu de chaleur dans sa voix.

— Comment s'est passé votre week-end ?

— Très bien.

— Nous sommes dimanche midi. La deadline est mercredi 17 heures, heure de la côte Est.

— Vous êtes les maîtres du jeu. Je ne suis pas en position de discuter.

— Vous avez l'argent ?

Ils avaient préparé sa réponse et décidé qu'il était inutile d'expliquer leurs difficultés à réunir cette somme en si peu de temps. Naïvement, Noura et ses compagnons pensaient qu'il suffisait à Scully, le plus grand cabinet du monde, de signer un chèque et le tour serait joué ! Et, comble de l'ironie, cela avait failli être le cas !

— Oui, nous l'avons.

Un silence se fit sur la ligne, comme un soulagement. Mais du côté d'Abby, c'était la peur et l'inquiétude qui prédominaient.

— Parfait. Voici les instructions. Vous partez ce soir pour le Maroc.

Abby faillit lâcher le téléphone. Elle regarda fixement l'appareil. Elle était rentrée chez elle depuis à peine une heure. Sa famille était dispersée. Son travail partait à vau-l'eau. Toute son existence était sens dessus dessous. Et elle devait maintenant se rendre en Afrique du Nord ?

— D'accord, marmonna-t-elle.

Pour la énième fois, elle se demanda : comment en suis-je arrivée là ?

— Vol 55, British Airways, départ de JFK cet après-midi à 17 h 10. Il reste des places en classe affaires, mais ne tardez pas à réserver. Il y a trois heures d'escale à Gatwick, puis le vol sera direct de Londres à Marrakech. Vous serez surveillée du début à la fin, mais vous ne serez pas en danger. Arrivée à Marrakech, prenez un taxi et rendez-vous à La Maison Arabe. Une fois à l'hôtel, vous recevrez d'autres instructions. Des questions ?

Oui, mille !

— Peut-être. Donnez-moi un instant pour réfléchir.

— Vous êtes déjà allée à Marrakech ?

— Non.

— Il paraît que c'est charmant. Totalement décadent. Vous autres, vous adorez cette ville.

« Vous autres ». Il était évident que Noura désignait avec ce mépris les Occidentaux.

Deux ans plus tôt, Abby avait voulu publier un livre de recettes d'un chef marocain de Casablanca. Il avait un petit restaurant à Lower East Side et, avec Mitch, ils y avaient dîné à deux reprises. C'était un endroit bondé et bruyant, plein de Marocains ravis de s'asseoir tous ensemble à de grandes tables et d'accueillir les étrangers. Ils aimaient leur terre natale, leur culture, leur cuisine, et avaient tous le mal du pays. Abby et Mitch songeaient à faire une virée là-bas. Marrakech était une cité magnifique chargée d'histoire et elle attirait beaucoup de touristes, en particulier des Européens.

— Je suppose que mon téléphone fonctionnera aussi là-bas ?

— Bien entendu. Gardez-le tout le temps sur vous.

— Et je dois partir maintenant ?

— Oui. La deadline est dans trois jours.

— Je ne risque pas de l'oublier. Il me faut un visa ?

— Non. Une chambre a été réservée à votre nom. N'en parlez à personne, sauf à votre mari. C'est bien clair ?

— Oui. Parfaitement clair.

— Vous devez voyager seule.

— Cela va de soi.

— La situation est très critique. Pas pour vous, mais pour l'otage. Si quelque chose dérape, ou si quelqu'un tente de la délivrer, elle sera abattue immédiatement. Compris ?

— Oui.

— Je le répète, nous vous surveillons. Un mouvement regrettable et c'est l'otage qui en paiera les conséquences.

— Je le sais.

*

Abby ferma les yeux, prit de longues inspirations, s'efforçant d'arrêter le tremblement de ses mains. Les pensées se bousculaient dans sa tête : ses garçons ? Ils étaient à l'abri – peu importe que leur mère soit à New York ou ailleurs. Mitch ? Elle ne craignait pas pour sa sécurité. Il n'était pas une cible ; mais s'il refusait qu'elle parte ? Pour tout dire, un « non » lui irait très bien. Son travail ? Demain, c'était lundi. Elle avait une foule de choses à faire, comme d'habitude, toute sa semaine à programmer. Le paiement de la rançon ? Et si Scully ne réunissait pas la somme ? Elle avait menti. Elle n'avait pas le choix. Et

Giovanna ? Libérer « l'otage », c'était évidemment le plus important. La priorité numéro un.

Elle alluma son ordinateur et acheta un billet sur le vol 55 British Airways. Aller simple. Personne ne savait quand elle reviendrait.

*

Luca quitta l'hôpital Gemelli contre l'avis des médecins. Il s'installa sur le siège passager tandis que Bella, au volant, se faufilait dans la circulation. Une fois à la maison, il voulut manger une salade caprese. Ils déjeunèrent tous les deux dehors sous un parasol. Il lui demanda d'appeler Roberto et de l'inviter, avec Mitch et Jack Ruch.

Après une autre sieste, Luca revint sur la terrasse et accueillit ses collègues de New York. Il voulait tous les détails : chaque entretien, chaque coup de fil, chaque réunion des associés. Il était agacé que les Italiens traînent des pieds. Quant aux Britanniques, il ne s'était fait aucune illusion. Luca restait persuadé que Lannak obtiendrait gain de cause.

Quand ce fut le bon moment et qu'il était évident que Jack n'allait pas en parler, Mitch annonça la mauvaise nouvelle : Scully avait refusé d'emprunter l'argent pour payer la rançon.

— J'ai honte, Luca, les membres du comité se sont débinés.

Luca ferma les yeux. Il y eut un long silence. Puis il but une gorgée d'eau.

— J'espère que je vivrai assez longtemps pour revoir ma fille, déclara-t-il dans un souffle. Et aussi pour dire à mes chers collègues qu'ils ne sont que des lâches.

38

C'était le quarantième jour. Ou peut-être le quarante et unième. Giovanna ne savait pas trop, elle ne voyait jamais la lumière du soleil. Elle était toujours plongée dans l'obscurité. Elle n'avait rien pour mesurer le temps. Chaque fois qu'ils la déplaçaient, ils lui mettaient un bandeau sur les yeux et un sac sur la tête. Ils la changeaient constamment de lieu – un appentis qui empestait le bétail, une grotte dans le désert, ou un réduit dans une maison avec la rumeur de la ville toute proche, ou encore une cave humide où l'eau dégouttait sur son lit de camp. Elle ne restait pas plus de trois nuits au même endroit – mais en réalité comment discerner la nuit du jour ? Ils lui donnaient à manger quand bon leur semblait, des fruits, du pain et de l'eau tiède, ce qui ne lui remplissait jamais l'estomac. Ils lui fournissaient du papier-toilette et des lingettes pour se débarbouiller, mais elle n'avait pas pu se laver à l'eau. Ses longs cheveux étaient poisseux de crasse. Après le repas, quand elle savait qu'ils ne viendraient pas avant des heures, elle se déshabillait et tentait de nettoyer ses sous-vêtements avec un peu d'eau de son verre. Elle dormait pendant de longues périodes, malgré les gouttes qui lui tombaient dessus.

Sa geôlière était une fille, jeune, sans doute une adolescente. Elle ne lui parlait pas, ne lui souriait pas, elle évitait son regard. Elle était voilée et portait toujours une vieille abaya noire qui lui descendait jusqu'aux pieds, traînant par terre comme un vieux drap. Pour rire, Giovanna l'avait surnommée « Gypsy Rose », la fameuse stripteaseuse. La fille ne s'était sans doute jamais dévêtue devant un homme. Où qu'ils la transportent, Gypsy Rose était là. Giovanna avait tenté d'engager la conversation avec des mots simples, mais la fille avait reçu la consigne de ne pas parler à la captive. Quand il fallait déménager, Gypsy Rose apparaissait avec des menottes, un bandeau et un gros sac noir. Depuis sa captivité, Giovanna n'avait pas vu d'autre visage. De temps en temps, elle distinguait des voix masculines de l'autre côté de la porte.

Elle se souvenait de l'affaire Gibbons. Pendant plus de vingt ans, Gibbons était resté dans le couloir de la mort dans l'Arkansas, enfermé dans une petite cellule de deux mètres cinquante sur trois, avec une seule heure de promenade par jour. Il avait poursuivi l'État en justice, en disant que mettre un prisonnier aussi longtemps à l'isolement bafouait le huitième amendement qui interdisait toute punition cruelle ou disproportionnée à l'encontre d'un détenu. Quand la Cour suprême des États-Unis jugea la plainte recevable, l'affaire fit grand bruit, d'autant qu'il y avait des milliers de prisonniers privés ainsi de tout contact humain. Tout le monde s'en était mêlé : avocats anti-peine de mort, psychiatres, psychologues, sociologues, professeurs de droit, défenseurs des droits civils, experts pénalistes. Quasiment tous s'accordaient à dire qu'une incarcération en solitaire était de la maltraitance caractérisée. La Cour suprême ne fut toutefois pas de cet avis et Gibbons eut droit à son injection létale. L'affaire devenue emblématique était citée dans son manuel de droit constitutionnel à l'université de Virginie.

Après quarante ou quarante et un jours d'isolement, Giovanna comprenait la position de Gibbons. Elle pouvait désormais se déclarer experte en la matière et expliquer, par le menu, pourquoi ce traitement imposé à un individu était anticonstitutionnel. Les privations physiques suffisaient amplement – manque de nourriture, d'eau, de savon, de brosse à dents, de rasoir, de tampons hygiéniques, d'exercice physique, de livres, de vêtements propres, de bains chauds. Elle s'y était accoutumée toutefois et pouvait y survivre. Mais l'absence totale de contact humain, ça c'était terrible.

Et dans son souvenir, Gibbons avait la télévision, la radio, des camarades dans les cellules à côté, des gardiens qui lui apportaient trois repas par jour – certes infâmes, mais représentant quand même deux mille deux cents calories quotidiennes ! –, plus deux douches par semaine, visites illimitées avec son avocat et plein de livres et de magazines. Et Gibbons avait pété les plombs ! Ce qui n'avait pas empêché l'Arkansas de l'exécuter.

Si elle retrouvait la liberté, elle laisserait peut-être tomber le droit des affaires et irait travailler pour un avocat luttant contre la peine capitale ou pour un groupe de défense des droits civils comme l'ACLU. Elle voulait témoigner devant une cour, voire devant le parlement, raconter l'horreur de l'emprisonnement solitaire.

Gypsy Rose arriva avec des menottes. Un rituel désormais commun pour les deux femmes. Giovanna fronça les sourcils mais ne dit rien, et présenta ses poignets. Gypsy referma les mâchoires de métal avec la dextérité d'un vieux flic. Giovanna se pencha pour qu'elle puisse lui mettre son bandeau sur les yeux, un morceau de velours qui sentait la naphtaline. Son monde redevint ténèbres. Elle lui enfila ensuite le sac sur la tête et la fit sortir de la pièce. Après quelques pas, Giovanna faillit s'immobiliser sous le choc : Gypsy avait les yeux brillants à son arrivée ! Des larmes ? C'était bien la première fois qu'elle montrait la moindre émotion. À force de s'occuper de sa prisonnière, Gypsy avait dû s'attacher à elle. Mais pourquoi maintenant ? Il n'y avait qu'une seule explication : la captivité s'arrêtait là. Après quarante jours, ils allaient l'exécuter !

Dehors, l'air était moins étouffant. Après avoir parcouru quelques mètres, deux grosses mains d'homme la firent monter à l'arrière d'un véhicule. Puis deux gardes prirent place de chaque côté. Le moteur démarra et ils commencèrent à rouler. Ils se retrouvèrent bientôt sur une piste de sable cahoteuse quelque part dans le Sahara.

Gypsy Rose ne lui avait pas apporté son bol de fruits ce matin. Au bout d'une heure, le ventre de la jeune femme criait famine. Il n'y avait pas de ventilation à l'arrière. Sous son épaisse capuche, Giovanna avait du mal à respirer. Parfois, elle suffoquait carrément. Ses ravisseurs empestaient. Elle y était habituée désormais. Les soldats dans le désert se lavaient rarement. Elle non plus ne devait pas sentir très bon.

Depuis qu'elle était otage, elle avait voyagé sur des routes défoncées pendant des centaines de kilomètres sans jamais voir l'extérieur. Mais cette fois, ce fut différent.

Le véhicule s'arrêtait déjà. Le moteur fut coupé. Elle entendit des chaînes cliqueter à l'extérieur. Les hommes la firent descendre de l'habitacle. Il faisait déjà chaud, mais au moins elle était dehors. Il y avait des voix autour d'elle. Apparemment, il se préparait quelque chose. Un garde lui prit sans ménagement le bras droit, un autre le gauche, et ils l'entraînèrent, après des tours et des détours, vers un escalier – sans doute en bois, à en croire le son sous ses pieds. Ses gardiens l'aidèrent à monter les marches. Elle n'était pas la seule à y grimper. Au-dessus d'elle, un homme marmonnait en arabe, cela ressemblait à une prière.

L'escalier menait à une sorte de plateforme, en bois aussi. Ils firent quelques pas, puis tout le monde s'arrêta et attendit. Le silence tomba.

Le cœur de Giovanna cognait dans sa poitrine, elle manquait d'air. Quand ils lui passèrent la corde autour du cou et serrèrent le nœud, elle faillit s'évanouir. À côté d'elle, un homme psalmodiait. Un autre pleurait.

*

À nouveau, les ravisseurs filmèrent toute la scène. La vidéo commença par montrer les quatre prisonniers, alignés au bord de l'échafaud, corde au cou, mains attachées dans le dos. De gauche à droite : trois soldats des forces spéciales libyennes – ceux qui avaient été capturés par les hommes de Barakat pendant la deuxième attaque à Ghāt, cinq jours plus tôt. La quatrième personne portait une longue jupe ou une robe, en tout cas, ce n'était pas un uniforme. Derrière chaque condamné se tenait un rebelle masqué, armé d'un fusil d'assaut.

Un sous-titre apparut, FARAS, et une seconde plus tard le Faras en question était poussé dans le vide par le garde qui se trouvait derrière lui. Il tomba de cinq mètres, et sa chute fut stoppée net par la corde qui se tendit d'un coup. On entendit le craquement des cervicales qui cédaient. Le corps soubresauta, rua quelques instants, puis s'immobilisa enfin. Les pieds du supplicié oscillaient à un mètre cinquante du sol. Par sécurité, le chef du groupe s'approcha avec son pistolet et tira à trois reprises dans le torse du pendu.

À chaque déflagration, les deux autres soldats sursautaient et se seraient évanouis s'il n'y avait eu le nœud coulant pour les maintenir debout. Cela allait être leur tour. La femme au bout de la rangée restait immobile, comme statufiée par l'effroi.

Hamal suivit. Il avait vingt-huit ans, une femme et trois enfants à Benghazi. Quelques secondes plus tard, ce fut au tour de Salil.

La caméra zooma ensuite sur la femme. SANDRONI s'afficha au bas de l'écran. Le temps s'égraina, une minute passa. Rien ne bougea, du moins à l'image. Soudain, le vrombissement d'une tronçonneuse se fit entendre…

Derrière elle, le garde s'approcha, desserra le nœud coulant et l'enleva. Il lui prit le bras et, alors qu'il l'emmenait, la vidéo s'arrêta.

39

Par chance, un véritable Romain faisait partie du groupe. Roberto Maggi connaissait évidemment tous les bons restaurants, en particulier les étoilés avec leurs notes salées. Mais il fréquentait aussi les trattorias de quartier où l'on mangeait aussi bien. Avec ce compte à rebours en marche, ils n'avaient aucune envie de passer trois heures à table un dimanche soir. Roberto choisit donc les Due Latroni, littéralement « Les deux voleurs », qui se trouvait Piazza Nicosia à quinze minutes à pied par la Via Condotti, une promenade qui leur fit du bien. Bien sûr, Roberto connaissait la patronne, une Irlandaise joviale qui n'hésita pas à bouger les tables pour accueillir les six convives en terrasse.

Mitch étudiait le menu quand son téléphone vert vibra. C'était Abby.

— Désolé, il faut que je prenne cet appel, annonça-t-il en se levant de table. C'est mon épouse.

Il dépassa l'angle du bâtiment. Elle devait se rendre au Maroc ! Elle lui répéta en détail sa conversation avec Noura. Il était près de 13 heures à New York. Son avion décollait à 17 h 10. Que devait-elle faire ? Y aller ou pas ? Était-ce risqué ? La première réaction de Mitch était de dire : non. C'est trop dangereux. Pense aux enfants. Mais son jugement était biaisé par ce qui lui était arrivé lors de son dernier séjour en Afrique du Nord. Abby avait déjà fait des recherches sur internet et pensait n'avoir rien à craindre. Après tout, elle volait sur British Airways. L'hôtel La Maison Arabe était luxueux et très bien noté par les guides touristiques. Plus elle se renseignait, plus elle trouvait effectivement que la ville de Marrakech avait l'air charmante, même si elle n'allait pas venir en touriste. Elle s'y sentirait certes vulnérable, mais ce serait pareil partout ailleurs.

Le calme d'Abby apaisa un peu ses doutes, mais pas entièrement : que lui arriverait-il si la somme n'était pas versée ? La cagnotte était désespérément vide. Les terroristes n'allaient pas la kidnapper elle aussi. Pas dans un hôtel quatre étoiles. Et à quoi bon d'ailleurs, si Mitch et son équipe n'avaient déjà pas été fichus de trouver l'argent pour une seule rançon !

Tout en poursuivant sa conversation, il revint vers la table et dit à Roberto :

— Je vais prendre le cioppino.

C'était un ragoût de poissons, son plat préféré, mais aussitôt il se souvint de sa mauvaise expérience à Tripoli.

Avant de s'éloigner, il lança à Jack :

— J'ai des nouvelles.

Abby devait y aller. Bien sûr. C'était elle qu'ils avaient choisie comme intermédiaire, et ce depuis le premier jour. Pour le bien de Giovanna, Abby était forcée de suivre leurs instructions. Mitch accepta l'inévitable et promit de la rappeler dans une heure. Elle commença à préparer sa valise, en ne sachant pas combien de temps durerait son séjour. Il faisait déjà plus de trente degrés au Maroc. Où avait-elle mis ses robes d'été ?

Quand Mitch se rassit sur sa chaise, l'équipe attendait son rapport. Passé l'effet de surprise, les questions fusèrent. Apprendre qu'Abby était attendue au Maroc pour faciliter l'échange avec l'otage était une bonne nouvelle. Mais que pourrait-elle faire sans argent ?

Cory parla peu, resta pensif. Mitch se tourna vers lui.

— Et pour la sécurité ? Celle d'Abby ? Comment vous estimez les risques ?

— De bas à modéré. Elle descend dans un bon hôtel, plein de touristes européens. Si on lui demande de faire quelque chose qu'elle ne sent pas, elle refuse tout net. Et nous serons là. (Il s'adressa à Darian :) Je vais y aller. Avec un avion et une infirmière. Je m'installe dans un hôtel à proximité, je prends contact avec Abby et surveille ses arrières. Vous avez des gens au Maroc, n'est-ce pas ?

— Absolument, répondit Darian Je vais les prévenir.

— Avec une infirmière ? s'étonna Roberto.

Cory hocha la tête.

— Nous ignorons dans quel état sera Giovanna.

— C'est toujours mieux d'avoir une infirmière, confirma Darian. Je resterai ici avec l'équipe.

— Cela va de soi.

— Jack, on peut prendre le jet ?

Jack n'avait pas prévu cette question et il marqua un moment d'hésitation. Très court, mais inratable.

— Bien sûr, répondit-il finalement. J'en trouverai un disponible.

D'autres suggestions jaillirent pendant le dîner. L'optimisme allait et venait. Ils étaient partagés entre l'espoir – ce voyage d'Abby était de bon augure – et l'inquiétude parce qu'ils n'avaient toujours pas l'argent.

À la nuit tombée, ils remontèrent vers l'hôtel Hassler, s'efforçant de savourer cette belle soirée romaine. Le téléphone de Roberto sonna dans sa poche. C'était Diego Antonelli. Des rumeurs circulaient à Tripoli, expliqua Antonelli en italien. Quelque part dans les profondeurs du régime, un diplomate influent avait été contacté par les ambassades de Rome, Londres et Istanbul, toutes les trois pour délivrer le même message. Le diplomate était dans les petits papiers de Kadhafi ; le gouvernement libyen était en passe d'accepter un accord à l'amiable.

Une heure plus tard, Riley Casey appela Mitch avec les mêmes infos. Sir Simon avait reçu un appel d'un vieux camarade aux Affaires étrangères. L'ambassade de Libye à Londres aurait été informée que Kadhafi avait décidé de conclure un arrangement avec Lannak. Pour l'ensemble de l'affaire. Et de le faire très vite.

Mitch, Jack et Roberto se retrouvèrent au bar du Hassler, dans un coin tranquille, pour parler de leur client. Si un accord était conclu, et ils insistaient sur le « si », ils devaient établir une stratégie pour convaincre Lannak de participer à la rançon. Roberto, qui connaissait bien l'entreprise après toutes ces années passées avec Luca, pensait que les Celik accepteraient à condition d'être sûrs de récupérer quatre cents millions. En cas de procès, il n'y avait aucune garantie. Jamais un avocat ne ferait une telle promesse.

— Scully ne pourrait pas changer d'avis et emprunter l'argent ? insista Roberto. Je sais que vous avez essayé, Jack, mais il faut peut-être tenter à nouveau le coup ?

— Je ne me fais guère d'illusions. Je n'ai plus confiance dans ce cabinet.

— Luca est atterré. Il se sent trahi.

— On le comprend, renchérit Mitch.

— Le comité voterait différemment si Giovanna était la fille d'un associé américain ?

— Excellente question, marmonna Mitch.

— Je ne sais pas, répondit Jack. Mais j'en doute. Ils tiennent bien trop à leur argent. Se porter garant pour une telle somme leur fiche une peur bleue. Croyez-moi, j'ai essayé, Roberto.

— Luca a rassemblé dix millions. Il a tout hypothéqué. Il attendait mieux de la part de Scully.

— Moi aussi. Je suis vraiment désolé.

*

Dès qu'Abby entra dans le salon de la British Airways, elle chercha à repérer qui pouvait bien l'attendre là. Noura avait dit qu'elle serait surveillée, pas « suivie ». Elle ne repéra aucun individu suspect. De toute façon, si quelqu'un l'observait, impossible de le savoir, l'espion se fondrait parfaitement dans la foule. Elle décida de lâcher prise, commanda un café et ouvrit un magazine.

Elle avait toujours aimé voler sur British Airways et était ravie de faire tout le voyage avec cette compagnie jusqu'à Marrakech. Le pauvre Mitch, lui, avait mis trente heures pour se rendre à Tripoli, en passant par trois compagnies aériennes différentes ! Et cerise sur le gâteau, la classe affaires des Anglais était particulièrement confortable, le champagne délicieux et la nourriture acceptable – juste « acceptable », elle était devenue tellement difficile pour la cuisine !

Elle songea à ses jumeaux. Ils étaient choyés comme des rois à la table de Mme Emma. Ils mangeaient absolument ce qu'ils voulaient, et leurs grands-parents fermaient les yeux. Combien d'enfants dévoraient du homard à tous les repas ?

L'escale à Gatwick durait trois heures et vingt minutes. Pour tuer le temps, elle somnola dans un fauteuil, regarda le soleil se lever, feuilleta des revues, et travailla sur son livre de recettes laotiennes. Elle aperçut un Nord-Africain en costume de lin blanc, avec des espadrilles bleues, s'efforçant de cacher son visage sous un fedora de paille. La troisième fois qu'elle le surprit à la regarder, elle en déduisit qu'il s'agissait de l'un de ses « anges gardiens ». Pas de quoi s'inquiéter. Des moments bien plus anxiogènes l'attendaient.

40

Samir appela Mitch le lundi matin. Il avait de bonnes nouvelles à lui annoncer. Mitch lui proposa de prendre le petit-déjeuner avec Roberto au Hassler, à 9 h 30.

Mitch avait bougé tant de fois ces dix derniers jours qu'il ne savait plus qui payait quoi. Il avait perdu le fil de ses notes de frais, ce qui était un péché capital pour un avocat ! Le Hassler coûtait sept cents dollars la nuit, plus les repas et les boissons. Il enverrait sans doute la facture à Lannak, mais cela ne semblait pas tout à fait juste. Les Celik n'étaient pas responsables de l'enlèvement de Giovanna. Scully couvrirait peut-être les dépenses, et c'était tant mieux, parce que en ce moment Mitch avait une dent contre le cabinet.

Samir était tout sourire quand il arriva dans la salle à manger. Il annonça aussitôt la couleur.

— J'ai eu un appel de Tripoli ce matin, mon ami aux Affaires étrangères. Hier soir, le gouvernement a décidé de régler à l'amiable la totalité de l'affaire, et vite.

— Pour quelle somme ? s'empressa de demander Mitch.

— Entre quatre et cinq cents millions.

— C'est large comme fourchette.

— C'est une excellente nouvelle, lança Roberto. Ça peut se faire quand ?

— Vraiment très vite, d'après mon ami.

Ils commandèrent du café, des jus d'orange et des œufs. Mitch consulta son téléphone. Il avait reçu un SMS d'Abby. L'avion avait décollé à l'heure de Londres. Quelques e-mails, sans rapport avec Giovanna et sans grande importance. Il devait appeler Omar Celik à Istanbul pour le tenir au courant. Un accord était donc dans les tuyaux. Mais Mitch préférait attendre un peu.

Tout ça lui avait coupé l'appétit.

*

Une heure plus tard exactement, l'euphorie du trio vola en éclats devant une vidéo de deux minutes envoyée au *Guardian* et au *Daily Telegraph* à Londres, à *La Stampa* et à *La Repubblica* en Italie, et au *Washington Post* aux États-Unis. En quelques minutes, les images devinrent virales sur internet. Un avocat de Scully, à Milan, était tombé dessus et avait aussitôt appelé Roberto.

Dans une salle de réunion de l'hôtel, Mitch alluma son ordinateur et attendit, flanqué de Roberto et de Jack. Darian se tenait à proximité. Ils regardèrent la vidéo, muets de stupeur, où l'on voyait les trois soldats, capuche sur la tête, en tenue de commando, poussés dans le vide sur un échafaud construit pour l'occasion, puis osciller un moment au bout de leur corde. Faras, Hamal, Salil. Leurs dépouilles remuèrent à nouveau après chaque impact de balles qui perforaient leur poitrine.

Roberto poussa un hoquet d'effroi quand il vit s'afficher SANDRONI au bas de l'écran. Sur la plateforme, tout à droite, se tenait Giovanna, immobile, courageuse, un sac elle aussi sur la tête, et la corde au cou.

— Sainte mère…, souffla-t-il avant de jurer en italien.

Des mots que Mitch n'avait jamais entendus.

Quelques secondes s'écoulèrent, puis le nœud fut desserré et ôté de sa tête. Elle fut conduite hors champ, épargnée pour l'instant.

Ils regardèrent encore la vidéo. Une fois le choc passé, Roberto appela Bella et lui demanda de garder Luca loin de son téléphone, de son ordinateur et de la télévision. Mitch et lui allaient arriver le plus vite possible.

Ils visionnèrent les images une troisième fois.

Cette vidéo annihilait tout espoir de voir Kadhafi signer un gros chèque à Lannak et à ses avocats. Samir avait sans doute révélé au pouvoir libyen que les ravisseurs avaient pris contact avec Scully et le régime allait reporter toute la faute sur le cabinet.

L'assassinat de trois autres soldats, sur le sol libyen, serait considéré comme une provocation. Kadhafi allait être furieux et il voudrait se venger. Tout à coup, conclure ce litige avec Lannak, une affaire embarrassante, était désormais le cadet de ses soucis. Avec cette vidéo, le colonel était la risée du monde entier.

Mitch ferma son ordinateur et les deux avocats consultèrent leurs téléphones.

Samir les appela de son hôtel pour s'assurer qu'ils avaient vu la vidéo. Il expliqua à Roberto que la diffusion de ces images était une catastrophe. Cela mettait en danger Giovanna. Il était en communication avec ses contacts à Tripoli et les informerait dès qu'il aurait du nouveau.

Impuissant, le groupe passa la matinée au téléphone. Jack eut une longue conversation avec un membre du département d'État à Washington, mais il n'en sortit rien d'utile. Mitch parla à Riley Casey à Londres. Personne chez Scully & Pershing ne travaillait ce matin. Ils étaient tous vissés à leur écran d'ordinateur, atterrés. Ils chuchotaient. Des femmes pleuraient. Comment croire que ces images étaient réelles, que leur collègue vivait cette horreur. Roberto tenta de joindre Diego Antonelli. Évidemment, les diplomates libyens, qui ce week-end avaient coopéré à contrecœur, s'étaient définitivement murés dans le silence.

Cory était dans le Gulfstream en direction de Marrakech pour veiller sur Abby. Mitch s'inquiétait pour elle. Que se passerait-il quand ils allaient découvrir qu'elle arrivait les mains vides ? Darian reçut un appel de Tel-Aviv. L'une de leurs taupes à Benghazi rapportait que Kadhafi avait lancé ses avions et qu'il bombardait en ce moment même des cibles tout le long de la frontière avec l'Algérie et le Tchad. Des villages entiers avaient été rayés de la carte. Quiconque se promenait dans le désert sur un dromadaire risquait la mort.

Sir Simon contacta Mitch. D'un ton que Mitch trouva bien trop enjoué, Croome expliqua que les terroristes avaient joué un coup de maître. L'image de

Giovanna sur l'échafaud, à côté des trois soldats pendus, se balançant au bout de leur corde, avait fait forte impression au Royaume-Uni. Le Premier ministre avait vu la vidéo trois heures plus tôt et avait convoqué son ministre des Affaires étrangères au 10 Downing Street. À l'évidence, ils parlaient argent.

Dix minutes plus tard, Riley Casey, affolé, annonça que lui aussi était convoqué au 10 Downing Street et que le Premier ministre exigeait des explications. Mitch interrogea Jack du regard.

— Vas-y ! Raconte-leur tout !

À 6 heures du matin, heure de la côte Est, Jack téléphona au sénateur Elias Lake chez lui, à Brooklyn, et laissa un message. Dix minutes plus tard, le sénateur le rappela. Un assistant venait de le réveiller et lui avait envoyé la vidéo. Jack lui demanda de contacter la secrétaire d'État, pour qu'elle se coordonne avec les Britanniques et les Italiens pour lâcher du fric !

*

Avec juste un sac-cabine, Abby passa rapidement les contrôles à l'aéroport Marrakech-Ménara. Elle suivit les panneaux, écrits en arabe, en français et en anglais, pour rejoindre la station de taxis. Quand elle franchit les portes tournantes, une bouffée d'air chaud et moite l'enveloppa. Une dizaine de véhicules crasseux attendaient et elle prit le premier de la file. Ne sachant dans quelle langue s'adresser au chauffeur, elle lui tendit la carte de l'hôtel.

— D'accord. Pas de problème, répondit-il en anglais.

Un quart d'heure plus tard, elle arrivait à La Maison Arabe et paya la course en dollars, ce qui mit l'homme en joie. Il était 18 heures, le hall était vide. Le réceptionniste semblait l'attendre. Une jolie suite avait été réservée pour elle au premier étage, pour trois nuits. Abby connaissait désormais la durée de son séjour. Elle prit l'ascenseur, trouva sa chambre, entra et tira aussitôt le verrou derrière elle. Pour l'instant elle n'avait vu personne hormis l'employé à la réception. Elle ouvrit les rideaux pour admirer la vue sur la magnifique cour intérieure. On toqua à la porte. Le bruit la fit sursauter.

— Qui est là ? demanda-t-elle.

Pas de réponse. Elle entrouvrit le battant, toujours retenu par la chaîne de sécurité. Un groom, en tenue impeccable, lui adressa un grand sourire.

— J'ai une lettre pour vous, madame.

Elle prit l'enveloppe, remercia l'homme et referma la porte. Sur un bloc-notes de l'hôtel, quelqu'un avait écrit : *Veuillez me rejoindre pour dîner au restaurant de l'hôtel ce soir. Hassan. Un ami de Noura.*

Abby appela Mitch sur le téléphone vert pour le tenir au courant. De son côté, il lui raconta les derniers événements : beaucoup d'agitation, mais peu de progrès. Il lui décrivit la vidéo et lui annonça qu'évidemment tout projet d'accord à l'amiable était à l'eau. Les Libyens n'étaient plus d'humeur à négocier avec qui que ce soit. Leur priorité était désormais de trouver les terroristes. Selon toute vraisemblance, la secrétaire d'État des États-Unis s'était entretenue avec ses homologues en Grande-Bretagne et en Italie. Luca se sentait mieux et surveillait ses téléphones. Pendant la journée,

Jack avait appelé tous les membres du comité directeur de Scully pour leur faire accepter l'idée d'un prêt, mais personne n'avait voulu céder. Pour finir, Mitch prévint Abby que Cory était à Marrakech et qu'il la contacterait bientôt.

Elle était surprise, et en même temps rassurée de savoir Cory en ville.

Elle défit son sac, rangea dans l'armoire ses deux robes d'été infroissables, l'une blanche, l'autre rouge. Dans le minibar, il n'y avait que de l'eau et des sodas. Elle avait besoin de quelque chose de plus fort.

Au Maroc, pays musulman, l'alcool était interdit. Mais c'était une ancienne colonie française, un melting-pot de cultures, de religions et de langues provenant d'Europe, d'Afrique et du Maghreb. Rien qu'à Marrakech, deux cent mille litres d'alcool étaient consommés chaque année. Elle devait bien pouvoir se faire servir un verre de vin au restaurant, non ? Elle fit une petite sieste, puis prit un long bain dans une baignoire à griffes de lion, se lava les cheveux et opta pour la robe rouge.

Elle se sentait en sécurité, d'accord. Alors pourquoi ce nœud au ventre refusait-il de la quitter ?

Situé dans une vaste salle, le restaurant avait un plafond bleu à la mode perse et des nappes délicatement drapées. L'endroit était magnifique, avec seulement quelques tables, suffisamment espacées les unes des autres pour garantir l'intimité des convives. On se serait cru dans un club privé.

Hassan se leva en la voyant arriver. Il lui lança un grand sourire.

— Je suis Hassan Mansour, madame McDeere, annonça-t-il.

Par chance il ne tenta pas de lui faire la bise et se contenta de lui serrer la main. Il tira la chaise pour qu'elle puisse s'asseoir et reprit sa place en face d'elle.

— Je suis enchantée de faire votre connaissance, mentit-elle, voulant quand même se montrer polie.

Elle avait en face d'elle l'ennemi. Leur relation serait éphémère et elle comptait bien ne pas le trouver sympathique, même s'il faisait tout son possible pour être charmant. Il avait une cinquantaine d'années, les cheveux grisonnants tirés en arrière, des yeux noirs perçants, juste un peu trop rapprochés.

Son regard courut sur elle. Apparemment, il apprécia.

— Comment s'est passé votre vol ?

Il n'avait pas d'alliance, juste un diamant au petit doigt de la main droite. Un beau costume, gris clair, en lin sans doute. Une chemise d'un blanc satiné qui mettait en valeur son teint hâlé. Une belle cravate en soie avec une pochette assortie. Tout l'attirail du businessman.

— Sans problème. Les Anglais ont le chic avec les avions.

Il sourit à nouveau, amusé par cette remarque.

— Je suis souvent allé à Londres et j'adore voler avec British Airways. Avec la Lufthansa aussi. Ce sont les deux meilleures compagnies aériennes.

Son anglais était parfait, avec une pointe d'accent d'Afrique du Nord. Hassan Mansour était évidemment un nom d'emprunt, mais peu importe. Il n'était qu'un intermédiaire, entre l'argent et l'otage. Si d'aventure elle le revoyait, il aurait sans doute les menottes aux poignets.

— Puis-je savoir où vous habitez ? Je me permets de vous poser cette question puisque, de votre côté, vous savez tout sur moi. Mon appartement, mon bureau, l'école de mes enfants…

Il continua à sourire.

— Nous pourrions passer des heures à nous interroger mutuellement, madame McDeere. Mais il y aurait si peu de réponses, de ma part du moins.

— Qui est Noura ?

— Je ne la connais pas.

— Ce n'est pas ce que je vous demande. J'ai dit : qui est-elle ?

— Une combattante, un soldat de la révolution, disons.

— En tout cas, elle ne porte pas l'uniforme.

Un serveur apparut à leur table pour prendre la commande.

Abby jeta un rapide coup d'œil à la carte.

— Un chablis.

Hassan choisit une tisane. Quand l'employé se fut éloigné, il se pencha vers elle.

— J'en sais bien moins que vous ne l'imaginez. Je n'appartiens pas à l'organisation. Je suis payé pour finaliser la transaction, c'est tout.

— Vous avez vu la dernière vidéo, n'est-ce pas ? Celle qui a été diffusée ce matin ?

Son sourire ne s'effaça pas.

— Bien sûr.

— Giovanna avec une corde au cou. Trois hommes pendus. Le bruit de la tronçonneuse. Le moment était parfait pour mettre la pression sur les amis de Giovanna ?

— Madame McDeere, je n'ai rien à voir avec cette vidéo. Votre mari est-il responsable des actions de ses clients ?

— Non. Bien sûr que non.

— Alors, je n'ai rien à ajouter.

— On croirait entendre un vrai avocat.

Il hocha la tête. Peut-être était-ce le cas d'ailleurs ?

— Nous pouvons parler de beaucoup de choses, madame McDeere, mais nous sommes ici pour des raisons professionnelles.

— Vous avez raison. La date butoir est toujours mercredi à 17 heures, le 25 mai ?

— Exact.

Elle prit une grande inspiration avant d'annoncer :

— Il nous faut plus de temps.

— Pourquoi donc ?

— Rassembler quatre-vingt-dix millions de dollars est une première pour nous. Et l'entreprise se révèle plus compliquée que prévu.

— Combien de temps vous voulez ?

— Quarante-huit heures.

— C'est non.

— Vingt-quatre heures alors. 17 heures, jeudi.

— C'est encore non. J'ai des consignes très strictes.

Elle haussa les épaules. Cela valait le coup d'essayer.

— Vous avez l'argent ?

— Oui, déclara-t-elle avec assurance.

Elle avait bien répété. La seule réponse était un « oui », franc et massif. La moindre hésitation aurait pu avoir des conséquences imprévisibles.

Elle ajouta aussitôt :

— Il y a des procédures à respecter. Il nous faudra peut-être un ou deux jours supplémentaires pour rassembler l'argent. Je ne vois pas en quoi ça change grand-chose pour vous, vingt-quatre heures de plus ou de moins.

— Je le répète, c'est non. Vous avez des problèmes ?

Cette fois, il ne souriait plus.

— Non. Aucun problème, juste des contingences structurelles. Il ne s'agit pas pour S & P de signer un gros chèque. Ce n'est pas si simple. Il y a beaucoup de parties prenantes, avec chacune leurs contraintes.

Il hocha la tête comme s'il compatissait.

Les boissons arrivèrent. Abby but aussitôt une gorgée de vin en s'efforçant de cacher son empressement. Hassan joua nonchalamment avec son sachet de tisane. Elle avait vérifié à la réception, il y avait bien un room service. Elle n'avait aucune envie de dîner avec Hassan qui passerait son temps à éluder ses questions. De toute façon, elle n'avait plus faim.

Comme s'il lisait dans ses pensées, il demanda :

— Vous voulez que l'on parle de tout ça en dînant ?

— Non, merci. Je ressens le décalage horaire et il faut que je dorme. Je commanderai à manger dans ma chambre.

Elle but une nouvelle gorgée de chablis. Il n'avait toujours pas touché à son infusion.

Son sourire revint comme si tout allait bien.

— Comme vous préférez. J'ai quelques consignes à vous transmettre.

— Je vous écoute. Je suis là pour ça.

Enfin, il leva sa tasse et la porta à ses lèvres.

— Votre mari doit se rendre à Grand Cayman. Je crois qu'il connaît bien l'endroit. Quand il arrivera demain après-midi, il se présentera au Trinidad Trust à George Town et demandera à parler à Solomon Frick, l'un des banquiers. Il sera attendu. M. Frick représente mon client, et votre mari devra suivre ses instructions à la lettre. Il saura tout de suite si quelqu'un tente d'espionner l'opération. À la moindre suspicion, à la moindre approche du FBI, de Scotland Yard, d'Interpol, d'Europol, ou d'une quelconque personne portant une arme et un badge, votre amie en paiera le prix fort. Nous avons fait tout ce chemin sans que la police ou les militaires s'en mêlent, ce serait dommage de tout gâcher à la fin. Si vous avez l'argent, madame McDeere, la libération de Giovanna est assurée.

— Nous aimerions avoir la preuve qu'elle est en vie.

— Bien sûr qu'elle est en vie. Et elle est sur le point de rentrer chez elle. Ne prenez pas de mauvaises décisions qui entraîneraient son exécution. (Il plongea la main dans la poche de sa veste et en sortit une feuille de papier pliée en deux.) Voici le détail des consignes. Votre mari doit les suivre scrupuleusement.

— Entendu, il partira demain de New York.

Hassan lui lança son plus grand sourire en lui tendant le papier.

— Votre mari n'est pas à New York, madame McDeere. Il est à Rome. Et il a un jet privé à disposition.

41

Grand Cayman ?

Les Cayman, au sud de Cuba et à l'ouest de la Jamaïque, comptaient trois petites îles. Appartenant encore à la Couronne britannique, l'archipel tenait à ses traditions et on y conduisait encore à gauche. Beaucoup de touristes étaient attirés par les plages de sable fin, les sites de plongée et les beaux hôtels. Aucun impôt n'était prélevé sur l'argent gagné ou stocké sur les îles. Plus de cent mille sociétés étaient enregistrées à George Town, la capitale – un chiffre qui dépassait le nombre d'habitants. Des milliards de dollars étaient ainsi conservés dans de grandes banques, où s'accumulaient des milliards d'intérêts, toujours exempts d'impôts. Les avocats, payés à prix d'or, travaillaient dans de luxueux cabinets et profitaient de la belle vie sous les tropiques. Dans le lexique de la finance, « Cayman » signifiait « refuge fiscal », autrement dit un pays où cacher de l'argent, qu'il soit propre ou sale.

Grand Cayman, Petit Cayman, Cayman Brac.

Mitch s'était efforcé d'oublier cet archipel.

C'était la part sombre des îles qui avait attiré la firme Bendini dans les années 1970, quand la manne de la drogue inondait les Cayman. Bendini lavait l'argent pour ses clients criminels, avec la complicité de banques sur Grand Cayman. Bendini avait acheté deux appartements luxueux donnant sur la plage, réservés à ses associés quand ils venaient sur l'île pour « affaires ».

— Répète-moi ce qu'il t'a dit, demanda Mitch. Mot pour mot.

— « Votre mari doit se rendre à Grand Cayman. Je crois qu'il connaît bien l'endroit. »

Il connaît bien l'endroit…

En caleçon, Mitch faisait les cent pas dans sa chambre d'hôtel, au bord de la panique, à deux doigts de s'arracher les cheveux. Comment ce Hassan, ou quel que soit son véritable nom, pouvait-il savoir ? Cela remontait à plus de quinze ans. Il s'assit sur le bord du lit, ferma les yeux et prit de grandes inspirations pour tenter de se calmer.

Les souvenirs lui revenaient par vagues. Quand Bendini avait implosé, il y avait eu des arrestations et des reportages dans les médias. Mitch et Abby se cachaient alors sur un voilier avec son frère Ray du côté de la Barbade. Mitch n'était pas recherché par le FBI, mais la mafia de Chicago restait à ses trousses. Des mois plus tard, quand les McDeere étaient revenus sur la terre ferme, Mitch s'était rendu à la bibliothèque de Kingston, à la Jamaïque, et avait épluché la presse. Dans plusieurs articles, les liens entre Bendini et les Cayman étaient révélés, mais le nom de Mitch n'était jamais cité – du moins dans tous les journaux qu'il avait pu consulter.

C'était pourtant la seule piste qui pouvait mener à lui. Il avait travaillé quelques mois pour le cabinet

Bendini. C'était si vieux, si secret. Comment Hassan pouvait-il savoir qu'il connaissait Grand Cayman ?

Et aussi qu'il se trouvait à Rome et avait fait le voyage en jet privé ? Mitch appela un ami à New York, un associé chez Scully, pilote et mordu d'aviation. Sans entrer dans les détails, il lui demanda s'il était compliqué de suivre les déplacements d'un avion d'affaires. C'était très facile, lui répondit-il. Il suffisait de connaître son numéro d'identification – et celui-ci figurait en gros sur la queue de l'appareil. Mitch le remercia et raccrocha.

Restait à savoir comment ils pouvaient être au courant qu'il était à bord du jet.

Mais la réponse était toute simple : ils le surveillaient. Lui aussi !

Il n'en dit rien à Abby, elle se serait aussitôt inquiétée pour les enfants. Ces gens épiaient donc tous les faits et gestes des McDeere, où qu'ils soient.

*

Par sécurité, Jack loua une grande suite au second étage du Hassler pour en faire leur QG. Il commanda des snacks, des boissons, mais pas d'alcool, et l'équipe mangea sur le pouce en attendant que Mitch leur donne des nouvelles. Il arriva enfin. Il leur rapporta sa conversation avec Abby et les événements à Marrakech. Abby était dans un charmant hôtel, se sentait en sécurité et était impatiente d'en finir. En professionnel aguerri, Mansour ne laissait rien paraître. Il connaissait le passé de Mitch aux Cayman et savait qu'il était à Rome, et non à New York, et ça, c'était inquiétant. Encore une fois, les terroristes avaient un coup d'avance sur Scully. Ces gens dictaient leurs règles et étaient bien mieux informés et organisés qu'eux.

Mitch et Jack décidèrent de quitter l'Italie tôt le lendemain pour rallier New York. Là-bas, Mitch prendrait un avion pour Grand Cayman et arriverait à destination vers midi, heure locale. Il appela un associé de Scully à New York pour qu'il contacte leur cabinet de George Town et demande qu'un expert financier soit mis à sa disposition. Il téléphona à un autre associé afin qu'il se renseigne sur ce Trinidad Trust.

Darian s'entretint avec Cory qui avait atterri à Marrakech et avait constitué son équipe. Un agent marocain, en ce moment même, avait une chambre à La Maison Arabe, à deux portes de celle d'Abby. Elle devait revoir Hassan Mansour le mardi au petit-déjeuner. Ses hommes surveilleraient alors Mansour qui, pour l'instant, était passé sous les radars. Darian s'inquiétait de la discrétion des pisteurs. Il fallait que Cory insiste bien sur ce point : ses hommes ne devaient prendre aucun risque. Juste observer furtivement. Surtout ne pas se faire repérer.

Peu après 21 heures, soit 15 heures sur la côte Est des États-Unis, le sénateur Lake leur annonça la nouvelle qu'ils attendaient tous. Sous le sceau du secret, il rapporta à Jack que le ministre des Affaires étrangères britannique avait conclu un accord financier avec ses homologues italien et américain. Les trois pays allaient verser chacun quinze millions pour la rançon. Les paiements seraient émis par des sources si occultes et mystérieuses que les fonds sembleraient tombés du ciel, voire carrément de la planète Mars, puis l'argent serait distribué à une myriade de banques réparties sur quatre continents. Et à la fin, comme par magie, la somme apparaîtrait sur un compte numéroté d'une banque des îles Cayman. Le transfert suivrait des voies si tortueuses qu'un curieux malintentionné, espérant remonter la piste, y perdrait le nord et l'esprit.

Jack remercia chaleureusement le sénateur et lui promit de le tenir informé.

Quarante-cinq millions, c'était à peine la moitié de la rançon exigée. Même en comptant les dix millions de Luca, ils étaient loin du compte.

— Pour les services américains, quinze millions, c'est rien du tout ! pesta Darian. C'est ce que la DEA verse par mois à ses taupes pour avoir des infos sur les cartels !

— Giovanna n'est pas américaine, tempéra Jack.

— C'est vrai, mais leurs balances en Colombie non plus !

Depuis des jours, ils s'interrogeaient : négocier avec les terroristes était-il une option ? Pour combien céderaient-ils si Scully ne parvenait pas à réunir les cent millions ? Ils n'allaient quand même pas passer à côté d'un gros pactole ? Ils avaient déjà empoché dix millions. Et maintenant cinquante-cinq étaient à portée de main.

Selon Darian, le record était détenu par la France qui aurait versé trente-huit millions à un gang somalien pour libérer un journaliste, mais comme il n'existait aucun organisme centralisant ce genre d'informations, cela relevait de la pure conjecture. Soixante-cinq millions, de toute façon, représentaient une jolie somme.

Mais serait-ce l'avis des terroristes ? Scully n'osait envisager les conséquences d'un refus.

Mitch alla dans la pièce voisine passer un appel. À Istanbul.

*

Le Challenger 600 décolla de l'aéroport Leonard-de-Vinci à 6 heures du matin le mardi 24 mai. Jack comme Mitch avaient besoin de sommeil et l'hôtesse de l'air avait préparé deux lits dans deux compartiments à l'arrière de la cabine. Pourtant, avant de s'accorder du repos, Mitch souhaitait parler à son directeur.

— Prenons un bloody mary, juste un. J'ai un truc à te dire.

Jack voulait dormir, au moins quelques heures, mais cela semblait important pour Mitch. L'hôtesse leur apporta leur boisson et repartit en tête de cabine.

Mitch fit tinter ses glaçons, but deux lampées et commença.

— Il y a des années, quand Abby et moi avons quitté Memphis en pleine nuit, pour sauver notre peau – et je pèse mes mots –, nous avons réussi de justesse à quitter la ville. Mon employeur, la firme Bendini, était sous contrôle de la mafia de Chicago. Quand je m'en suis aperçu, j'ai compris qu'il fallait que je m'en aille, et vite. Le FBI est alors entré en scène et c'est devenu un enfer. Le cabinet a découvert que j'étais une taupe des fédéraux et a décidé de m'éliminer. Bendini imposait la loi du silence. Une fois passé les portes, il n'y avait plus de marche arrière possible.

Cinq avocats avaient essayé avant mon arrivée. Ils étaient tous morts. J'étais donc le suivant sur la liste. Pendant que je préparais ma fuite, j'ai eu l'occasion de détourner de l'argent caché dans une banque à Grand Cayman. Je savais comment le transférer ailleurs. C'était de l'argent sale, provenant des activités de la pègre. J'étais terrorisé et en colère, et je m'inquiétais pour mon avenir. Ma belle carrière était en pièces à cause de Bendini, et si je survivais, j'allais devoir mener une vie de fugitif. Alors, pour compenser le préjudice, j'ai pris cet argent. Dix millions. Et je les ai fait disparaître. J'en ai envoyé un peu à ma mère, aux parents d'Abby, et le reste je l'ai gardé caché dans un compte offshore. Plus tard, j'ai parlé de cet argent au FBI et leur ai proposé de le restituer. Mais ils s'en fichaient. Ils étaient bien trop occupés par l'inculpation des mafieux. Et qu'auraient-ils fait de ce fric ? Avec le temps, je me suis dit qu'ils avaient oublié.

Jack but une gorgée, visiblement amusé.

— Après mon arrivée chez Scully, à Londres, poursuivit Mitch, j'ai contacté une dernière fois le FBI. Ils étaient passés à autre chose. Alors j'ai insisté pour avoir une lettre, une dérogation du fisc. Pas d'impôt à payer sur cette somme. Le dossier était clos.

— Et cet argent est toujours à la banque ? s'enquit Jack.

— Oui, à la Banque royale du Québec, qui se trouve à quelques pas du Trinidad Trust.

— Sur Grand Cayman ?

— Exactement. Les gars là-bas ont le secret dans le sang.

— Et aujourd'hui, il y a bien plus que dix millions ?

— Encore exact. Les intérêts s'accumulent depuis quinze ans, tout ça net d'impôts. J'en ai parlé à Abby, et nous pensons que c'est le bon moment de nous séparer de ce fric. D'une certaine manière, on n'a jamais considéré qu'il était vraiment à nous.

— Et ce serait pour la rançon ?

— Oui. Ça rajoutera dix millions. Avec l'apport de Luca, on arrive à soixante-quinze millions. C'est quand même pas mal pour une bande de voyous du désert.

— C'est très généreux de ta part, Mitch.

— Je sais. Tu penses qu'ils céderaient pour soixante-quinze millions ?

— Aucune idée. Ils semblent aimer le sang autant que les dollars.

Les deux hommes restèrent silencieux un moment, en savourant leur bloody mary.

— Ce n'est pas tout, finit par ajouter Mitch.

— Je suis tout ouïe.

— J'ai appelé Omar Celik il y a quelques heures et je lui ai demandé dix millions. Il aime beaucoup Luca et Giovanna, mais je craignais que son affection n'aille pas jusque-là. Alors j'ai fait quelque chose de stupide. Je lui ai garanti que nous récupérerions cet argent avec notre plainte.

— C'est effectivement stupide.

— Absolument.

— Mais je ne te le reproche pas. À situation désespérée, actions désespérées. Qu'est-ce qu'il a dit ?

— Qu'il allait réfléchir. Alors j'ai insisté et j'ai fait quelque chose d'encore plus stupide. Je l'ai menacé, je lui ai dit que s'il ne participait pas, nous nous retirerions et qu'il lui faudrait trouver un autre cabinet.

— Tu es fou. Ne jamais menacer un Turc !

— Je sais. Mais il est resté calme. Je crois qu'il va marcher.

— Ça ferait au total quatre-vingt-cinq millions.

— Le calcul est simple, à défaut de tout le reste. Et ils refuseraient une telle somme ?

— À leur place, tu ferais quoi ?

— Moi, je prendrais. En plus, ils seraient débarrassés de l'otage. Giovanna ne doit pas être facile comme prisonnière.

Avec l'alcool et le décalage horaire, la fatigue leur tomba dessus. Une heure après le décollage, Mitch et Jack dormaient profondément tandis qu'ils survolaient l'océan Atlantique à quarante mille pieds d'altitude.

42

Pour son rendez-vous matinal, Abby enfila sa robe blanche, mais ne se maquilla pas. Hassan portait un nouveau costume de lin, couleur kaki cette fois. Encore une chemise blanche. Pas de cravate. Ils se retrouvèrent à la même table. Elle en avait déjà assez. Ils demandèrent du café et du thé et dirent au serveur de revenir plus tard pour le reste de la commande.

Hassan, en bon professionnel, se montra charmant. Mais son sourire s'effaça quand elle annonça :

— Il nous faut plus de temps. Vingt-quatre heures.

Il se renfrogna et secoua la tête.

— Je suis désolé. C'est impossible.

— Alors nous ne pourrons pas réunir les quatre-vingt-dix millions restants.

Son froncement de sourcils s'accentua.

— Ça complique tout.

— Tout est déjà compliqué. Nous collectons les fonds auprès de sept sources différentes, et de presque autant de pays.

— Je vois. Une question : si vous avez cette rallonge, combien d'argent pourrez-vous encore récupérer ?

— Je ne sais pas.

Ses petits yeux noirs se vrillèrent dans les siens comme des lasers.

— Dans ce cas, tout est dit. Si vous ne promettez pas plus d'argent, nous ne pouvons promettre plus de temps. Combien avez-vous à l'heure actuelle ?

— Soixante-quinze. Sans compter les dix millions que vous avez déjà touchés.

— Et ce fonds est disponible et prêt à être transféré demain par votre mari ?

Le serveur posait lentement leur tasse devant eux. Il demanda à nouveau s'ils voulaient commander. Hassan le chassa d'un geste.

Il regarda autour de lui. Ne voyant aucune oreille indiscrète, il reprit :

— Très bien. Je vais en parler à mon client. Ce n'est pas une bonne nouvelle.

— C'est la seule que j'aie. Et je veux voir Giovanna.

— Ça me paraît difficile.

— Alors, il n'y a pas d'accord. Et pas de virement demain. Je veux la voir aujourd'hui et ici. Je ne sors pas de l'hôtel.

— Vous en demandez trop, madame McDeere. Nous ne voulons pas tomber dans un guet-apens.

— Un guet-apens ? Vous me prenez pour une James Bond girl ? Je suis éditrice de livres de cuisine !

Il sourit à nouveau et secoua la tête, amusé.

— Non, ce n'est pas possible.

— Eh bien, trouvez un moyen.

Elle se leva brusquement, prit sa tasse de café et quitta la salle du restaurant. Hassan attendit qu'elle soit hors de vue pour sortir son téléphone.

*

Deux heures plus tard, alors qu'Abby travaillait dans sa chambre, le Jakl vibra. C'était Hassan. Son client était très fâché et n'accéderait pas aux demandes d'Abby. L'accord était enterré.

Toutefois, il serait judicieux que son mari ne change pas son programme pour Grand Cayman. Il devait ouvrir un nouveau compte au Trinidad Trust et attendre ses instructions. Enterré, mais pas tout à fait mort ; l'accord respirait encore.

Mitch était quelque part à quarante mille pieds au-dessus de l'Atlantique, et il n'y avait pas de réseau tout là-haut.

*

Le Challenger atterrit à Westchester à 7 h 10, sept heures après avoir quitté Rome. Deux berlines noires les attendaient. Jack partit au nord vers Pound Ridge où il habitait. Mitch fila au sud vers Manhattan.

Au Maroc, il était quatre heures de plus. Il appela Abby, qui était cloîtrée dans sa chambre d'hôtel à relire les épreuves d'un ouvrage de cuisine. Elle lui narra sa conversation du matin avec Hassan Mansour et son appel deux heures après. Bien sûr, il était contrarié d'apprendre que Scully n'avait pas toute la somme, mais il était prêt à cette éventualité. C'était un vrai pro, il ne laissait rien transparaître. Allaient-ils accepter de toucher *seulement* quatre-vingt-cinq millions ? Elle n'en avait aucune idée, mais à l'évidence

Hassan n'était pas un simple intermédiaire. Son rôle dans la négociation avait l'air bien plus important.

Une heure après l'atterrissage, Mitch entra dans son appartement sur la 69e Rue, son foyer depuis sept ans, un lieu qu'il aimait. Et pourtant, il eut l'impression d'être un intrus dans sa propre maison. L'endroit semblait totalement inhabité. Toute sa famille était éparpillée. Pendant un moment, la nostalgie le gagna. Leur vie d'avant paraissait si loin. Le silence était impressionnant. Mais l'horloge tournait. Il se doucha, se changea, mit au panier son linge sale et prépara ses affaires pour le voyage. Il ne prit ni costume ni cravate. Autant qu'il s'en souvienne, même les banquiers étaient en tenue décontractée là-bas.

Il appela de nouveau Abby pour lui dire que tout allait bien à l'appartement. Tous les deux avaient hâte de retrouver leur existence tranquille.

La voiture l'attendait en bas de l'immeuble. Mitch lâcha son bagage dans le coffre et monta à bord.

— Allons-y, lança-t-il au chauffeur.

Les bouchons étaient dans l'autre sens et remonter à l'aéroport de Westchester ne dura que quarante minutes. Le Challenger avait fait le plein, prêt à repartir.

*

L'attente était pénible pour Abby. Il s'était écoulé quatre heures depuis sa conversation avec Hassan au petit-déjeuner. Sa chambre devenait de plus en plus étouffante et la femme de chambre voulait faire le ménage. Elle déambula donc dans l'hôtel, se sachant observée. Le réceptionniste derrière son comptoir, le concierge à son petit bureau, le chasseur en uniforme, tous feignaient de lui jeter un simple coup d'œil, mais elle sentait bien leurs regards dans son dos. À 14 heures, le petit bar était désert. Elle prit une table, dos à la porte. Le barman lui sourit à son arrivée, pourtant il mit un temps fou à venir prendre sa commande.

— Un vin blanc, demanda-t-elle.

Il n'y avait aucun autre client. Combien de temps allait-il la faire attendre cette fois avant de lui apporter son verre ?

Au moins un quart d'heure ! Elle feuilleta un magazine, tâchant de prendre son mal en patience.

43

Mitch était venu pour la première fois sur l'archipel, quinze ans plus tôt, avec Avery Tolar, son mentor et supérieur chez Bendini. Ils avaient pris un vol à Miami sur Cayman Airways, avec une bande de joyeux drilles partant faire de la plongée, tous un punch à la main et bien décidés à s'enivrer avant d'atterrir. Avery faisait le voyage plusieurs fois par an. Même s'il était marié et que la firme n'appréciait guère les relations extraconjugales, Avery était un coureur de jupons compulsif. Et il buvait beaucoup. Beaucoup trop. Un matin, alors qu'il soignait une gueule de bois carabinée, il s'était confié à Mitch : il n'était pas heureux dans son couple et cela le minait.

Avec les années, Mitch était parvenu à chasser de son esprit le cauchemar qu'il avait vécu à Memphis, mais parfois les souvenirs remontaient à la surface. Quand le jet amorça sa descente et qu'apparurent les eaux turquoise de la mer des Caraïbes, il ne put s'empêcher de sourire. Il avait eu une telle chance ! Il n'avait rien fait de mal, mais avait été à deux doigts d'être abattu par la mafia ou condamné par la justice, et pourtant il s'en était sorti. Pour les méchants de l'histoire, la chute avait été brutale, et ils le méritaient.

Et pendant qu'ils étaient en prison, Mitch et Abby avaient commencé une nouvelle vie.

Stephen Stodghill avait pris un vol direct de Rome à Miami, puis un autre jusqu'à George Town et était arrivé sur l'île quatre heures plus tôt. Il attendait Mitch à la sortie des douanes, prêt à prendre un taxi. Ils se rendirent aussitôt dans le centre-ville.

Encore un souvenir : la touffeur des tropiques, qui entrait par les fenêtres ouvertes de la voiture tandis que le chauffeur écoutait du reggae en sourdine. Il revivait la même scène que quinze ans plus tôt.

— Notre avocat s'appelle Jennings, un Anglais, plutôt sympa, annonça Stodghill. Je l'ai rencontré il y a deux heures, il est dans les starting-blocks. Selon nos infos, c'est le meilleur du coin, il connaît toutes les banques, et tous les arcanes des transferts d'argent. Il connaît aussi Solomon Frick, notre prochain ami au Trinidad Trust. Je parie que ces gars doivent blanchir un max de fric.

— Ça ne me plaît pas du tout. Je croyais que les banques aux îles Cayman avaient fait le ménage ces vingt dernières années ?

— On s'en fiche, non ?

— C'est vrai. Ce soir, je vous raconterai mon premier séjour ici.

— Du temps de Bendini ?

— Oui.

— J'ai hâte d'entendre ça ! Chez Scully, vous êtes une légende vivante, il paraît que la mafia a failli vous faire la peau, mais que vous avez réussi à leur échapper in extremis. C'est vrai ?

— Oui, je leur ai filé entre les pattes. Enfin, de là à dire que je suis une légende…

— Bon, j'exagère un peu. On n'a pas le temps de parler des héros, vous savez. Tout ce qui compte pour le cabinet, c'est qu'on facture cinquante heures par semaine aux clients.

— Soixante seraient mieux, Stephen.

Le taxi tourna à un carrefour et soudain l'océan apparut.

— C'est la Hog Sty Bay, là où les pirates jetaient l'ancre pour se cacher.

— Oui, j'ai lu ça quelque part, répondit Stephen sans montrer grand intérêt.

— On est à quel hôtel ? demanda Mitch, heureux de ne pas avoir à jouer les guides touristiques.

— Le Ritz-Carlton sur Seven Miles Beach. Je suis passé à la réception. C'est carrément classe !

— Forcément.

— Pourquoi ?

— C'est un Ritz-Carlton.

— Si vous le dites. Moi, je ne suis qu'un petit employé. Je descends d'ordinaire dans des trucs bon marché. Mais comme j'accompagne un associé, j'ai droit à ses privilèges – sauf pour l'avion. Ils m'ont fait voyager en classe éco !

— Ne vous inquiétez pas. Le meilleur est à venir pour vous.

— C'est ce que je me répète tout le temps.

— Allons voir Jennings.

— Je vous ai préparé un topo sur sa boîte, annonça Stephen en lui tendant un dossier. C'est un cabinet anglais. Une dizaine d'avocats.

— Toutes les firmes sont anglaises, ici ?

— Faut croire. On aurait dû en acheter une, et l'ajouter sur notre papier à en-tête.

— À la vitesse où on nous fait sauter nos filiales, nous allons peut-être bien avoir besoin de renouveler le stock.

Le bureau de Jennings se trouvait au deuxième étage de la banque, un immeuble moderne à proximité du port. Les trois hommes s'installèrent dans une salle de réunion avec vue sur la baie, un beau panorama s'il n'avait été gâché par trois immenses bateaux de croisière. Jennings était un type un peu guindé, avare en sourires, qui parlait d'une voix nasale. Il portait un costume-cravate, tout fier d'être plus élégant que ses collègues américains. Si ça lui faisait plaisir, grand bien lui fasse ! Selon Jennings, la meilleure option était d'ouvrir un compte au Trinidad Trust, un établissement qu'il connaissait bien. Solomon Frick était même un ami. La plupart des banques sur les îles refusaient de faire des affaires avec des ressortissants des États-Unis. Il valait donc mieux passer par le cabinet de Scully à Londres, pour que les fédéraux ne soient pas au courant.

— Votre fisc est bien trop tatillon, expliqua-t-il.

Mitch haussa les épaules. Qu'était-il censé répondre ? Défendre son administration fiscale ? Une fois l'argent réuni – demain matin, si tout se passait bien –, il serait aussitôt transféré sur un compte numéroté du Trinidad Trust, conformément aux instructions d'Hassan Mansour. Puis, en appuyant sur une simple touche de clavier, il serait envoyé vers un compte encore inconnu, et disparaîtrait à jamais.

Au bout d'une heure passée à peaufiner les détails de l'opération, les trois hommes quittèrent le cabinet et se rendirent à pied vers un bâtiment similaire pour retrouver Solomon Frick, un type jovial originaire d'Afrique du Sud. De rapides recherches sur son parcours avaient révélé beaucoup de zones grises. L'homme avait travaillé pour toutes sortes de banques à Singapour, en Irlande et aux Caraïbes. Il était toujours en mouvement et laissait derrière lui pas mal de dégâts. Son employeur actuel, le Trinidad Trust, avait toutefois bonne réputation.

Frick remit à Mitch et à Jennings une liasse de documents. Ils les étudièrent, puis les envoyèrent par e-mail à Canary Wharf. Riley Casey signa tous les papiers et les renvoya à Frick. Scully & Pershing détenait désormais un compte aux îles Cayman. Mitch contacta son propre conseiller bancaire à la Banque royale du Québec, qui se trouvait au bas de la rue, pour autoriser le transfert de dix millions. Dix minutes plus tard, sur l'écran mural de Frick, sa contribution apparut sur le tout nouveau compte de Scully au Trinidad Trust.

— C'est votre argent personnel ? s'enquit Jennings, troublé.

Mitch eut un petit hochement de tête.

— C'est une longue histoire.

Mitch appela Riley, qui à son tour prévint son contact au ministère des Affaires étrangères. Stephen, de son côté, envoya à Roberto Maggi les instructions pour le virement. L'argent de Luca se trouvait à la Dominique, un autre paradis fiscal des Caraïbes. Luca avait ainsi plusieurs comptes offshores.

Pendant qu'ils patientaient, Mitch regardait de temps en temps l'écran où s'affichaient les dix millions dont il venait de se séparer. C'était un soulagement. Il s'agissait d'argent sale qu'il n'aurait jamais dû détourner à son profit. Il se souvenait du moment exact où il avait pris cette décision. Il était, comme en ce moment même, dans une banque de George Town, à cinq minutes à pied d'ici. Il se sentait terrorisé et furieux. Bendini et ses acolytes avaient mis en charpie son avenir et voulaient maintenant sa peau – au sens propre. La firme devait payer, ce n'était que justice. Mitch avait les codes d'accès, les mots de passe, l'accréditation, alors il s'était servi.

Et maintenant, cet argent mafieux servait la cause du bien – un juste retour des choses.

Il appela Abby, qui avait six heures de décalage avec lui. Ils parlèrent un long moment. Elle tournait en rond dans sa chambre, essayait de s'occuper en attendant des nouvelles d'Hassan. Elle avait eu Cory au téléphone, sur le portable vert. Il était de son avis : les fonds ne devaient pas changer de mains tant qu'elle n'avait pas vu Giovanna – à supposer que l'otage n'ait pas été exécutée et que le marché tienne toujours.

L'argent des Britanniques arriva à 15 h 25, en provenance d'une banque des Bahamas. Vingt minutes plus tard, ce fut au tour des fonds italiens qui transitèrent par la Guadeloupe. Le montant sur le compte s'élevait à cinquante millions, avec la contribution de Luca.

Riley appela pour avertir l'équipe que la part des Américains ne serait transférée que le mercredi matin – une mauvaise nouvelle. Puisque Mitch ne savait pas qui envoyait la somme, ni par quels canaux, il ne pouvait houspiller personne.

Mitch avait adressé des e-mails à Omar Celik et à Denys Tullos, mais aucun des deux n'avait répondu. Quand il fut l'heure de partir, Mitch appela Jack à New York pour lui demander s'il avait pu faire changer d'avis le comité directeur. La réponse était non. Avec une aigreur qui ne lui était guère coutumière, Jack expliqua que la majeure partie des membres avaient pris la poudre d'escampette pour que le quorum ne puisse être atteint.

*

Au Ritz-Carlton, Mitch se débarrassa de Stephen et promit de le retrouver à 20 heures pour dîner devant la piscine. Il enfila un bermuda, une chemise de golf et descendit à pied la rue animée jusqu'à un loueur de scooters qu'il avait repéré à son arrivée. Il choisit un Honda rouge et annonça qu'il le ramènerait le soir même. Il y avait des scooters partout sur l'île. Abby et lui s'étaient souvent baladés sur ces engins quand ils étaient en cavale.

La circulation à George Town était très chargée et il dut zigzaguer entre les véhicules pour sortir des bouchons. À l'époque, il était plus facile de se déplacer. Aujourd'hui, il y avait davantage d'hôtels et d'immeubles d'habitation, et les fast-foods pullulaient, ainsi que les vendeurs de tee-shirts, de bière bon marché et d'alcool détaxé. La ville s'était américanisée. Au bout de la Hog Sty Bay, le trafic se fit moins dense et il put accélérer. Il traversa la Red Bay, quitta les faubourgs et suivit la direction de Bodden Town. La route longeait le rivage, mais les plages avaient disparu. Les vagues s'écrasaient mollement sur les rochers et les petites falaises. Avec la disparition du sable, les hôtels et appartements s'étaient raréfiés. La vue était magnifique.

Grand Cayman s'étendait sur trente-cinq kilomètres de long et la route principale longeait tout le tour. Lors de ses anciens séjours, il n'avait jamais eu le temps de visiter l'île, mais cette fois, il n'avait rien de mieux à faire. L'air marin fouettait son visage. Il pouvait se permettre de ne pas penser à Giovanna pour quelques heures, puisque les banques et les bureaux étaient fermés. Il s'arrêta au club de plongée Abanks, à l'écart de Bodden Town. Il prit une bière au bar. Barry Abanks avait sauvé Mitch, Abby et Ray. Il était venu les chercher sur un ponton en Floride alors qu'ils étaient poursuivis. Il avait vendu son affaire depuis plusieurs années et s'était installé à Miami.

Mitch poursuivit jusqu'à East End et la Gun Bay. Parfois la route était si étroite que deux véhicules ne parvenaient pas à s'y croiser. George Town était de l'autre côté de l'île, tout au bout. Une fois arrivé à la côte-sous-le-vent, il se gara et marcha jusqu'à une falaise où des touristes avaient laissé leurs détritus. Il s'assit sur un rocher et contempla la mer en contrebas. À la Rum Point, il prit une autre bière, une Red Stripe de la Jamaïque, en observant un groupe de gens qui mangeaient et buvaient autour d'un barbecue.

Quand la nuit commença à tomber, il repartit vers Seven Miles Beach. Stephen l'attendait pour dîner.

44

Mercredi 25 mai.

À 9 heures, Abby entra dans la salle du restaurant et demanda la même table. Elle suivit le serveur et découvrit qu'Hassan n'était pas encore arrivé. Elle s'assit, commanda du café, un jus d'orange, des toasts et de la confiture, et envoya un SMS à Mitch juste pour lui dire bonjour. Il répondit aussitôt. Elle n'était pas surprise qu'il soit déjà réveillé. Il n'avait quasiment pas dormi depuis un mois.

Un couple élégant de Marocains s'installa à la table voisine. L'homme travaillait pour Cory. Il faisait partie de sa garde rapprochée. Il lui jeta discrètement un coup d'œil.

Enfin Hassan arriva, tout sourire, en se confondant en excuses. Il avait été retardé par les bouchons, quelle horreur cette circulation ! Mais il faisait beau. C'était tellement agréable… Il demanda du thé et continua à soliloquer pendant quelques minutes comme s'ils étaient de simples touristes. Abby grignotait ses toasts grillés en essayant de se calmer.

— Alors, madame McDeere, où en êtes-vous ?

Elle lui avait demandé de l'appeler Abby au moins trois fois.

— Nous attendons encore deux virements ce matin, et nous aurons réuni les soixante-quinze millions, comme promis. Sans compter les dix déjà versés.

Hassan se renfrogna, mais c'était de la pure posture. Il était évident que lui et ses clients voulaient cet argent.

— L'accord portait sur cent millions, madame McDeere.

— Certes, nous en sommes parfaitement conscients. Vous avez demandé cent et nous avons fait tout notre possible. Mais on est un peu court. Quatre-vingt-cinq en tout, c'est le mieux que l'on puisse faire. Et je rappelle que je dois voir Giovanna avant de vous transférer la somme.

— Vous avez ouvert un compte au Trinidad Trust, comme indiqué ?

— Absolument, répondit-elle.

Évidemment, Hassan savait déjà tout ça. Son banquier, Solomon Frick, l'avait tenu au courant. Frick et sa banque attendaient le feu vert. Tout était prêt. Une fortune allait changer de mains et Hassan avait du mal à cacher son excitation.

— Vous voulez un toast ? proposa-t-elle.

Il y en avait quatre déjà beurrés dans une assiette.

— Merci.

Il en prit un et le cassa en deux.

— Nous avons encore beaucoup de temps, dit-elle. La deadline est dans plusieurs heures.

— Le problème, c'est que mon client veut toujours cent millions.

— Nous ne pouvons accéder à sa demande, monsieur Mansour. Aujourd'hui, nous sommes en mesure de virer soixante-quinze millions. C'est à prendre ou à laisser.

Hassan fit une grimace, sans doute à l'idée de passer à côté de ce pactole. Il sirota son thé, feignant l'inquiétude. Comme si l'accord pouvait tomber à l'eau ! Ils mangèrent en silence pendant quelques minutes.

— Très bien, voilà notre proposition, annonça-t-il finalement. Je vous retrouve dans le hall à 16 heures. Vous me confirmerez que les deux derniers virements sont arrivés et que l'argent est prêt. Nous quitterons alors l'hôtel et je vous conduirai dans un endroit sûr où vous verrez Giovanna.

— Non, je ne sors pas de l'hôtel.

— À vous de décider.

*

À 9 h 15, un virement arriva en provenance d'une banque chypriote. Dix millions comme promis par Omar Celik ; argent versé par une filiale de Lannak en Croatie. Mitch et Stephen poussèrent un grand soupir. Ni Jennings, ni Frick ne connaissaient les dessous de l'histoire. Ils ne savaient pas où allaient partir les fonds, et encore moins à quoi ils allaient servir – à la libération d'un otage ! Pourtant en voyant la fébrilité des avocats de Scully, il semblait évident que ce transfert était d'une importance cruciale. Pour l'Anglais Jennings, l'opération devait être en rapport avec le kidnapping en Libye dont toute la presse parlait en Grande-Bretagne, mais il était bien trop professionnel pour poser la moindre question. Son travail consistait à conseiller son client et à superviser les arrivées d'argent avant l'envoi de la somme totale.

Mitch appela Riley Casey à Londres. Même s'il n'espérait guère de réponses, il lui posa quand même la question : « Où est l'argent des Américains ? Qu'est-ce qu'ils fichent ? » Évidemment, Riley n'en savait rien.

À 10 h 04, le virement arriva enfin d'une banque de Mexico. La dernière contribution de quinze millions était versée. Restait à savoir ce qu'ils devaient en faire. Solomon Frick se rendit dans une autre pièce pour appeler son client et lui annoncer la bonne nouvelle. Mitch prévint Abby.

*

À 15 h 45, Abby était prête à partir. Elle n'avait passé que deux nuits à l'hôtel, ce qui lui semblait une éternité. La Maison Arabe était un hôtel charmant, mais elle s'y sentait prisonnière car elle avait trop peur de sortir. Le temps s'écoulait au ralenti.

À 16 heures, elle descendit dans le hall et lança un grand sourire à Hassan.

— Où en êtes-vous ? chuchota-t-il, alors qu'il n'y avait personne alentour.

— Rien n'a changé. Nous avons soixante-quinze millions à vous transférer.

Il fronça les sourcils pour la forme.

— Très bien. Nous allons accepter.

— Je veux d'abord voir Giovanna.

— Entendu. Pour cela, il faut sortir de l'hôtel.

— Je ne vais nulle part.

— Alors on a un problème. Il est trop risqué pour nous de la faire venir ici.

— Pourquoi donc ?

— Parce que nous ne pouvons pas vous faire confiance, madame McDeere. Nous vous avons dit de venir seule mais vous avez des amis dans le secteur, n'est-ce pas ?

Sous le choc, Abby marqua un temps d'arrêt. Son hésitation était en soi un aveu.

— Non, bien sûr que non. Je ne vois pas de quoi vous parlez.

Hassan esquissa un sourire et sortit son téléphone, un autre Jakl, et le mit sous le nez d'Abby.

— Vous ne connaissez pas cette personne ?

Il lui montra une photo de Cory quittant l'hôtel. Malgré ses lunettes de soleil et sa casquette, il était parfaitement identifiable.

Super boulot, le pro !

— Non, je ne le connais pas, s'obstina-t-elle.

— Ah oui ? (Son sourire se fit moins chaleureux. Il rangea son téléphone, jeta un regard circulaire dans le hall toujours désert, et murmura :) Il s'appelle Cory Gallant, c'est le responsable de la sécurité chez Scully & Pershing. Je suis sûr que vous savez qui c'est. Il est ici avec au moins deux agents locaux qu'il croit dignes de confiance. Voilà pourquoi, madame McDeere, nous ne risquons pas d'amener la jeune femme ici ! Nous n'avons plus confiance en vous. À cause de votre inconséquence, l'échange est en péril. Vous risquez de tout faire capoter. La vie de Giovanna ne tient qu'à un fil. En ce moment même, elle a un pistolet pointé sur la tempe.

Malgré sa terreur, Abby tenta de s'en sortir.

— Vous m'avez dit de venir seule, et c'est ce que j'ai fait. Je n'ai rien à voir avec la présence de cette personne et je n'ai jamais vu ses « agents », comme vous dites. Vous savez très bien que j'ai voyagé en solo, puisque vous m'avez surveillée tout du long. J'ai fait absolument tout ce que vous m'avez demandé.

— Si vous voulez la voir, il va falloir venir avec moi.

Parmi toutes les pensées qui se bousculaient dans sa tête, l'une était plus assourdissante que les autres : Je n'ai pas été formée pour ça ! Je ne sais pas quoi faire !

Elle parvint pourtant à articuler :

— Non, je ne sortirai pas de cet hôtel.

— Madame McDeere, votre entêtement met la vie de Giovanna en danger. Je vous propose simplement de vous emmener la voir.

— Où est-elle ?

— Pas loin. Et ce sera une promenade agréable, il fait beau.

— Je ne me sens pas en sécurité.

— Et Giovanna, comment se sent-elle, d'après vous ?

Avec un pistolet sur la tempe ? Ce n'était plus le moment de négocier.

— Entendu. Je viens. Mais à pied. Je ne monte dans aucun véhicule.

— Il n'en a jamais été question.

Ils quittèrent La Maison Arabe par l'entrée principale et rejoignirent le trottoir bondé. L'hôtel se trouvait au centre de la ville, à deux pas de la médina, le cœur historique de Marrakech. Cachée derrière ses grandes lunettes, Abby tentait de surveiller chaque visage, chaque mouvement, mais il y avait trop de monde. Avec son jean, ses baskets et son sac de marque, elle s'attira quelques regards. Elle n'était pas la seule touriste – et la plupart étaient des Occidentaux. Elle espérait que Cory et ses hommes n'étaient pas loin, qu'ils veillaient sur elle, prêts à intervenir au besoin. Cependant comme il y avait des traîtres dans son équipe, elle ne se faisait plus trop d'illusions.

Hassan progressait en silence. Derrière lui, Abby franchit la vieille arche de pierre pour pénétrer dans la médina et son dédale vertigineux de ruelles et de passages, fourmillant de piétons et de charrettes tirées par des ânes. Il y avait quelques mobylettes aussi, mais aucune voiture. Portés par le flot des passants, ils longeaient d'innombrables étals où se vendaient toutes sortes d'articles. D'un pas nonchalant, Hassan la menait toujours plus loin dans ce labyrinthe chaotique. Abby jetait de temps en temps des regards derrière elle dans l'espoir de mémoriser des points de repère, mais c'était peine perdue.

La médina s'était développée au fil des siècles et ses marchés, qu'on appelait « souk », s'étalaient dans tous les sens, chacun ayant sa spécialité – épices, œufs, tissus, herbes médicinales, cuirs, tapis, poteries, bijoux, métaux, poissons, volailles et autres animaux, certains morts, prêts à être consommés, d'autres vendus sur pied. Dans une grande cage crasseuse, un groupe de singes hurleurs s'époumonaient mais personne ne prêtait attention à eux. Tout le monde parlait fort, beaucoup criaient même, dans des dizaines de langues différentes, haranguant le chaland, vantant les prix, la qualité et la quantité des produits. Abby reconnut quelques mots en anglais, d'autres en italien, mais la plupart lui restaient incompréhensibles. Partout marchands et clients se chamaillaient dans une belle cacophonie.

Hassan se retourna et lança à Abby :

— Attention à votre sac. Il y a plein de pickpockets ici.

Sur une place, ils passèrent avec précaution devant une rangée de charmeurs de serpents, tandis que les cobras se dressaient hors de leurs nasses multicolores, suivant le mouvement des flûtes. Ils ralentirent pour regarder une troupe d'acrobates et des danseurs déguisés en femmes. De jeunes enfants avec des gants de boxe combattaient sur des rings improvisés. Des magiciens de rue rameutaient les badauds pour leur prochain spectacle. Des musiciens jouaient du luth et du guembri. Dans un autre souk, un dentiste arrachait une dent à un patient. Dans un autre encore, un photographe invitait les touristes à poser avec une jolie jeune fille. Il y avait des mendiants partout, et les affaires marchaient pour eux.

— Où allons-nous, au juste ? demanda Abby.

Du menton, Hassan lui fit signe de continuer à avancer. Avec tous ces gens autour d'elle, elle se sentait vaguement protégée, mais une autre angoisse l'étreignit. Jamais elle ne retrouverait son chemin toute seule ! Ils gagnèrent un autre secteur de la médina, s'enfonçant toujours plus profondément – des venelles encore et encore, bordées de petites maisons trapues, avec un souk à épices d'un côté, et de l'autre des montagnes de tapis. Des étoffes de toutes les couleurs étaient tendues aux fenêtres et ombrageaient les étals. Soudain, Hassan lui prit le bras.

— Par ici, lui ordonna-t-il.

Ils empruntèrent un étroit passage entre deux bâtiments, puis franchirent une porte dissimulée derrière une vieille natte. Ils traversèrent une pièce entièrement couverte de tapis, du sol au plafond, puis débouchèrent dans une salle similaire où une femme déposait un plateau de thé sur une petite table en ivoire, flanquée de deux chaises. Sur un signe de tête d'Hassan, elle disparut.

Il désigna la table.

— Prenons le thé ensemble, madame McDeere, si vous voulez bien, proposa-t-il en souriant.

Comme si elle pouvait refuser ! Le thé n'aurait pas été son premier choix vu la tension du moment. Elle s'assit et le regarda remplir deux tasses d'un thé noir d'encre. Rien qu'à l'odeur, elle savait qu'il était très fort.

Il but une gorgée, sourit et posa sa tasse.

— Ali ! appela Hassan.

Sur la gauche, entre deux pans de tapis, un jeune homme apparut. Hassan lui fit un signe du menton.

— Allez-y.

Les tapis s'écartèrent pour révéler une silhouette assise sur une chaise, à cinq mètres d'eux. Une femme couverte d'un tissu noir, avec une capuche sur la tête. Ses longs cheveux châtain clair dépassaient du sac. Derrière elle, se tenait un grand type, le visage masqué, un pistolet à la ceinture.

Après un nouveau signe d'Hassan, l'homme retira la capuche. Giovanna battit des paupières sous la lumière, pourtant chiche, le souffle court.

Abby savait qu'elle ne disposait que de quelques secondes. Ce n'était pas le moment de se montrer timorée.

— Giovanna, c'est Abby McDeere, lança-t-elle. Vous allez bien ?

Giovanna resta bouche bée un instant, le temps de reprendre ses esprits.

— Oui, je vais bien.

Sa voix était faible et rauque.

— *Andiamo a casa, Giovanna. Luca sta aspettando,* déclara Abby.

— *Si, OK, va bene, fai quello che vogliono.*

Hassan fit un nouveau mouvement de tête et les tapis se refermèrent.

— Satisfaite ? demanda-t-il.

— On va dire ça.

Au moins Giovanna était en vie.

— Elle est en bonne forme, non ? insista-t-il.

Abby détourna la tête, préférant ne pas répondre. Vous la gardez enfermée pendant quarante jours et je devrais vous remercier ?

— Maintenant à vous de jouer, madame McDeere. Prévenez votre mari.

— Quand je l'aurai fait, quand vous aurez reçu l'argent, que se passera-t-il ?

Il lui lança un sourire.

— Nous disparaîtrons, juste comme ça, répondit-il en faisant claquer ses doigts. Nous partons de notre côté, et vous du vôtre. Et personne ne suit personne.

— Et comment je suis censée retrouver mon chemin ?

— Vous vous débrouillerez, j'en suis sûr. Allez-y. Passez le coup de fil.

Pour appeler Mitch, elle choisit cette fois son téléphone personnel.

*

Mitch rangea son portable dans sa poche et se tourna vers l'équipe, visiblement soulagé.

— C'est bon. On a le feu vert.

Frick sortit un document d'une page. Il le donna à Jennings, qui l'examina par le menu avant de le remettre à Mitch. Malgré une prose alambiquée, il s'agissait d'une simple autorisation de transfert. Mitch et Jennings la signèrent.

Frick s'installa à son bureau, ouvrit son ordinateur.

— Messieurs, veuillez regarder l'écran. Je vais donc virer soixante-quinze millions de dollars du compte ADMP-8859-4454-7376-XBU vers le compte numéroté 33375-9856623, les deux étant ouverts au Trinidad Trust de Grand Cayman.

Sur l'écran mural, la somme disparut de la colonne « émetteur » et le montant passa à zéro, puis, quelques secondes plus tard, sur la colonne « bénéficiaire », apparut le chiffre 75 000 000 $.

45

Hassan écouta un moment son interlocuteur puis posa son téléphone sur la table. Il se servit à nouveau du thé.

— Vous en voulez encore ?

— Non, merci.

Elle n'en avait bu qu'une gorgée. Elle était à jamais dégoûtée de cette boisson.

Hassan sortit un autre portable de sa poche et observa l'écran. Les minutes s'écoulèrent avec une lenteur infinie. Il but, avec application. Enfin, le premier téléphone vibra. Un SMS, ou une notification. Il esquissa un sourire, récupéra les deux appareils.

— L'argent est arrivé, déclara-t-il. C'était un plaisir de faire des affaires avec vous, madame McDeere. Je n'ai jamais eu une adversaire aussi charmante.

— C'est ça. Un vrai plaisir.

Il se leva.

— Maintenant, je vais m'en aller. Ce serait bien que vous attendiez ici un petit moment avant de partir.

En une fraction de seconde, il passa entre deux tapis à l'autre bout de la pièce et disparut de sa vue. Abby patienta, compta jusqu'à dix et se leva à son tour. Elle écouta en silence.

— Giovanna ? Vous êtes là ?

Pas de réponse.

Abby tira les tapis derrière lesquels se trouvait la prisonnière et se figea d'horreur.

— Giovanna ! cria-t-elle. Giovanna !

Elle écarta toutes les autres tentures, espérant trouver une autre pièce, une autre sortie, mais en vain. Elle regarda éberluée la chaise vide au milieu de la pièce. Un cri de rage monta dans sa gorge. Elle ne pouvait rester là, les bras ballants. La jeune femme ne devait pas être bien loin.

Après quelques essais, Abby retrouva le passage derrière les tapis dans l'autre pièce et rejoignit la rue. Elle scruta la foule qui allait et venait. Des hommes en majorité, portant des djellabas blanches ou de diverses couleurs. Au premier regard, elle n'aperçut aucune femme en abaya noire.

Par où aller ? À droite, à gauche ? Jamais elle ne s'était sentie aussi perdue. Aussi impuissante. Elle repéra le minaret d'une mosquée par-dessus les toits. En venant, ils étaient passés à côté, se souvenait-elle. Marcher dans cette direction paraissait une bonne idée, du moins pas pire qu'une autre.

Elle avait perdu l'argent – l'argent et Giovanna ! C'était un cauchemar, une aberration, elle ne savait que faire. Alors qu'elle s'engageait dans le flot humain, elle se rendit compte qu'elle n'avait pas appelé Mitch. Il fallait le prévenir. Peut-être pouvait-il annuler le transfert ? Récupérer l'argent ? Non bien sûr, c'était trop tard.

Soudain, un homme se mit à lui crier dessus, les yeux écarquillés, le visage cramoisi, comme un dément.

Il bloquait son chemin et s'approchait en titubant. Il était soûl. Mais il continuait à vociférer dans une langue qu'elle ne connaissait pas. Elle bifurqua sur la droite et accéléra l'allure. L'homme trébucha, s'écroula au sol. Elle gagna encore du terrain, le cœur battant. Elle repéra un groupe de touristes et se dirigea vers eux. C'étaient des Hollandais, avec des sacs à dos bien rangés et des chaussures de marche immaculées. Elle les suivit comme une ombre pendant un moment, en tentant de retrouver son calme. Les Hollandais décidèrent de prendre un café en terrasse. Abby s'installa à une table voisine, en s'efforçant de se faire discrète. Elle s'aperçut qu'elle pleurait.

Son allié le plus proche était Cory. Elle l'appela avec le téléphone vert. Il décrocha aussitôt.

— Où êtes-vous ? demanda-t-il d'un ton inquiet.

— Dans la médina, à côté de la mosquée. Et vous ?

— Si je le savais ! J'essaie de retrouver mes hommes ! Nous sommes tout près, je pense.

— Ce sont des taupes, laissez tomber.

— Quoi ?

— Je vous raconterai plus tard… L'argent a été viré, Cory, et Giovanna a disparu. Encore !

— Merde !

— Je l'ai vue quelques secondes. Elle est vivante. Du moins, elle l'était tout à l'heure. Mitch a finalisé le transfert et Giovanna s'est volatilisée. Je me suis fait avoir, Cory. Je l'ai perdue.

— Et vous, Abby, ça va ?

— Oui. Venez me chercher, je vous en prie. Je suis à une terrasse de café. Dans toute la rue, il y a des articles de maroquinerie.

— Allez à la mosquée Mouassine, c'est la plus proche. Il y a une fontaine du côté nord. Je vous retrouverai là-bas.

— D'accord.

Mais c'est par où le nord !

Elle traversa une place noire de monde et aperçut le minaret au loin. Ce n'est pas si près que ça ! songea-t-elle.

Un tintement familier résonna dans son sac. C'était le Jakl. Elle s'arrêta devant un étal de fromage et regarda l'écran. C'était Noura. Ils la surveillaient encore, bien sûr.

— Allô ? répondit Abby.

— Écoutez-moi attentivement. Partez sur votre gauche et longez le grand souk des poteries. Vous le voyez ?

— Où êtes-vous, Noura ?

— Je suis là. Je vous observe. C'est bon ? Vous avez repéré les poteries ?

— Oui. Je me dirige de ce côté-là. Où est Giovanna ?

— Dans la médina. Restez en ligne. Après les étals, vous verrez une petite place avec des charrettes et des ânes. Allez-y.

— Oui, oui. C'est ce que je fais.

Noura apparut d'un coup à côté d'Abby.

— Continuez à marcher, annonça-t-elle en rangeant son téléphone.

Abby l'imita. Elle regarda Noura. Elle était vêtue comme lors de leur première rencontre au coffee-shop un mois auparavant. Son visage était entièrement voilé, à l'exception de ses yeux. Était-ce la même personne ? Impossible de le savoir. La voix, toutefois, lui semblait familière.

— Que se passe-t-il, Noura ?

— Un peu de patience.

— Giovanna va bien ? Dites-moi qu'il ne lui est pas arrivé malheur !

— Patience, j'ai dit.

Elles dépassèrent la rangée de charrettes et s'engagèrent dans une rue moins commerçante, plus calme. La petite mosquée Sidi Ishak se dressait devant eux.

— Arrêtez-vous, ordonna Noura. À droite, juste à l'angle, il y a un petit marchand de café et de thé. Entrez dans la boutique.

Noura tourna les talons et s'éloigna. Abby pressa le pas vers la mosquée, tourna au coin et pénétra dans le magasin. Dans un coin de la pièce, cachée dans l'ombre, se tenait Giovanna Sandroni, portant les mêmes habits que lorsqu'elle avait été enlevée – jean, veste saharienne et chaussures de randonnée. Les deux femmes se serrèrent dans les bras un long moment. Le marchand les regarda de travers sans dire un mot.

Elles sortirent de la boutique et rejoignirent la rue. Abby appela Cory, lui apprit la bonne nouvelle, puis téléphona à Mitch.

— Nous sommes en sécurité ? s'enquit Giovanna alors qu'elles retournaient dans le souk.

— Oui, c'est fini. Nous vous ramenons à Rome. L'avion nous attend. Vous avez besoin de quelque chose ?

— J'ai faim.

— Pas de problème. Nous avons de quoi vous nourrir.

Abby repéra une ruelle derrière des étals de fruits et de légumes. Un carton débordait de produits pourris et autres ordures. Elle y jeta le Jakl.

46

— Vous avez pensé à tout le mal que ces gens vont pouvoir faire avec soixante-quinze millions de dollars ? demanda Stephen.

— En fait, c'est quatre-vingt-cinq au total. Et oui, j'y ai pensé, répliqua Mitch. Encore de la terreur et des morts. Et des bombes, des attentats. Des bâtiments incendiés. Rien de bon ne sortira de cet argent. Alors qu'il aurait pu être utilisé pour distribuer de la nourriture, des médicaments, il servira à acheter des munitions, toujours plus de munitions.

— Vous vous en voulez ?

— Sur le papier, oui. Mais en pratique, non. Nous n'avions pas le choix. Une vie était en jeu.

— Je suis de votre avis. Il n'y a plus qu'à espérer que ces salopards s'entretuent.

Ils étaient installés à l'ombre, sur la terrasse d'un bar donnant sur la Hog Sty Bay. Un énorme bateau de croisière était à quai, un autre perçait l'horizon. Les deux hommes regardaient fixement le téléphone de Mitch posé sur la petite table.

Il vibra enfin. Mitch le prit aussitôt.

— On l'a récupérée, annonça Abby à sept mille kilomètres de là. Nous filons à l'aéroport.

Mitch esquissa un sourire et leva son pouce à l'intention de Stephen.

— Super. Elle va bien ?

— Oui. Elle a appelé Luca et a hâte de rentrer.

— Je vais prévenir Roberto. (Mitch marqua une pause, submergé par l'émotion.) Tu as fait du bon boulot, Abby. Vraiment.

— Je n'avais pas le choix.

— On se reparle plus tard.

— Oh oui ! J'ai plein de choses à te dire. Pendant un moment, Giovanna a disparu quand l'argent a été versé. Je te raconterai tout ça.

— Rendez-vous à Rome. Je t'aime.

Mitch coupa la communication et se tourna vers Stephen.

— Elles sont quasiment dans l'avion. Giovanna rentre chez elle.

Stephen haussa les épaules.

— Encore une journée bien remplie chez Scully.

— Effectivement. J'appelle Roberto et Jack. De votre côté, prévenez Riley à Londres.

— Entendu. Et maintenant, je vais où ?

— Vous rentrez à New York. Moi, je file à Rome.

— Qui garde le jet ?

— Moi.

— Ben voyons !

— Mais vous pouvez prendre une classe affaires.

— C'est gentil. Merci.

*

Dans l'avion, l'infirmière termina son auscultation et ne trouva pas de problème majeur. Tension artérielle, rythme et fréquence cardiaque. Tout était dans la norme. Elle proposa à Giovanna un sédatif pour l'aider à dormir, mais la jeune femme avait autre chose en tête : une coupe de champagne bien frais. Elle en but la moitié tandis qu'ils attendaient l'autorisation de se rendre sur la piste, puis elle s'étendit sur le canapé et ferma les yeux. Abby tira une couverture sur elle. Alors qu'elle mettait le tissu autour de ses jambes, elle s'aperçut que Giovanna pleurait.

Au moment où l'avion décollait, Abby lança un grand sourire à Cory, qui lui répondit en levant le pouce. Ils étaient partis ! Vingt minutes plus tard, quand ils atteignirent leur altitude de croisière, Giovanna s'assit et s'emmitoufla dans le plaid. Abby détacha sa ceinture et vint s'asseoir à côté d'elle.

— Il y a une petite douche au fond.

— Non. Ils m'ont fait dormir à l'hôtel hier soir et j'ai pu prendre un bain, mon premier depuis quarante jours. Vous n'imaginez pas le bonheur ! Mes cheveux ressemblaient à du crin poisseux. J'avais les dents couvertes d'une pellicule gluante. J'étais crasseuse de la tête aux pieds. Je suis restée des heures dans la baignoire.

Abby toucha la manche de Giovanna.

— Cette chemise a l'air propre.

— Oui. Je n'avais pas le droit de porter mes vêtements. Vous avez vu les vidéos ?

— Oui, certaines.

— Ils m'ont habillée comme une nonne, avec le hijab et tout le tralala. Mais la nuit dernière, ils m'ont rendu mes affaires, lavées et repassées. Gentil de leur part.

— Vous aviez faim, vous disiez ?
— Absolument. Qu'est-ce qu'il y a au menu ?
— Bar ou bœuf.
— Je veux bien le poisson. Merci. Et une autre coupe !

*

Mitch atterrit à Rome six heures après elles. Roberto avait envoyé une voiture à l'aéroport, avec des instructions de Luca : Mitch devait venir directement à la villa où une petite fête était organisée. Il arriva peu après minuit et courut vers sa femme dès qu'il l'aperçut. Il l'enlaça longuement, puis se dirigea vers Giovanna. Elle le remercia mille fois. Et lui se confondit en excuses. Il serra aussi Luca dans ses bras et trouva qu'il avait rajeuni de dix ans.

En plus de Roberto et son épouse, Cory, Darian et Bella, ils étaient une dizaine de vieux amis sur la terrasse. L'ambiance était euphorique. Ils avaient tous craint le pire et ce soir, le miracle s'était produit. Ils allaient fêter ça jusqu'au bout de la nuit !

Un ami qui avait un restaurant au coin de la rue arriva avec une seconde tournée de victuailles. Les voisins qui se plaignaient du bruit furent invités à se joindre à la soirée. « Giovanna est revenue ! » cria quelqu'un. Et tout le monde reprit à l'unisson : « Giovanna est revenue ! »

*

Mitch et Abby dormirent dans un lit étroit dans une chambre d'amis et se réveillèrent avec une légère gueule de bois. De l'eau pétillante ou un café la ferait vite disparaître.

Le téléphone de Mitch le ramena à la dure réalité : des dizaines d'appels manqués, de messages vocaux, d'e-mails, de SMS, tous liés à la libération de l'otage. Il retrouva Roberto pour finaliser leur stratégie face aux médias. Ils rédigèrent un communiqué de presse qui soulignait le fait le plus important – la libération de Giovanna et son retour saine et sauve – en passant sous silence les détails gênants. Ils envoyèrent le document à New York et à Londres. Roberto gérerait de son côté les journaux italiens. Personne ne devait s'approcher d'une caméra de télévision.

En milieu de matinée, Luca apparut sur la terrasse. Il annonça que Giovanna acceptait de suivre les conseils de son médecin. Elle allait passer deux jours en observation, le temps de faire des analyses et des examens. Elle avait perdu dix kilos et était fortement déshydratée. Avec Roberto, Luca l'accompagnait à l'hôpital dans une demi-heure.

Luca remercia encore une fois Mitch et Abby et, quand il les étreignit pour leur dire au revoir, il avait les yeux brillants de larmes. Mitch se demanda s'il reverrait Luca vivant.

Bien sûr que oui. Quand ils auraient réglé les affaires courantes à la maison, il reviendrait à Rome avec Abby et passerait du temps avec Giovanna et son père. Les McDeere avaient décidé de prendre des vacances.

À midi, le Gulfstream quitta à nouveau Rome à destination de New York pour déposer Cory et Darian. Après avoir fait le plein, l'avion décollerait pour le

Maine. La famille McDeere serait enfin réunie et profiterait d'un long week-end de farniente.

Le retour en ville lundi promettait d'être brutal. Les jumeaux n'étaient pas allés à l'école depuis deux semaines.

47

Quand Mitch entra pour la dernière fois au 110 Broad Street, il marqua une pause et se dirigea vers la rangée de sièges design. Personne ne s'en servait. Jamais. Et personne ne prêtait attention aux tableaux d'art contemporain hors de prix accrochés partout. Il s'assit et observa l'atrium, comme son vieil ami Lamar Quin quelques années auparavant. Des centaines de jeunes employés empruntaient les escalators, le téléphone rivé à l'oreille. La foule était moins dense à cette heure. Il était près de 9 h 30, autant dire une heure déjà très avancée dans le microcosme des grands cabinets d'affaires.

Toute la semaine précédente, Mitch était arrivé tard le matin pour repartir tôt dans l'après-midi – parfois, il ne faisait même pas l'effort de venir chez Scully.

Finalement, il se leva de son siège et monta à son bureau, où il vérifia ses cartons, avant de s'en aller sans dire un mot à sa secrétaire. Il l'appellerait plus tard.

Il avait rendez-vous avec Jack à 9 h 45.

— Tu remercieras encore Barry pour son hospitalité, commença Mitch. Il nous a reçus comme des rois. On passera peut-être le voir en août.

— Alors, j'y serai. Je quitte Scully le 13 juillet.

— Et moi je quitte Scully maintenant. Je m'en vais. Je démissionne. Je raccroche les gants. Appelle ça comme tu veux. Je ne peux plus travailler ici. J'ai aperçu Mavis Chisenhall hier à la cafétéria, elle a détalé si vite pour m'éviter qu'elle a failli se casser la figure. Elle avait trop honte. Je ne veux pas travailler dans un endroit où les gens me fuient.

— Allons, Mitch. Tu es le héros du jour, le grand sauveur.

— Je n'ai pas du tout cette impression.

— C'est la vérité. Tout le monde sait ce qu'a fait le comité directeur, ou plutôt ce qu'il a refusé de faire, et toute la boîte est sous le choc.

— Scully a perdu son âme, si tant est qu'elle en ait eu une.

— Ne renonce pas, Mitch. Avec le temps, ça s'arrangera. Les gens vont oublier.

— C'est facile à dire pour toi. Tu seras bientôt à la retraite.

— C'est vrai. En même temps, je n'ai aucune envie que toi, tu partes ailleurs.

— Je me tire, Jack. Luca aussi. Je lui ai parlé hier et il démissionne. Giovanna aussi. Elle rentre à Rome et va reprendre le cabinet de son père.

— Je t'en prie, Mitch. Ça va se tasser.

— Non seulement je pars, mais j'emmène Lannak avec moi. Eux aussi, ils en ont marre de Scully.

— Tu nous voles des clients ? Déjà ?

— Appelle ça comme tu veux. Tu ne t'es pas gêné non plus en ton temps. Je peux te donner quelques noms. Ça marche comme ça dans notre monde.

Mitch se leva.

— Il y a quatre cartons dans mon bureau, avec mes affaires. Tu voudras bien me les faire porter chez moi ?

— Bien sûr. Alors, c'est décidé ? Tu t'en vas vraiment ?

— Je ne suis déjà plus là, Jack. Quittons-nous bons amis.

Jack se leva à son tour et les deux hommes se serrèrent la main.

— Ça me fera très plaisir de vous revoir en août, toi, Abby et les jumeaux. Barry compte sur vous.

— Nous serons là. Promis.

NOTE DE L'AUTEUR

Le cabinet Scully & Pershing a été créé en 2009, quand j'en ai eu besoin pour apporter une dose d'authenticité à *L'Infiltré,* le thriller juridique de cette année-là. Les grands cabinets d'affaires sont des cibles tentantes pour les écrivains et je me suis bien amusé à mener la vie dure à S & P. Cinq ans plus tard, j'ai de nouveau fait appel à Scully dans *L'Ombre de Gray Mountain.*

S & P était l'endroit parfait pour Mitch quinze ans après la chute du cabinet Bendini dans *La Firme.* Aujourd'hui, Mitch part à nouveau et je ne sais pas où il réapparaîtra.

J'ai été avocat dans une petite ville, à mille lieues du monde des grands cabinets. Et depuis, je me suis efforcé d'éviter ces firmes internationales et je n'avais aucune idée de leur mode de fonctionnement. Et comme d'habitude, quand je ne maîtrise pas un sujet et que je veux m'éviter des recherches fastidieuses, j'ai passé un appel à un ami.

John Levy est associé senior chez Sidley & Austin, un grand cabinet de Chicago ayant des bureaux aux quatre coins du monde. Il m'a proposé de venir à son bureau un midi pour que je puisse lui poser mes questions, à lui ainsi qu'à ses collègues. J'ai passé ainsi un moment très agréable à parler code juridique et recueils de lois avec Chris

Abbinante, Robert Lewis, Pran Jha, Dave Gordon, Paul Choi, Teresa Wilton Harmon, et bien sûr avec M. Levy en personne. John est un grand avocat, l'un des meilleurs que j'aie l'honneur de connaître.

Et je jure sur la Bible que Scully n'a rien à voir avec Sidley.

Merci également à mes autres amis : Glad Jones, Gene McDade et Suzanne Herz.

Un grand merci aussi à mes lecteurs qui ont apprécié *La Firme* durant toutes ces années et qui ont eu la gentillesse de m'écrire pour me demander : Quand allons-nous revoir Mitch et Abby ?

DU MÊME AUTEUR :

Chez Robert Laffont :

Le Droit de tuer
La Firme
L'Affaire Pélican
Le Client
L'Héritage de la haine (Le Couloir de la mort)
L'Idéaliste
Le Maître du jeu
L'Associé
La Loi du plus faible
Le Testament
L'Engrenage
La Dernière Récolte
Pas de Noël cette année
L'Héritage
La Transaction
Le Dernier Match
Le Dernier Juré
Le Clandestin
L'Accusé

La Revanche
Le Contrat
L'Infiltré
Chroniques de Ford County
La Confession
Les Partenaires
Calico Joe
Le Manipulateur

Chez Lattès :

L'Allée du sycomore
L'Ombre de Gray Mountain
L'Insoumis
L'Informateur
Le Cas Fitzgerald
Les Imposteurs
La Sentence
Les Oubliés
Le Cas Nelson Kerr
La Chance d'une vie
Le Droit au pardon
Son nom sur la liste
Les Adversaires

Chez Oh ! Éditions / XO :

Théodore Boone : Enfant et justicier
Théodore Boone : L'Enlèvement

Chez XO Éditions :

Théodore Boone : Coupable ?
Théodore Boone : La Menace

PAPIER CERTIFIÉ

Le Livre de Poche s'engage pour l'environnement en réduisant l'empreinte carbone de ses livres. Celle de cet exemplaire est de :
150 g éq. CO_2
Rendez-vous sur www.livredepoche-durable.fr

Composition réalisée par PCA

Achevé d'imprimer en France par
CPI BRODARD & TAUPIN (72200 La Flèche)
en février 2025
N° d'impression : 3059928
Dépôt légal 1re publication : mars 2025
LIBRAIRIE GÉNÉRALE FRANÇAISE
21, rue du Montparnasse – 75298 Paris Cedex 06
marketing@livredepoche.com

74/7852/0